O FILHO
RENEGADO
DE DEUS

URARIANO MOTA

O FILHO RENEGADO DE DEUS

Rio de Janeiro | 2013

Copyright © Urariano Mota, 2013.

Capa: Rafael Nobre | Babilonia Cultura Editorial

Imagem de capa: OGphoto/Getty Images

Editoração: FA Studio

Texto revisado segundo o novo
Acordo Ortográfico da Língua Portuguesa

2013
Impresso no Brasil
Printed in Brazil

Cip-Brasil. Catalogação na fonte
Sindicato Nacional dos Editores de Livros. RJ

M871f	Mota, Urariano, 1950-
	O filho renegado de Deus/ Urariano Mota. – Rio de Janeiro: Bertrand Brasil, 2013.
	350 p.: 23 cm
	ISBN 978-85-286-1672-9
	1. Romance brasileiro. I. Título.
	CDD: 869.93
13-1130	CDU: 821.134.3(81)-3

Todos os direitos reservados pela:
EDITORA BERTRAND BRASIL LTDA.
Rua Argentina, 171 – 2º andar – São Cristóvão
20921-380 – Rio de Janeiro – RJ
Tel.: (0XX21) 2585-2070 – Fax: (0XX21) 2585-2087

Não é permitida a reprodução total ou parcial desta obra, por quaisquer meios, sem a prévia autorização por escrito da Editora.

Atendimento e venda direta ao leitor:
mdireto@record.com.br ou (0XX21) 2585-2002

Impresso no Brasil pelo Sistema Cameron da Divisão Gráfica da
DISTRIBUIDORA RECORD DE SERVIÇOS DE IMPRENSA S.A.

A partir desta linha será feito
um memorial do teu instante

O FILHO RENEGADO DE DEUS — I

—Senta, filho, que os mortos voltam.
Ela nada lhe disse assim, de viva voz, mas ele obedeceu à ordem. O que faz um homem quando reencontra a sua mãe falecida? Obedece-lhe, contrito, grato, louco doido de amor, de carinho e saudade. Os dados factuais insistem em dizer que eram quatro da tarde, no cemitério de Santo Amaro, fins de dezembro. Mas o que são os dados factuais? Eles nada dizem que correu um fio daquele encontro. Fio de sangue, cujo sal ele sentiu na boca, na língua, embora o sangue, pelo tempo, já houvesse perdido a sua organicidade fresca, animal. Mas os animais não sabem que bicho estranho é o homem. O sangue houve, fluindo daquele encontro. Sangue represado que rebentava.

Foi num enterro de velha amiga de infância. Jimeralto estava ali para cumprimento de um dever, que todos temos para com as pessoas que respeitamos. No plano que delineara, iria ao enterro, reveria antigos conhecidos de subúrbio e voltaria para a vida prosaica de todos os dias. Aquela vida prosaica, ordinária, sem a qual perdemos a razão, pois as tarefas do cotidiano exigem espírito menos poético, para que não viremos seres absurdos entre a gente que trabalha, sua e pragueja o fardo diário em troca do feijão. Mas estava escrito. Assim como reservamos para o sexo apenas carne, apenas gozo das entranhas, e o amor nos prega uma peça além do prazer do instinto, quase como uma revolta contra a opressão do corpo, como uma repulsa ao aviltamento, assim também foi suspensa a volta de Jimeralto ao cotidiano mais chão. Ele ouviu, do longe íntimo, uma ordem, uma convocação, um imperativo do qual seria inútil fugir, porque sempre o acompanhara sem que se desse conta:

— Senta, filho, que os mortos voltam.

Como fugir ao reencontro com a própria mãe? De repente, como se aparecesse uma pessoa que antes ali não estava nem existia, de repente uma senhora chegou para ele, entre tantas pessoas, e começou a falar de coisas que ele não entendia, mas que lhe pareciam ter gosto de doce de goiaba em calda. Ela o abraçou, ele retribuiu, e vinha da senhora um cheiro antigo de roupas queridas, ocultas em um lugar sagrado do guarda-roupa. Mas ele a abraçava também por um impulso, uma impulsão, que lhe chegava como pura manifestação de gentileza. Nesse abraço ela lhe disse que o conhecia, mas ele não sabia de onde, nem como, e quanto mais ela falava, mais os substantivos, os verbos lhe chegavam numa língua distante, de sons muito longínquos, tão longes que, se ele conhecia tal língua, ele a desaprendera a falar. Língua guardada, oculta e esquecida, mas que ainda assim era íntima, de uma intimidade escondida de si mesmo.

Então ele foi sincero àquela pessoa, sincero como um menino diante de lição de mulher que lhe que quer bem, e por isso, por esse afeto, é sincero:

— Eu não estou entendendo a senhora.

Então ela o esclareceu, melhor dizendo, iniciou um primeiro movimento para a luz que esclarece, mas é superfície, pedra de roseta que denota realidades além das letras inscritas na pedra. Então, assim, ela o esclareceu em primeira, primitiva, primeva clareza. Ela, de óculos escuros, cabeça inteira branca, em um branco que mais falava do tempo que da velhice, ela o conhecia desde a perdida infância, ali por volta dos 6 anos do início.

Ali e ali, ali antes e ali agora, à sombra dos túmulos, ela contou, antes de contar, que lhe ensinara as primitivas noções de contar com os dedos.

— Quantos dedos você tem?
— Hem? Eu não sei, ele lhe respondera.
— Vamos: um, dois, três, quatro, cinco.
— Um, dois, três, quatro, cinco.
— E nas duas mãos?
— Hem? Sei não.
— Vamos, continue: seis, sete, oito, nove, dez.
— Seis, sete, oito, nove, dez.
— Agora responda: cinco mais cinco?
— Hem?

"E você", ela lhe disse, de volta à paisagem ao fundo do túmulo, que ele apenas pressentia, porque ela toda em preto e branco lhe parecia na tarde, "e você passou a gostar de matemática".

— Hem?

Então ele obedeceu à ordem:

— Senta, filho. Nunca mais me faltes.

O FILHO RENEGADO DE DEUS — II

A voz que lhe falava, naquela língua sem nome e sem dicionário, vinha de Dona Maria. Sem que a visse, dela guardando apenas um imperioso pressentimento, veio suave, sangue antigo. Sem que a ouvisse claro, mas sob a estrita escuta do ex-silêncio, a calorosa voz que ele procurava reconstruir, veio. Sentiria depois, na primeira reconstrução, uma cor azul de cal escura, pintada pela mão na memória.

Naquela vila, ou pequena vila, ou conjunto divido em paredes na senzala, havia uma profusão de Marias. Dizer assim é nada. Deve-se dizer que existiam Maria das Dores, Maria da Conceição, Maria dos Prazeres, Maria da Paz, Maria da Silva, muitas Marias. Ainda que não se chamassem assim, pois as moradoras não vinham do sertão, onde as Marias se individualizavam pelo nome do pai, Maria de José, Maria de Totonho ou Maria de Zezo, aquelas Marias se tornavam identidades de uma só pessoa pela casinha onde moravam. E aqui são tantas coisas a se atropelar, aos gritos "eu tenho direito a existir, fala, fala de mim", que é preciso dar ordem, melhor dizendo, tentar uma ordem que respeite o mundo cuja fala soprou a seus ouvidos no cemitério.

Assim, deve ser dito: eram dez casinhas todas de número 195. Ficavam em um beco, estreito, estreitíssimo, onde dois homens não conseguiriam passar lado a lado. O proprietário, que morava na melhor casa, o que vale dizer, numa casa, numa espécie de casa-grande dos pobres, ficava na extremidade, com sua longa morada de cinco quartos e pequeno quintal. O proprietário passava pelas casinhas com ar importante, o que quer dizer, largura, extensão, como se carregasse cinco quartos e 10 casinhas ao passar. Ali, nos anos 50, a casa possuía um valor de vida, sonho e morte. Daí que, na impossibilidade de tornar em cimento e tijolos o sonho, transformavam moradias em quartinhos abafados, a que davam o nome de casa. Casinhas ou quartinhos alugados a meio salário mínimo. É de se notar que havia uma profunda e indecifrável ironia nos nomes que em tudo cercavam aquela gente. A fieira, ou enfileirado correr de quartos, era chamada de Vila Alegria. A estreita faixa onde passavam pessoas em fila, o beco, era Rua do Éden, que de um lado saía para a Rua Esperança, e do outro para a Avenida Nova do Recife. No entanto, essa aluvião irônico, tamanha era a sua riqueza e impacto, não era então percebido. Talvez como um choque, uma descarga de altíssima voltagem, que abalasse e ferisse tão rápido e forte, que deixava a impressão de destruir sem dor a vida. Assim, mesmo que corra o risco de não ser maturado, digerido no espírito de quem lê estas linhas, acrescento que havia em torno à Vila Alegria uma Vila Felicidade, uma Rua Alegre, mais a Rua das Moças, e uma Rua dos Sete Pecados, que não distava da Rua da Regeneração.

É no tridente, ou santíssimo mistério em três, de tempo, lugar e história, que vêm as muitas Marias da Rua do Éden. Para a estatística, com o seu puro registro de números e frequências, era uma circunstância a grande repetição de Marias entre a gente mais pobre do Recife, nos bairros periféricos. Para historiadores que se confundem com os registradores de cartórios, tantas Marias eram um reflexo do domínio da Igreja Católica. Mas para aquele homem Jimeralto, que ouvira a voz de Maria no cemitério de Santo Amaro, era uma realidade que nem sequer era notada no tempo em que ela fora a sua única Maria. Para ele, era como um cântico de Chopin, se Chopin cantasse Noturnos em música suburbana. Ao ouvi-la, era como se ele houvesse lavado os olhos com colírios milagrosos, água benta, e a água benta pudesse tirar as névoas dos olhos como uma Santa Luzia de realidade. Era como um Botero sem trademark ou caricatura, transformado em um Rafael espiritualizado, no sentido de recuperar uma pessoa tida como morta. Um Rafael metódico e certeiro com um senso de escultura, poesia, teatro, cinema e, acima de tudo, metódico rumo àquela casa, onde o verbo e a história se fizeram carne, por força do necessário contar.

As casinhas, de dois inconcebíveis quartinhos cada, minúsculos onde mal cabia uma cama de casal, as casinhas que iludiam essas dimensões como quartos japoneses com espelhos, mas a ilusão ótica era outra, de um outro reflexo, pois diziam-nas casinhas compridas, porque se enganavam ou queriam este engano: tão estreitas eram e cabiam duas células de quartos, mais uma fenda chamada de corredor até o quintal, quintal!, do tamanho de um tanque com arames cruzados no ar, onde se estendiam as poucas roupas. Nessas casinhas todas de número 195, cujas individualidades se guardavam por letras de A até J, dona Maria, a evocada por Jimeralto, era a Maria da casinha G. Mas não a diziam assim, Maria da G, porque seria um decréscimo para as outras Marias, além de um desprezo para a individualidade das letras. Chamavam-na Maria Gorda, por trás, e com isso a distinguiam da Maria Magra e da Maria Velha, das casinhas D e J.

Na frente dela, do seu sorriso direto e franco, que podia, num raio de tempo, se tornar dentes de morder, chamavam-na senhora dona Maria, ou Maria, entre amigas.

Havia um calor nesse nome, nessa Maria específica, que era um mel aos ouvidos do pequeno Jimeralto. Um calor que sentiu de volta no encontro do cemitério de Santo Amaro, quando a senhora de cabeça branca lhe disse:

— Eu fui amiga de dona Maria.

Parecia ser tudo tão perdido. Era tudo tão pó, tão destruído ou, numa resistência, tudo tão desfigurado... Aquilo lhe chegava como borboleta sem música da crisálida. Ele, homem de 62 anos, tantas mudanças o haviam assaltado, tantas descontínuas, episódios interrompidos, saltos bruscos no escuro e, o mais doloroso, até mudanças de identidade por força de perseguição política, com outros nomes que eram em si outras pessoas, buracos negros e pesadelos sepultos, que ele havia esquecido, esquecido no mais grave, esquecido de si, de sua primeira e enterrada identidade. Os pesadelos não estavam mortos, ele soube, ao ouvir "eu sou amiga de Maria". Os pesadelos não eram só os pesadelos, possuíam também um sabor de sonho bom, de morada de momento parcial de pesadelo, naquele parcial em que o pesadelo ainda não é. Um momento de bálsamo da trama dramática. Nesse instante em que ainda não era, em que, se obedecida a discriminação rigorosa da memória, o pesadelo era a terra da felicidade, foi que ele ouviu ao lado de "eu sou amiga de Maria", uma voz mais íntima, imperiosa, assim como um eco se vira em personagem próprio, raro e único. Por isso ouviu mais forte uma ordem, que era de Maria, ele a reconheceu, calorosa e determinada: "Levanta-te e conta". E o sentido era "Filho, levanta-te e anda".

Os quartos disfarçados em casinhas lembrariam apartamentozinhos de hotel, se os moradores tivessem privacidade. Aquelas 195, que às vezes recebiam agregados em uma salinha, e estouravam com crianças nas células-dormitório, se comunicavam pelos vãos livres entre paredes e telhado. Comunicação indesejada, já se vê, pois cada morador sabia os gemidos, gritos e cheiros vizinhos como se estivessem na própria sala. Havia um misto de cômico e constrangimento vê-los sair e passar mais tarde como se fossem indivíduos de intimidade preservada. Daí vinha o hábito, que o proprietário da "vila" entendia como de bárbaros, de não se trocarem um bom-dia. Por não viver a realidade de que se beneficiava, ele não entendia que não se cumprimenta uma pessoa que sai do banheiro envolto em mau cheiro. "Bom-dia, testemunha, bom-dia, curioso de minha intimidade" seria mais civilizado? O estranho, que só a distância no tempo permitia revelar, é que possuindo todas as características de servos não se viam em tão baixo status, pois se acreditavam todos cidadãos, de passagem apenas, confortável, feliz e livre, por aquele beco.

Jimeralto vê agora com a descoberta desarmada de menino, onde põe o reflexo da última experiência: lá na ponta, na casinha A, em frente à mangueira, estão quatro homens negros que bebem cerveja todos os fins de semana. A coisa que mais avulta em um deles, o chefe, pelo que parece, é uma chapa de dentes de ouro. Sorri muito por isso. Sorriem por tudo e por nada, e quando juntos se dão banhos de cerveja, para melhor exibição de riqueza e fartura. E o traço da fartura, para todos os moradores do beco, é uma busca, que a veem como um objeto descartável, uma peça postiça à semelhança de uma dentadura de ouro, ou seja, uma roupa, uma camisa, um chapéu, que se põe e tira. A fartura não é um estado ao fim de um processo. É um acerto da sorte, que vem, quando vem, e passa. Os quatro homens parecem se chamar todos Valfridos. Valfridos 1, 2, 3 e 4, mas o verdadeiro é o mais exibido em sua fartura de homem negro: calças importadas, barriga de rei, relógio de ouro, cabelos alisados a ferro e cara imensa, à semelhança de Louis Armstrong. Yarrá-rá-rá-rá. O Valfrido I é o rei, e seu domínio é tal que ofusca os demais. Valfrido é os dentes de ouro, "ouro maciço", como dele fala a vizinhança. Yarrá-rá-rá-rá. Ele e suas réplicas menores deixam a impressão de falar inglês entre si, o que é reforçado pelos filmes e revistas de propaganda americana em que apareciam aqueles negros ricos e felizes da América, nos dias dourados de Chubby Checker e Armstrong, muito alegres e eufóricos. A razão anterior dessa crença, pois aos olhos do menino os Valfridos eram os próprios norte-americanos, vinha também de suas profissões, pois toda a gente os chamava de "embarcadiços": os homens que sempre viajam para muitos mares e ficam ricos, porque trabalharam e receberam em dólares. Que importava o tamanho de sua casinha no beco?

Os quatro homens bebiam como ladrões depois de um assalto. Eram donos da fartura, aquela fartura temporária, que na falta da riqueza definitiva caía como um lance de sorte ou esperteza. Os Valfridos que gargalhavam cresciam em meio ao derrame de espuma. As cervejas não eram champanhe, mas espocavam como se jorrassem aos risos. Yarrá-rá-rá-rá. Como sorria o rico e simpático Valfrido. Até podia ser dito que era belo. Aquele homem só dentes de ouro, só rosto, cervejas e gargalhadas, aquela cabeça negra que era um convite na porta dos infernos, "vem, tenho tudo o que desejas", foi uma das primeiras manifestações de beleza, da beleza desviante dos padrões, aos olhos do menino. Pois o que era o belo? O belo era sempre o modelo de beleza branca de Hollywood, olhos azuis de preferência, longas cabeleiras de cabelos lisos, de "cabelo bom", como o povo os chamava, perfil e postura de Clarks Gables. Valfrido era, à maneira da expressão torta da realidade, que guarda sempre uma lição fora das páginas escritas, Valfrido na cara negra era a poesia de Baudelaire antes que Jimeralto soubesse da existência de Baudelaire. Ele era uma beleza a reivindicar prazer, que expressava uma harmonia fora das formas tidas como perfeitas até então. O menino não sabia a causa, a íntima razão, mas dava nele uma vontade imensa de ser a cara de Valfrido, uma beleza a ser imitada, alcançada, um Valfrido que mais tarde ele compreenderia na boca e sax de Louis Armstrong. E a razão, mais tarde clara no jazz primeiro de New Orleans, vinha da comunhão de sexo e morte, como notaria muitos anos depois, quando um Jimeralto sem mãe surgisse, na clandestinidade, 22 anos adiante.

Esse Valfrido que se confundiu com Armstrong, e depois a compreensão do encontro do amor e da morte no jazz, não foi um movimento abstrato, pura viagem interna de sua pessoa. Houve antes algo essencial, manifesto, em uma língua que se compreende sem a percepção de palavras autônomas. O menino captou os sinais que lhe deram o conceito de jazz 22 anos depois, ainda que sem a compreensão do processo, dos elementos de sexo e morte na música. Ele viu o indivíduo Valfrido e seus dentes de ouro a dar e se dar banhos de cerveja ao som da radiola, na radiola única em toda a vila de casinhas de A até J. No entanto, o cerne de tudo era como um quadro autônomo, mais precisamente o cerne residia na casinha ao lado, na pessoa de enlouquecer com nome de Esmeralda. Ela era e estava em um nicho radiante da casinha ao lado.

Tudo em Esmeralda espelhava e reunia as condições ideais da mulher naquele tempo na Vila Alegria. Quartos largos de mulher parideira, cintura de violão, como se dizia, coxas roliças que mal se reprimiam em saias justas. Peitos em taças a serem bebidos, sempre visíveis nos decotes em que ela permitia antever, ao se curvar. Aqui e ali, como se de nada soubesse, Esmeralda se curvava como uma oferenda aos olhos do homem que lhe interessava. Os olhos aboticados, como o povo falava, os olhos grados de Louis Armstrong em Valfrido cresciam e ele "puxava assunto" para a sua vizinha.

— Está um calor, não é? dizia para Esmeralda, de uma casinha a outra, entre o comentário real sobre a temperatura real e uma insinuação, que servisse de passagem para aqueles seios quentes, fartos, fartura de embriaguez.

Não estivesse com o filho perto, nem muito menos com os ouvidos/olhos e todos os sentidos dos vizinhos na espreita, que os acompanhavam na tocaia e no desejo, Esmeralda responderia como pensava e no que pensava "a vontade que dá é de ficar nua". E mais, "queres?", mas como não podia isso falar, falava-lhe com a linguagem dos gestos, agitando o decote a se soprar nos seios. Esse gesto e, ato contínuo, olhar o vizinho com brilho na pupila negra, isso deixava louco Valfrido. "Mulher, o que posso fazer para matar esse fogo? Mulher, vem cá, vem para a minha cama, mulher, mulher, olha", enquanto uma ponta a lhe crescer nas calças fazia sorrir Esmeralda. Ela o varria com a vista de passagem, como a lhe dizer "está contente, hem? Por que não dividimos essa felicidade?". Isso era uma injeção de sangue novo, pulsante, bomba pura em Valfrido, que perdia a graça de Armstrong, perdia o yarrá-rá-rá, e ele respondia como se três membros tivesse para pior andada e embaraço:

— Vou aqui.

Valfrido entrava na própria casinha, com modos de entrar de passagem, e voltava com um chiclete e um chocolate americano, na sua mão de palma branca:

— Dona Esmeralda (o "dona" em voz alta, mas ao se aproximar a musa da embriaguez ele baixava a voz)... Tome, pra baixar o seu calor.

Então Esmeralda vinha, sorridente e grata, e para melhor expressar a gratidão deixava os dedos estendidos, para que os tocassem os dedos grossos e abrasados de Valfrido:

— Será que baixa mesmo o calor?, e sorria baixinho: — ah, assim o senhor me deixa viciada.

— O senhor está no céu, princesa, afoitava-se Valfrido.

Ao que aceitava o dadivoso dos dedinhos virtuosos segurando-os, abrupto, e de tal modo grosseiro, que em lugar de acariciá-los agarrava-os com força, como um assaltante faz um refém. Caçador caçado, ele mal notava que o polegar de Esmeralda alisava-lhe os calos da mão.

Esmeralda não possuía qualquer não me toques. Pelo contrário, deixava-se encantar no aperto. De selvageria e carinho ela bem entendia, e mais de uma vez havia buscado ternura em forma de posse brutalizada. Nisso, o marido era infeliz autoridade, um intelectual de cátedra. O senhor marido, o pobre do Cecílio, bem conhecia a fraqueza da mulher que derrubava os fortes, a frágil mulata que o sugava a quase matar. Pois Esmeralda era mais tragadora que a terra quando se abre. Cecílio, ele próprio, em seu gozo e desassossego, fora enganado. Atendera a um sinal, e quando pensou em caminhar sobre uma doce fenda, o mundo lhe caiu em cima. Desabou, desabava, desabava-lhe um vórtice, todas as noites. Esmeralda puxava-o até que ele desfalecesse. E ele sabia que, após a sua queda, Esmeralda sobreviveria indócil, insaciável matadora, que derrubava todo obelisco marcador de fronteira. Nervosa, no sentido de nervos tensos, distendidos no espírito, ela era também nervosa no sentido fisiológico, elétrico-humano. Os seus nervos se transmitiam em descargas. Ouviam-se, propagavam-se.

Os sons noturnos atravessavam as paredes. Eram noites de vampiro, para Cecílio. Eram noites de ronda para Esmeralda. Pudesse, ela sairia de camisola a bater de casinha em casinha da vila, a intimar:

— Aqui tem homem?

Eram noites de sinais para Valfrido. Sinais que lhe chegavam pelos cantos da sala, em forma de suspiros, sons abafados e imprecações:

— Silêncio, os vizinhos podem ouvir, sussurrava meio a grito Cecílio.

— Danem-se! Danem-se os vizinhos, explodia Esmeralda.

O pobre Cecílio, homem bom, trabalhador do cais, o coitado do homem que sonhara ter uma esposa serena, mansa e suave quando pedira a mão da santa ao pai sapateiro de Esmeralda, descobriu adiante um corpo de demônio na mulata enlouquecida. O pobre Cecílio acreditara a princípio que depois de um filho toda tempestade seria amainada. Ah engano do mar e das sereias que oferecem rostinhos cândidos como armadilha em que todo homem cai. Oito anos depois, já com o filho Nininho, Esmeralda continuava impetuosa. Era uma estranha matemática a dela: quanto mais recebia, mais lhe faltava. Quanto mais os anos de energia eram gastos, mais energia a danada da filha do sapateiro possuía. Era assim que em seu tormento, "filha de sapateiro", o estivador Cecílio a via. Ele não adivinhava que o amor não é um bojo de três dimensões exatas, de capacidade finita e limitada. Que o amor não é vaso, barril esgotado que fica inútil a um canto sem uso e sem expressão. Barril usado que se despreza no sótão. Para o conforto espiritual de Cecílio, assim como para todo homem bom que espera um mundo de justos e injustos sem contradição, como se recebesse um boi só filé para a sua fome, ele casou com Esmeralda pelo rosto de bochechas cheias, lábios carnosos, olhos de cílios longuíssimos, um corpo de sonho, e, essencial para definir um ato sério para uma pessoa séria, com um ar de fragilidade, de mocinha filha de sapateiro que só pede um lugar e um carinho. Frágil Esmeralda quando ele a tomava pela cintura, coisinha frágil e delicada, tão fina que ele a poderia segurar com uma só mão, logo ele, homem bravo e forte. Assim a frágil Esmeralda aos 18 anos e o fortíssimo Cecílio aos 25 seriam pela força do contraste como num casal de balé suburbano, felizes por toda eternidade. Pois o amor bem que parece eterno a um jovem de 25 anos. Ah, engano. Ah essas mocinhas fortes de alma franca. "Esmeralda me enganou", ele se dizia naquelas noites pavorosas de vampiro. "Essa mulher tem o diabo num couro de fada".

Mas Cecílio, como todo homem bom, ainda não percebia a extensão do seu engano. Em seu império de fêmea, Esmeralda o atraía para a salinha e o recebia ali mesmo, encostada à parede, de pé e em pé até o chão. Cecílio não sabia, nem podia adivinhar, que Esmeralda o desejava como uma arapuca para atrair Valfrido. Pois ali, na parede vizinha, deitado em uma rede, vivia e escutava o abrasado Valfrido, solteiro e sozinho. Ali estava ele todas as noites de vampiro, com amor e esperança. Amor que era só desejo: "Que mulher! Ah, danada, eu te pego amanhã. Eu te devoro amanhã, desgraçada". Ao que Cecílio dizia, reclamando contra os gemidos na sala vizinha:

— Fale baixo.

Mas para quê? A isso a endemoninhada santinha respondia:

— Sim, fale mais "fale baixo".

Ah, maldita. Cecílio era forte. Cecílio era homem capaz de levantar sozinho dois sacos de 60 quilos de uma só vez. Ele bem poderia, como mais de uma vez o desejou, acabar de vez com o prazer que se tornava um sofrimento. Ali mesmo, contra a parede esmagar a mulher a quem dedicara os mais ingênuos projetos. Bonita, gostosa, obediente, modelo perfeito de criada e servidora do prazer. E lhe saía uma puta. Ah maldita. Ele era um homem forte, homem capaz de, em sua força de imaginação, derrubar, derrubar como uma sucessão de sacos de açúcar no porto, derrubar um harém, uma por uma. E lhe saía um harém em uma só fêmea, que reclamava ser derrubada não de modo sucessivo, mas de uma só vez. "Puta, puta". Como poderia um homem tão másculo ser assim derrubado, tão murcho, enquanto a filha do sapateiro clamava "quero mais"? Como a força era vencida pela fraqueza de uma cinturinha de violão? Como era possível que o poder másculo e músculos não dobrassem uma frágil fêmea? Ele a queria a seus pés tendo em pé a própria arma justiceira. No entanto, ele descia ao fim nos pés de Esmeralda, em um sentido real, caído de fato, mas com um sentido simbólico que não percebia. Chorava, contido. Ele era o macho caído, o anjo Gabriel de espada curva, enquanto Esmeralda levantava uma nova hierarquia, um céu onde o demônio não fora expulso. Um céu, nem no íntimo ela confessava, mas ela queria um céu onde o demônio fosse o supremo. Um inferno em que em vez de ser consumida pelas chamas, "as labaredas do inferno", como bradava o padre nas missas para as virtuosas, em lugar disso um inferno onde a chama sua, de Esmeralda, fosse alimentadora de suas fornalhas, até o ponto em que o fogo se resolvesse em um campo verde com nuvenzinhas esparsas. Um céu novo queria. Mas entre o desejo e aquela casinha restava aquilo, Cecílio caído, derrotado, e tal derrota ela não queria. Se guerras, e guerras houve, ela queria um tipo diferente de batalha sem inimigos, uma guerra de parceiros para novos jogos e batalhas, sempre.

Mas ali estava o fato, simples e factual: Cecílio era um desperdício de músculos. Que homem fraco. Por que tal potência de guindaste não se levantava? Cecílio, caído, chorava contido. Ele era o anjo declinado em desgraça. Ela era a santa no alto, sem paraíso. Ácida, mordendo os lábios, todos os lábios, úmidos, sem alimento sólido. E por isso, como sem querer, ela batia na parede, uma, duas, três vezes, porque escutava bem o balanço dos punhos da rede na casinha de junto. Suave. Depois mais forte ela batia.

A esses sinais, no começo, Valfrido não entendia. Assustado, ao ouvi-los tão próximos, pensara que fossem do marido desconfiado de escutas. Então ele parava e mais quieto se escondia, sem mover a rede, à espera de outros sinais. Esperava na tocaia, para o bote, porque ele se julgava o caçador. Mas os sinais, sem resposta, cessavam. Então

Valfrido, a essa altura perdido e irremediavelmente sem sono, voltava a se balançar como um bebê grande, sem consolo, até que os galos cantassem a mal vinda alvorada. Que demorava. Até a manhã chegar, Cecílio jazia semifalecido entre cochilos e pesadelos, enquanto Valfrido vagava e Esmeralda vagava. Eram três infelizes por excesso e falta em uma igual madrugada.

O FILHO RENEGADO DE DEUS — III

Ora, não se pode circular o fogo ao infinito. Nas idas e vindas, alguma coisa queima. Diriam os comerciantes, se alguém quer vender e outro quer comprar, o negócio está feito. Mas nas paixões a decisão nunca é feita pela pergunta de qual é o preço. Ora, aos sinais de amor que não eram respondidos, ou, para Esmeralda, não correspondidos, ela deu um passo inteligente, fazendo de Valfrido um elefante amestrado. Ela passou a ensiná-lo, treiná-lo, de um modo tão didático e pavloviano, que somente a distância do tempo dá a coragem de narrar. Ou seja, sempre como quem nada quer, ela passou a varrer a calçadinha, passando pela porta do embarcadiço. Como ele não se apresentava, ela jogava discreta uma pedrinha, para que os vizinhos não a vissem chamando-o pelo nome à porta. Então ele, que saíra a perguntar "o que foi isso", ao vê-la se apresentou com os belos dentes de ouro:

— Bom-dia, vizinha.

Quanto entusiasmo. Ele se abria radiante e dourado, e mais as cintilações das piscadelas de olhos. Os beiços, molhados, estavam indecisos entre o beijo e a saudação. Esmeralda então lhe respondeu mais baixo:

— O senhor, ela começou, numa fórmula cerimoniosa, à beira do riso ou do mais cínico respeito: — o senhor aceita um café novinho?

— Sim, eu já tomei, mas aceito.

— Volto já, e se moveu de volta com o vistoso manto do belo traseiro.

Então a soberana entrou no seu castelo e às pressas fez um café preto e muito forte. Mas o que imaginou ela, antes de o derramar na xícara? Encostou-se à parede e bateu três vezes. Sem resposta. Ao que ela pegou uma colher de pau e bateu mais três vezes. Nada. Daí ela saiu com a xícara fumegante e bateu à madeira da porta aberta. Do fundo do quartinho apareceu um Valfrido com ares de fera, fera mansa, mas sem inteligência. Ao que a princesa e domadora perguntou:

— Ouviu não?

— Nãoo, o quê?

— As batidas que eu dei na sala... Pegue aqui o seu café. Preste atenção, eu vou mostrar.

E voltou paciente para a salinha onde bateu outras três vezes. Então o rico e dourado armador entendeu e atendeu. E três rotundas e grossas batidas ele fez soar do seu lado. Satisfeito, Valfrido com o seu sorriso esperto não viu que maior foi o sorriso íntimo de Esmeralda: "bandido, agora ele me entende". Então ela voltou para a recompensa ao homem, numa experiência digna de Pavlov:

— Quer mais um cafezinho?

— De você eu quero tudo, princesa, respondeu-lhe o caçador, arguto, inteligente, com as mãos imensas a buscar as de Esmeralda. Ela sorriu e, por instinto e aula didática número 1 não passou à de número 2, que seria com uma piscada de olho, "ainda não, Valfrido". Mas lhe disse:

— Todas as vezes que eu quiser chamá-lo, bato três vezes na parede, certo?

— Certo, certo... respondeu-lhe com os olhos grados, brilhantes diante do verdadeiro tesouro. — Certo, certo, princesa.

Então os dias de Valfrido entraram num turbilhão, num vórtice, num ciclone maior que o de virar embarcações. Ele perdeu o sossego. Ele perdeu o sono, o juízo, e qualquer senso de proporção. A sensatez mais elementar perdeu. Isso, sem dúvida, os vizinhos, ou melhor, as vizinhas notaram. "Homem apaixonado vira abestalhado", cochichavam-se. E, com efeito, Valfrido se mostrava inteiro sem que percebesse o ridículo ou o perigo. Depois da saída de Cecílio, chamava a vizinha pelo murinho lá atrás, crente e crédulo de que ali, naquele correr de casinhas de muros baixos, ninguém os veria. Quando ela chegava, ele, gordo, queria se transformar em bailarino: punha-se na pontinha dos volumosos pés. E propunha, galanteador:

— Quer fumar? Aceita uma fumadinha?

— É de coração, não é? Esmeralda, em santa inocência, perguntava.

— Tome, tome.

Passava-lhe por cima do murinho uma carteira completa de cigarettes chesterfield, que trazia do contrabando no cais.

— Que é isso, Valfrido?

Valfrido, Esmeralda dizia agora, pois também ela ultrapassara a sensatez, pulara os limites do formal Senhor ou Vizinho.

— Vá logo, bote um na boca. Sinta que cigarro gostoso. Na boca, vá.

E ao ver aquela tentadora mulata, redondinha do diabo, com o cigarro naquela boca de prazer, ele acendia o isqueiro e se punha a brincar com a chama, encostando-a nos lábios da princesa:

— Quer se queimar, quer se queimar?

— Ui, você é louco?

— Naão... e com a grossa mão, calosa, como um Armstrong sem dor para o fogo, apagava a chama com os dedos, insensível ao calor. E voltava feito um exibido menino: — olha, eu nem me queimo. Ao que Esmeralda respondia:

— Você se queima e não sente. Mostre a mão.

A pretexto de olhar a ferida, Esmeralda alisava as linhas do destino de Valfrido na palma estendida, ao que ele fechava e prendia, com força e carinho, a mão de sua princesa. Estavam, portanto, a um passo de tudo. Do processo formal, das etapas, que os homens então pensavam cumprir, flertar, namorar, casar e cama, Valfrido havia cumprido todos os passos, mas não via, porque ainda não fizera a Esmeralda uma proposta acabada e simples. Não percebia que a chama do isqueiro, cujo ardor não sentia, nem notava tampouco que no modo de Esmeralda tragar, beijando o cigarro, com os olhos úmidos postos no fulgor de sua boca de ouro, era em si, já, a coroa de todo o império. Não via que a fruta estava madura, madura, que sua carne e polpa estavam deiscentes, abriam-se como um sapoti caído para o chão do menino. Mas não, com o fôlego suspenso, passando os dias quase sem comer, alimentando-se de álcool, perfumes e lavandas finas, porque importadas, Valfrido prolongava o alisar no fio da navalha, num suplício insano, ainda que doce. Um doce sem doçura, sumo de mel com pouco açúcar, mel de travo, ácido, e tão travo e ácido, que mais lembrava tamarindo, ou laranja que mais ardia que dulcificava. Sabor de aguardente curtida por décadas, talvez.

E assim, ao código secreto das batidas na parede, que Esmeralda executava ao ver Cecílio caído, que semimorto se aninhava em cochilo a seus pés, três batidas soavam. O embarcadiço Valfrido não respondia mais com outras três, batidas ao fim dos gemidos e arranhados de Esmeralda na parede. Não. Respondia com discos de Louis Armstrong alto na radiola, dentro da madrugada. O trompete ia e voltava até Esmeralda. E o que era dela, só dela, passou então a ser domínio de todos os vizinhos. As mulheres, as mais cordatas, as de natureza mais complacente e generosa, diziam baixinho "ali tem coisa". As menos encantadas, comentavam sem baixar a voz, "a safadeza ali é muita". Os homens, que apenas viam o sabor do triângulo a partir das exibições de riqueza e alegria de Valfrido debaixo da mangueira nos fins de semana, os homens, indignados, protestavam, "e o corno, não sabe de nada?!". Ao que outro comentava, "um cabra tão forte...". E a galhofa: "É forte como um touro...tem a mesma força e os chifres". Todos os homens, no entanto, ao verem Esmeralda tão simples, tão simpática, amorável, prestativa, tão ela própria e gostosa, queriam ser o próximo amante.

— Que pedaço de mau caminho!... Eu me arriscava.

Não havia liberais, ou posturas liberais, ditos liberais, no beco. Para homens e mulheres as coisas eram pretas ou brancas, claras ou escuras, vermelhas ou azuis. Ainda que o mundo não fosse nem vivesse assim, tão sem gradações ou homogêneo, bom ou mau, ou é homem ou é bicho, o geral da gente adaptava a diversidade humana às circunstâncias do afeto. Então o criminoso perdia o seu crime, ou dito de outra maneira, o afeto virava cegueira, onde antes só estava a miopia. É certo, nisso não eram menores ou menos complexos que todos os mortais, dentro e fora do beco. Mas a diferença, se diferença havia, é que naquele espaço estreito de domínio de um só homem, o dono das casinhas, que todos chamavam "o proprietário", naquele correr à semelhança de hotel para pobres, pelo ar restrito para o espírito as definições assumiam uma simplificação de guerra. Pois na guerra existem só os inimigos e o nosso lado. Ou seja, Esmeralda era puta, Cecílio um corno manso, e Valfrido era o rico cínico que uma peixeirada resolvia. Pois Valfrido pelos dentes de ouro e estrondosos banhos de cerveja era rico. E a ninguém importava que ele depois passasse longos períodos embarcado, sem ver terra ou Esmeralda, nem, muito menos, que corresse risco de ser preso pelo tráfico de mercadorias do contrabando, origem de onde lhe vinha o privilégio de banhos espumantes no sábado como saldo. Nem sequer notavam que o homem, desde quando virara o xodó, estava mais magro, nem viam nem queriam ver suas olheiras, o ar meio distraído com que não atinava mais outras mulheres, numa cara abatida.

De fato, o homem perdera o sono. Valfrido perdera o sono na mesma proporção em que Cecílio o ganhara. Pois Esmeralda retirava do marido toda a provação que matava o apaixonado Valfrido. O fortíssimo estivador, com o colosso dos músculos, já não se aguentava em pé nas madrugadas, diante da fúria da mulher. Ele não sabia, apenas passava o seu corpo uma corrente elétrica rumo ao vizinho na rede. Que balançava, que não via mais sossego, entre os arranhados que Esmeralda fazia com um garfo, ao qual apanhava na mesa como em um transe e passava às costas, na parede, como um novo cacoete de amor.

No entanto, os aparentes cacoetes desse amor, antes do seu desenlace traziam um momento de inesperado clímax. Nininho, filho de Esmeralda e Cecílio, jamais poderia esquecer, por todas as noites até o fim da sua vida, aquelas noites de vampiro da mãe. Eram noites de ânsia, eram noites de angústia, eram noites prenhes de conflito louco, de alma posta no desassossego e pecado. É um traço de infância para todos os meninos, mas para os do beco, em especial, era um traço não resolvido, que o mundo fosse um reino sem substantivos, mas cheio de almas cujos sonhos exigiam um nome. Então Nininho, nos seus oito anos, sentia sem que soubesse os nomes ânsia, desejo, culpa, remorso, infelicidade, suicídio. Enquanto a mãe, em pé, se oferecia ao pai, e abria os braços como um Cristo profanado, o menino em perturbação via os gemidos levantado, no encanto furtivo do escuro do quartinho. Os seus olhos de Esmeralda, pois dela possuíam o mesmo formato e longos cílios, o seu rosto gordo, não viam, ou evitavam ver o pai ainda de pé, a forcejar com ferro a terra. Ele não via Cecílio, ele não via a própria mãe, uma senhora adorável, ele não queria ver a mãe, os seios em ponta, o rosto em súplica à meia-luz da luz que se filtrava nas frestas das telhas. E dela, era imperioso, só lhe chegavam o mesmo ar e imploração das santas representadas com os olhos para o céu. Mas era uma santa endemoninhada. Era uma santa que o envergonhava profundo, porque já percebera cochichos e risinhos entre adolescentes do beco, quando ela passava. Era uma santa que enchia o seu peito de ciúme e raiva e indignação e vontade de matar, porque observara, profundamente infeliz, os olhos dos homens do beco voltados para o corpo da sua mãe.

Anos depois, na juventude, ele perguntaria: "por que todos os meninos não merecem ter mãe sem beleza? Deus, por que não me deste mãe como todos os outros? Mãe mulher sem sexo de cobiça, por que, meu Deus?". Mas Deus caminhava aprovando, castigador para ele, que via o pai decair, cair, com todas as próprias forças contra o chão. Então via a mãe bater contra a parede como uma louca, uma, duas, três, seis, muitas vezes, e ouvia batidas de retorno, e um maldito disco de jazz na radiola, baixinho, depois alto, infame. O seu peito se enchia então de um ardor ruim, como se queimasse de urtiga, como se lhe descesse um mato fervente, e lhe vinha um gosto mau na boca, de ódio contra o outro, de honra machucada em defesa do pai, que exigia dele uma vingança. Mas lhe vinha ainda, entre aquele ardor infeliz, uma estranha e insopitável pulsão pelo corpo da mãe, uma rebelião insuportável do pênis por aquela mulher de braços abertos, então por isso ele prendia o pênis com as algemas das coxas apertadas entre si, para que ele nele sumisse. Maldição. Sem o objeto proibido, o pênis se agasalhava no calor das coxas do menino, e por isso ainda mais ficava túrgido e eloquente.

Tantas coisas sem nome, tudo sem nome, um mundo sem explicação para apenas um menino. Mas aquilo que não se explicava naquelas madrugadas, naqueles noturnos da mãe de cabelos cacheados, naquele homem atlético com raiva em cima dela, naquele cinema real, muito real e submerso, aquilo que não tinha explicação, sem palavras podia ser imitado, reproduzido como um prato transmigrado para outro tempero e mesa, ou como alma da noite tornada diurna. Nininho, sem explicação, sem se dar conta, e até os anos de maturidade sem jamais entender o porquê, passou a ser atraído pelo sexo na forma anti-Esmeralda. Nininho começou a desejar as meninas magras, brancas e tímidas. Naquela idade e circunstâncias de 1957, menina branca não era a de raça branca, era menina de pele não escura, de moreno em tom claro, pálido, de cor em fuga. Magras assim, ele não se dizia, mas falsas magras, como as chamavam, que apenas não eram gordas, ou àquelas de rosto fino, cintura débil, mas ancas proporcionais para coxas nada frágeis. Naquela idade, Nininho não estava ainda abençoado pela percepção de que a fortaleza não é corpo, e por isso ele confundia o espírito pela carne, ou pela encarnação, como simplificavam os espíritas no beco. E a timidez, ah, era aquela de meninas que não fossem salientes, mas que descobriria depois ser uma qualidade das sonsinhas, das boazinhas de voz bem meiga, meninas inocentes à feição de igreja e catecismo. Mas toda essa busca pela fêmea ideal era dada sem querer, como se fosse espontâneo, casual, de encontro ou desencontro.

Assim foi, assim aconteceu com Ritinha. Bem magrinha, débil à vista desarmada, toda educadinha e graciosa, uma bonequinha de biscuit, como uma bailarina de porcelana que havia sobre a cristaleira na casa de Nininho. Ritinha encantadora, de lábios finos, nariz afilado, à imagem do que entendiam ser o nariz menos negroide. Nininho, já no aprendizado dos anos que viriam, falou para a menina a linguagem mais próxima, passou a brincar de boneca com ela. Nas horas escondidas em que os colegas e vizinhos não o viam, lá estava ele com ela e seu brinquedo favorito. Pois assim como Valfrido trazia chocolates para a sua mãe, Nininho levava fatias de pão com leite condensado para Ritinha, duas portas depois. A mãe de Ritinha, dona Geraldina, muito se contentava do elemento exótico de um menino tão amigo de sua única filha. Ritinha aos sete apenas anunciava ao longe a mulher que seria, na alquimia infernal dos genes da mãe e do pai. Da mãe ela jamais teria a cintura no corpo maravilhoso, que era o único a rivalizar com Esmeralda, num raio de mais de mil quadras. Nem herdaria aquelas pernas que eram admiradas por homens, velhos e meninos de todo o beco. Se Esmeralda era a carne e a provocação num quase escândalo, dona Geraldina era a provocação mais comportada, mas provocação ainda, porque sempre ressaltada em saias justas, que eram assentadas em um batente baixinho, em frente à casa de dona Maria, deixando loucos e tontos os meninos. Do pai, seu Múcio, Ritinha possuía a magreza, os rompantes elétricos, o pescoço longo e pronunciado. Mas da mãe, por genética imediata ou educação, naquele processo que educa mais fundo porque é imitado, da mãe, Ritinha possuía o espírito de provocar sem alarde público.

Estava escrito. Para ela Nininho chegava com pão coberto de leite condensado, ao lado de um carrinho para que nele pudessem acomodar a bonequinha diminuta. Quanta graça havia na inocência, pensavam os adultos, "que inocentes", diziam, e nisso expressavam a busca de um mundo que eles próprios não tiveram. E esqueciam o passado, piedosos. Que graça, quanta graça na infância. Ritinha não sabia, de cálculo não o sabia, mas à maneira da mãe lá no batente à tarde, pela manhã Ritinha sentada no chão entremostrava as coxas, que compensavam o todo das pernas magras. Ajeitava os cabelos, num pretexto de amenizar o calor na nuca. Ainda que espantada pela sedução, pela arte precoce da filha, dona Geraldina elogiava-lhe, elogiando-se, esse princípio de feminilidade: "A quem essa menina puxou?". Nininho, sentindo-se observado, fingia-se ainda mais inocente, naquela inteligência que têm os meninos quando parodiam a caricatura da infância. E se mostrava como os adultos o queriam:

— Qual o nome da sua boneca?

— Dadá, lhe respondia Ritinha.

— Dadá, você quer andar de carrinho?

— "Quero não, hoje estou cansada", arremedava Ritinha numa voz de menina boba na infância.

— Mas venha, olhe, o carro vai pra Beberibe e volta. O carro anda mais ligeiro que o bonde. Você num quer não?

— Tá, vamos.

Então Nininho punha Dadá no teto do carrinho e imitava o som do motor de um studebaker, daqueles que ele via na praça de Água Fria. "Ram, Ram, Ram, Ruum...". E ficava a circular com o carrinho, enquanto dona Geraldina se afastava, satisfeita de tanta criancice. Então Nininho olhava de lado e fazia o carrinho subir o braço de Ritinha, que falava:

— Ai, faz cosca.

Ao que Nininho punha o dedo na boca pedindo silêncio, e Ritinha ficava vermelha, contendo o riso, enquanto o carrinho lhe descia pela cintura, lhe corria as coxas. Ritinha, perturbada, se arrastava mais para trás, a ponto de ficar debaixo da mesa. E comandava:

— Leve Dadá pra casa.

Então Nininho passava, numa incerta, pelo regaço de Ritinha, e ela se encolhia. Ora, estava escrito que a inocência que não era a inocência, ou antes, estava escrito que a inocência que era o homem em sua expressão mais simples, fosse além do carrinho carinho que passeava pelo corpo de Ritinha. Melhor que as tartaruguinhas novas quando saem do ovo e se dirigem para o mar, melhor que os filhotes de pombos empurrados para voar, do alto, pelas mães, Nininho imitou as noites proscritas como se fossem prescritas, retirou delas o elemento de vampiro e guardou o seu caráter clandestino com um quê de pecado. Teria de fazer, como vira antes, o desejado às ocultas, pois ainda que irreprimível não se podia mostrá-lo a todos. Essa lição era clara. Ele a aprendera como todos os meninos aprendem à custa da imitação dos pais, ao mesmo tempo que à custa de surras dos pais, para que não os imitem. O proibido apenas não podia ser mostrado, assim os meninos interpretavam. É claro, ele não compreendia o proibido como um "nem pensarás". Por isso ele brincava, quando dona Geraldina conversava com uma vizinha.

— Deixa ver se eu posso com você. Assim, assim, ó, e levantava Ritinha pelas axilas, de tal modo que na volta ela descesse lento, deslizante, suave, pela altura do seu pênis. — Ah, de novo, de novo.

— Você já viu, você pode, respondia a inocência.

— Só mais uma... — até segurá-la no ponto desejado, para Ritinha, suspensa, agitar os pés.

Agitar os pés era bom. Ritinha sabia, mas não como uma antecipação. Veio a saber que aqueles atritos, pelo menos no começo apenas atritos físicos, lhe davam um toque próximo do agradável. Depois, com a repetição da brincadeira em outros dias, sabia e soube que tal levantamento do seu peso era um rito já mais próximo do agrado cúmplice, embora sempre se guardasse num recuo frágil, mesclado à curiosidade do que viria. Ela se deixava levantar, tocar, ela se deixava porque o toque viria certo, assim como um dedo obedece à nossa vontade. Essas coisas que ela "sabia", num saber primeiro, distinto do conhecimento bebido e tragado tempos depois, essas coisas que ela sabia, notava, eram melhor sabidas quando aparentavam ser ignoradas. Isso ela sabia. Mas não imaginava que o prenúncio de buço nos lábios de Nininho, que a respiração ofegante do amigo, que os olhos crescidos compunham mais que uma brincadeira. Não imaginava que ele já a possuía em desejo. Para ela era brincar. Sabia, claro, que certas brincadeiras não eram permitidas para meninas. Mas Nininho era amigo tão íntimo, que era irresistível brincar com ele além do permitido por dona Geraldina. Censura livre para o brincar que roçava o seu corpo num agrado.

— Ah, Ritinha, só mais um pouco, ele falava baixinho.

Então foi por saber, mas não imaginava tudo — para quê imaginar o perigo, se o perigo é só proibição do agradável? — que ela um dia avisou a Nininho:

— Mamãe vai sair daqui a pouco pra cidade.

— De vera?

— De vera. Eu lhe aviso.

E Nininho se recolheu na ocasião, indiferente aos meninos que o chamavam para jogar bola naquela manhã. Na sala de sua casa recolhido ficou, enquanto brincavam só ele e a sua espera. Até aparecer Ritinha com o convite:

— Vamos brincar?

— Vamos, ele respondeu num pulo.

Então ele a seguiu, então ele lhe foi atrás, como nos próximos anos sempre iria atrás, feliz de seguir os passos da mulher que o levaria para a brincadeira escondida, como sempre lhe ficou o sexo até os anos mais maduros. E mal entrou, pediu:

— Feche a porta.

— Por quê?

— Se não os meninos me chamam pra jogar bola.

— Ah, certo, consentiu satisfeita a enganada Ritinha.

Ela respondeu "certo" e ficou, na sala em penumbra, à espera do próximo passo, sem saber qual, mas com a esperança de que a brincadeira fosse melhor no próximo passo. Então Nininho, decidido, não foi à brincadeira anterior de levantá-la e retorná-la deslizante no corpo.

— Vamos brincar de pai e mãe?
— Vamos. Eu sou a mãe.
— Mas vamos brincar como meu pai brinca com a minha mãe.

Sem que o amiguinho lhe pedisse, Ritinha deitou no chão. Nininho, fosse por medo de sua amiguinha recuar e não querer mais saber da brincadeira, fosse por medo puro de mergulhar inteiro na noite dos pesadelos, Nininho não tirou a roupa nem pediu para Ritinha tirar a dela. Com graça, logo ele, tão desgracioso, mas com o instinto e gênio do momento, passou a mão pela saia de Ritinha e a deixou com as coxas à mostra, até a calcinha. Então se deitou sobre ela, buscando-a no ponto que a parava quando a levantava antes. E com o pênis endurecido se pôs a esfregar a vulva de Ritinha. Ela, com a respiração suspensa e os olhinhos arregalados, nem conseguia falar. Abriu a boquinha como se algo lhe faltasse nos lábios, como se procurasse outra boca ou a coisa mesma, que não sabia qual. E nos braços duros, tensos, fechava e abria suas pequenas mãos. Nininho, não. Primeiro ele não soube que o esfrega-esfrega tivesse aquele sabor. Depois mal pôde acreditar que o sabor do pai em cima da mãe tivesse uma agonia que era um início de paraíso, pois enquanto se roçava sobre Ritinha, e ela, muda, arregalava os olhos numa adivinhação para saber aonde iria dar aquela sensação nova, enquanto ele se roçava e ela sentia o medo de fazer algo do mais fundo e saboroso pecado, ele soube que Ritinha mais parecia dona Esmeralda. Pois Ritinha abria os braços como uma crucificada que recebe uma lança, como a sua mãe. Nisso ele não quis descer as calcinhas dela, por mais que sentisse vontade de ver, pela vez primeira, como era o sexo de uma menina diferente da mãe. Em quê seria diferente? Uma diferença que seria uma salvação, ou, quem sabe, uma permanente danação. E Ritinha, por sua vez, como as tartaruguinhas na areia da praia que descem para o mar, partia já para deixar a pose e posição de ser a pobre Ritinha, a menina sacrificada, e começava a se mover e se fazer penetrar na brincadeira

O FILHO RENEGADO DE DEUS — IV

Mas estava escrito que esse anúncio de amor em segredo, em meio às casinhas, fosse notado. Ao varrer a sua estreita e curta calçada, dona Maria observou quando Nininho entrou na casa de dona Geraldina. O menino seguia Ritinha, sem nada ver além de Ritinha, com o tórax empinado, peito de pombo, à semelhança do pai. Seguiu-a e entrou como quem entra por cima de um obstáculo, num pulo. Depois de entrar, dona Maria viu, a porta se fechou. Ora, há pouco dona Geraldina havia passado e pedido que olhasse, aqui e ali, a sua Ritinha. Por isso, quando viu a porta se fechar e continuar fechada quase cinco minutos, dona Maria foi à casinha de Geraldina e, para não bater à porta em vão ou à toa, olhou antes pelo buraco da fechadura. E viu, e viu o que ela não esperava nem imaginava: Nininho a se mover, subindo e descendo em cima de Ritinha. Dona Maria, ao ter essa revelação, abriu ainda mais as pupilas, e notou que Nininho parecia mais um jacarezinho a se arrastar em cima das pernas da menina. Então dona Maria, magnânima, em lugar de fazer um escândalo, como seria natural no beco em 1957, agiu de outro modo naquela situação de emergência. Bateu firme à porta, e ordenou à maneira de pergunta:

— O que é que estão fazendo aí dentro? Abram esta porta.

Então ouviu um rebuliço de corpos na correria, à semelhança de atropelo de ratos crescidos, como era comum na vila à noite entre os vãos. Ouviu e aguardou. Instantes depois, a chave correu e a porta se abriu. Passou por ela um Nininho pálido, branco, como somente podem ser brancos os meninos mulatos. Com a cabeça baixa ele passou, melhor dizendo, fugiu, rápido e num pulo. E Ritinha, a boa menina, coitada, mais pálida e branca que o mais alvo dos cisnes, apenas soprou baixinho:

— A gente tava brincando...

Dona Maria a fitou sem nada dizer, assombrada e sem fala. Mas seu olhar queria dizer "você é doida, menina? você sabe o que é se entregar a um, a um.." ia dizer um homem, mas corrigia "a um menino? Na sua idade?!". Vontade lhe deu, naquele dia, de contar tudo a dona Geraldina, de avisar à bela Esmeralda, para ela ver aonde levava o filho em meio aos desatinos, mas sentiu que tudo era uma coisa tão íntima e por isso tão grave, que contar aos pais era o mesmo que chamar a infelicidade para aqueles meninos. "São crianças". E por isso contou apenas à grande amiga e vizinha Lídia:

— Comadre, ia acontecer uma desgraça!

O curioso foi que, num espaço tão curto, que beirava a promiscuidade, desse acontecimento do sexo entre duas crianças quase ninguém soube. Nem tampouco os demais meninos e meninas souberam desse fascínio precoce. Era maravilhoso que em pessoas de pouca ou nenhuma escolaridade houvesse uma pedagogia além da comum de pancadas. Esse incidente, conhecido por Jimeralto somente 54 anos depois, indicava uma segunda pedagogia sem nome, uma educação, se assim se chamar, que consistia no ocultamento. Vale dizer, havia uma pedagogia de coisas tão ocultas, que atingiam um status de jamais acontecidas. Pedagogia de fatos que não houve, porque não deviam existir. Os meninos não souberam do ato de Nininho e Ritinha, aliás, todos adultos até hoje não souberam, e a maioria jaz no engano de esperar de crianças aquilo que não ocorreu na própria formação, e se ocorreu foi um desvio pecaminoso, tarado e raro, que para evitar a desonra deve ser ocultado.

Como um fenômeno de paralaxe as coisas não estavam onde pareciam estar. As estrelas miúdas de todos se deslocavam para outro lugar, distante e distinto daquele beco, longe da existência civil dos moradores, das roupas e feições apresentáveis. Era como se todos estivessem nus, mas a fazer de conta que não estavam. Havia, na lembrança de Jimeralto, havia os meninos do sapateiro cotó, que mais pobres saíam nus para a rua, descalços, porque afinal eram filhos do cotó. Ainda assim, nus como índios, não perpetravam a desgraça descortinada por dona Maria num certo sábado.

Mas a desgraça, para dona Maria, era outra desgraça. Quando ela contou para a sua melhor amiga ter evitado aquilo, ela se referia à desgraça moral, não tanto a uma penetração sexual na infância, mas pelo que ficaria por toda a vida na menina Ritinha. Era um ato além do dilaceramento físico. À distância, Jimeralto considerava que ela parecia adivinhar a própria e curta vida, quando dirigia as forças para os valores de coragem, decência e da mais rasgada generosidade. Gente assim, pensaria muitos anos depois, tem um encontro com a eternidade do ser, mesmo quando vem, age e some rápido. A sua eternidade é um rastro de atos duradouros, ainda que guardados em passos íntimos. Se fosse compará-la a uma imagem mecânica, seria como uma ampulheta que virasse todo o conteúdo de uma vez, deixando uma permanência infinda na retina. Mas não é mecânico. Seria como o compositor Mozart, diria, 53 anos depois. Com esse Mozart, Jimeralto queria dizer para si mesmo que era um homem culto, que extrai conceitos das informações do mundo, que não era mais um menino do beco. E nesse movimento de vergonha se escondia no conceito. Mas o essencial era antes, o essencial era o primário das ações de dona Maria, atos jamais vistos pelos moradores do beco, que Jimeralto sentia e sentiria muitos e muitos anos depois.

Para os vizinhos, dona Maria era o que era, e com isso eles queriam dizer que ela era a sua pessoa física apenas, carnes, ossos e roupas. Deste modo e maneiras eles a viam: mulher – e aqui vai um gênero e universo de entendimento bárbaro –, gorda, baixinha, com um aspecto, ar, que não devia ser o da sua condição. Viam como um contrassenso absoluto que aquela pessoa, digo, aquela mulher gorda e baixa, não se desse conta da sua espécie de gente. Num tempo das divas glamorosas do cinema, num tempo de massacre da beleza anônima do povo suburbano, dona Maria era, não passava de "uma albacora". Crua, essa palavra além da redução a um peixe, pois mulheres apenas se comiam e se tornar alimento era sua razão de ser, tal definição, difamação de Maria, amesquinhava-a numa coisa aquém do que entendiam o gênero feminino, pois era, além de mulher, gorda e baixinha, larga como as albacoras, que não eram uma dieta ideal para os comedores de carne bovina. Peixe gordo, congelado, a se comer apenas nas sextas-feiras santas, em sinal de penitência.

É curioso, no entanto, como as mulheres vizinhas guardavam de Maria outra visão. Elas a reconheciam como uma senhora decidida, solidária e resguardada de merecer piedade. Ela rejeitava, "me repugna", como dizia, qualquer piedade para a sua condição. Mulher brava, de coragem e de raiva. Do gênero e da forma daqueles bravos a quem os fracos não temem, porque sabem que essa bravura se dirige somente contra o injusto mais forte. Lídia, a sua jovem comadre, dela falaria na lembrança em 2012: "Ela era uma mulher bonita, de rostinho redondo, com os olhos pequeninos, muito vivos. Para mim, era uma boneca índia". E com os olhos rasos d'água desse modo a recordava a se balançar na cadeira, como a lembrar em silêncio a injustiça que atravessa a vida de mulheres como Maria, uma injustiça que também era feita contra ela mesma, Lídia, depois de passar por fracassados casamentos. A feminilidade, nelas, para elas, era um sofrimento. O que nos homens era desejo, danação, para elas era um vexame, como um dia na Ponte Duarte Coelho em que Lídia recebeu um vento tão forte, na chuva, que a impediu de caminhar, porque a saia levantou e as coxas ficaram à mostra. "Dona Maria era muito bonita, com os olhos miúdos, negrinhos", repete. E cala, e embarga a voz. "Vocês não querem sapoti? Tá fresquinho", oferece.

Em Jimeralto, que a ouve, dá uma bruta e brutal vontade de a abraçar, de lhe dizer "eu compreendo os seus sapotis, eu compreendo a sua dor, eu sei da sua infelicidade, eu sei do que você não se queixa, do que a magoa, eu sei, amiga da minha mãe". E mais, amarga como uma proposta e uma promessa que é uma formulação de princípio: "Eu não vou calar o seu mundo!". Ele sabe, e não diz nem a si mesmo, que revê em Lídia aquela Maria que se foi tão pletórica, vermelha, no vigor e sangue farto na altura dos seus 30 anos. Ah, é da sua natureza de homem a reencarnação, ah, é do seu gênero, gênese e ser de transmigração, como se o espírito quisesse um novo corpo para uma vida que não foi possível. Dói nele uma dorzinha doce e fina porque Lídia não é a sua mãe, mas sabe que por ela será capaz de a ouvir e de lhe falar. Com a intensidade aguda de um violino em uma romanza, naquela, ele sabe, guardada em seu silêncio, naquela maldita e fina romanza número 2 em fá maior. Porque tudo então lhe recorda a senhora gorda, albacora, albacora brava e bonita como uma bonequinha índia. Pois Jimeralto a veria reconstruída sempre como uma mulher toda e tão só ternura. Desde 1956, passando por 1957, 1958, os anos de sua terra de felicidade, ele a guardaria nos traços e feições. Uma guarda de modo inconsciente. Era um modo retrato, daqueles no porta-retratos, em que só aparecem definidas as linhas do rosto até o pescoço, o que era um modo geral dos porta-retratos, e ao mesmo tempo, em Maria, uma exclusão, pois lhe negavam a totalidade do corpo. Ele a veria, fortalecido na lembrança por aquele retrato, como o rosto da mulher brava que para ele era absoluta suavidade.

Depois da sua morte em 1958, ele menino a reencontraria como naquele retrato em sonhos, antes que realidades mais duras tomassem o lugar daquela vida que não aceitava o seu fim. Se fosse escrever sobre ela agora, a pena, a caneta, ficaria torta em estado de refração, porque seria vista entre a água dos olhos. Um arrepio irreprimível tomaria conta do seu braço. Como havia podido amar aquela mulher por tantos séculos num buraco de silêncio? Que covardia maldita era aquela de negar se negando? Acaso não era ele apenas um filho daquela gorda e vasta generosidade?

Então Maria, subida pelas crenças de conforto da Igreja Católica, alimentada pela piedade de pessoas que não queriam ver um menino órfão, então ela estava em sua camisola quando partira pela última vez para a maternidade, mas sem a agonia que a fazia gritar "eu quero morrer com meu filho, eu quero morrer na minha casa", e naquele desespero, que ironia, ela chamava aquilo a minha casa. Então ela, com essa camisola purificada, como se fosse possível Maria sem sexo e sem dor, lhe aparecia no sonho erguida nas nuvens, bela, terna e calada, porque falava a sua imensa presença. E aqui, ele não sabia se a mãe, para o menino, assimilava qualidades da mãe de Jesus. Não sabia, porque à própria mãe de Deus, pouco tempo depois, na crise aguda de carinho e sexo numa adolescência precoce, num tormento sacrílego, atribuíra à mãe de Deus uma vulva, que confundia com boceta, e clamava, numa tortura mental, "boceta de Virgem Maria, boceta de Virgem Maria". Então não era possível saber, logo depois daquela morte, se atribuía à Maria mãe de Jesus características da mãe que se fora, ou se trazia para a sua mãe identificações obliteradas, vedadas à mãe de Jesus. Aquilo que, num pecado mortal e hediondo, para ele que então nem sabia dos verdadeiros pecados mortais dos homens, aquilo que era o mais baixo da abjeção para ele, a buscada boceta da Virgem Maria, ele não sabia nem adivinhava sequer de longe que fosse a boceta da própria mãe, que vira tantas vezes no banho com ela, ambos nus debaixo do chuveiro. Mas ali, quando estavam sob a mesma água, a boceta não tinha esse lado de miserável heresia e pecado, porque ele estava ao lado da boceta molhada da sua única Maria, e não era possível saber que com ela possuía uma relação de feto e afeto. Seria duro para ele, na maturidade, escrever tal descoberta, porque mais que um pecado "não passarás!", tal recordação o revolvia e lhe dava uma dor a ponto de paralisá-lo. Pois como é difícil voltar à inocência de menino!

E aqui se abre um rompimento de narrador. É pesado demais para o autor destas linhas a empatia serena para com o menino Jimeralto. Melhor deixá-lo carregar o próprio fardo, cruz ou alegria. Será como uma repetição, em outro nível e forma, de um seriado na tela do Cine Olympia, todos os domingos, em que um herói impossível mudava de corpo, passando como uma alma, uma sombra, para um outro que jazia antes em uma cadeira como um boneco. Essa passagem, marcante e imorredoura, seria repetida por artistas populares em espetáculos de ventríloquo. Aqui, não, haverá um corte. Chega de falar de Jimeralto, de mostrá-lo em vista do exterior. Agora, e aqui, é o dono do seu corpo e alma. A dissociação, a ruptura de dois seres, narrador e narrado, homem e espírito, finda.

Eu quero falar do que manda a minha consciência. Mas ainda não é isso. Corrijo: eu quero falar obediente à minha consciência. Falar como um cativo, um escravo de suas ordens, sem pejo. Como se fosse possuído por ela, só ela, se Deus me for servido.

Eu não a possuo. Ela me tem. Ela. Ela, Maria, e também ela, consciência. Aquilo que Joaquim Nabuco iluminado dizia, "o traço todo da vida é um desenho de criança esquecido pelo homem", agora volta, com frescor, ainda que guardado em mim há décadas. E não sei se vou mais literal ao próprio desenho, desenho físico, a carvão, ou aos desenhos gerais, à linha que contorna e faz um caráter. Irei aos dois, aos três e muitos, mas antes vou ao carvão primeiro. Num esforço, penso que eu ainda não tinha conhecimento deste meu nome, quando desenhei pela primeira vez. É claro, ao ouvir Jimeralto eu virava a cabeça, sabia que se referiam a mim, a um mim difuso, em nebulosa, eu atendia como os animais, como os cachorros atendem a um chamado. Quantas ideias agora se misturam! Quanto mundo sem ver até hoje, mundo mudo, nessa nebulosa. O carvão, meu nome, o cachorro, nebulosa. Lembro que eu ainda não morava no beco, e, é terrível, lembro agora que morar no beco foi uma promoção, uma ascensão de morada que era um lugar onde os adultos apenas dormem. Nasci, portanto, antes do beco, nasci primitivo e brusco, somente carência, devo dizer, Quero dizer, nasci pouco tempo depois de uma foto em que apareço gordinho, bochechas e braços roliços, sentado em uma cadeira de fotógrafo. Creio que mais adiante, num espaço de quatro ou cinco anos, estarei desenhando a carvão na calçada, em frente à casa onde morava.

Ração, leite, sabão, café e açúcar me dá vontade de escrever. Os dias eram compostos de luta pelo básico, o básico do básico que, ao ser alcançado, era a felicidade do tempo de uma digestão. O diabo é que nem sempre era alcançado. Em meio do básico, do essencial, às vezes se elegiam prioridades. Algo como se desejo leite, retire-se o sabão. Ou se não se abre mão do café, que se corte o açúcar. Mas a química e criação dos pobres sempre achavam saídas ardilosas. Para não faltar de todo o açúcar, servia-se um café muito fraco, de vaga e diluída cor negra, misturado a pouco açúcar. Ah, então nada nos faltava. Na miséria diversa do essencial tínhamos tudo: café, sabão, leite e açúcar. E carvão. Sim, volto, e carvão, pois o fogo se alimentava dele na improvisada cozinha em um fogão de barro. Então eu não tinha lápis, sim, lápis de grafite, uma fortuna. "O seu pai não é rico". E a riqueza então para mim era um mundo de lápis de grafite. Como eu não podia andar por aí a gastar lápis como um perdulário, eu ficava em um arranjado calção, pois sempre havia um jeito de tornar a miséria mais miserável, eu ficava num malfeito calção, sem camisa, pois o calor vinha a calhar, descalço, porque estava em frente de casa, sentado na calçada. A desenhar com o carvão da cozinha. Carinho de mãe sinto nisso. Retirar um pedacinho de carvão e deixar para o menino, para ele desenhar. (Agora noto que o amor era um luxo, um refrigério, uma carícia onde tudo faltava.) Eu podia me sujar à vontade, que depois haveria água e esfregações. Claro, para tirar o grude sabão não era necessário. Não sei se já usávamos sabonete, essa coisa hoje tão elementar. Sei que, mesmo depois dos 5 anos, muitas vezes tomei banho com sabão de lavar roupa, um sabão duro, áspero, malcheiroso. Mas ótimo, em sua soda cáustica, para matar micróbios e impurezas.

A química era a da necessidade. O conforto mínimo, um privilégio de poucos ou metidos a poucos. Peço desculpa aos mais suscetíveis, mas escrevo cru, porque cruas são as coisas trazidas pela consciência. Mas penso, e retorno ao carvão. Quando reflito sobre aquelas condições, sinto que o traço todo da vida é uma revolta contra o universo miserável. Quero dizer, o teto baixo, a falta até do essencial, não eram condições suficientes para esmagar o espírito. Ele sobreviveria, e de uma forma tal que, quanto mais machucado, mais maravilhoso vinha. Não digo que viesse um espírito em sua pujança plena. Mas vinha uma sensibilidade, um ser que apontava para um mundo belo. Sim, não pinto com cores do arco-íris, falo de um mundo belo. Mesmo que não se expressasse claro e realizado, apontava. Tentarei esclarecer e falar o que era a beleza, o outro nome da revolta do espírito. O carvão.

Num esforço, em um quanto e como é possível um esforço da memória sob hipnose... ainda não é isso, porque a memória sob hipnose não seleciona. Corrijo: num esforço que revolve as camadas mais íntimas, me vejo nu, sentado na calçada da casa de porta de venda, a desenhar com carvão. Devo ter cinco anos. Sei que desenho com carvão porque dele vem um gosto, um cheiro de me sujar feliz, o de estando entre coisas sujas fazer brotar algo que não se varre nem se despreza ao lixo. É um presente, como no poema de Alberto da Cunha Melo:

"O que hoje recebes
e não podes pegar, guardar
em panos e papéis laminados,
é imperecível,
presente onipresente...".

Parece com a reciclagem, parece. Mas guarda uma diferença grave, porque na reciclagem o material é dado antes, e nesse carvão, o que ele faz como se fosse pedra mágica, autônoma, feiticeira, nesse carvão, quando desenha, as coisas, se estão postas, não são de uma palpável materialidade. É como se o carvão transportasse, ferisse e realizasse o íntimo. Como se o carvão fosse ao mesmo tempo ônibus, passageiro e destino. Sei que ele é um conteúdo sem forma, ou antes, melhor dizendo, é forma que mal reflete, que busca falar de um conteúdo só embrião. Almas, pessoas, objetos difusos, que existem, que em algo se apresentam, mas sem a captação da pedra negra que tenho nas mãos. Como cheira. Há pouco agora, senti nestas linhas um cheiro forte de enxofre, algo como um cheiro que viesse de uma fossa, nessa estranha química de afeto, do afeto. Cheiro do diabo, diria depois o padre Jaime ao menino quando adolescente. Mas dona Maria era mulher que não prestava atenção ao diabo, diria melhor, o diabo, se lhe aparecesse, ela o matava. O cheiro de enxofre deve remeter aos dias de coisas sujas, de coisas sujas que não eram sujas, se me entendem, porque eram tidas como sujas, mas eram necessárias, indispensáveis, assim como as fezes de um filho para a sua mãe. Para elas, há cheiros bons, mesmo quando decompostos e ácidos. Há um perfume que o afeto põe nas coisas mais sujas. Há um cheiro bom que o afeto retira até das coisas mais escatológicas. É como se as fezes tivessem um extrato fino, riquíssimo, como um perfume que se extrai de entre as presas da serpente, do seu veneno. O que somos nós sem o afeto? Mais claro, sem pudor devo dizer: o que somos sem o amor? Excrementos sem o doce e preciso enxofre.

 O cheiro que vem do carvão, que recebo misturado a enxofre, me faz descer e procurar que desenhos eu fazia na calçada em frente à porta daquela casa. Por mais que desça não encontro os traços menos que rabiscos, embora desconfie que desenhasse letras do alfabeto, ou como eu imaginava que fossem essas letras. Deviam ser as formas que lembram um, naquela altura, complicado A. Eu a desenhá-lo com a mão esquerda, mão que desaprendi o uso depois, sob palmadas. Dona Maria e as pessoas do povo achavam que usar a mão esquerda era um instinto, uma forma bárbara do ser, que devia ser educado. Ou melhor, suprimido. Sinto agora que se eu pudesse voltar a desenhar com o carvão, então saberia o que aos 5 anos eu queria dizer. Pois saber não é também voltar? Há pouco, procurei documentos, qualquer um, fotos, papéis, anúncios comerciais, bugigangas, qualquer bugiganga que remetesse aos anos da primitiva infância. Aquela, quando eu mal sabia o meu nome. No entanto, descubro agora, é uma característica geral dos pobres o não ter fotos ou quaisquer lembranças materiais das suas vidas. Nada fica. Nada. Ou porque eram matérias de baixo preço, ruins, que o pouco tempo destrói, ou porque acidentes naturais, naturais como frutos da natureza, comuns, rotineiros, mas que para os pobres ganham a qualidade de catástrofes, e por isso destroem os seus rastros. É como se Deus fosse mais cuidadoso em infligir aos miseráveis danos especiais, como uma provação e prova de fé, pois os que nada possuem assim Lhe agradecem o bem. Tendo perdido tudo, se ficaram com restos de vida, dirão "graças a Deus". Graças a Deus, portanto, por haver perdido minha única foto de infância, meus desenhos, minhas letras, o afeto de dona Maria, o seu sorriso, mas eu estou vivo. Graças a Deus. "Poderia ser pior", ouço de um vizinho nesses anos. No que possui certa, certeira e aterrorizante razão. Há sempre possibilidades infinitas de inferno, desgraça e destruição. E se o mundo acabasse agora e Deus nos desse as costas? O que seria de nós? Um fundo espaço negro, sem luz, matéria fria e mais nada. Graças a Deus que jamais isso acontecerá. Digo, não a destruição da terra, mas o infortúnio máximo, Deus nos dar as costas. Pois Dele é imensurável a misericórdia.

Penso que por força mesmo da inexistência de fotos, móveis, roupas, por falta dessa história material, aos pobres só resta a documentação que vem da memória. E dos sonhos. E o diabo, o enxofre e o paradoxo é que, por consequência da miséria, os pobres sobem no espírito, naquele reino que não vira pó, uma vez que expulso foi da matéria. Assim me vejo, e disso tenho a prova: uma criança de calção, descalço, sem camisa, sentado no chão sujo, a garatujar com um pedaço de carvão. Sei agora que eu desenhava uma forma à procura de uma forma. Sei que era algo assim "como expressar o mundo que eu sinto?", mas sem tais palavras, apenas olhos arregalados que iam da rua para o carvão. Sei mais: diante do carvão me dizia "o que é 'como'? o que é 'expressar'? o que é 'mundo'? o que é 'sentir'?". Até o limite do delírio de febre, do menino sentado à procura de palavras nas garatujas negras, que desejaria fossem indeléveis, inapagáveis: "o que é o quê? Que que é quê?" E o que o carvão primeiro queria dizer, mas dizer na forma de reproduzir, copiar, como se tal fosse possível: o ventríloquo com o seu boneco na praça do mercado público, o ventríloquo com o seu boneco Benedito, um boneco negro que falava com a boca articulada, e ele era o seu sonho, sua fantasia, e toda a riqueza desejada, porque só com a sua promessa ele já se deixava ficar sozinho e preso na morada de porta de venda, quando dona Maria estava de saída para a "cidade", como assim chamavam o centro do Recife: "Mãe, a senhora compra o boneco Benedito?". E como Benedito não vinha, talvez o carvão substituísse os beiços grossos e vermelhos de madeira, os olhos móveis aboticados, a cabeça agitando-se, irreverente.

O carvão negro era o boneco. Que procura falar no chão, na calçada, mas as palavras não vêm, ainda não era o seu tempo, apesar da busca de serem expressas. As garatujas gostariam de falar, queriam falar algumas noites em que eu dormia no sofá, pois na casa havia somente um quarto para os meus pais. (Uso esta frase "meus pais" e sinto e sei o quanto ela é inadequada e vazia. Não tive o que as pessoas chamam de "meus pais". O meu pai era apenas um homem ao lado da minha mãe. Para mim, quando os comparo aos de outras famílias, um casal sem sentido.) Em algumas noites, naquele sofá encardido, de florezinhas açucenas pintadas brancas sobre um tecido roxo, aparecia uma anãzinha para me puxar as pernas, de madrugada. De onde havia saltado aquela anã? Seria ela a mulherzinha que me diziam cantar dentro do rádio, minusculazinha, escondida a ocupar o espaço daquelas válvulas, daquelas válvulas que fingiam ser válvulas, pois apenas escondiam a mulherzinha que cantava? Ou seria aquela mulher da embalagem da espiral sentinela, semelhante às donas de casa de 1950? Não sei, a anãzinha era real, vinha como se fosse uma réstia do luar que passava por entre as telhas. Isso, penso, o carvão rabiscava.

O FILHO RENEGADO DE DEUS — V

Essa breve transmigração de corpos, no capítulo anterior, que alguns ingênuos tomariam como mudança técnica de narração, fez mal à terceira pessoa do narrador. Em mais de um significado: do ponto de vista do escrito, para quem o lê, traz coisas tão pessoais que ficam quase ilegíveis, porque falam um código secreto, com palavras encantatórias que muito falam para quem as enuncia, e pouco, talvez, para quem as lê; e de um ponto de vista mais grave, o de doer além da conta à terceira pessoa deste narrador. Dor a ponto de ir além de distúrbios do organismo físico, porque alcança distúrbios espirituais, que os médicos pragmáticos chamam de repercussões psíquicas: insônia, ansiedade, mal-estar de escarafuncho. Melhor então, por enquanto, este refresco de misericórdia: voltemos à terceira pessoa.

Ora, não estava escrito que aquele encontro de Jimeralto no cemitério, 54 anos depois, fosse detonar tal processo de lembrança. Mas necessário. Portanto, adiante, o que no caso deste livro é: adiante voltando. Quando Jimeralto se referia a letras de carvão, que desenhava, e não sabia que formas desenhava ou que busca de expressão tinha na mente aos 5 anos, ele queria deixar submerso algo mais essencial, que levava a fatos anteriores ao próprio nascimento. Como se fossem anteriores ao momento zero do seu grito de feto. E aqui a narração se vê obrigada a trazer à luz um personagem antes do momento previsto. Para chegar ao carvão, temos que ir ao pai de Jimeralto.

    O pai que assoma é o senhor Filadelfo. A sua inserção a esta altura exige um delineamento, ainda que de um modo sintético. O que seria dito ao longo do livro, sai agora, porque as pessoas narradas criam as suas leis. Filadelfo era um homem atarracado, baixo menos por gênese que pela fome passada na infância. Mulato escuro, de cabelos crespos sempre curtos, para que não se mostrassem mais duros que crespos, Filadelfo era tido por muitos como um negro. E nisso ia uma qualificação de desprezo, estranha, muito estranha, em uma sociedade de negros e mestiços. Mas dizê-lo um negro, por trás, quando o insultavam, com o lábio inferior arriado para mostrar repulsa, era dizê-lo um ser inferior que não reconhece o seu lugar. Então e agora, ainda hoje, mas nos idos de 1950 ainda mais era notório, um mulato embranquecia pelas coisas em que tocava ou que punha a seu redor: casas, dinheiro, roupas, mulher branca, ou tida como branca. Juntar coisas que por tradição eram de branco possuía o significado de ser um mulato melhor, um branco meio impuro, mas branco. Diferente do "negro de alma branca", um mulato rico com mulher branca era um branco de epiderme por acréscimo. De pele colada em cima pelo que comprava. Pois como dizer um negro um homem que se vestia bem (como um branco), muito bem (parece branco), casado com mulher branca? – É um "branco".

    Filadelfo, no entanto, nos momentos em que o viam como um negro, não passava de um mulato sem resignação. Deve-se dizer: era um mulato que carregava, mais que na pele, feridas seculares, recentes, que muito fundo o revoltavam. Ainda que disso, dessa revolta, não tivesse consciência, e sentisse as feridas como se fossem tão-só dele, Filadelfo ia além de entrar pelas portas dos fundos da mansão e ali ficar contente, por estar em lugar onde não devia. Mulato arisco, orgulhoso, cônscio do próprio valor, ele queria entrar pela porta da frente, com honras iguais de trombetas e tapete vermelho. Quanta petulância para um mundo fundado e assentado na desigualdade. Achando pouco o entrar na mansão pela porta da frente com anúncios de honra, Filadelfo descobria e apontava os brancos indignos de serem tidos como iguais a ele, aqueles cujo único talento era a cor. Ah, ele os desmoralizava. Ah, ele não passava de um negro, diziam-no. Então Filadelfo oscilava do negro metido a branco ao ser de pele colada às ventas grossas, aos beiços grossos, aos olhos grossos, à forma absoluta de grosso, de escravo grosso.

De fato, ele era neto de escravos, ou dizendo melhor, de escrava, porque na sua família primeira a descendência se dava pela mãe. Vale dizer, o pai não passava de um elemento fecundador, essa palavra suave, pouco afeita a seus modos nada corteses. Melhor, à maneira de Filadelfo: o pai não passava de um fodedor. O que era uma tradição, emprenhar a negra e sumir, como acontecera com a sua mãe. O pai, ou melhor, o fodedor, havia sido um pastor evangélico vindo de Portugal. Fodera a negra, fodera muitas vezes a negra, mas, diabo, parecia obra do diabo, o bucho da negra cresceu. Então o pastor saiu para plantar o evangelho onde mais fosse necessário. Filadelfo sempre o rejeitara, dizia, para nada esclarecer das circunstâncias em que ele, filho, fora rejeitado. Apesar de se mover em uma sociedade de classes e de preconceito de cor, ele jamais valorizava o lado paterno, porque para isso teria de valorizar a gala portuguesa que o fizera um filho da puta. Sim, porque então os filhos não reconhecidos eram "filhos só de mãe". Então Filadelfo trazia essa anomalia cartorial para o bom português da língua, para o rude, diferente do verniz macio de civilização, que ele não ia fazer propaganda de ser filho da puta. Homem pouco dado ao cinismo, aliás, o cinismo em 57 anos de sua vida jamais fora uma qualidade do caráter, ele não chamava atenção para o lado que o faria aceito por vizinhos e pessoas. Ele o escondia. Melhor, ele se mostrava como um homem sem infância, sem origem, família, pai, mãe, tios, irmãos. Como um homem sem passado, dos seus primeiros 20 anos para trás.

Quanta ferida machucada ele ocultava. Quanta ferida ele transformara para sua voz forte, potente, de alto volume e timbre. À distância, ao vê-lo no porto a gritar, Jimeralto o sentia como um barítono dramático, pulado da maldição, da infância infame. A sua voz dialogava, se é possível dizer assim, dialogava com navios distantes sem precisar de megafone. As instruções do prático ele as traduzia para o inglês técnico, em ordens de comando para o piloto na barra.

Diabo, Filadelfo é uma pessoa, um personagem que se meteu nestas linhas antes do tempo, antes de ser chamado, e não mais quer sair, tamanho é o seu fulgor. Escreve-se sobre esse homem não com simpatia, não com admiração, escreve-se, ainda que de passagem, porque ele é um acidente manifesto da natureza. Dir-se-ia, quando se atenta para algumas de suas qualidades mais incomuns, escreve-se sobre Filadelfo porque ele é um acidente da maravilha humana. E aqui, "maravilha" é palavra dura de dizer, tanto por se tratar de um homem brutal, quanto pela lembrança das repercussões que teve nos destinos dos seus mais próximos. Por muitos e muitos anos, até o momento mais maduro, até mesmo naquele ponto em que encontra Lídia no cemitério, Jimeralto teve dificuldade com o pai, para ele um problema inexplicável, um tormento cíclico sem solução, uma espiral sem centro a correr, intratável a uma explicação, que o desmontasse em peças ou objetos, não importa se objetos fluidos, ariscos ao toque, mas objetos compreensíveis, que iluminassem uma das maravilhas do ser brutal e brutalizador Filadelfo. Ele, o filho Jimeralto, ateu desde a juventude, ateu que se desejava materialista dialético, socialista, jamais conseguira primeiro entender, depois compreender um dos aspectos maravilhosos do pai. Como poderia o fazer histórico do homem, como era possível o homem Prometeu, que intenta arrancar dos deuses o poder, se transformar no homem Sísifo, um eterno condenado a carregar o destino? Para os ateus, para os comunistas, não há, não pode haver destino, nem, muito menos, atos determinados no calendário muitos anos antes. Com exceção dos eclipses e rotas planetárias, cuja previsibilidade é apenas um repetir-se, não há acontecimentos fadados. Pelo menos no reino humano, para fatos de essencial importância, não há destino. Ora, um ora que ele ouviria num intervalo que parecia de séculos depois, como se fosse um ora de Orai e Vigiai. Ora, como explicar ou refutar o que vem a seguir?

Para não contestar o que lhe contavam, guardou-se num silêncio cúmplice, porque o relato lhe parecia uma grande mistificação. Ora, aconteceu que em 1950 Filadelfo adormeceu ao lado de dona Maria, naquela casa de porta de venda sem janela. Dona Maria estava grávida, numa altura de tempo e lugar em que não havia sequer exame pré-natal para as mulheres do povo. Não existia, nem se desconfiava existir, qualquer coisa de nome ultrassonografia. Então Filadelfo se viu, na madrugada próxima da manhã, diante de uma frondosa, larguíssima e alta árvore. Pelo que contava, devia ser um baobá. É digno de nota que a língua e a linguagem não são puros jogos aleatórios, pois Filadelfo estava diante de uma árvore que o povo chama de "barriguda", pelo tronco avantajado, como se a árvore estivesse grávida, pronta a dar nascimentos. Então o futuro pai, antes de se maravilhar pela vista do fenômeno de folhas verdíssimas, brilhantes e frescas, recebe como um céu natural o que seria ainda mais maravilhoso.

No sonho a árvore a esta altura sintetiza uma voz que lhe fala. Isso deveria ser tão acima da circunstância natural de Filadelfo, que ele, nas várias vezes em que recontou o sonho, jamais sublinhou o sexo da voz, logo ele, um dominado pela fixação do sexo. Jamais soube dizer se a voz era de homem, de mulher, ou de entidade fora de gênero e classificação por espécie. Jimeralto imaginaria, na maturidade, que essa voz devia ser mansa e amável de mulher. Filadelfo, talvez, pela autoridade que sentiu nela, insinuasse que era de um deus másculo, como o homem ideal na sua cabeça, pleno da autoridade que não admitia contestação, mínima ou mais tímida. Então a voz superior lhe fala:

– A tua mulher terá um filho.

Ao que ele pensou, "mas é claro, como está grávida, terá um filho". E por isso procurou esclarecer:

– Homem ou mulher?

– Homem.

Daí que Filadelfo, ainda descrente, sem se dobrar ao encanto, sem a suspensão crítica diante do encanto, quis flagrar a voz, que só podia vir de uma pessoa escondida atrás da árvore barriguda. Correu de surpresa para um lado, em volta do volumoso tronco, e chegado a um ponto atrás, voltou rápido em sentido contrário e imediato. Não viu nada nem ninguém. Em razão da natureza de todos os sonhos, ou desse em particular, não houve simultaneidade de ações ou de focos. Enquanto ele corria, a voz não se fez ouvir. Filadelfo atribuiria isso, ao meditar sobre o ocorrido, a um silêncio altíssimo, da providência de olhos que eram as folhas, com longos cílios a censurá-lo por sua imensa pequenez, pelo ridículo de ter agido como um homem incrédulo e vulgar. Pois ele havia imaginado uma voz saída de homem oculto, como se ela fosse de um ser moleque, pregador de peças, enquanto lhe era falado algo mais fino e inexplicável. Então, ofegante, mas ainda, na hora, não de todo arrependido, porque como homem comum se acostumara a procurar a explicação dos truques de mágicos e artistas de feira, como naquele dia em que desafiara um pobre atleta de subúrbio, que se desamarrava de cordas apertadas no tórax, e ele, Filadelfo, zombeteiro, desafiou-o a se livrar de nós amarrados de outro modo, e o infeliz aceitou a armadilha, e não pôde sair de nós de marinheiro que Filadelfo lhe pregou. Então, com a respiração em descompasso, mas ainda sem arrependimento da curiosidade mesquinha, Filadelfo se pôs à frente do baobá, e ouviu:

– O teu filho vai se chamar... Jimeralto.

– Como? perguntou. Quanta impertinência. Ele dava à revelação tratos de companheiro de bar nas docas. Como se indignada, a voz calou. Então, mais respeitoso, mas ainda a meio caminho do incrédulo, porque seu corpo não tremia, Filadelfo perguntou:

– Como é que se escreve?

E viu a maravilha que dão os sonhos, ou, de outra maneira, a maravilha que dá o engenho humano diante das dificuldades. O que seria uma tarefa impossível, ou seja, naquele caso, uma grande árvore escrever, ou, mais sério, uma voz sem corpo ter mãos, a essas impossibilidades fáticas do reino humano da verossimilhança, a isso o sonho, a voz e o baobá responderam com um novo ato. Filadelfo viu da terra em torno da árvore aparecerem letras, de imprensa, como as chamavam: letra por letra se desenharam então na areia escura o nome JIMERALTO. Ao narrar o que seus olhos viram, ele disse depois que as letras apareciam como sulcos de terra deixados por uma cobra quando passa. A cobra corre por um túnel próximo à superfície do chão e ao passar faz brotar flocos de areia um pouco acima. Cobra-de-duas-cabeças, diria ele muitos anos depois, por acréscimo, porque esse norte, sonho único fora tão marcante em sua vida, que ele passou a recontá-lo, à semelhança dos chefes de tribo que contam uma história para que os descendentes nunca a esqueçam. E viu, e leu e guardou, fascinado pelo movimento na areia que fizera aparecer em baixo-relevo o nome JIMERALTO. A tudo, a todos os detalhes depois ele poderia até esquecer, estropiar, modificar, acrescer, anular. Mas ao nome não, àquela forma concreta na areia, não. Pois que para tal sonho houve pessoas geradas pelo sonho, poderia ser dito, ainda que Filadelfo como um novo João Batista, como se fosse um João mais alto, achasse por fim que o gerador fosse ele, um gerador mais que biológico, porque teria gerado caráter, personalidade, destino. Pois o sonho real de Filadelfo João Batista era ser Deus. Supremo, implacável, onisciente, poderoso absoluto. "O quanto é poderosa a imaginação da gente", pensaria sobre isso Jimeralto.

Então ele perguntou à voz, insatisfeito diante do que via, como se pouco fosse, quando na verdade os sonhos têm um enredo e um destino, na maioria das vezes mais intrincado e complexo que o mais genial e cerebrino romance. Então ele perguntou o destino de Maria, o destino do sonho que já havia traçado ele, a sua imaginação, como um acerto provável em um jogo de roleta, ele, o destino da sua intenção e do sonho escrito em um livro cujo autor soubesse os próximos destinos:

— E depois? E depois?

A voz calou. Caiu um silêncio. Aquela ausência da voz para ele então ficou sem significado. Quem sabe por que os sonhos têm um fim? Eles não podem continuar indefinidos. Quem sabe ele fora punido por excesso de prosaísmo ante uma revelação, quem sabe? Mas lhe acompanhava no íntimo a pergunta "e depois?".

O FILHO RENEGADO DE DEUS — VI

Quando Filadelfo se promoveu para morar numa casinha do beco, mudanças fundas vieram daí. Na recordação de Jimeralto, aqueles foram os anos mais felizes da sua vida. Na sua imaginação, em um curto intervalo de tempo ali houve o reino e pátria da felicidade. Em um processo estranho de mistura de momentos e ideias, chegou mesmo a crer que o céu foram aqueles dias, tão largos e fecundos. Era uma forma de sentir tão absurda, que chegava a transferir a falta de Maria para a sua presença em um céu azul que fosse o beco, cheio de nuvens brancas e papagaios empinados, com uma alegria de domingo de sol em uma praia de Olinda. Ou como um cinema feliz e fora de lugar, a passar numa tela de sala muito escura. E aqui as anotações da vida pulam e saltam das margens como felizes e encantadas rãs, entre grilos e esperanças. Rãs pulam como borboletas que pulassem, ou fossem pássaros em voos rasantes no mato verde e cheiroso de seiva. E vêm com aquele ar de rio, da aproximação da água no nariz, de banho e pulo de flecheiro, sempre como uma etapa do que virá e viria. Algo como uma pátria impossível, utópica, que um dia tenha sido realizada. As anotações da margem, marcas inapagáveis, transbordam.

O beco, dona Maria no beco, tinha cheiro de tanajura frita na panela com banha de porco. Que felicidade no cheiro, no antegosto, na prelibação daquelas pretinhas apetitosas com temperos de só maciez e bondade. Comê-las, antes de ser o fim da festa, era uma festa contínua que não cansava nem atingia o abarrotamento da exaustão. As tanajuras fritas se comiam, para o menino, como o justo coroamento de um trabalho de curumim, como se ele fosse um menino índio e livre, que caçava ao canto de "cai, cai, tanajura, tua bunda é uma doçura" (a rima era gordura, mas só queria dizer doçura). Antes, na procura da festa, havia que pegá-las com cuidado e habilidade para evitar o ferrão das cabeças, mas que cheiro, que cheiro elas possuíam ainda cruas, cheiro de sovaco de menina-moça, que cheiro! Arrancar-lhes as cabeças, cortar-lhes as perninhas, e como um guerreiro empurrá-las para um caldeirão, imenso na esperança para a quantidade de tanajuras que pegavam. É verdade, a sua habilidade era pequena, sempre haveria de desejar mais que as suas toscas mãos conseguiam, mas era bom ainda assim pela liberdade de errar, tentar e afinal conseguir pelo menos 60 tanajuras para o jantar. Na mesa eram comidas com farinha de mandioca ou pão bolachão, num apetitoso e raro sanduíche. Era melhor que outra iguaria, pão com linguiça.

O curioso e bom é que antes da tanajura tinha a chuva, o toró, a pequena tempestade que descia do céu amplo, cinza, de um cinzento que para os meninos era uma festa, pois transformava o beco num grande chuveiro, num banho coletivo. Ah, suas mães permitiam que os moleques de calção ou nus pulassem na chuva, se emporcalhassem aos gritos "a praia, a praia". Os meninos escorregavam na lama, que faziam de areia junto ao mar. Se soubessem então que existia algo de nome piscina, chamariam os mergulhos na lama de piscina. Ficavam todos molhados até os ossos, mas sem frio, porque brincar debaixo da chuva era um exercício, uma ginástica entre os pulos e gritos. Debaixo d'água disputavam um bueiro, um grosso cano que descia de um prédio em construção. Durante a chuva o bueiro jorrava, e por isso metiam a cabeça sob esse chuveiro farto, agachados, para melhor desfrute da abundante alegria. O quanto a felicidade era pobre, miserável e boa. Custava tão pouco, porque a liberdade distribuída pelas mães fazia do mísero o feliz.

Infância, Jimeralto lembrava com os olhos úmidos, fechados, com vontade de gritar: infância, tu eras a liberdade! Então ele, enquanto dormia sob nome falso em uma pensão de outro país, porque São Paulo ou Rio para ele era outro país, então ele sob um novo nome, codinome, batismo forçado de Pedro, rolando no colchão de um cubículo abafado, lembrava o intervalo curto e feliz da vida de Jimeralto. Tudo era tão perto e tão longe. Da idade que ia dos 6 aos 8 anos, até o pulo magnífico para seus 21 anos, uma distância de apenas 13 anos. No entanto, aquele menino de nome real era como um ser de muito longe, de outro planeta. (Há um distância no tempo incontável para a aritmética.) Não sabia por quê, imaginava-se um menino de cabeça grande, mas ainda assim bonito. Quando, como havia sido bonito? perguntava-se, suando no colchão. Quando? *Quando tivera a noção de que, sendo feio, poderia ser bonito? Quando, enfim, havia sido bonito sem que se desse conta?* Duas perguntas, um ser igual a ele se diz e se levanta. Duas perguntas, fala um ser transposto, que se ergue do seu corpo na cama, transmigrado, como aquele cientista do seriado no Cine Olympia, que aos domingos mudava de corpo. Duas perguntas, e responde.

Agora aos 21, ao se procurar num longínquo passado há 13 anos, ele parecia um menino que olhava por um buraco da fechadura ou espionasse por uma porta entreaberta. O menino que ele via pulava a infelicidade. Saltava acima, rejeitava todos os motivos de ser infeliz. Assim como todas as crianças, era da sua natureza pular os motivos de infelicidade. Dizendo melhor, para maior clareza, no próprio momento infeliz, no instante mesmo de desgraça, o menino não residia. Dos momentos mais trágicos ou cruéis ele retirava células de alegria. Como na distante hora do enterro de Maria, ele vestido com roupa contrabandeada, "slack", e os vizinhos horrorizados com a sua insensibilidade, porque o menino dizia, como se estivesse feliz: "Eu hoje vou andar de carro. Meu pai disse que eu vou pro cemitério num carro". Isso foi dito já de tarde, na hora de seguir o caixão, onde estava o corpo amado da sua mãe, aquela Maria entre flores, aquela entre os cheiros nauseantes de flores, que passariam a lhe causar repugnância por toda a vida, como se flores fossem cúmplices da morte da sua mãe. Era já de tarde, ele saberia muito depois, enterraram-na antes que se cumprisse o rito das 24 horas, talvez pelo feto de nove meses que ela carregava no ventre, e essa razão prática, médica, legal, era de uma crueldade tamanha que ele e todos adultos esqueceram, quiseram esquecer, e porque quiseram, esqueceram: o feto estava na barriguda, coberta de flores. Ocultavam-no como se oculta um dejeto – a vida de Maria –, entre travessões. Tudo era tão primitivo. Tudo era tão bárbaro.

Jimeralto se retorce na cama da pensão do outro país Brasil. Como se podia viver sob grades tão rudes? As coisas todas conspiravam para a morte. Sem médico, sem alimento razoável, sem civilização. E no entanto, o menino mostrava um instante de felicidade, porque se grande é a desgraça do mundo, mais forte é o inconformismo com essa desgraça. Não seria, pensa Jimeralto 54 anos depois do reencontro com Lídia, não seria essa repulsa à desgraça onde estava o corpo, não seria uma fuga da loucura? Não seria uma fuga às avessas do pesadelo, ou dito melhor, uma saída do pesadelo para o sonho?

Como se a desgraça real não passasse de um brevíssimo estágio para os campos de sol? Então ele se disse "é bom minha mãe morrer, eu vou andar de carro", ele recordaria a frase assim, como uma lição clara da incompreensão das pessoas, pela censura que ouviu dos vizinhos, escandalizados: "Menino, tua mãe morreu!". Mas aquela morte para ele então não era um réquiem. Era um instante feliz de andar de táxi. Era algo igual, ou pior, que ter direito a comer maçã, como ele comeu pela primeira vez, quando estava com febre e o corpo cheio de perebas. "Pereba", ele recordava, porque ferida então era pereba, pênis era bilola, umbigo era imbigo, comer era o mesmo que bolo de feijão e farinha amassado e beijado pelas mãos da sua mãe. Sempre assim, a infância era os átomos, ou melhor, lhe dava vontade de sorrir, com aquele sorriso que aprendera, de sorrir para o ridículo da tragédia: a infância era subelétrons de felicidade. Algo assim como uma nuvem fugidia, ou, em momentos de crise, uma ausência de domínio em um corpo concreto em convulsão. Mas como nuvem não era indeterminada. Se o instante não era exato, tampouco era indeterminado. Ainda que houvesse, como havia, um muro duro de resistência, era possível atingir aqueles momentos de primeira consciência de um menino feio. Nada caricatural, nada pura anatomia, no gênero menino cabeça grande, bucho inchado de vermes, pés chatos, braços finos.

A primeira consciência do feio lhe veio antes de um retrato que do espelho. (E as circunstância de feiura vêm todas de uma falta, ou de faltas materiais. A feia vida do pobre. E do que a sociedade, em seu conjunto, determina para os pobres. Feio era ser pobre naquelas circunstâncias de 1958 no beco.) Era contraditório, antes mesmo desse retrato, que o feio para os meninos fosse uma coisa ruim, puramente física, que vinha de como as meninas viam os meninos. De como elas suspiravam e se mostravam dóceis, receptivas para uns poucos, para os que não eram feios. Esses eram todos de pele clara, vale dizer, pelos critérios locais, eram brancos. E se não portavam uma pele clara, pelo menos de branco possuíam os traços e cabelos, que deviam ser lisos e finos. O que significa: o bonito era sempre a negação do negro, que depois da cor se notava no cabelo crespo, pixaim. Parecia uma sociedade de pelos, uma sociedade de perucas, os meninos de cabelos lisos em longas cabeleiras, que não cessavam de pentear. Os rapazes em cabeleiras fartas, nas quais punham óleo, brilhantina, para brilho de anúncio comercial nas cabeças. Uma sociedade de pelos lisos, pensava Jimeralto na volta do cemitério, "a beleza de suas caveiras era uma cabeleira lisa". Que asco e horror ele sentiu, sem saber se o mal-estar vinha da caveira, dos cabelos longos plantados, ou desse contraste cujos fios mostravam o excremento daquela visão.

Isto, a falta de cabelos lisos, estava naquela primeira foto revelação. Aquela foto depois, ele sabia. Depois do caixão de Maria, tinha consciência, e se pudesse passava uma borracha, assim como apagava o carvão com os dedos, sujando-os com gosto para desenhar outras letras. Isso lhe dava por saber que nos olhos daquela foto, olhos feios que nada ajudavam a falta da cabeleira de James Dean, naqueles olhos havia uma falta. Do quê então ele nem por esforço de adivinhação alcançava. Seria a falta de um apoio do sentimento, que lhe vinha da mãe, que se viva estivesse não teria deixado o seu menino Jimeralto parecer tão feio? Sim, porque a mostrar aquela cabeleira de negro ela teria dito para as vizinhas com um sorriso ancho, toda ancha, era a palavra, com o sorriso mais contente e satisfeito e orgulhoso guiaria os olhos das vizinhas: "não parece um homem? parece um homem". Então os seus olhos no retrato não teriam nem um acento de falta ou tristeza. Então ele seria um homenzinho feliz, porque haveria no mundo alguém para consolar a sua feiura, no difícil começo de adolescência. Mas o que seria ou é o feio? O feio não é sempre uma carência, não só no próprio objeto de meninos e rapazes feios, mas na própria percepção de quem os vê? Pois o feio é o que causa mal à gente, e o bonito é o que nos causa paz, diria qualquer diálogo de Sócrates em Platão. Mas não, o conceito veio antes dessa leitura, porque jamais alguém soube ou viu um menino feio na felicidade. Tanto aos próprios olhos quanto aos de outros. Então ele, naquele cubículo de pensão a rolar na cama, não queria descer os olhos para o inferno, e por isso o saltava, como o menino do beco da Vila Alegria.

Então lhe vinham os minutos do menino bonito que fora. Ah, partículas particularíssimas subatômicas. Grãos de pó que cresciam pela intensidade como se fossem bombardeios de nadas, porque invisíveis, mas estrelas poderosas, fulgurantes no sentimento. Ah estrelas que são um sorriso, infinitésimos do íntimo que se guarda na gente, esses momentos passavam todos por Maria. Por que era assim? Nos anos de juventude clandestina, sob a leitura dos manuais simplificadores do marxismo, Jimeralto dizia que tal coisa era resultado do conflito subjetivo versus objetivo. Mas isso para ele era apenas uma fórmula de apagar incompreensão, o que apagava também o entendimento. Pois a incompreensão não se resolve enquanto a gente não a encare. Esses momentos de beleza, que passavam pelo curto tempo em que estivera com Maria, eram uma felicidade que estava nela, nele e em seu breve encontro. E lhe chegavam duas ou três rosas para a memória seletiva. Uma para aquele dia em que desenhou do modo mais tosco e primitivo um avião, ou um projeto de infância para um avião, aproveitando o papel mais barato que havia na casa – uma casa, de resto, constituída de todas as coisas baratas –, um papel de cor de goiaba apagada, áspero e crespo que embrulhava pão. O lápis tentara alguma coisa semelhante a um avião, com duas asas sem perspectiva ligadas a um cilindro com nariz. Aquilo para dona Maria foi uma descoberta. O quê? então o filho era um artista. Então o seu filho era um desenhista, um pintor, e com tais revelações saiu a mostrar às vizinhas o rascunho do que poderia ser um avião. Com que júbilo a senhora gorda e baixinha exibia o fruto do seu fruto. As senhoras vizinhas, as mais piedosas, tentavam ser agradáveis no comentário "é um bom começo, não é?". As mais sinceras, que nisso possuíam também a qualidade de ser "verdadeiras", distinção que as pessoas do povo dão à grosseria, apontavam a falta de rabo no avião, uma asa mais estreita e menor que a outra, o nariz pouco curvo, e diziam "ele tem que aprender a copiar". A essas, para não ser igualmente grosseira como as comadres de Molière, que se diziam "verdades" em verdadeiros insultos, a essas dona Maria arrancava-lhes das mãos a obra do filho e passava para outra casinha, onde encontrasse admiradoras mais solidárias.

Tão calorosa, sanguínea ela era que, aos 30 anos de idade chorava de alegria, ou de raiva, ou de tristeza com frequência. Jimeralto jamais soube se aquilo não era também um sinal da sua curta vida, uma antecipação de sentimentos e emoções que fazem chorar com facilidade as pessoas de mais de 50 anos. Não sabia. As pessoas então, com seu português rude, diriam que aquilo em dona Maria era "instinto", coisa intestina. E com isso queriam dizer alma, espírito, qualidades e fenômenos muito além das tripas. Mas ainda assim, com essa coisa intestina, intestino, um nome precário cuja poesia remete a baço, fígado e demais vísceras, ainda assim elas queriam dizer algo que sendo íntimo também era intuição, um modo de ser que não se explica em razões concatenadas. Então, por intestino e espírito, dona Maria chorava ao exibir calorosa o desenho do filho. Isso, que Jimeralto viu, a tomada de sua primitiva obra para divulgação entre as vizinhas, foi um momento permanente de felicidade. Isso veio de Maria, veio dele, veio do tempo e do papel de embrulho de pão. Isso era o resultado da dialética do subjetivo e objetivo, que ele repete em 1970, sem se dar conta que na pura vida estava, era o fenômeno, sem que desse tal explicação. A vida não era conceito. Ela sempre pulava, pula, no tempo de clandestinidade ele não podia adivinhar, a vida sempre pula do conceito, a vida é mais magnífica e surpreendente que o maior e melhor enquadramento dialético.

Se pudesse pintar dona Maria a carvão, a bico de pena de carvão, com um carvão pontiagudo, grosso e agudo, sem que apagasse a pintura adiante, pois não seria fácil apagá-la, diria:

"Acho que somente pude vê-la como a minha mãe depois da sua morte. Antes, ela era uma pessoa amiga, amiga mais velha, íntima, que havia me dado de mamar até os cinco anos. Sei que ela era de baixa estatura, sei porque outros disseram, sei que ela era bonita, sei porque restou dela uma foto, aquela última imagem que os pobres guardam para o retrato da sala. 'A foto da falecida', diziam ao apontá-la, e para mim, mesmo depois de tê-la visto no caixão, ela era 'a falecida'. E no entanto era Maria, dona Maria, a minha mãe, de quem tive a felicidade de ser filho até os oito anos, mas a quem não dei a felicidade, ou pelo menos uma compensação, alguma coisa de arremedo do feliz, de fazê-la saber que eu fiz um desenho dela a carvão, depois de ela ter me falado no cemitério em 2011. Isso ela não soube, não pôde saber de experiência viva. Mas deve ter desconfiado pelo avião que um dia fiz, pelas letras a carvão garatujadas lá na frente do mercado público, pelos desenhos que eu fazia na areia do beco, copiados dos de Euclides, um soldado de polícia, débil, que sobrevivera a um AVC. Pois essa Maria, gorda, baixinha e bonita, era mulher de coragem, de sangue nas veias, como se dizia então, de sair com o filho de casa sem nada, por não suportar o mando arbitrário do marido, o senhor Filadelfo.

Era mulher pobre e sem vergonha de ser pobre, que pelo exemplo ensinou a não ter vergonha de nossa condição. Por isso digo assim, que eu a amava sem saber o que era o amor. Desenho tal coisa e paro, pois grande é a perturbação. Porque ela era a minha cúmplice, companheira, professora e escola de carinho. Sim, escola de carinho, matéria da qual ela me deu a cátedra e a falta".

Ao escrever "falta", ocorre no menino transformado uma parada no esboço, pois se ergue um obstáculo, um impedimento. Seus olhos marejam esse carvão de Maria. O carinho e sua falta eram um instinto ou um aprendizado? Ou ao mesmo tempo os dois? Ou melhor, natureza, aprendizado e espírito unidos no milagre e amálgama de uma nova e santíssima trindade? O carinho é mais que um grão, uma semente a fecundar na terra. Na semente que brota, o novo ser é soma da natureza e circunstâncias do solo e clima. Em Jimeralto, o carinho foi um aprendizado que fecundou vigoroso no colo de Maria. O desenho a carvão talvez lembrasse, mas não teria a coragem de desenhar e dizer que o menino ficava àqueles afagos com o pênis ereto. De um modo envergonhado, é certo, mas sem imenso remorso ou tormento. Vergonha pela circunstância de não respeitar a senhora que o abrigava tão pura, lhe parecia. Pois ser carnal no amor de mãe era um grande pecado. Mas a censura àquela ereção, se alguma vez houve de Maria, não vinha como inclemente condenação. De Maria vinha infinito entendimento, o de saber que o filho era carne, mas carne sua; de saber que o filho era espírito, mas espírito que passou por suas entranhas. Devia pensar "como condenar um inocente que não sabe que responder assim à mãe é pecado, e tem vergonha da sensibilidade a meu carinho?".

— Vá brincar, ela dizia, descendo-o do colo. E o menino pulava do ato pecaminoso.

Isso, essa confluência de instinto, luz e luzes do carinho, significa também que o ambiente no beco em 1958 era avaro e avesso ao toque do coração. De um ponto de vista geral, no Nordeste as pessoas eram mortas à faca, os trabalhadores eram tratados como cachorros lazarentos, os negros eram proibidos no salão ou pisados, as mulheres eram só um corpo com prazo curto de validade. E os meninos, as crianças, não existiam. Eram uma outra e indesejada coisa, puro objeto sob as ordens dos adultos. Não havia uma voz nos meninos, para os meninos, porque não havia uma voz, sequer o direito de ter uma, para os de baixo. As crianças e as mulheres eram um estado de larva, não eram mais as antigas do século XIX, mas ainda não eram as borboletas cujo ser em potência apontavam. Mulheres, meninos, negros e pobres eram restos de século sobrevivendo em novos corpos. De um ponto de vista particular, o que para nós mais importa, Jimeralto aprendera o carinho ali, no colo e dedos que a mãe lhe passava nos cabelos, porque sem ela haveria apenas as trevas. Para ele teriam sido as trevas, uma longa noite sem significado. Desse breve e intenso tempo, pelo espaço livre do ser aberto por Maria, veio uma experiência fecunda e lírica.

Jimeralto lembrava bem, e nos anos que continuaram até a maturidade tentara o retorno da menina Selma. Bonita, desejada por todos os meninos, ela era um encanto e alegria, que reacendia no peito até à sua lembrança. Selma parecia o tempo todo estar perfumada, a sair da casinha próxima a ele. Era como, de tão diferente das pessoas do beco pelas roupas e feições, se ela não morasse ali, apenas aparecesse de vez em quando com a mãe para provar vestidos na costureira. Havia uma incompatibilidade, pelo gênero de beleza, entre ela e as pessoas do beco. Há uma fuga, como a fuga em perspectiva daquele quadro clássico de Rafael, que passa pela circunstância de seus traços físicos e corre para o beijo, ao cair de uma noite, quando se tocava a Ave Maria de Schubert no rádio. Um beijo furtivo, rápido, mas com uma duração que vem até os cabelos brancos de Jimeralto, um beijo imorredouro que não lhe veio logo quando encontrou no cemitério dona Lídia. Ainda que no abraço à senhora sentisse o calor e agitação que remontavam àquele princípio de noite. O menino estava sozinho, estava começando a gostar de ficar sozinho, sentado em frente a um prédio em construção, na ponta do beco. Olhava a avenida, talvez à espera de ver um bonde passar, ou prelibasse o café com pão torrado. Então ele sentiu, de repente, um beijo na face, um beijo sem aviso, em silêncio, mais cheiro que ardor apaixonado, um beijo suave carinho dos lábios. Então, surpreso, ele virou o rosto e pôde ver que a boca e pessoa eram de Selma, a menina a quem tanto desejava, com quem tanto brincava aquelas brincadeiras "inocentes" de a levantar para lhe mostrar força, até a sentir de volta a descer, bem junto a si. O beijo que ele não teria coragem de dar, por não saber o quanto seria aceito, veio de presente de Selma, sem aviso em 1958. Então o menino Jimeralto, mal aprendido de carinho, como uma tartaruguinha que apenas soubesse o caminho do mar, mas ainda não detém o seu fluir e sabor, então ele tartaruguinha se dirigiu para o rosto de Selma como uma retribuição, e não soube por onde tocá-la, ou agarrá-la de repente e com força, ou quem sabe puxá-la pelo pescoço, pelo queixo, pelas bochechas, não soube, pois nada sabia ainda de beijos além da face. Puxou-a de vez, de susto, de medo e bruto. Para quê? Selma escapou, fugiu e fulgiu mais breve que a Hora do Ângelus no rádio. Passarinho belo que não se pega no voo.

 Jimeralto não soube depois se ela correra do seu rústico e inepto afeto ou se correra de impulso natural. Acendera a fogueira e correu. Jimeralto não soube precisar depois se aquele beijo veio como afeto de namorada ou expressão de bondade por vê-lo tão sozinho e só naquela noite escura. Ele parecia estar naquelas trevas, no espaço profundo do escuro sem corpo ou habitação, numa treva sem afeto ou mãe. Talvez, ele não sabia, Selma houvesse tido naquela infância um movimento de fraternidade, um "eu sou igual a ti em carência e sofrimento, sou igual a ti porque sinto o que sentes", ele não sabia se foi isso, se essa razão de fraternidade não era um produto da sua imaginação, porque notara a partir de então que os movimentos fraternos são raros, quando não misturados a egoísmo lógico e confusos. Que esses movimentos dificilmente são assim tão desinteressados, pura fraternidade pura. Ele não sabia, nunca soube. Sabia apenas do cheiro e dos lábios que o acompanharam desde então, dos oito ao infinito, de 8 a ∞, infinito que é a duração permanente da infância. O que o poeta Manuel Bandeira bem descobriu, ao lembrar o período dos seis aos dez anos de idade: "Quando comparo esses quatro anos de minha meninice a quaisquer outros quatro anos de minha vida de adulto, fico espantado do vazio destes últimos em cotejo com a densidade daquela quadra distante". Pela intensidade, pela fundação do ser, aquele 1958 havia de ser um ano infinito, ∞ como um 8 deitado.

O FILHO RENEGADO DE DEUS — VII

No quadro A Escola de Atenas, Rafael dá uma aula de perspectiva em grande arte, a saber, em transformação da matéria mais dura em mundo de gente. Do que, em uma visão geométrica, seriam grupos de polígonos concêntricos, ele fez um encontro de pessoas que convergem para um centro, Aristóteles e Platão, num aparente fim do quadro. Isso nos deixa até hoje uma sensação de harmonia e de estranhamento. A estranheza se dá na mesma percepção que admira o todo harmônico. As pessoas não se dispõem armadas para um ponto de fuga, para um ajuste de linhas em um X grande. A perspectiva é uma bela abstração, reconheça-se, mas há que se ter, digamos, outras perspectivas, porque a vida não age com a simplicidade geométrica. Quando foi dito que naquele beijo de Selma havia um ponto de fuga, uma fuga em perspectiva como no quadro de Rafael, ressaltava-se um instante máximo, mágico, à maneira de um mágico em pessoas, que atingem o lirismo, a ternura, e nem se percebe. Mas nisso, nessa perspectiva adaptada, também há um estranhamento. O arrasto que salta a pessoa de Selma para ir até o beijo, fala à memória que não é um desenho, porque vem mais como um zoom de câmera. Melhor dizendo, vem como um movimento de zoom que antes de ir ao ponto foca veloz, de passagem, outros pontos. A memória vai no ponto. Mas na escrita organizada, esse zoom vai e volta em um recuo para atos e pessoas sobre quem não se falou antes.

Ao atingir a surpresa daquele beijo de criança aos oito anos, a memória de cãs Jimeralto reconstruía, sob a luz da flor e do perfume, a pessoa que era Selma ao anunciar a mulher que deveria ser aos 30 anos. E aqui o conceito que é experiência anota à margem: quanta mágoa, pois o ser mais afetuoso e verdadeiro da menina aos oito não se encontrou aos trinta. Que pessoa apagada, não em seu físico e aparência, e nisso também, mas não era o essencial, pois restava uma outra: que valor a infância guardara para a mulher que poderia ter sido. Como era difícil ir além do beijo em 1958. Mas se devia ir, nem que fosse passando pela superfície de breves linhas. Isso quer dizer: aquela menina, linda como nunca mais seria, aquele manifesto que obedecia ao impulso natural do coração, que se dobrava à poesia da Hora do Ângelus ao descobrir um menino sozinho, mergulhado na noite a pensar, a divagar sobre a pessoa da mãe que saíra para a maternidade e voltara num caixão, aquele impulso genuíno, belo e heroico, identidade melhor da pessoa que um dia sumirá, aquela menina quando se transformou na senhora Selma, no vigor dos 30 anos reencontrada no Recife, era uma pessoa mais ajuizada, que casara com um gerente de loja comercial. A sobrevivência impõe a sua mediocridade, mas por que sobreviver matando o beijo, como se ele jamais houvesse existido? Então Jimeralto sorriu para ela, perguntou-lhe pelos parentes, mãe, então Jimeralto se viu a si mesmo como o menino daquela noite, mas conseguiu apenas dois movimentos: do menino, a mesma inabilidade de palavras, gestos e ações; do adulto, a frustração de não reter a primeira namorada. Então Jimeralto soube que ela esquecera a dignidade, esquecera-a pela vida doméstica da senhora que pode comer e ter a última geladeira, a mais moderna dos comerciais. Esquecera a dignidade porque havia esquecido a menina da infância. "Eu não sei", ela respondeu à pergunta "lembra-se de uma noite linda em que nos encontramos em 1958?", e mais ela respondeu, "eu tenho uns brancos na memória". Jimeralto sorriu, naquele sorriso que é só vontade de morder, com desejo de romper com a falsidade. "Ah se tivéssemos uma cor de honra para os brancos de memória, esquecida senhora", pensou. Mas nada disse, pelo contrário, cego pelo antigo sentimento procurou saber onde ela morava, se possuía telefone, quando voltaria "por ali", numa cidade tão grande, capaz de esconder a verdade de um beijo suburbano. E ficou por anos a procurar algum rastro, onde ela morava, apesar de um frio pressentimento de que a sua magnífica não passasse agora de uma del Toboso com avental de gordura. Ah, real, ah, zoom, como és seletivo e arbitrário. As coisas são bem mais harmônicas na perspectiva, na ilusão de três dimensões em um quadro. Lá no fim e ao centro em Rafael estavam Platão e Aristóteles com outros pagãos, em pose simplificada. Lá no fim e ao centro o beijo de Selma, numa nova abstração do antes e depois. Mas aquele beijo não foi pose numa sucessão de linhas desenhadas a compasso e concêntricas. O encanto dali foi precedido por outros encantos.

Em sua memória do beco, Jimeralto lembrava em Selma os olhos diferentes. Assim como uma criança negra não se vê negra ou vê negras outras crianças, nem tampouco percebe, pela pele em si, qualquer criança branca, pois apenas vê meninos e meninas, e de tal modo que não percebe o albino em um companheiro, de modo semelhante Jimeralto não sabia a cor dos olhos de Selma quando a desejou como namorada. Isso, essa falta de percepção, ia além da ignorância primeira de um menino sem educação mínima, que não distinguia nas cores qualquer gradação. As cores ou eram as tonalidades, ou mais simplesmente vermelho, amarelo, azul e branco. A diferença nos olhos de Selma é que não eram negros, ou parecidos a negros. Para ele, os olhos dessemelhantes de Selma eram a boca, os lábios, o perfume de menina rica que ousava uma colônia, um luxo que não agredia, pois que era um encanto. Aquela menina parecia estar em roupas de sair, de "ir à cidade", como se referiam as pessoas ao centro do Recife. Os olhos eram ainda os cabelos. Ele não sabia, a memória é um grande sentimento, Selma parecia estar sempre pronta, vestida de namorada, em trânsito para a cidade, pois além da persistente lembrança da seda com bolinhas brancas em um fundo vermelho, além disso, na sua memória Selma era o seu rosto, rosto dela e dele também, porque era o rosto amado, do anúncio do amor que seria um terreno duro, sofrido e querido na juventude.

Então o amor era algo distinto, de alta distinção e diferença do sexo. Embora o amor fosse também já sexo, mas disso ele não sabia. No aprendizado da infância mais adiante, o sexo seria apenas sexo, cabeludo, bocetudo, de abocanhar tudo, tudo tão tormento, tara, tudo tão tantalizante, nada semelhante ao amor rosto suave de Selma. Claro, naquele rosto havia sexo também, mas isso ele não percebia, porque no ser amoroso de então as santas fornicavam de passagem, talvez como peixinhos no aquário. Pois esse amor era santo, e o sexo para esse amor era uma concessão ao terreno, assim como Cristo em sua passagem na terra, que o povo dizia nunca haver engolido comida, pois fazia uma "comparação". As musas do sexo que conheceria depois não eram bem musas, eram coisas demoníacas com um rosto e expressão de prolongamento, pois como seriam musas as coxas abertas, genitália peluda, escancarada, até os olhos de quem toma porre de lança-perfume? O sexo então era só um mergulho para a água chamativa e clamante para o fim, água que era carne úmida entre pelos. Vem, vem, e vens ou vens.

Por isso o sexo em Selma era o seu rosto, os seus olhos, e na característica deles Jimeralto via os cabelos da menina que era ou seria a sua namorada. De que cor eram os seus cabelos? Como era aquela cabeleira com sulcos em dois hemisférios, de que cor eram os hemisférios naquela cabeleira? Baudelaire, o homem Baudelaire no desfrute pleno da sua poesia, sentiu nos cabelos da amada, na cabeleira rebelde da negra Doroteia, perfumes de óleo de coco, mares, viagens. Na lembrança a cabeleira de Selma lhe parecia da cor de febre, com um gosto de chá de capim-santo. Se assim se podem chamar, cabelos de febre seriam a cor indecisa entre negros, amarelos, castanhos. Não eram negros, ele se dizia aos trinta anos, tampouco eram amarelos, ruivos, não eram. Talvez algo próximos de castanhos, cor de chocolate claro e de cascas de feridas que cicatrizam, dizia-se, ainda que tal mistura repugnasse uma harmonia estética. É que as cores, as pessoas, os fatos só lhe chegavam pelo filtro do sentimento. Ou melhor, pessoas e cores eram um sentimento. Aquele cabelo cor de febre, ele sabia, não gostaria de falar, mas ele sabia que apenas queria dizer aquela menina loura, cabelos cor de mijo, que o evitara na segunda infância, uma segunda que era a primeira pela consciência, na idade dos cinco ou seis anos. Ele estava febril, com catapora, e ao pegar em sua mão e ver as marcas de feridas cicatrizadas, a menina primitiva gritou:

— Não peguem nele! Tá com catapora.

Que coisa amarga, que injustiça sem remédio. "Não, eu não sou feito para louras", ele se disse depois, pondo naquela circunstância um dado genérico. Então recordava, daquele mundo febril, o cuidado da mãe que acolheu o filho perebento, seu rebento. Dela, na febre, recebia o conforto do chá de capim-santo, até com muito açúcar, um grande privilégio, pois a mãe sempre lhe respondia, quando saudável ele reclamava do café amargo:

— O seu pai não é usineiro.

Daí lhe parecia vir o cabelo cor de febre de Selma, talvez como uma solução de amor de infância, e mesmo diferente, uma solução de chá com muito açúcar. Mas em outro passo, ao recuar avançando para o encontro no cemitério, quanta grossa e miserável transformação, com ares de psicanálise de feira, ele se rebelava, porque a pessoa de Selma não deveria descer a formas esquemáticas. "Isso não é um esqueleto, isso não é um corpo descarnado, um objeto desmontável como bonequinha de plástico". Então de que cor eram os cabelos no rosto que ele amou? Só um esforço de pesquisa viria a esclarecer, na maturidade, o quanto ele estava a fazer um retrato sob hipnose: os cabelos de Selma eram castanhos, seriam castanhos, de um castanho claro. Mas quanta violência, quanta arbitrariedade, quanta separação abrupta nessa identificação, ele se falava. Pois os cabelos de Selma não eram um escalpo. Ela não estava nos cabelos, ainda que por eles as suas mãos houvessem passado, por eles descido até o pescoço, do qual se aproximava com a boca natural por instinto, um caminho interditado antes que o menino fosse mais fundo, ele vampiro, ela a cruz pela proibição. Na verdade, Selma era vampira nova que cresceria pelos anos a seguir puxando-lhe energia, fazendo-o cair em novos enganos.

Por que a infância não se conserva? A meditar sobre esse desejo, ele considerou que se fosse possível conservá-la parada enquanto o tempo corresse, a infância seria um objeto mumificado. Então, melhor, por que a infância não confirma na maturidade as suas melhores promessas? Ora, ele considerava, numa resposta em que era carrasco e condenado em uma só pessoa: se os anos maduros confirmassem as promessas de menino, a pessoa seria uma planta ideal, o que vale dizer, uma planta cujo desenvolvimento fora só a realização da semente. Um crescer em linha reta sem a presença, sem a força e violência do ambiente. Ou seja, o gênio da infância, pois toda infância tem gênio, uma vez que é o desabrochar do homem e nisso tem gênio, o gênio da infância quando nele se movem diferentes possibilidades não se confirma como ponta do espinho. A infância se nega ou morre ou cresce com as voltas e sinuosidades de planta à semelhança de trepadeira. Talvez por isso aquela vampirinha, que o sugou e perseguiu como realização dos anos primeiros, não se confirmasse na mulher reencontrada. Aquela doce menina, aqui ele a reerguia nos braços outra vez, que o beijou à noitinha, cujo doce era o anúncio do sêmen que ele ainda não tinha. Diabo, diabo, não havia uma coerência ou uma simultaneidade dos instantes felizes e o tempo do corpo, sempre um descompasso, o gozo sem o sêmen da infância, o sêmen sem o gozo na juventude quando penetrava prostitutas no cais, ou a felicidade sem o gozo físico, só a lembrança depois dos 60, sempre esse descompasso, incompatibilidade. Era como uma permanente inverossimilhança, mas que é pura verossimilhança, pois o amor e a realização do desejo não eram nem foram uma historinha conforme as exigências de Aristóteles: ação, personagem e gênero, nessa ordem. Antes, o sentimento do gozo sem o sêmen. Depois, o sêmen sem a explosão do sentimento. E por fim, sentir o sentimento como lembrança.

O rosto de Selma lhe voltava com certa música sem violinos, sem som, mas com o sentido que se tem de um Beethoven sublime, agudo como romanza para violino e orquestra no movimento 2. Sem som, ele se dava conta, porque Selma era um rosto sem voz, como naquela noite do beijo oculto no escuro. Sem voz, embora houvessem conversado, melhor, ele falado a ela na infância, adolescência e maturidade. Por que ele, tão cioso da memória, não guardara o tom, o timbre, o calor da voz do primeiro amor? Seria uma defesa, digamos, estética, pois a voz da menina quem sabe era vulgar, comum, como uma dublagem ruim em personagem de cinema? Algo como um sotaque, uma fala caipira natural na caipira elevada Ava Gardner? Então ele se esforçava, punha a mão sobre a fronte, como se tal gesto o ajudasse a desenterrar o por tanto tempo guardado. E daí nada vinha. Quem sabe umas frases perdidas, algo como "hoje vai chover, amanhã vou à escola, quando casar vou ter filhos"? A razão, além da menina bonita com voz sem beleza, também vinha do tempo, lugar e pessoa. Selma, como todos no beco, falava pouco, e nesse pouco substantivos. As gradações longas da fala, discursos, as frases desenvolvidas para expressar as mudanças do pensamento, não vinham. Em circunstâncias normais, por falta de educação eram ausentes de forma expressa. Ou melhor, de uma certa educação, pois na natureza tudo educa, ensina, até para a barbárie. As falas, ali, diziam dor, reclamação, raiva, felicidade em frases curtas, até mesmo quando narravam, como nas falas do pai, Filadelfo. Então se comunicavam bem, por gestos que acompanhavam as palavras com olhos, queixas, tons na voz.

– O teu filho não presta.
– E o teu?
– O meu não é safado.

E as mulheres se agarravam. Para que mais? Talvez a unidade de ação e personagem recomendada por Aristóteles, em que as ações amarram tudo, ali no beco tivesse lugar. Se não fosse assim tão esquemático e mecânico, se na divisão de Aristóteles houvesse também lugar para a ação sem atos, patentes, realizados, atos em potência porque humanos, portanto fora e além das categorias do teatro grego, o beco seria o lugar para Aristóteles. Tais circunstâncias, é certo, explicavam, explicariam a dificuldade da lembrança da voz de Selma, mas não a sua ausência, ou pior, a inadequação de outra voz plantada nas articulações entre seus lábios. Chegado a esse ponto, a essa aparente impossibilidade, muro intransponível, Jimeralto partia para outra substância a fim de explicar o afeto por sua musa menina. Ia a seus olhos, mas o pensamento saltava os olhos de Selma. Dessa vez não por um impossível na lembrança. Revoltava-o, nos anos de militância clandestina, a que chegara por leituras sobre os Panteras Negras, revoltava-o ter amado e ainda amar uma menina com a cor daqueles olhos. Pois Selma, com aquelas íris, aumentava o seu valor no mercado, a ponto de receber cortejo de meninos, de bicicleta, a pé, na porta da sua casa aos 14 anos. Que ciúme lhe dava. Ao mesmo tempo, que revolta lhe dava ter amado ou amar Selma com o acidente daqueles olhos. E de tal modo, que não gostava sequer de lhe dizer a cor, "eu não via qualquer cor de olhos, eu via a pessoa", ele se dizia, e com isso caía no ridículo de dizer, calado, "eu não via o que eu via". Impedido sob novo tabu, mais simples teria sido dizer: "eu amei os seus olhos verdes". Verdes, verdes, verdes, repetia-se então em um castigo primário de escola, em um caderno 100 vezes, mas agora adaptado, verdes, verdes, verdes. E assim os repunha, porque os amara como num episódio de Santa Luzia, arrancando-os.

Num perfil de Selma, que os dedos pintaram na lembrança 53 anos depois do beijo, ele foi possuído pela busca de um retrato objetivo, da pessoa objetiva, com um foco objetivo da objetiva. E no entanto ela, a posse objetiva de Selma, se esfumava no sentimento. Nos traços mais óbvios, que não alcançavam a identidade da pessoa, ela era menina de pele clara, olhos verdes, cabelos castanhos. Mas então, mesmo aí, o retrato objetivo, ao descer a pormenores, não se definia mais: teria ele os cabelos ondulados, cachos? E diante de uma busca de tentativa e erro, ele rosnava: não. Isso porque, do visto, ele guardava a sensação do tato, pois mais conservara o gosto que trazem os dedos, quando desciam pelos cabelos de Selma. Ali, lembrava, as ondas não cresciam, vinham à semelhança de água reta de riacho. Não eram nem negros nem louros, eram negros ou louros mestiços, eram cabelos de Selma, ele diria, revoltado com as determinações de cor, raça e gênero. Na verdade, mais que nos cabelos, Selma era toda misturada, pois tendo a pele clara e os olhos verdes, ainda assim dela não lembrava a bunda, e de tal modo, que era como se lhe faltasse. Mas essa falta estava no que a sua pessoa se retomava por um tipo especial de sentimento. E, natural, o sentido de visão guardado não poderia dar à menina o que ela ainda não possuía, seios e ancas de mulher. E de tal forma era o sentimento que, no reencontro da maturidade, os olhos de Jimeralto buscaram outros atributos de fêmea, além do sagrado sentido da memória, que voltava, "Selma, lembra daquele beijo?". Era como, santa abstração, ela não possuísse coxas, pernas, bunda, seios, sexo bom de penetrar. Ela era o rosto e o beijo de feitiço, paralisante. Que ele trepasse outras mulheres, mas não como a primeira revelação, pensava. Que se deixasse ficar assim idealizado, um homem na maturidade vencido, com os braços abertos na cama, dominado, a dizer e a se dizer em jaculatória: "Sentimento primeiro, tu me venceste. Sentimento, tu me fizeste. Sentimento, sentimento, aqui termina a tua perseguição. Rendo-me, prostro-me, sirvo-te enfim". Então Jimeralto, na abstração do corpo e sexo de Selma, qual religioso revel, além do sonho, sede e fome de que era feito, saltava também determinações mais sentimentais da namorada ideal e terrena.

Ele não compreendia então. Ele via, mas não compreendia a graça daquele sorriso. Selma sorria muito. Antes, já na infância, depois na juventude, e mais ainda quando madura. Bonita que era, sorrir a promovia à condição de bela e simpática aos olhos de todos. Nesse comportamento, modo de ser, difícil era distinguir o que nela era genético ou aprendido. Um aprendizado por imitação, quase cópia. Selma era simpática desde menina, porque desde a infância assim sorria e era a sua mãe, dona Lúcia. A sua mãe, apesar de procurar um canto discreto, furtivo, era mulher bonita, do gênero "vistosa", como as pessoas costumavam dizer. Essa qualificação significava, além da beleza, mulher alta, de formas amplas, seios, ancas, pernas de saltar à vista. Dona Lúcia era mulher que, se vivesse a servir café em uma lanchonete, os clientes lhe falariam à maneira de uma corte: "você devia ser dona de muitos restaurantes". Isso queria dizer, no limite da corte e da grosseria, que suas formas preenchiam e eram dignas de vários espaços, de restaurantes largos, caros e claros de luz de sol, que se filtrava em tons nas cortinas transparentes das janelas. Cortinas para o mar, onde enfiariam as cabeças até as profundas. Com a sua voz quente, de sotaque de outra terra, quem a ouvisse, apenas a ouvisse, imaginaria ser voz de mulher com argolas nas orelhas. E a continuar pela imaginação da voz, mulher das que ressaltavam os fetiches, mechas de cabelos a cair sobre as argolas, cangote livre e desejado para a boca, ruge nas maçãs do rosto, sombra nos olhos, batom acentuado de cheiro forte, de tinta vermelha onde era bom se lambuzar na face, na camisa, no lenço denunciador de um último beijo.

No entanto, para fetiches e esperanças do gênero, dona Lúcia era discreta, de presença tornada suave pela disciplina a frear passos marcantes que em seu natural deixariam rastros. Era como se ela houvesse entrado em uma nova ordem, talvez de freiras carmelitas, mas freira sem alarde, porque se apagava com arte de se esconder sem negar a presença, uma nova. Ela, mulher vistosa, em outras maneiras e roupas, preservava na gaveta os seus trajos de boneca de luxo sob as recentes saias. Então dona Lúcia mostrava apenas um sorriso, educado, gentil e simpático, digno de uma dona de casa em anúncio de revista. Ela sorria no limite da fraternidade e do fascínio, como se fosse possível, em 1957, do homem para a mulher, um sorriso de fascínio sem sexo.

Ora, de passagem, assim como ela se apresentava, dona Lúcia era alta, de uma altura por volta de um metro e setenta, uma estatura acima das mulheres no beco. Raro ela usava sapatos de salto, para não constranger homens e mulheres. Vestia-se bem, para os padrões do lugar. E aqui, mais uma vez, voltamos à referência dos padrões do beco. A razão disso é que ali, ela, assim como Filadelfo será visto mais adiante, era um ser deslocado, antinatural, transplantado para o espaço da Vila Alegria. Ela, por motivo de origem e exigência de preço para a beleza, ele, por exigência de preço para um novo espaço, como se o espírito preenchesse uma área material. São coisas que o braço arrepiam. Branca, olhos verdes, trança ao lado no ombro, dona Lúcia gostava, quando saía para a "cidade", de usar óculos escuros, que lhe davam um ar de pessoa elegante, como ela se desculpava para as vizinhas. As mulheres não bem a invejavam, nem lhe tinham raiva, porque na sua pessoa havia traços de estrangeira, vale dizer, estrangeiros deviam ser pessoas mais finas, bonitas, ricas e educadas. Superiores, enfim. A isso vinha misturado em dona Lúcia um ar de negação às tentativas masculinas para qualquer tipo de sedução. Mas isso antes de vir dela, vinha dos homens que não a julgavam mulher a que tivessem acesso. Eles próprios se viam inferiores à estrangeira, ao queixo levantado de grande senhora, apesar dos peitos, quartos e bunda bem vistosos. Uma tentação de outro planeta.

Muitos e muitos anos depois, em razão do esforço de memória, percepção e pesquisa, Jimeralto pôde ver que, antes do beco, a mãe de Selma havia sido uma boa prostituta. Boa nem tanto por ser a mãe da menina que ele amou, mas por não reter nela os traços mais duros da profissão, o do sexo como negócio, ele julgava, pelo aspecto de madona altiva, como ela lhe parecia. No entanto, a pesquisa mais funda não mostrava uma pessoa assim tão santa, ou com linhas e pureza de senhora renascentista. Apesar de informações incompletas, todas pronunciadas num tom "dizem... olha, isso fica entre mim e você... já houve quem dissesse... a língua do povo", mas a língua do povo na época jamais dissera nada, ainda assim a história de dona Lúcia, de modo tão rápido quanto suas aparições, como personagem de fundo de palco, de passagem, ainda assim dela podem ser ditas as linhas que seguem.

O seu nome de batismo e registro civil era mesmo Lúcia. Mas o nome de guerra, entre companheiras de ofício, era Ilka, talvez por homenagem e lembrança de Ilka Soares, atriz que foi modelo de beleza nos anos 50. Lúcia vinha do Rio de Janeiro, daí, para as pessoas no beco, a razão do sotaque estrangeiro, com sua modulação, e aqui e ali algumas palavras tidas como pouco recomendáveis às famílias, proscritas expressões, que ela aprenderia a reprimir, a saltar esperta, para melhor resguardo da antiga profissão. Aqui e ali, diante de algo chocante, às vezes ia sair da sua boca um "puta que pariu", mas aí dona Lúcia, para matar Ilka, mudava o puta para um "puxa vida!", ainda que com o sentido de "puta" no rosto. Que graça era vê-la ingênua nesse "puxa vida!". Porra virava pôxxxa. E tantas outras adaptações em momentos de raiva. Haveria aqui, poderia haver uma seção para o estudo de mulheres prostitutas que se transformam em virtuosas. Lembraria um processo de embranquecimento, à semelhança dos negros em reta de ascensão. Com a solene diferença de que, nelas, a sua antiga pele é um segredo, um quase absoluto íntimo, enquanto nos negros a nova pele é exterior. Pele de bens, roupas, móveis, casa. Bens mais que títulos, aliás, só bens, que fazem uma pomada, tópica, que sem aviso às vezes cai.

— Você é o motorista do doutor fulano?

— Não, eu sou o doutor fulano, responde o negro rico, embranquecido.

Mas a ela, à ex-prostituta, tal coisa não acontece. A menos que por desgraça reencontre uma antiga companheira de batalha, que a saúde com um, por exemplo

— Ilka! Você mudou.

À exceção de um reencontro assim, a ex-prostituta veste melhor a nova pele. Com Lúcia, no entanto, havia pistas da antiga, e como a ninguém ocorresse a desconfiança da condição de ex, a sobrevivência de certas características nela somente podiam ser inexplicáveis. Ou, como sempre quando nos deparamos com um comportamento incomum de altruísmo, havia nela características da mais extremada virtude. Bonita, vistosa, alta, branca e dotada de fina educação — aquela fina educação para os pobres de então: roupas, sotaque de queijo prato e perfume —, tão educada e marquesa, dona Lúcia era casada com seu Júlio, um embarcadiço, outro embarcadiço, a quem ninguém ousava perguntar a origem. Fechado, ele raro aparecia à porta quando estava em casa. Homens assim, com uma mulher daquele tamanho, diziam as más línguas, do tanto que têm em casa não querem mais nada. Ou seja, não se interessavam por mais nada e ninguém. O diabo era que, para maior virtude de dona Lúcia, seu Júlio era feio, calvo, absolutamente calvo, e velho. Como podia ela ter casado com tal homem? O que foi que ela vira nele? perguntavam-se os homens, com um senso prático que via a mulher como um homem, apenas com um sinal invertido. Alguns deles, mais ressentidos, resolviam o impasse lógico pelo ditado mais injurioso: "mulher só não casa com carrapato, porque não sabe qual é o macho".

As mulheres, as vizinhas, mais próximas do fenômeno, diziam que era "amor", e o amor, para elas, era menos sentimento que virtude. Dona Esmeralda, lá na ponta, ela própria dedicada à virtude de outro embarcadiço, acreditava e dizia à voz baixa que, para prender dona Lúcia, aquele seu Júlio devia ser um bom garanhão. "Ali sabe tratar", dizia, com os lábios úmidos, com os olhos encompridados até a calva do senhor quieto. As demais, como dona Maria, davam de ombros, por não terem elas próprias a experiência de um amor assim, apenas a sua contrafação. Daí que não se perturbavam com o estar sem ser de dona Lúcia. Aquela senhora estava casada, era casada, bonita e agradável. Pessoas como dona Maria olhavam dona Lúcia como a mulher do casamento ideal, retirada a parte do homem. Ou seja, a mulher que poderiam ser com o expurgo da outra parte, a masculina, o marido, a parte do fracasso, se tal coisa fosse possível. Pois o sonho nelas se dava pela abstração, pela retirada do obstáculo. Seriam mulheres felizes, casadas, se oculto certo macho que não deixava passar a felicidade. Todas, enfim, até pela dor comum, talvez fossem mais complacentes, se soubessem a razão mais simples do amor de dona Lúcia.

O seu Júlio, para dona Lúcia, era um homem bom. Conhecera-o no Rio, como a tantos outros, entre seis, oito por noite. Desde os 17 anos na batalha, dizer que fora usada por indivíduos bêbados, violentos, brutais, é apenas uma frase. A violência era tão comum que virava coisa banal.

– O cu. Sem cu não tem dinheiro.

Todos pagavam, e porque pagavam queriam amor e mercadoria ao mesmo tempo. Outros queriam virgem e puta em uma só pessoa. Queriam o carinho e o pagamento da grana em uma só mão. Queriam beijo na boca e sofrimento para ela simultâneo. Gozo e orgasmo em 1 minuto. Ou bem mais, queriam gozo e orgasmos múltiplos em um só preço de quarto e mulher. Havia um taxímetro invisível, um tempo não além de 5 minutos, principalmente às sextas-feiras, quando as camas deviam ter uma frequência máxima. E despesa alta no bar, onde seus drinques, cuba-libre, vinham sem álcool até um ponto de azia, de tanta Coca-Cola. Os homens, ela sabia, eram de um profundo ridículo. Tão machos e tão estúpidos. Tão fortes e tão idiotas. Tanto bigode e tanta fraqueza. Chegavam, os mais tímidos, sem abordagem direta, apenas olhos, cigarros e ostentação de dinheiro. Esses as colegas disputavam, porque eram os melhores clientes. Trouxas totais, desejavam lirismo e paixão de tango, quando o único fim era uma boceta. Finalidade finda, fim do filme. Às vezes, de tão tímidos, voltavam à mesma mulher, não por carinho ou afeto, mas por vício da compra da mercadoria confiável. Coitados, às vezes o produto estava estragado, com doença. Não percebiam, nunca percebiam o mal, porque se lição trouxe o mundo de puta era o quanto havia de burrice nos homens. Bichos brutos, não podiam ver coxa ou seios que se transformavam. Como bichos mesmo, que eram. Outros, o tipo mais comum, eram sujeitos que chegavam ali para descarregar tudo, mostrar força, poder, dinheiro. Na hora H, na cama, fracassavam, não eram bem o macho do salão. Só gozavam com um dedo da mulher enfiado no cu. E sendo chamados, enquanto isso, por apelidos infantis ou nomes de mulher:

— Vá, Rosinha, vá. Quer que eu empurre mais?

Os homens, Ilka Soares, Lúcia quando Ilka, bem os conhecia. O barro safado de que eram feitos ela sabia. Queriam apenas boceta, o orgulho, a vontade de serem mais fortes que bonitos, e desmoronavam. Quanto mais fortes no tórax, mais frágeis. Quanto mais volumoso e basto o bigode, mais desonesto. Julgavam-se até com o direito de trepar sem pagar, de tão bons que eram, os canalhas. Essa gente ela bem conhecia. Com Júlio, o feio, o careca, houve uma grande diferença. Ele quase não lhe pedia muita atenção, nem muito menos absoluta, porque como mulher da vida, ali, ela não poderia. Ele foi bom, ele era bom, bom cliente, porque lhe pagava somente a presença dela, por minutos, na cama. Muitas vezes sequer trepavam. Como ele ocupara um tempo no quarto, ele queria lhe pagar, ela rejeitava, porque também aprendia a ser digna, naquelas circunstâncias, com ele. Júlio queria, apenas, nesses minutos, conversar com ela, passar as mãos nos seus cabelos, dizer que ela era bonita, muito bonita, que não podia estar ali naquela vida. É claro, todo cafajeste esperto já lhe falara isso, com olhos claros e bochechas rosadas, uma fachada enganosa, com palavra de ludibriar mulher idiota. Diziam que ela era muito jovem, que ela era mais mulher que as outras, que tinha educação e fineza para não continuar ali. Que iriam, enfim, tirá-la daquela miséria de vida. Mas enquanto o prometido momento não chegava, sempre exigiam favores mais que os outros, como pagar o serviço com o verdadeiro amor. Só amor. Essa conversa ela conhecia, depois de ter sido umas duas vezes enganada por uns espertos com carinhas de anjo.

— Corra dos clientes bonitos, minha filha, lhe aconselhava uma amiga, prostituta mais velha. Eles não valem nada.

Com o Júlio feio não foi assim. Ele nada exigia. Tirava a roupa e, deitado, se punha a fumar e contava que não gostava mais da sua mulher, que ela fora infiel a ele. Que ele acreditava mais em uma pessoa como ela, prostituta de fato, mas sincera, que na esposa, a senhora legal de matrimônio. "As mulheres da vida são mais verdadeiras", dizia, trancado no quarto. Às vezes ele chagava tarde, altas horas, e ficava no seu canto a beber sozinho, à espera de que ela se livrasse de outros fregueses. Careca, insignificante, ficava na penumbra a fumar e lhe endereçar sambas-canções na vitrola de ficha wurlitzer. Ela sabia. Lá do seu canto ele lhe estendia olhares pidões, cheio de mágoa, mas calado, sofrendo mudo.

Houve uma noite em que um cliente mais jovem e bonito ficou mais tempo com ela, e ao sair lhe deu um abraço e um beijo no salão. Constrangida, por se saber olhada, entre o carinho que despertara no quarto e a testemunha seu Júlio, ela correspondeu de passagem ao cliente. Então o jovem, insatisfeito, abraçou-a com mais força, calor, e se pôs em exibição viril para os demais. Ela sorriu, e com um beijo na face último tentou um até logo. Ao que o rapaz apanhou os seus lábios no ar e aprofundou neles a boca. Horrível. Ela sabia que Júlio estava sofrendo em seu canto obscuro. Daí o rapaz limpou os lábios, para retirar deles a marca de prostituta, e partiu. Então Lúcia Ilka, ou Ilka Soares Lúcia, se dirigiu para o amigo e cliente de sempre. Lá numa cadeira, por trás de um cigarro que não o defendia, ela pôde ver que ele chorava, sozinho, escondido. Em silêncio se levantou, abriu a carteira, deixou-lhe o pagamento da noite e foi embora. O quanto isso fez doer nela o coração. O quanto isso a encheu de vergonha. Ver sair um homem curvado, envelhecido, cabisbaixo, como um cão desprezado ou um herói silenciado. Júlio parecia os dois: cão e herói. Ele nada exigia, como um bom vira-lata, mas pagava com uma altivez que só possuem os heróis, que se sacrificam porque assim manda um valor mais alto. Júlio, ela soube ali, Júlio era um homem bom. Ele nem se importava de ser visto como um bobo, ele já lhe dissera uma noite, bem baixinho:

— Pra você eu não ligo de ser trouxa. Pode me explorar à vontade. Mesmo que você me faça de trouxa, eu gosto de você mesmo assim.

Isso lhe doía não por fazer alguém de trouxa, porque era coisa do ofício. Mas o cara se saber otário por ela, ter prazer em ser assim por ela, e para ela somente, isso lhe dava um aperto no peito. Ela se dizia, "uma coisa dessas Nosso Senhor não perdoa". Então Ilka soube que poderia voltar a ser Lúcia, que para ela soava uma hora de transformação: a mariposa podia voar para ser uma promessa de beleza. E se preparou para a volta do homem feio, careca e curvo.

Então ela soube depois que estava grávida. Numa segunda-feira, pois agora Júlio ia vê-la todas as noites, ela lhe disse que estava sem menstruação. Apesar dos cuidados, dos remédios que tomava, ela estava grávida. É verdade, ainda jovem, aos 21 anos, é verdade, creiam, Ilka Lúcia disse que estava grávida como quem comunica uma boa-nova. E se não sorriem da sua atitude, ela quis dizer com intenção, com o rosto e palavras que imitava dos casais felizes, daqueles de casamento formal, monogâmico, único, que ouvia nas radionovelas. De uma felicidade assim, com arremedo, ela disse num riso a brilhar na face de menina:

— Júlio, você nem adivinha... eu estou grávida!

Ele a ouviu, ele a olhou, sentado que estava, de baixo para cima, talvez a procurar uma barriga crescida de imediato, e respondeu, como se fosse resposta:

— Éé?!

— Siim, ela sorriu, pondo as mãos sobre o ventre ainda liso e sequinho.

Nesse quadro e tempo de imitação, ela bem que desejou ser a jovem que anuncia a boa-nova ao esposo, Júlio, numa impossível abstração do cliente. Tentou, é verdade. Ou por inadequação de pessoa e lugar, ou por ausência de melhor papel para Júlio, ou por algo mais nobre, enfim, num clarão de um raio de honestidade ela continuou, para a notícia:

— E agora, como é que fica?

Ainda aqui, apesar da, digamos, honesta pergunta, havia um problema que ela deixava para Júlio, porque afinal ele era parte do filho que viria. Não sabia qual, mas alguma, em razão da frequência de cama, com ou sem sexo, ele devia ter. E Júlio voltava a percorrer a barriga de Lúcia até os seus braços, que já o envolviam. Era impossível não ser o bom trouxa para aqueles braços de esperança. E propôs:

— Você quer morar comigo? Está disposta a largar tudo isso aqui e viver comigo?

Ela assentiu, muda e feliz. Então o homem bobo sonhou livre:

— Vamos para outra cidade, um lugar bem longe, onde nunca um conhecido chegue.

— Mas Júlio, e sua família?

— Eu só tenho a mulher.

— Então será o nosso primeiro filho.

— Primeiro e único, minha filhinha. Eu sou estéril.

Então Lúcia gostou do velho feio ali, porque teve a certeza de que Júlio era um homem bom.

O FILHO RENEGADO DE DEUS — VIII

Selma era filha desse homem bom. O que seria motivo de tragédia em tantos casais daqueles anos, o que seria razão de mortes e sangramentos compreendidos, aceitos por todos, pois assim aprovavam a desforra a uma desonra, em Júlio havia sido um passaporte para a felicidade. Ou para uma felicidade de bode, se assim podemos nos expressar, em lembrança daquela anedota do homem que reclamou ao rei a estreiteza da casa onde morava, e o rei lhe ordenou viver com um bode no aperto. Um mês depois, ao receber nova ordem para expulsar o animal, o pobre homem pôde agradecer ao rei:

— Como ficou boa a minha casa.

Sem qualquer alusão aos cornos do animal, Júlio, ao se acompanhar de Selma e Lúcia, ganhara uma felicidade de bode. Tão mal vivia com a primeira mulher, em tal aperto, que ao criar a filha de um jovem cliente da mulher ele era um homem feliz, numa serena felicidade de compensação. E como compensava! Dona Lúcia, quando Jimeralto a viu em 1957, era mulher bela, atraente, mas "composta", como as pessoas ali chamavam a decência exibida em roupas que furtavam o sexo. No entanto, do pescoço para cima, como não se escondia entre véus, ela era plena da chama e calor com que incendiara os garotões lá do Rio. E que magoava seu Júlio, a ponto de não aguentar ouvir no rádio "Meu vício é você", com Nelson Gonçalves. "Eu quero o teu corpo que a plebe deseja, embora ele seja prenúncio do mal", ainda que ele, ao corpo, no corpo, não a quisesse tanto assim, porque aos 58 anos de vida, naquele 1957, homens não eram tão aptos ao desfrute da fêmea. O declínio, a aposentadoria no corpo macho, chegava então mais cedo. O velho seu Júlio, como era visto ali, sabia o poder de fogo daquela mulher, o seu destino de perdição no decote, nas coxas. Sabia o quanto aqueles lábios eram molhados, chuposos, suculentos. Entontecedores. E se angustiava por saber a sedução que disso podia vir, para homens e mulheres, ele sabia, pois o sexo que ela trouxera "do puteiro" não respeitava fronteiras de gênero. Então ele sorria calado, sorria com um amargor calado, por se saber diante do incontornável, assim como o homem maduro se acostuma a ver a própria morte. "Creio em Deus Pai todo-poderoso", rezava, ao ver o corpo da mulher, como se pudesse invocar Deus para destruir a cobiça dos homens por ela. "Creio em Deus Pai..." e emendava "Mãe de misericórdia e doçura, esperança nossa...".

Lúcia, no entanto, sequer suspeitava daquela resignada vigilância, daquele amor de conformação. Para ela, Júlio nem se importava com as possíveis ameaças de homens mais jovens, atraentes, com ou sem dinheiro. O dinheiro, esse maldito conspurcador, que sempre voltava com o ferrete da lembrança de que ela havia sido puta. Não, além daquelas lágrimas daquele dia, que ela julgava sepultadas na penumbra da vitrola wurlitzer, ela jamais adivinharia que seu Júlio a observava nos mínimos sorrisos e atenções aos vizinhos. Ele sabia o quanto aqueles machos eram frágeis. Sabia do poder de madona recuperada na mulher. Lúcia, senhora Lúcia, dona Lúcia, disso não se dava conta, ou melhor, se dava, mas à maneira de muitas mulheres que de encanto são pródigas, continuava as suas dádivas. Sorria, era simpática, sorria quase por antigo esgar, para se fazer agradável. Sorria, e os homens sentiam naquele rosto a sorrir um gosto de caldo de cana. Era doce, pulsante, caudalosa. Ainda que sorrindo com decência, digna, aquele sorriso fazia bruto o respeitoso, despertava uma compulsão que remetia ao amor venéreo. Dona Lúcia não queria isso, semelhante atração estava fora de seus planos, mas o desejo que se desperta não é administrável. Para todos os homens do beco, ela crescia até mesmo pelo contraste com o marido. Quem era ele? Um velho, feio, careca. Que mais parecia um mudo, a observar calado pelos cantos. Quem era ela? A inexplicável beleza junto àquela deficiência. Ah, então todos outros, na loteria da disputa do amor, eram muito melhores e mais bonitos que ele. Como animais na savana alguns se atiravam para ela. Os mais afoitos, até sob os olhos, na cara de seu Júlio.

Dentre eles melhor saltava Artur Fisher, o dono da vila. Homem alto, cerca de um metro e oitenta e cinco, forte, largo como um armário, de braços robustos. Mulato, de cabelos crespos cortados rente, deixando-o quase calvo, bochechas cheias de glutão. Diziam os vizinhos mais marginalizados, e por isso com o olhar mais arguto, que ao passar pela porta de dona Lúcia ele todo se balançava, gingando com requebros. Se pudessem vê-lo com olhos mais cultos de livros, diriam que ele se mostrava numa corte de fêmea de caricatura para outra fêmea. Mas ele queria apenas ser gracioso e cortês. A diferença era que, enquanto outros passavam pela porta de dona Lúcia com as mãos nos bolsos, na pose elegante dos sem elegância, o senhor Artur, livre e senhorial, deixava os braços e mãos roliços em agitação, desimpedidos, num desenho de fêmea que dá ritmo às ancas. Ambos, os vizinhos pobres e o proprietário das casinhas, eram ridículos. Se fizessem um assalto animal a dona Lúcia, pegá-la e mordê-la, por exemplo, seriam mais genuínos e elegantes. Mas não, intimidados pela bela carioca, os mais desvalidos punham as mãos nos bolsos, e de tal modo, que alguns chegavam a acariciar o membro e lhe sorrir. Já o rico Artur, o gordo Artur, balançava-se risonho, risível e invejado.

Seu Artur Fisher da Silva Filho era um homem que, se não guardasse a condição de explorar os mais miseráveis, seria uma pessoa simpática e até amorável. Mas não são assim todas as pessoas? Se lhes tiramos os aspectos mais odiosos, ficam agradáveis total e todas. Quando o suspendem pela santidade, Jesus caminha sobre as águas, sempre. Assim também com Artur. Chamado de seu Artu ou seu Fiché pelos mais ignorantes, ele olhava para os da vila como inferiores. Isso para os moradores mais próximos. Vale dizer, os mais próximos do seu status eram promovidos a inferiores. Os demais, os que o chamavam de seu Fiché, eram seus empregados, ainda que sem relação de emprego ou salário. E aqui se dava uma inversão bem curiosa: os mais miseráveis eram seus empregados, mas lhe deviam por tal sujeição o pagamento do aluguel de uma casinha sem atraso. Aqui e ali, assim de passagem, como quem nada quer, dizia ser descendente de norte-americano, e rico, acrescentava. E nem precisava de tal acréscimo, porque para os miseráveis ser filho de americano, ou de modo mais geral, de estrangeiro, era o mesmo que ser filho de rico. Mas seu Artur mencionava tão afortunada ascendência e dava um salto rápido de acrobata. As pessoas não notavam qualquer contradição em ser mulato, de olhos negros, vivíssimos, e ser filho de gringo, louro, "galego", como supunham ser todos os gringos. Não viam, nem podiam ver, porque a melhor prova de sua ilustre filiação estava nele próprio, homem alto, forte e rico. Porque o viam assim, abastado proprietário daquelas casinhas que julgavam casas. E Artur, como um novo gordo Oliver Hardy sem o magro Stan Laurel, falava inglês com fluência de bochechas e sons ininteligíveis para quase todos. Só podia ser mesmo filho de gringo. E mais ele não dizia, pois a sua real origem, dizia, "a ninguém interessa". Era suficiente que soubessem a sua condição de self-made-man, que traduzia para o bom português de ter construído a riqueza com o próprio esforço, com suas mãos gordas e sem calos. E aqui, na reconstrução do que foi, impõem-se dois atalhos breves, como talhos.

O primeiro deles é que Artur aprendera, desde cedo, quando era apenas um jovem "herdeiro", a dar valor ao trabalho. Entendam. Ele trabalhou, mas o seu valioso trabalho era fazer os outros trabalharem para ele. Logo cedo percebeu que homens que só têm braços e estômago fazem maravilhas para comer. Homens assim se matam por coisinha pouca, trocados ralos, porque acham natural que o pagador lhes fique acima. "Ele pode, ele é rico. É isso mesmo", pensam. Mas essa percepção de Artur, antes de ser uma esperteza própria, procedia de uma herança de casta ou de classe. Entendam-no em outro corte. Ainda que se visse em orgulhosa diferença, pois que era filho de gringo, ele não se isolava em uma torre ou mansão, a chupar o suor de semiescravos. Artur explorava misturado à ralé. Ele era o gerentão, o capitão do mato sem chicote, a soltar uma graça, um gracejo, enquanto se impunha pela diferença de altura, tórax largo e sobrenome Fisher.

E aqui se levanta o segundo atalho. O Artur que se fizera a si mesmo era um Fisher de resto de ceia, um Fisher como prêmio de consolação, a pulso, sem ascendência e herança plena. O gringo original, Arthur Fisher, havia sido um incansável fornicador de boas negras do Brasil. Negras boas de entrada e saúde, é claro, mas negras suas empregadas em propriedades rurais. Fazendeiro de terras, o gringo também era fecundo fazedor de meninos. Com incentivos e créditos do governo brasileiro, ele pôde fazê-los à grande, pois a pátria nova era o próprio céu aberto. E dos seus investimentos frutificaram mulatinhos, primeiro agarrados à saia da mãe, depois à espera da bênção do investidor, que relutava, pois não reconheceu a muitos e recompensou raros com sobras de mínimas posses. A negra Donata devia ser uma trabalhadora de muita fibra e calor para receber um pouco mais que a certidão de nascimento de Artur. Mulher de amor vário, sem pudor e sem fronteira, ela devia ser. Daí que Artur, em lugar de se dizer, como sempre se vangloriava, um self-made-man, mais propriamente devia se dizer um self-made-outra coisa. Para não insultar os seus frutos como filhos de uma puta, à boca pequena o gringo, o velho Arthur chamava-os com o nome geral de filhos de boceta.

Então era natural que o filho natural Artur, enquanto conversava, cruzasse a gorda coxa, característica e origem da herança da boa Donata, e pulasse as razões menos ilustres de suas casinhas. Casas, senzalas reformadas, delas podia ser dito. E a sorrir bondoso se dissesse Arthur como um nome paroxítono, Ártur, com r à inglesa, e se completasse inteiro na fórmula da certidão do cartório, Artur Fisher da Silva Filho. O júnior dos Fishers. Filho de uma só reta varonil do varão Fisher. Ele, o júnior, um gringo adaptado aos trópicos. Que lhe esquecessem a bunda grande – herança da mãe –, que lhe esquecessem a pele – herança de Donata –, que lhe esquecessem os olhinhos negros, vivíssimos – herança noturna. Que lhe vissem a estatura, o porte, a voz um tom acima, as casas – herança de um Fisher. Ele era de fato um da Silva felizardo, pois não tendo recebido muito seguira uma ética de ganhar o pão com o próprio suor, ou como ele se via: um felizardo que do pouco fizera uma vila, um conjunto para gente pequena, de posses, educação e altura que o incentivavam a construir mais para abrigar outros anõezinhos produtivos. "Essa gente" – a outra gente, de formas e alma tão separadas da dele – "essa gente até que paga direitinho", aprendera. "Que venham mais vilas para a gente pequena".

Daí que o sortudo era feliz ao passar pela porta de dona Lúcia. Ele, ao ver os olhos verdes da inquilina, aquela pele branca, aquele ar de mulher acima dos outros anões, ele se dizia "ela pode ser minha". E a seu modo de conquistador se requebrava. O galo mestiço estava no seu terreiro. A consciência desse domínio o fazia sorrir, a piscar um olho para dona Lúcia, à pura Lúcia, mulher desfrutável de um homem pequeno, que devia, só podia ser corno pela insignificância. Ah se ele soubesse do seu passado.

Dona Lúcia, no entanto, era pessoa digna. Ou melhor, pelas circunstâncias em que se viu amada pelo homenzinho velho e feio, ela era uma pessoa digna. Há no coração da mulher, diria uma narrativa idealizada, há no coração da mulher um reino sublime, além e fora da conjuntura material. Nesse reino há uma insensibilidade aos apelos do poder, diria uma idealização. Mas numa escrita mais próxima do real, deve ser dito que há no coração da mulher um reino onde o sexo entra como sentimento, ou como um sexo transformado, vale dizer, para simplificar, como um sexo fora dos genitais. Uma atração que é carinho. Um sexo que é memória do carinho. Quando seu Artur passava se bamboleando em frente à sua humilde porta, não era bem que dona Lúcia não visse o que todos viam: um mulato vigoroso, vistoso como poucos, alto, bonito e garanhão, apesar dos requebros. Não era nem que aqueles olhinhos a buscá-la pelos cantos como as sentinelas de Buckingham, não era nem que aquele corpo com os braços potentes não lhe deixasse água na boca, um desejo de doce de goiaba, denso, escuro, de matar a fome. É que nela, nesse gosto, havia mistura de salgado, de queijo, poderia ser dito, quando era uma mistura de salgado de sangue, que o possível marido corno lhe insinuava. Mas antes de resistir por essa ameaça, pois as mulheres, em geral, não se detêm por essa interdição de morte, dona Lúcia rejeitava o apelo fácil daquele homem fácil naquela circunstância fácil de traição. Num movimento, ela rejeitava o senhor proprietário em razão da memória do quanto a amou ou amara o seu Júlio. Isso é pouco para a resistência, alguém diria, porque o coração é ingrato. Mas numa percepção fria, que ela colava a esse amor de agradecimento, vinha a defesa de um terreno conquistado. Com aparência de inexplicável para muitos, no essencial era isto: ela deixara de ser prostituta, possuía uma filha linda e um marido de cujo amor não tinha dúvida. E, ainda e apesar daqueles metrinhos de casinha alugada, o que mais ela poderia ter? Pelo menos, por enquanto, o que mais? Para que sacrificar o tão difícil pela atração leviana, que vinha com o rico de pôr tudo a perder? Então dona Lúcia, mulher tão experiente do conhecimento dos homens, tão sabedora do próprio encanto, achava melhor se fazer de boba, de inexperiente, como se fosse surda à voz quase fina, aflautada, com que o impertinente gordo Artur a saudava:

– Como vai? A senhora está boa?

Assim mesmo, com este atrevimento e ambiguidade, "a senhora está boa", na fronteira do "você tá boa", enquanto lhe piscava um olho. Ela mal respondia, saltando a correspondência ao cumprimento "boa":

– Muito bem, obrigada.

E entrava para o seu reduto, onde seu Júlio estava, presente a ouvir o rádio ou pela lembrança, nas chinelas vazias sob a cadeira. Que bom, como era bom. Selma, a doce filha, brincava na vizinhança.

Dona Maria, no seu natural, a tudo observava. Via os requebros do proprietário, a salvaguarda em que se fechava dona Lúcia. Via também os apelos do coração refletidos no rosto do filho, que a filha de dona Lúcia nele deitavam. E, no entanto, não se mostrava como pessoa que tivesse olhos de observação. Assim como os atores que aparentam nada fazer de extraordinário quando representam, tão naturais, simples e antiestrelas; assim como os artistas cujo talento se dá e cresce à revelia, à margem de qualquer ostentação, dona Maria observava a tudo no beco em permanente obscuridade. Isso longe estava de ela se esconder atrás de portas ou fingir nada ver com o rosto virado para outro lado da cena. A sua invisibilidade vinha de um manto espesso de preconceito que a encobria. Baixinha, gorda, ex-cobradora de ônibus em um tempo em que isso era o mesmo que uma desqualificação, depois e sempre doméstica, como poderia alguém percebê-la como arguta observadora? Aquilo que mais de um trabalhador já notou, quando exerce uma profissão considerada insignificante, e por isso aos olhos de todos desaparece, em dona Maria tinha existência. Vestida em roupa larga de algodão, com as cores esmaecidas do lar, vale dizer, de único padrão roxa ou cinza pelo que deixava na lembrança, ela era um todo descaso: pés descalços na porta da casinha, cabelos sem cuidado algum, a própria insignificância da mulher doméstica em 1957 e 1958. Mulher sem inteligência, pensava-se, pensavam-na. Hosana, Maria, era uma saudação longínqua e absurda, sequer sonhada por ela. E no entanto, hosana, Maria, hosana, mulher, Jimeralto a recuperava.

O seu filho a recordaria sempre com os olhos da compreensão muda, melhor dizendo, da compreensão sem palavras, quando ela lhe passava as mãos nos cabelos, nos instantes para ele desassossegados, ou de funda depressão, pois há também uma hora de tristeza que invade e pega os meninos, uma hora de desesperança, em que os meninos querem chorar e, até mesmo como meninos, sentem vergonha de chorar, porque seria trair um abalo tão íntimo, mais vexatório que a nudez em meio de toda a gente. Havia por vezes uma hora assim para ele, na altura dos seus 7 anos, e muitas vezes depois, quando já não possuía aquelas mãos de afeto mudo, assim dito porque eram só afeto substância sem palavras. Somente nos anos de maturidade, como no encontro da amiga de infância no cemitério, mais velha que ele, só então ele pôde ver e remontar aqueles instantes de observação de dona Maria, quando ela alisava os seus cabelos, depois do banho, em tardes em que Selma, a vizinha por quem era apaixonado, não o olhava. A menina que para ele era namorada não se definia em muitas tardes, antes daquele beijo furtivo à hora do Ângelus. Ele a buscava de banho tomado, com a camisa passada a ferro de brasa, penteado com os cabelos repartidos, como se dizia, uma forma de pentear que era um laço com o útero da mãe, porque mais tarde lhe disseram que cabelo de homem se penteava para trás, nunca de lado, porque penteado assim em uma risca ao canto mais parecia forma de menino frágil, nos braços protetores da mamãezinha. Então ele, com o cabelo repartido, esticava o olhar até uma porta duas casinhas adiante, e Selma não aparecia. Então ele, de tanto esperar, sentava-se na entrada da casinha dele, na esperança de que saísse a menina de olhos verdes que em seu natural, com só a posse de sua natureza, fazia-o encolher-se nas pernas com um frio no pênis, mas com o peito muito agitado, em desnorteio, enquanto gaguejava as frases mais desconexas e inverossímeis. Risíveis, ele diria, ao passar as mãos sobre os cabelos brancos 55 anos adiante:

— Tu gosta de café? (Mas ele não tinha café para lhe oferecer.) E de cachorro, tu gosta? (Mas Xandu, a sua cachorra, já havia morrido.) Lá na frente do mercado tem um boneco que fala. (Isso com os olhos bem arregalados, como o anúncio da primeira maravilha do mundo. O que era certo, porque esse boneco permaneceria até a sua maturidade como a primeira maravilha do mundo.)

Dona Maria o observava sem que ele notasse tão amorosa pesquisa. Mas ele sentia a presença da mãe quando Selma não vinha, pois melhor para a realidade e pior para ele, Selma havia seguido rumo à avenida sem passar por sua porta, ou então saía como se não o visse, de queixinho levantado, na postura animal de domínio na savana, a rainha fêmea que não se dignava a olhar, para que o súdito compreendesse o mais alto desprezo. Em vez de um olhar duro, que para os corações em regime de afeto ainda é uma luz, um clarão, ela não o olhava, não o percebia, rejeitava-o, vale dizer, e o sentimento de rejeição era mais ofensa que um olhar duro, raivoso, porque da visão raivosa vinha ainda a dignidade de um olhar. Ela partia para outro, para outros, para outros meninos mais bonitos, de conversa de mais juízo, agradável, ou para meninos mais ricos, bem vestidos, de fino perfume como o dela, Jimeralto pensava. É claro, pensava sem essa desenvolta elucubração, mas somente com a percepção de que ele era preterido, ou pior, o preterido, deixado como entulho em sua porta, porque ela partia para nova corte, que não lhe faltava. Ele esticava os olhos para a menina Selma, que não o via nem o queria, ele pensava. Então aquela vontade de chorar e de correr para o banheiro e ali escondido chorar lhe vinha, e ele não corria logo para no seu íntimo se esconder, porque, desgraçado como todos carentes, ainda que tão cedo na idade, esperava que em algum momento ela voltasse. Quem sabe arrependida, quem sabe porque a ninguém havia encontrado, logo ela, a mais bonita menina em todo o mundo da Vila Alegria, ou quem sabe até, para maior delírio, com quem ela havia encontrado descobrira que por ninguém será amada como por aquele menino de dona Maria, sentado à sua espera na porta da mesma casinha. Porta de quarto em forma de casa. Mas, engano, dali onde ficava sentado ele ouvia os risos, os gritos selvagens dos meninos lá em frente do prédio, os ladros da horda, dos malditos bárbaros excitados, ouvia a voz dela, que ao falar silenciava a malta enlouquecida. Selma reinava, parecia reinar, porque os meninos só queriam mesmo esfregar as bimbinhas na barriga da menina, nas suas coxas, ela não sabia que os meninos não queriam Selma, queriam só a boceta de Selma, e mais perto da forma triângulo, a suprema pretendida, enquanto fungassem o seu pescoço, aspirando o perfume, que era um sexo de luxo. Ah, canalhas, faziam o que por direito devia ser só seu.

Então o menino se encolhia a ponto de pôr os joelhos sob o queixo, porque ouvia a voz de Selma também excitada a sorrir, maldita, canalha ela também, porque bastava que ela dissesse "afastem-se de mim, seus cachorros, a ninguém mais eu quero a não ser Jimeralto, que é o meu namorado, é dele o meu lindo rosto, são dele estes cabelos, este pescoço, estas coxas. Para trás, mundiça!". Mas Selma, ela própria mundiça, sorria com a mundiça, enquanto ele, mundiça na espera, apenas era mundiça desprezada. Então ele a olhava de longe, olhava-a de cair cílios dos olhos, como se os cílios fossem derrubados pela força da angústia. Nesses momentos em que estava encolhido assim, a esperar pela única pessoa a lhe interessar na Avenida Beberibe, que era longa, só de objetos, carros, bicicleta, bonde e alarido de meninos na esquina do beco, de repente, dona Maria lhe chegava como um anjo, como se fosse uma aparição de ternura baixada, e lhe trazia uma associação sábia do amargo ao doce, da falta que dá o sentimento na gente e a satisfação da alma pelo mais primário, pois ela lhe tocava nos cabelos e lhe dava um magnífico lanche de pão com açúcar. Assim mesmo, um sanduíche de bolachão aberto com açúcar espalhado dentro, logo ela, que o corrigia sempre quando ele reclamava do café aguado, "o seu pai não é usineiro". Sim, mas para matar a dor a mãe era dona de usina, uma usineira próspera, e pouco lhe importava que mais tarde o café fosse mais amargo.

— Tome, foi feitinho agora pra você.

Então o dia se tornava doce, como um derivativo da fuga e desprezo de Selma. Estranho, tão doce era o pão, tão bem feito e carinhoso era aquele pão, que mais parecia ser bom olhar para aquela avenida à espera do que naquela tarde nunca mais viria. Aquele sanduíche de improviso dos pobres, aquele beirute da Vila Alegria, era como um anúncio dos anos em que a fome de amor se transformaria em voracidade de sexo, em fome e sede à semelhança de pornografia, mas com a diferença grande de não conter mais a harmonia e remédio primeiro de lá da porta da casinha da vila alegria. Então os cílios não mais caíam. Então a lágrima era exilada, expulsa ou desviada pelo bolachão e o prazer do bolachão, que os outros miseráveis, por terem Selma, não podiam pedir nem um taco, um só pedaço, porque o pão era dele somente, com a maravilha do açúcar escuro. Maria era um gênio de observação, ele soube, veio saber 55 anos depois, ao refletir sobre o encontro com dona Lídia no cemitério.

Um psicólogo de feira poderia anotar, na mais vulgar maneira, que dona Maria observava a tudo para melhor se defender, guardar-se dos defeitos e exclusões que carregava: atarracada, ex-trocadora de ônibus. Em lugar da grandeza, do coração que abarca, do sentimento que abraça o mundo infame, para nele ser solidária com os infamados, a corrente vulgar julga homens pelo caráter pequeno, do feroz egoísmo tomado como a essência humana, e não vê além do espelho diante de si. Ora.

Como uma lembrança da mãe, Jimeralto alisa os próprios cabelos grisalhos. Em vez de receber algo à semelhança daquele sagrado espaço da Vila Alegria, que para ele se misturava à felicidade de violinos em uma romança, ao preto e branco de páginas de gibi, ao cheiro de páginas de gibi em frente ao cinema, do gibi que ele acreditava ser então um ninho de aventuras, quando a maior aventura ele vivia, mas ainda não notava, por julgar que o maravilhoso estava em mascarados, caubóis, espadachins e tigres, ele agora começava a ver a maior e melhor aventura. Ele agora começava a devolver a Maria, devolver!, mas isso não era uma troca, uma relação de vai e volta. Com mais propriedade, deve ser dito, ele agora começava a envolver Maria com um carinho semelhante ao que recebera, tantos anos depois da morte da tida como insignificante. Se fosse pagamento, uma troca, para Maria agora seria inútil. Mas com ela, em mistura ao afeto, e sabe Deus em que proporção, de mistura ao sentimento primeiro, original, sentimento que cheirava às vezes a pecado, misturado vinha um dever de consciência. Havia que fazer justiça a Maria. Havia que falar dela na mesma altura com que agora ele a compreendia. Havia que narrá-la, narrá-la!..., o quanto eram pequenas, miseráveis e pretensiosas as palavras. Na verdade, havia que contar dela pelo que depois a vista abarcou de tantas mulheres tidas como sem valor, borrões de gente, vestidas em roupas de gordura e sabão. Se possível, com palavras de poucos adjetivos, apenas ações, como as via a sua consciência. Então Jimeralto fechava os olhos e mergulhava.

Entre breus ele vê Maria com uma roupa estampada de flores, apagadas pelo uso — mas aqui, talvez, reclama o diabo da objetividade, aqui, talvez, as flores sejam subjetivas, pintadas pelo sentimento, pois o natural era que Maria usasse roupas de cores sem luz, sem aplicações de melhor festa. Nessa imaginação do sentimento que a deseja com flores parecidas às do forro do sofá, lá na casa de porta de venda da rua do mercado, Maria estava vestida de um pano grosso, que não é azul, negro ou róseo, é de um padrão vinho aguado, muito claro. Ela está na cozinha, no único lugar da casa para conversas reservadas. Ela está com o irmão gêmeo, Maciel. Falam em voz baixinha, a princípio, mas aqui e ali sobem um pouco a voz, alheios que ficam aos ouvidos do menino, que é fascinado pelo quadro onde estão os dois. Maciel é cópia de Maria, mas, digamos, uma cópia masculinizada, ou melhor, uma cópia que não é masculina, nem reflexo da irmã no espelho. Vistos lado a lado, na cozinha, ele é Maria em melhor status, em roupas engomadas, limpas, camisa e calça "de sair", como falavam as pessoas no beco. O tom e os termos com que fala também denotam melhor educação, ou uso com elegância do próprio destino. Ainda que nascidos de igual ventre e quase ao mesmo tempo, ele é homem, ela é mulher, e tal diferença não seria anulada se Maria e Maciel trocassem as roupas entre si. Por um lado, Maciel não seria a irmã se fosse mulher. Nem tampouco Maria seria Maciel se fosse homem. Por outro, isso quer dizer que Maciel seria uma senhora mais cuidada, vaidosa do corpo, não seria obesa, pois Maciel é magro, tem bom gosto, e nisso põe uma vontade que contraria a genética. Ele é, ele se ela seria mais fina e com uma profunda vergonha da sua pobreza. Andaria sempre de sapatos altos pelo beco, quem sabe, até dentro de casa, porque possuiria corpo e leveza para deslizar com delicadeza. Se fosse mulher casada, o seu ideal não seria a maternidade, até pelo motivo estético de preservar o ventre enxuto, as curvas e o frescor dos seios. Como fêmea, Maciel seria a puta que vive do marido, realizando o sonho dos maridos de então, que desejavam casar com mulher de comportamento puta para possuir eterna amante de sexo o mais pornográfico. Então ele, ao falar com a irmã, ainda que necessitado da sua solidariedade, pois almoça de favor na casinha do beco, ainda assim ele se dirige a ela como se estivesse em plano mais alto, que significa "sou homem e tenho direitos e educação que você não pode ter". Então ele se ergue, fala com ela quase em ponta dos pés, embora seja apenas um ou dois centímetros mais alto.

Maria, por sua vez, muito mais bela, ainda que assim não a percebam, porque é muito gorda, Maria possui uma cabeleira vasta, solta, como uma humana leoa. É um contraste vivo, os seus cabelos assanhados contra os cabelos curtos, repartidos a um canto, com brilhantina suave, na cabeça do irmão. Mas o maior contraste não vem disso. Existe nela uma força moral – e agora deve ser dito, esclarecido, o que são tais força e moral – que Maciel nem por sombra ou sonho teria. A força de Maria, pensada à distância de anos, parecia vir da sua moral, dos valores de atraso que ela afrontava, vale dizer, de ser mulher tida como branca, casada com um homem negro, mas pronta a jogar fora para o espaço esse casamento, apesar da dependência material, da submissão financeira. E não somente por isso, como será revelado nesta página e mais adiante. Pois de Maria vinha uma força que não era só de valores, normas. Vinha também uma força física, isso quer dizer, uma força que não era bem a de músculos de levantar pesos como atleta ou trabalhador braçal. Era uma força que não a deixava parar, que lhe renovava uma permanente atividade, de cair e se erguer num salto, de correr para pegar o filho se preciso fosse, de fazer vinho de jenipapo e festejar aniversário ao som do rádio, de viver e suar na vida com uma intensidade de quem vive os últimos minutos. Como um agora, agora, ou mais nunca. Então Jimeralto recorda que ela comprava sapatos e já voltava da loja calçada nos sapatos novos, porque dizia "posso morrer amanhã", com muito acerto e profecia. Ela se entregava toda ao que acreditava sem temer o ridículo. Mas aqui a memória enfrentava um obstáculo, por descobrir que a chamada força física de Maria vinha sempre da força moral, ainda que se resolvesse em braços, pernas e movimentos físicos. Não seria assim com toda a gente, até mesmo com os atletas de circo, que a seus dons naturais somam treinos infindáveis para obter o efeito magnífico que escandaliza? Jimeralto, mais que naqueles dias em que morava clandestino, escondido em uma pensão, quando a dimensão de Maria para ele era só uma carência de menino desmamado e mais nada, Jimeralto agora descortinava uma coragem até nos momentos ridículos de Maria, que a ele e aos parentes dela, marido e irmãos, envergonhavam. Maria usava a própria gordura e peso na luta para ganhar prêmios.

No rádio do Recife daqueles anos, havia um programa de auditório onde se premiavam as mulheres que tivessem o mesmo peso de uma cantora gorda. Essa estrela obesa, pletórica, de seios transbordantes em decote, de pernas volumosas iluminadas pelos spots do palco, fazia um sucesso estrondoso quando, ao encerrar uma canção, rodava o corpo e levantava a saia. O auditório entrava em êxtase, êxtase, uma palavra apenas educada para expressar excitação bárbara de gritos, brados, uivos, assobios, batidas com os pés, socos nas cadeiras, um sanatório rebelado. A mulher da época, o que nos chega hoje a ser incompreensível, nestes dias de mulheres finas, magras e altas como fantasmas caricaturais de Modigliani, a mulher então em seu ideal de beleza era cheia, quartos largos, de presença de encher uma tela em cinemascope, como de certo modo insinuava Kim Novak. Para os homens do povo esse ideal que vinha da renascença se transformava em formas ainda mais plenas, que recebiam o nome de "peixão", ou de corpo violão, e com isso queriam falar da diferença entre quadris e cintura, com o acréscimo de uma bunda volumosa e braços cheios. As magrinhas, coitadas, feneciam até que olhos gulosos as revelassem para recuperação grosseira, que dizia "é magra trepadeira", e aqui não se deve ter pejo de copiar as saudações mais vulgares "é magra fodona", "magra de bunda gorda", ou, ainda, a fórmula menos chula "é uma falsa magra". Daí que as muito magras tinham que atravessar um mar de indiferença, até que se revelassem em pernas e coxas que clamassem "sou tão gostosa quanto as gordinhas". Mas as de fato gordas, muito gordas, ultrapassavam o limite dessa estética, que poderíamos chamar de uma estética da fome, aquela que reclama carnes. Ultrapassavam por excesso.

As obesas como a cantora de então haviam de voltar às fluidas margens, estreitas margens de beleza, e pela apelação aos instintos primários desviar do belo para o necessário. Abriam mais o decote acima, encurtavam o vestido embaixo, deixavam mais cavadas ou suprimiam as mangas e, na apoteose, a cantora do rádio levantava a saia. Isso. Ao fim da canção, com vontade, a cantora rodava ou levantava a saia e rompia um tabu em público, a mostrar calcinhas negras, justas, com o tecido estufado no sexo gordo, que os famintos chamavam de "cuscuz de pobre". Para desgraça da história de toda a gente, não há um só registro fotográfico do clímax, da histeria que era a explosão da descoberta da cantora no auditório. Não há porque o registro da transgressão, do tabu, é em si também uma transgressão. Ali, a cantora levantava mais que a saia, levantava os ânimos, as vozes, a imaginação de meninos, velhos e adultos. Corria no auditório um alarido de loucos, de endemoninhados, quando ela rodava a exibir as coxas gordas, brancas iluminadas no contraste com as calcinhas negras. Se o teto do auditório não fosse firme, desabava. Era uma alegria prévia quando anunciavam o seu nome – Doroteia! Doroteia!, porque inundava a todos um suspense tenso, à semelhança da conclusão de uma grande jogada no futebol, até o gol, até o grito coletivo, quando ela culminava a canção com a saia levantada. Deus, nessas ocasiões, se ausentava para melhor sorrir e contemplar as calças da cantora, pois o mundo inteiro na plateia estava em gozo. Depois do desassossego, o descarrego da tensão.

No entanto, o apresentador, que se chamava animador de auditório, achou pouco o sucesso de Doroteia entre os homens e quis integrar como uma variante as mulheres. Ele, no que julgou ser um achado de gênio, lançou um concurso dirigido somente ao público feminino: a mulher cujo peso igualasse o de Doroteia, ganharia a "linha completa dos produtos Atkinsons, sabonete e perfume Damosel". Todas as semanas ele informava, no ar, o peso da cantora em vigor no programa. O que era sempre algo bem pesado para a cantora.

Então dona Maria foi ao encontro do ridículo. Passou a semana ora comendo mais, ora comendo menos massa, farinha, a se pesar na balança da farmácia com sapato ou de sandália para os ajustes, e com as pernas trêmulas, e o "coração pela boca", como dizia, foi ao programa de auditório e subiu no palco. Lá, havia uma balança imensa, queremos dizer, uma balança grande para os olhos de meninos, ao lado da qual como um juiz implacável. E, entre muitas gordas de subúrbio, Marias do Carmo, Marias da Conceição, dona Maria foi quem mais se aproximou do peso da cantora obesa de auditório. E ganhou o seu maior prêmio, vale dizer, único prêmio em toda a vida, uma caixa com perfumes da linha Atkinsons, com o mais cobiçado, o Damosel. Aquele do cheiro que dava às mulheres um ar romântico, de namoro à luz do luar, à margem de um lago manso. Era de se ver a felicidade com que cruzou o batente da sua casinha na Vila Alegria, com os olhinhos negros marejados. Enquanto abria a caixa, chamou as vizinhas para lhes anunciar – como se elas não soubessem, como se elas não houvessem ouvido o programa – que ela era do mesmo peso da estrela do rádio. E não podia haver dúvida, porque ela abria o frasco do prêmio, e generosa perfumava as mãos, os braços das mulheres:

– Cheira! Cheira! É bom ou não é? Eu ganhei.

Dona Lúcia fechava os olhos e lembrava que conhecia perfumes melhores, Dona Esmeralda sabia, usava extratos mais ativos para atingir as narinas do vizinho Valfrido, mas ambas responderam, de coração, que não havia perfume como aquele. Elas, pensou Jimeralto muitos anos depois, de volta do cemitério, elas queriam dizer que para as condições de dona Maria melhor perfume era impossível no mundo. "Pois a nossa liberdade é limitada", ele se disse. Quando seria melhor, em um maior esforço, que ele se dissesse "a desgraça das mulheres pobres não tem limite". Mas isso era tão duro, tão desagradável, que em busca da Maria gorda os seus olhos românticos recusavam, saltavam a extensão e memória funda, aquela que fulgia da mulher que nada tinha, nem mesmo um perfume barato. Daquela

Maria que conseguira algo pela beleza de ser muito gorda. Com o peso igualzinho ao da cantora do rádio.

Então nessa recusa o maduro Jimeralto, ainda que não o desejasse, ia em terror para a casinha do tamanho de um quarto, na insuportável lembrança. Maria estava na penteadeira, de mesa com um só batom gasto, agora com a caixinha de produtos Atkinsons. Então a felicidade era um produto, aquela miséria miserável de um produto? Então os seus olhos não queriam ver, e ele se dirigia para o trânsito, e ele seguia para um bar, porque precisava de barulho, som alto, agitação, gente aos berros, buzinas, zoada de caminhão a derramar óleo, porque ele não queria ver o que viu, o que lembrava e não queria lembrar: dona Maria, sozinha diante do espelho, perfumava-se no pescoço. Ali, a cada gota posta, ela se fazia caretas. Ela tomava poses, erguia o busto, aquele amado, inesquecível e necessário busto, empertigava-se, sim, como se longo pescoço tivesse, logo ela que tão curto e maravilhoso gordinho o tinha. E levantava sobrancelhas, fazia cara feia, e sorria, perfumada. Isso ele não queria ver, e no entanto uma força irresistível o tomava. Inferno, o garçom não vinha, cadê o uísque, por mil favores, falem comigo, distraiam-me já, ele desejava, porque Maria o chamava ao quartinho célula, a ele que estava escondido a observar aquelas esquisitices na mãe. Maria o chamava ao quarto e lhe dizia:

— Cheire aqui, cheire.

E lhe oferecia o pescoço, e ela lhe oferecia a sua beleza gorda, mas ela não sabia, ela lhe oferecia a própria alma. Ela lhe dava naquele gesto e convite o mais grave, mais que o leite farto dos seios, que ele bebera até os cinco anos de idade. Ela lhe dava uma alma, a pretexto de oferecer o cheiro do Damosel. Quanta crueldade, meu Deus. Maldição, chamem o garçom, maldição, me esqueçam, maldição de mundo, por que não viro éter? O que o capital não faz às pessoas. O quanto o capitalismo machuca. Uma alma de mãe que cheira a marca de produto. Mas não, mas não, isso é só um horror, isso é somente algo pior que o horror. Por que não ver, e seus olhos buscam o mar, aquele insensível que se agita do outro lado do calçadão da praia, por que não ver uma reflexão menos sacrificial? Como era bom que as ondas lhe trouxessem uma resposta. Quem sabe se as pessoas não davam uma humanidade aos produtos de mercado? Ou seria mais próprio dizer-se "as pessoas davam a humanidade aos produtos de mercado"? Mas dona Maria não estava no mercado, ele queria divagar. O gelo no copo derretia rápido. O gelo dava frieza em troca da própria destruição, era natural. Dona Maria não estava no mercado, mas nele entrava um breve instante por força do peso, que por todos era rejeitado. Chega!

Então ele se pôs mais longe, mais longe que o continente africano, mais longe que o outro lado do globo, e tão perto, tão perto que ele via, no fim da tarde sozinha, a se fazer caretas, a tomar expressões distintas frente ao espelho, como se pudesse escolher uma cara, uma outra Maria, Maria só do pescoço para cima, que ela lhe dava para cheirar. Meu Deus, como era bela. E então os olhos de Jimeralto marejaram diante do mar, fizeram chuviscar miúdo nas ondas verdes, porque ela era tocante, destrutiva, autodestrutiva, como se nela, na sua feição diante do espelho, houvesse uma semelhança com o gelo, agora. Não na temperatura, que no espelho da tarde era quente. Mas como uma matéria que se dá quando se transforma. Maria se dava absoluta para que ela nele tivesse vida. Para que ela nele tivesse vida. Então ela achou o seu peso, gordura e vida. Maria somente nele teria vida. Porque ela também lhe dera e lhe dava e lhe dá vida. Mesmo agora, no maldito bar, onde se destruiu pelo falso esquecimento, naquela lembrança que lhe recusavam, que o próprio filho recusava. Maria não mais está sozinha diante do espelho, na penteadeira onde existia um só batom e agora há um produto Atkinsons. Ela se dá e se ama, é amada, enquanto se vê no perfume. Maria e a sua alma.

O filho renegado de Deus — IX

O povo diz, não sem certa razão, que há mulheres sem sorte para homem. Se tirarmos da frase aquela sorte que tem o caráter de algo incerto, do acaso, do aleatório, do pode ser e pode não ser, Maria não tinha sorte para homem. Isto quer dizer, havia no seu comportamento uma tendência que era destino. Ou que fazia um destino. Isto é, à primeira vista: ela era mulher que se entregava plena, intensa, sem guarda ou defesa a um homem. E tal entrega, na guerra das relações entre macho e fêmea, cobra um alto preço, mesmo quando correspondida. Mas esse destino de Maria, quando visto de modo mais preciso, fugia da platitude geral do não se entregar toda para que não chorasse depois. Pelas condições exteriores, que não detêm a pessoa, mas ajudam na sua gênese, Maria nascera numa família do agreste pernambucano, na cidade de Bezerros. Família pobre – todas as vezes em que se falar de Maria, relacioná-la à pobreza material será uma redundância –, era a única mulher entre seis irmãos homens. Todos indivíduos baixinhos, de aparência pacífica, que era puro engano.

Na verdade, sujeitos ferozes, que não só resolviam suas pendências à faca peixeira, como matavam desafetos como quem estripa um porco. E, vale avisar aos bem educados, isso não é uma metáfora. De um deles, Jimeralto lembraria sempre como a pessoa mais doce e angelical que os seus olhos de criança viram. Tio Maninho, talvez como uma revolta contra o próprio nome, que lembrava irmão, fraternidade, num diminutivo que mais parecia desfeita numa sociedade de machos, de ideal de homem bélico, tio Maninho, até que soubessem da sua história, era um homem que parecia conversar com os anjos. Falava suave, em tom e volume pequeno, sorria com face bondosa, não segurava o olhar em alguém mais que alguns segundos, o que no código de honra do Recife de então era prova de fraqueza esse não encarar, de preferência com raiva, outro homem.

– Que é que tá olhando? Nunca viu homem não? dizia-se, antes do bote, do ataque, nos salões de dança. Mas tio Maninho, não. Antes do desenlace, quem sabe para não ir além do instante do desafio de cara contra cara, para não usar a faca bem escondida, que disfarçava na camisa larga de cores neutras, antes do fim, ele desviava os olhos, baixava-os, mudava de conversa ou lugar.

Para Jimeralto, ele era o melhor tio, ou porque lhe dava algum dinheiro, pouco, é verdade, mas para meninos que nada têm o pouco é um presente imenso, ou porque lhe contava histórias, com frequência bem escolhidas e montadas, numa primeira noção de escritor de história infantil, que ele, Jimeralto, sequer percebia ou imaginava: histórias com expurgo dos aspectos mais cruentos, de sangue exposto e cru, não bem pela supressão da crueldade, mas por elipse do franco horror. Aquele tio Maninho também era bom em ensinar truques com um cordão entrelaçado nos dedos, com nós e cruzamentos que se desfaziam como por encanto. O curioso é que ele na lembrança, talvez por se encontrar tão longe no tempo, era um homem de imprecisa cara. De Maninho chegava um formato de cabeça quase cilíndrico, à semelhança de um boneco de mamulengo esculpido em madeira de mulungu, com olhinhos semicerrados, em linhas rasgadas que eram um traço oriental dos índios do Nordeste. Cabelos lisos que se misturavam já a muitos fios brancos, e uma voz de criança, voz não amadurecida, dir-se-ia uma voz pouco máscula, que parecia não passar pelo pomo de adão. Uma pessoa que jamais seria temida ou notada. E nem parecia mesmo querer ser temido, porque ele arrancava de si – ou escondia – qualquer sinal de ameaça, ódio ou crime. E no entanto aquele tio Maninho, tão bonzinho, apagadinho e inferiorzinho, sempre em diminutinhos, era um homem que atravessara uma dura prova de ética. Ele havia matado o seu melhor amigo e compadre. O menino Jimeralto o escutara certa vez contar, na mesa do almoço, ouvira Maninho contar para Maria, movido pela circunstância ou coincidência da hora. (As pessoas, naqueles dias e lugar, eram tão sem educação formal ou simples regras de boa convivência, que não escolhiam hora para falar as coisas mais difíceis, mesmo na mesa de refeições.) E ouvira isto, na voz que ainda lhe chegava, nos escuros e claros da memória:

— Maria, eu acho que foi uma sina. Eu não queria ter feito aquilo. Mas foi o jeito. A gente tinha passado o dia todo bebendo, no maior respeito e amizade. Ele era o meu compadre. Era mais que um irmão pra mim. Devia e devo muito favor a ele. Eu não quero nem me lembrar do que devo a ele. Mas não teve outro jeito. Você sabe que até hoje eu não sei por que matei meu compadre? Saber mesmo, eu não sei. Disseram que foi porque eu duvidei que ele fosse capaz de me matar. Disseram que eu disse isso, porque respondi que ele estava contando muita pabulagem, quando ele gritou que era homem de fazer qualquer coisa. Aí eu, a gente tinha intimidade pra isso, sabe?, aí eu disse a ele, "ô compadre, o senhor só não é capaz de me matar".

Aí ele me perguntou: "Tá duvidando?". Aí eu, já rindo daquela besteira, tomei mais uma lapada e disse rindo: "Tou, duvido". O compadre nunca, até aquele dia, tinha se estranhado comigo, um tantinho assim, nunca. Olhe, Maria, entre a gente não havia segredo, nem posse, nem precisão que um não servisse ao outro. Mas eu acho que aquela disputa de besta chegou na hora errada. Dizem que Zefinha, uma mulher lá que ele tinha uns encostos com ela, estava no balcão da venda, ouvindo a conversa. Dizem, eu não sei, porque o balcão da venda era comprido, e ela devia estar nas minhas costas, eu não vi. Eu só sei que o compadre, em vez de rir também, como sempre fez quando eu soltava uma brincadeira, olhe, Maria, ele ficou vermelho que nem uma brasa. Eu juro que se eu soubesse que Zefinha estava ali olhando, eu juro que tinha tirado por menos, mudava de conversa ali mesmo. "Me desculpe, compadre, eu não quis ofender meu compadre", eu era e sou muito homem pra isso. Mas ele eu acho que estava mais bêbado que eu. Ele era muito mais forte, mas acho que tava mais bêbado. Aí ele, vermelho, cresceu na voz, engrossou mesmo, engrossou de repente, que eu até me assustei. Bateu com o copo no balcão e com os olhos arregalados, gritou comigo:

— O que você está me dizendo? Se for homem, repita.

Olhe, minha irmã, acredite como há Deus no céu, se eu soubesse que a rapariga dele estava por trás, eu juro por tudo que há de mais sagrado no mundo, que eu não tinha repetido o "duvido". Não era por mim, era por ele. Eu não ia fazer uma desfeita dessas ao compadre. Ele já me havia contado que estava saindo com Zefinha, que estava meio arriado por ela. Agora espie uma coisa: um homem casado, com filhos, uma pessoa de bem, desencabeçado por uma rapariga daquelas. Não era da minha conta. O que eu juro é por Deus que não tinha levado o desafio adiante. Mas aí, quando ele bateu o copo, o dono da venda parou tudo e ficou me olhando. Cobrando, entende? Aí eu engoli calado e vi que começou a juntar gente.

— Repita, se for homem, o compadre gritou de novo.

O dono da venda me olhou que nem precisava falar. Olhe, Maria, às vezes é bom não ser homem, viu? Eu juro pela honra da minha filha que nunca me passou pela cabeça, nunca, matar o meu melhor amigo. Mas quando vi que começou a juntar gente, e o dono da venda me encarando, olhe, coisa feia é homem cobrando satisfação da gente, viu, Maria? até parece que você é frouxo. Mas ainda assim, eu acho, pelo compadre eu tirava por menos. A gente não ganha tudo, a gente sai perdendo alguma coisa. Mas aí, parece que pra se amostrar para a mulher, eu vi o meu compadre mudar de um jeito que eu nunca tinha visto antes. Ele veio me desmoralizar. Tem uma coisa, Maria, que eu não aceito, é homem desmoralizar outro. Mate, mas desmoralizar... Pois foi. O meu compadre me empurrou e me deu um berro:

— Perdeu a fala, desgraçado?

Aí, minha irmã, ele já não era mais meu compadre. Aí eu quase perdi a fala, me engasguei, mas falei engasgado:

— Eu já disse e repito: duvido que você me mate. Um homem é pra outro, eu acho que eu disse. Mas aí não lembro direito o que eu disse, acho até que não disse mais nada, não disse nem ouvi, porque o compadre foi logo amarrando a camisa dele na minha, pra nenhum de nós correr. Aí, a gente amarado desse jeito, caímos no chão, rolamos pro terreiro, e ele, não sei de onde, puxou uma peixeira. Me agarrei com a mão dele. Me deu um corte fundo na mão, aqui, tá vendo? Aí eu vi meu sangue e perdi toda fé na bondade. Aí eu mordi a cara dele, agarrado no punho dele pra tomar a peixeira, e com a dor do taco que arranquei, mordi e arranquei um pedaço maior da bochecha dele, aí ele soltou a peixeira. Não tinha mais volta, minha irmã. Fiz o que Deus não perdoa. Meti a faca nele com toda minha força, uma, duas, três, quatro, cinco, esburaquei mesmo pra ele nunca mais se levantar, e fui esburacando. Só sei que parei, não foi de cansado, só parei porque um soldado de polícia empurrou um fuzil no meu ouvido e gritou, "ou para ou atiro". Aí eu senti uma coceira ruim lá dentro, ouvi o soldado engatilhar. Aí eu parei. Eu tinha acabado com o meu compadre.

Então Maninho respirou, pegou um cigarro e disse para a irmã:

— Maria, quando eu estava preso na detenção, toda hora de meio-dia eu sentia o gosto de sangue na boca. Eu ouvia o sino da igreja bater e vinha o gosto. Aquela coisa salgada, sabe, Maria? Foi a hora em que matei meu compadre. Até hoje sinto.

O menino olhava, ouvia escondido o tio Maninho e não podia esquecer. A essa altura havia aprendido que as melhores coisas, as mais importantes, as que interessavam para ele, menino não podia ouvir. Mesmo quando não entendia tudo, porque aqui e ali os adultos falavam um código cifrado, uma língua de falsos eufemismos, pois não lhes bastava a experiência maior das coisas, ainda assim o ar de segredo que os adultos mantinham, quando baixavam a voz, sem querer dava o sinal do que valia a pena ouvir.

— Vá brincar lá fora, meu filho.

Então ele saía da cozinha, único lugar da habitação para as conversas em segredo de Maria, mas saía e voltava para junto da porta da casinha, sem fazer ruído. E assim também ouvia as confidências trocadas entre a mãe e o outro irmão, o gêmeo, tio Maciel. As palavras, gestos, cochichos lhe ficaram com mais vigor que os próprios pelos da barba, dos cabelos que embranquecem e cujos fios de prata lhe caem, enquanto reflete, enquanto anda no domingo do centro deserto do Recife. Agora volta de uma visita ao apartamento do tio, que mora ou se oculta em apartamento de edifício antigo da cidade. E se pergunta: quando foi que notou no tio uma feroz homossexualidade? (A ferocidade era um traço da família da mãe, como se todos trouxessem na genética uma caricatura de índios guerreiros.) Quando notara aquilo? Teria sido numa visita que fez ao trabalho do tio? Ali, para seu maior constrangimento, o irmão da sua mãe o acolhera com ações dúbias. Mas nada de ambiguidades de toques, de pegar no corpo, que a gente da sua mãe não se exteriorizava pela aproximação física, o que neles era uma barreira intransponível até em rondas e cercos de sexo. O toque no corpo não se fazia em acercamentos de carinho. Ou era brutal, bruto, na cama, ou nada era, antes da cama. Naquela primeira vez, no elevador, sentira um olhar do tio para ele, que definiria mais tarde como um olhar de arrasto, vale dizer, um olhar que varria o corpo, ia à região genital e retornava pelo ventre, peito, até o rosto, que era olhado com um sorriso ambíguo, este, sim, ambíguo, um sorriso entre os olhos de arrasto. Houve ali, em Jimeralto, um constrangimento que foi à beira do vômito. Em que dialética poderia inserir os olhinhos de insinuação, que vinham de um ser à semelhança, quase idêntico, à sua mãe? Até a lembrança disso lhe doía no peito, dor física mesmo, inchação à esquerda, a latejar.

É certo, suavizava num remédio tópico, ela não se via inteira nele. De um ponto de vista exterior, Maciel era um homem de vaidade tão grande, que vencia os genes, pois era magro, bem cuidado, elegante, sem barriga, apesar de 70 anos de idade, naquela ocasião. Mas resistia entre aqueles olhinhos maliciosos uma história, que não poderia execrar. Uma estrelinha corria nos cantos da vista de Jimeralto. Manifestações físicas lhe vinham desse esburacar interno. Ah se houvesse Deus, por Deus, havia que aceitá-lo, à pessoa do tio, e não ver o que via: os olhinhos insinuantes que sabia serem iguais aos da sua mãe. Então, daquela vez, ele fingiu que de nada sabia, que nem sequer havia notado o convite, ou, mais preciso na mais grave hipótese, um convite que era chamada homossexual do tio. Era um não saber, um fingir de nada saber, como se fosse possível um autofingimento, uma autoilusão. Mas lá dentro de si, sem que se desse conta, as ideias, os choques de sentimentos continuavam a rolar. Eram conceitos que não se corporificavam em palavras, eram, qual melhor nome para a sua expressão?, eram fatos primordiais que fluíam dentro de si como imagens, instantes febris, num devaneio íntimo, anterior à consciência consciente de si. Eram fatos humanos tão primitivos, que se tornavam anteriores à invenção da língua. Isso. Jimeralto olhava para baixo, até os próprios pés a caminhar na avenida Guararapes deserta, olhava de esguelha num gesto de quem procura e desenvolve uma autorreflexão. Olhava um ponto morto, um vazio, um nem escuro nem branco, aquele ponto indistinto que os atores veem na multidão.

Se pudesse racionalizar aquele mundo íntimo, se pudesse construir um argumento lógico, desenvolvido em progressão, aquela progressão que de tão esquemática e linear corta órgãos vivos como se fossem madeira plana, ele diria: "eu nada tenho contra homossexuais, nada". Mas estaria mentindo. Dizer "nada" era demais, retórica de bomba arrasadora que destrói uma cidade para dizer "aqui não existe nada". Por isso, desconfiado, ressalvaria: "explicando, aceito a homossexualidade como uma afirmação da diversidade humana". Ia dizer "devassidão humana", mas isso nele era sintomático, e tão atraente, a devassidão geral, que o cérebro captou rápido "diversidade", mas com o mesmo sentido de "devassidão". E seguiria: "isso não significa que aceitasse contente esse estado de ser em meus pais ou tios". O que era o mesmo que dizer, eu gosto de negros, mas não estaria feliz se meus pais fossem negros. Ainda assim, um avanço, pois admitia a possibilidade da existência homossexual entre os seus. Mas que avanço! Não era uma possibilidade, o tio era mesmo um senhor do gênero, um gracioso senhor em uma família de pesados. O que constrangia Jimeralto. Então, mesmo nesse discurso que daria, ele não expressava o mais primitivo, o mais fundo, o mundo sem palavras. Porque, ainda que não se tocasse com os dedos, o mais fundo era um núcleo duro e áspero, impossível de se pôr em nomes, de substantivo concreto. Entre sombras e névoas, mais fechadas que cabalas inacessíveis, havia frutos de sabor de intuição, correntes de fantasmas ariscos, que sopravam de passagem e se escondiam. Jimeralto, no esforço de ouvi-los, no próprio ser se ouvia a dizer: "o quê? o quê?". E o núcleo fugia, quando na verdade se fazia de paredes, de coisas inanimadas animadas, enquanto a carne de Jimeralto estremecia. O quê era, do mais que era ao menos que era, sem transição: a rejeição insopitável ao tio não era bem uma rejeição ao incesto. "Não, isso não", ele se diria como diante de um horror. Ele aceitaria o incesto. "Não, isso não", ele afetaria um horror.

E parava, como diante de um tabu mortal, como uma revelação secretíssima, letal e transformadora de vísceras e sonhos em um monte de pó. Era uma visão do abismo, visto de uma altura de atração e morte. Porque o tabu mortal eram dois tabus. No primeiro deles, aquele Maciel de olhar de arrasto, cuja visão nos olhinhos negros, miúdos, plantava-se no seu sexo, não, ia dizer "pau", mas mesmo aí o tabu ainda resistia, mesmo quando enfrentado, encarado, ainda assim o tabu resistia, como um ente fabuloso a se transformar em outros corpos, porque ainda aqui ele não conseguia dizer que o olhar do tio fitava a sua rola. Isso, rola, pau, cacete, bimba, bilola, os nomes obscenos da sua infância, que não sabiam de pênis, falo ou órgão genital. Ultrapassada essa transformação de carne crua em nome dignificante, havia ainda que olhar o abismo, entrevisto e disfarçado entre nuvens. Assim como deve acontecer com os suicidas uma ilusão estética, quando lá no alto, entre nuvens, no azul da atmosfera pensam que é agradável saltar por entre flocos de algodão, Jimeralto mergulhou. No primeiro tabu desvelado, Maciel irmão da sua mãe que o convidava para a cama, a repulsa se dirigia mais à homossexualidade que ao incesto. E, devia ver com olhar mais verdadeiro, a homossexualidade do tio para ele ainda não era a transgressão. A transgressão da lei. Isso era ultrapassável. Era simples, bastava-lhe desconhecer o chamamento e tudo entraria nos eixos. Mas a coisa real, o núcleo duro, radioativo, era o rosto da sua mãe que sobrevivia, que se refletia no rosto de Maciel. Isso de tal modo era difícil, que ele dispersava, fugia para outro lugar e pensamento, a evitar o desconforto. O que significava.

Não dava para entrar no desrespeito àquele mundo sagrado, não dava para profanar assim o interior mais guardado da sua infância, em um penetrar de vulgarização solar, à luz do dia, uma banalização de puta de esquina para aquele rosto que hoje chegara a ele como luz de uma estrela distante, não bem como uma estrela morta, cuja luz em lugar de um ponto de brilho em uma noite escura fosse luz entre sombras, ou sombras na luz, do rosto muito amado de Maria. Não havia como misturar, misturar-se àquela profanação. Aquilo era mais repulsivo que buscar dona Maria entre as flores do caixão. Era tão repugnante quanto restabelecer Maria abrindo o seu túmulo à luz do dia. A sua mãe, e evitava chamá-la, dizê-la assim, porque temia dar um ar de defesa banal à sua relação com aquela pessoa, e por isso corrigia no mesmo passo, a mulher Maria vetava aquela sobrevivência no rosto do tio. Isso, Jimeralto não queria escarafunchar, mas voltava como um segundo pensamento que é fundo e paisagem para um primeiro, ou seja, aquilo no que realmente pensamos enquanto corre outro pensamento em cima como um autoengano, essa recusa não era bem uma recusa do sexo com a própria mãe, sim, isso era um horror, mas assim era, os pensamento em fundo como nos livros, como imagens inexplicáveis em um sonho, sim, ele caminhava pela Guararapes deserta no domingo, semelhante a uma vila destruída após uma guerra, sim, isso não era uma recusa do sexo com a própria mãe, que sobreviveria no tio, não, não adiantava recuar, porque estava no interior do segundo pensamento livre, no segundo tabu: não era essa a razão da recusa. O sexo com a mãe, se houvesse, seria um sexo com amor, um sexo que fosse amor, só amor, amor, e de tal forma e força que o primitivo do sexo desapareceria, "entenda, sim..", com o Jimeralto em silêncio ele comenta que assim como havia amor nos seus corpos nus, quando ele tomava banho com ela na infância, pois aquela mulher de sangue índio parecia adivinhar a morte certa com um feto no ventre mais adiante, e por isso se abraçava à sua única riqueza depois do perfume recebido em um concurso para mulheres gordas.

Ali, com seus corpos nus, o prazer era o banho e estar com ela, não era nem o sexo da mãe que ele via com olhos arregalados, decoradores de decorar e de recordar até o fim dos seus dias, quando ele próprio não fosse mais nada. Mesmo quando ele se houvesse transmutado em pó, ainda como grão guardaria aquela irreprimível lembrança. Então não era isso, até o sexo com a mãe ele admitia, e num terceiro pensamento em camadas mais abaixo ele se dizia "jamais tive, terei ou teria tamanha torse, turaven" e por torse e turaven queria dizer sorte e ventura. Não, ainda não era isso a negação. O negativo era: ele jamais poderia deixar o amor à mulher infeliz se tornar algo tão bruto, brutal, brutalizante, vulgar, vulgarizante. Da pessoa de Maria era impossível tal permissão. Dona Maria vedava. E disso vinha uma vedação com alegria – ele, Jimeralto, era um homem vedado à profanação de Maria. E muito feliz ele obedecia à proibição.

Mas persistia, pois ele havia de ser honesto, paciente e sem medo na busca: onde foi mesmo que notou a homossexualidade do tio? Devia ter sido antes daquelas varrições de olhar. Aquele incidente reflexo era como uma confirmação do que ele, Jimeralto, soubera antes. Mas quando? Há um terreno da imaginação que é um desenterramento da memória. Ao contrário da crença comum, não é bem imaginação, ou um percorrer em livre fantasia o que não vivemos.

Ou que preenchamos lacunas com o que poderia ter sido e que não foi. Não. Trata-se de recolher o momento mais íntimo, o fotografado com o sentimento daquilo que houve no espaço objetivo. Essa memória, que muitos confundem com imaginação, porque nem sempre é factual, essa memória desentranha do fato passado uma essência percebida, em sensibilidade captada, e de tal modo que revela o caráter manifesto de um gesto, de uma palavra, de uma ação, que todos os presentes então viram apenas pelo exterior. Assim um soco, a lembrança de um soco distante, nem sempre é o soco, o murro explícito, objetivo, lançado por um homem em outro. O soco é a manifestação da violência percebida, que não precisou sentir o braço e a mão do agressor na própria cara. Pois há também um reino da memória vivida que é imaginação impura. Assim, podemos lembrar que visitamos um homem no leito do hospital – fato testemunhado por todos, com registro em livro de visitas do hospital – e disso concluirmos que o homem se hospitalizara em razão de uma queda. Na verdade, na verdade?, melhor dizendo, no documento médico, na ficha hospitalar se diz que esse paciente estava ali em razão de um câncer.

– Câncer?! reagirá a pessoa que lembra. Pois eu sempre soube que ele estava ali depois de uma queda.

Na verdade, agora, sim, na verdade além da ficha médica, a sua memória quis apenas dizer: "para o arrogante que eu conhecera antes, aquela foi uma justa e merecida queda". E por isso a pessoa sempre lembrará que o senhor doente caíra perto do fim, e foi coisa tão grave que se reduziu a quase nada no hospital. Bem feito! exclamará a memória, mas isso não se diz.

Assim, ainda que sem tais razões claras, Jimeralto buscava saber onde antes daquele olhar de varrição a homossexualidade do tio se revelara. Teria recebido a informação antes, de outra pessoa? Mas de quem, se o tio vivia isolado de todos os parentes, e ele, Jimeralto, também se isolava dos que julgava laços exteriores à sua mãe? Ambos, por motivos diferentes, se afastaram daqueles que os haviam rejeitado. Onde, portanto, em que lugar ou momento houvera a descoberta de que Maciel tinha atração por homens? Então Jimeralto pegou um ônibus rumo ao beco. Primeiro, como memória, depois como fato, ida física ao ponto, como se o ponto fosse palpável, concreto ao toque, ao pegar em suas paredes.

Como um secreta de Deus ele retornou. Que vergonha e que medo ele sofreu no retorno. Era como se ele, ateu confesso, homem maduro que se desejava materialista, tivesse no pensamento uma suspensão, um "adeus, conceitos, adeus, proclamadas teorias, pois aqui entras na gênese". Era como um medo de profanar o sagrado, porque o sagrado era um quarto escuro tão fundo, com tamanhas revelações, que poderiam esmagá-lo. Melhor seria a "escuridão" ficar esquecida, guardada nele sem a consciência da guarda. O sagrado era o escuro com fossos, buracos sem aviso de cuidado ou aparições saindo de surpresa das paredes. Que iluminações, que flashes rápidos, que alucinações podiam pular e agarrá-lo? Medo e atração, porque ainda assim a esse sagrado ele queria agarrar, acariciá-lo, amassá-lo entre os dedos, entre as mãos, penetrá-lo, e daí o sentido da profanação. Como se buscasse o sentido amoroso de vampiros, morder sem ser mordido. Ou seria ele próprio o vampiro? Não estaria ele mesmo à procura do alimento de um sangue que já não havia? Mas não, ele queria o frescor da sua lembrança, comer o barro das paredes se possível, daquele fruto das casinhas cujo revestimento eram bolinhos de argamassa dispostos nas paredes como se fossem delicada estética. Ele rejeitaria o sangue, porque mais que o sangue ele havia arrancado dali, era toda a sua vida, cabeça, troncos, membros e coração. Já lhe haviam dado tudo, do mais pequeno ao mais precioso. E ao bater às portas das casinhas do beco qual louco manso, como um idiota manso, um pedinte, ou até mesmo como um ladrão, um perigoso vigarista, ele sentia ao mesmo tempo uma grande vergonha, um constrangimento, um mal-estar irreprimível.

Que lhe importava ainda o gosto, mau gosto do fígado seco de boi, que chamavam de figo-de-alemão? Que lhe importava, naquele exato instante, ouvir o som de um rádio antigo no programa de humor chamado PRK-30? Ele nem poderia rir, porque a vergonha o confundia. Ele, que pensava no caminho ser insuportável o sentimento que poderia tomá-lo, ao voltar como um classe média, numa exclamação do gênero "meu deus, o quanto fui miserável!", pelo contrário, ao bater ali, a vergonha que ele sentia era de si próprio. O que foi que fizera para não estar mais naquele lugar? Que mundo de concessões e traições fora capaz de fazer, para se apresentar ali como um outro? Como um tal, um senhor de barbas brancas estranho àquela memória, que sabia ser tão sua? Então ele se apresentou com um pedido de desculpas:

— A senhora me diz por favor em que casa mora dona Zizinha? Eu sou amigo da família...

E pela porta aberta, mantida à distância segura pela moradora, ele abarcou a casa, a extensão inteira. A casa era como um corredor inacabado, vale dizer, um corredor pela estreiteza, mas um corredor sem passagem autônoma, pois se constituía de quatro passos, sala, cozinha e um anexozinho sem cobertura, que chamavam de quintal. Quintal sem espaço, sem árvore, composto de um tanquinho e algumas cordas. Era uma conformação da pobreza a seu tamanho. Tudo tão igual ao que fora. Será que os pobres não crescem nunca? Será que o destino dos pobres é uma linha de sucessão em que não mudam, apenas se transformam em idades mais novas, morrem e deixam mais crias como se fossem animais inferiores, ratos com o dom da multiplicação de réplicas? Era insuportável. Apresentou-se a ele uma senhora pálida, muito pálida, e lhe veio um terror, uma coisa inexprimível, de que os pobres mudavam, pelo menos naqueles espaços, para pior, muito pior. Era como se as pessoas de antes não coubessem mais ali, porque eram ou seriam rebeldes, enquanto agora havia uma resignação de rosto e perfil à casinha, que tão bem conhecia. A sobrevivência pálida lhe disse:

— Dona Zizinha, não, que eu saiba não tem Zizinha na vila.

— E dona Maria?

— Qual delas? Tem Maria das Dores, na J, tem dona Maria, a velha, na casa C...

Para olhar o tamanho das habitações, as suas formas, ele nem precisava ir até a casinha C, porque, sabia, eram todas letras iguais, sem espaço, autonomia ou liberdade para mudar, florir os seus estreitos. Então ali, da porta, enquanto apareciam duas meninas ao lado da moradora (em que pensavam, quando o viam? seria ele um novo tipo de crente, evangelizador?), enquanto falava o puro falar que causa dispersão, como um ladrão que distrai a vítima para lhe aplicar um golpe, dali daquele ponto pôde ver a sua mãe a conversar com o gêmeo, o tio Maciel. Estavam os dois na cozinha, depois do almoço.

Naquela cozinha Maria fala para o irmão como se falasse para si mesma. Ele fala para ela como se falasse para si também. À vista desarmada, não parecem duas pessoas. São uma só a se falar para a sua imagem, o reflexo responde, como um monólogo a duas vozes, parece. O menino via a sua mãe e o tio juntos, e, não fossem as diferentes roupas e cabeleiras, receberia uma cena de duas em uma só pessoa. Agora, assim na lembrança, elas formam mais um quadro pintado que uma cena no palco, ali na cozinha. "Neles está uma determinação histórica", diria o materialista Jimeralto para impressionar os ouvintes, se pudesse manter uma distância além e depois do afeto, nunca no afeto mesmo. Mas não. O coração maduro apenas lhe diz que Maciel era Maria com o benefício de ter nascido homem, com um privilégio de vestir roupas machas, ser tomado como um cidadão por ter sido registrado macho. Um privilégio, odioso como todo privilégio, que Maciel não saberia nem poderia usar, Jimeralto compreendeu 54 anos depois da fixação do quadro. Maria, não, Maria era naturalmente fêmea, por encargo e dever fêmea, um peso para ela, no começo do século XX no Recife. De coração guerreiro, bravo, para ela estava escrito à semelhança de uma profecia, um fado para a infelicidade.

Percebe? Ele tem vontade de perguntar à mulher meio louca, que fala e fala em um irrecusável convite para ele entre na sua loucura à porta agora da vila, no século vinte e um. Ele assente com o queixo, porque os seus olhos de sede bebem aquela cozinhazinha, da casinha, da salinha, do casalzinho onde está a mesinha para dois baixinhos gêmeos. Os dois reflexos na sua determinação. Ele soube depois, Maciel tão macho para Maria, tão pouco macho para outros homens, para o trabalho, para a vida. Sempre a olhar para baixo, para o chão, nas horas de enfrentamento. E com isso construindo uma sobrevivência custosa e repleta de humilhação, mas sobrevivência, porque de algum modo as pessoas têm que sobreviver, "não é? não é?" Maciel sempre falará na velhice, a pular os momentos dramáticos de vexame e submissão. Maria, no entanto, o seu outro lado no espelho, na medida do possível fala por ele. Isso quer dizer, Maria fala no limite da sua condição aprisionada de mulher, condição a que se somam outras, tidas como insultos: pobre e gorda, de coração valente.

Na do seu destino naquelas horas, Maria fala como Maciel deve agir. Isso não é imagem ou frase corrida. O menino ouviu, muitas vezes, que depois de escutar e escutar as queixas de Maciel, sua mãe assim começava, como resposta:

— Eu, se fosse você, agia assim.

E delineava, na medida do seu entendimento, um programa de ação, como gostaria de dizer o Jimeralto maduro, nos encontros clandestinos de militância. "Eu, se fosse você, agia assim". Parecia então lhe dizer Maria, e Jimeralto compreendeu passados muitos e muitos dias no outro século, que o programa de Maria se filtrava em uma única frase: "Maciel, seja homem". E nisso a irmã gêmea, espelho, não fazia a Maciel qualquer recriminação ao lado fêmea dele, seu reflexo. Ela queria apenas dizer, "Maciel, não se deixe humilhar, Maciel, reaja, Maciel, mate, mate se não puder agir de outra maneira. Se for preciso, mate para ser um homem, Maciel. Mate como o nosso outro irmão. Mate para não se matar". E tio Maciel, o espelho, baixava os olhos enquanto Maria falava. Jimeralto não sabia, demorou muito a saber, demorou muito até o dia da meditação sobre uma verdade que sua mãe já lhe ensinara, mas o partido nunca aceitou, vale dizer, o sentido magnífico do que ele descobriu ao refletir sobre Maria: falar é um modo de agir. Falar é um programa de ação. Em vez do fala, fala, falador, fala falácia palavras não mais que palavras, Maria lhe mostrou que falar era um plano de futuro. Porque nela, pessoa nada ilustrada, assim como em todas as pessoas de escassa ou nenhuma leitura, os verbos no futuro tinham, têm o dom da profecia. Eram, são o momento anterior de uma transformação em atos. Assim como Deus manifestou "faça-se a luz", e a luz se fez, quando ela dizia, para as tarefas da vida, "vou fazer", ela de fato anunciava a vinda da luz, não tão imediata quanto para Deus, mas mediata, pois a luz chegava dias, meses ou anos depois. "Mate para não se matar", ela jamais disse. Mas havia um ambiente, um cenário a envolver Maciel, que assim o exigia, enquanto ele diante disso respondia com um encolhimento.

Ao refletir sobre esse encolhimento do tio, Jimeralto passou a ter um entendimento mais largo, que se dirigia para a generosidade, e de tal modo que pulava a repulsa àquele olhar de malicioso convite que a tudo e a todos abarcava. Ele via como se fosse hoje, agora, a reação de Maciel frente aos berros, descomposturas do pai, marido de Maria. Tão pequeno ele era, Jimeralto, tão pequeno ele era, Maciel, ante a voz trovejante de Filadelfo, o negro que odiava homossexuais. Maciel se urinava de pavor diante do poderoso. Que dor no coração lhe dava essa lembrança, ao receber a consciência de que Maciel, homem feito, se urinara diante do pai, um negro macho repleto de ressentimento. Então Maciel baixou os olhos, desceu os longos cílios para a terra, para o chão, e se molhou nas calças, as calças que, segundo Filadelfo, para Maciel eram inúteis. Essas coisas Jimeralto recordava como uma passagem para a cruz, quando não a própria cruz, porque não podia ser feliz com essa carga, com a qual teria que atravessar o Gólgota. E Filadelfo gritara:

— Maria, esse teu irmão baba na cama!

E a cama era um leito de lona, sobre paus cruzados em X. Maciel não tinha onde dormir, não tinha mulher, casa ou casamento, ali estava na qualidade precária de irmão de Maria. Dormindo de esmola, vale dizer. E Maria respondera:

— Que é que tem? Quem limpa sou eu.

Para quê Maria respondeu dessa maneira? Filadelfo entrou num processo irreversível de raiva, que foi crescendo:

— Não é sua obrigação limpar sujeira de irmão. A sua obrigação é com quem lhe dá de comer. A sua obrigação é pra quem você pariu.

Essas coisas se passavam diante de Maciel, que apenas olhava. Pálido, ele estremecia no piso de cimento puro da sala, enquanto se mijava pela fúria que tomava conta de Filadelfo. E Filadelfo percebia, não lhe passava sem atenção o terror no cunhado, e por isso mais se arrojava na altura da raiva:

— Quem já viu homem babar feito menino? Isso é falta de chupeta. Isso é falta de chupeta mais grossa.

A isso inflamada, vermelha, de raiva e vergonha pelo que sabia ter sido atingida uma essência do irmão, Maria lançou um copo no marido. Que se esquivou, mas viu os estilhaços de vidro contra a parede. Ao que Filadelfo mais furioso, sabedor do que mais a ferira, trovejou para Maciel:

— Está vendo o que você fez, babão? Fora! Fora!

E Maria, chorando, partiu para arrumar os próprios trapos, que chamava de roupas:

— Onde não cabe meu irmão, não me cabe.

— Está vendo, babão? Quer me tomar da sua irmã?

Então Maciel, mijado, apenas sussurrou baixinho para Maria, num fio de fala:

— O enjeitado sou eu, Maria. Não destrua o seu casamento. Vou-me embora.

Poucos anos depois, como a necessidade continuasse, Maciel voltaria e voltou em combinados dias para pegar o almoço com a irmã. "Mate, para não se matar, meu irmão". Mas Maciel, mais sábio, paciente, com infinita paciência não se matava, não se matava nem morria, porque se encolhera em um caminho de vida clandestina. Submisso, escondido entre aparências de gentileza e fina educação. Ativo em seus dias secretos, de irreprimível natureza. Que gosto de pão torrado com manteiga Jimeralto sentia ao lembrar os dois juntos na cozinha. Não sabia por quê, não lhe atinava bem a razão nem queria mesmo saber, o fato era que a visão dos dois juntos a se falarem lhe trazia um ar de harmonia, de lar, ou de porto pacífico em meio à tormenta do oceano. Pão torrado na manteiga, café preto, que estranho, porque os dois conversavam depois do almoço, mas era um gozo parecido ao que lhe dava no coração à hora do pão assado com manteiga. Devia haver naquilo, naquela alegria íntima que lhe aquecia o peito, a mesma alegria da noite, das seis horas, quando soava a hora do Ângelus no rádio, e, de lar, ele possuía apenas a mãe e o pão assado com manteiga. Nada mais, e tão fornecedores de plenitude, mãe e pão assado. A felicidade girava sempre em torno de coisas essenciais, comer e ternura, ou mesmo comer ternura, pois casava a fome ao alimento do afago da mãe. Comer carinho, comer afeto, comer pão com manteiga. Bem assado. Torrado, torradinho com o mesmo calor dos dedos quentes do toque. Maria e Maciel a se confidenciarem na minúscula cozinha compunham um quadro de fraternidade além do parentesco, do sangue e origem do ventre comum. O menino, como um secreta de Deus, observava-os. Irá compreendê-los só na memória, pela reconstrução dos cacos espalhados do quadro, das coisas mais orgânicas.

Eles não formavam bem um quadro, porque em tal visualização estética Maria e Maciel estariam com uma pele cuja cor tendesse ao amarelo, à noite, iluminados por velas, quais rústicos camponeses. Estáticos e congelados, se assim estivessem num quadro. Na vida em que se encontram, andam, falam e se dão, Maria e Maciel estão pálidos, que era então uma forma de ser branco, pela ausência de escuro. Sobre eles se projeta agora a luz de uma hora da tarde, que passa pela porta estreita da cozinha, que de tal modo se revela muito larga pelo que revela, até parecem conversar em um campo aberto, em um dia de piquenique. Que diferença do Maciel de olhos baixos, de quando Filadelfo o expulsara daquela casa em frente ao mercado público. Ele agora não se encontra mijado, sem fala, trêmulo. Nem tampouco estremecido na sua relação com a irmã, como naquele dia, quando a culpara no íntimo por ela não assumir o seu lugar. Agora ele é uma pessoa saudável, e se não é um homem na altura em que tantas vezes o quisera Maria, se não é um ser que age conforme o desejo da irmã, ele é talvez um homem antes, um ser solar sem sombra. Nesse instante, Maciel mais parece um menino. Maria também parece menina, tão livre e liberada se acha na conversa com o irmão. Parece até que estão apaixonados. Felizes e abertos, francos e verdadeiros, sorridentes. Maria, mais plena, sem os freios de Maciel, que não se liberta como gostaria, Maria gargalha, gargalha e fica rubra de tanto rir, até um ponto em que lágrimas correm dos seus olhos. Maria chora desimpedida, arrebatada de feliz, como nunca mais na sua curta vida. Feliz como uma anunciação, como se recebesse e ganhasse a visita miraculosa de um anjo, porque meses depois chorará outro gênero de lágrimas, em uma feroz despedida.

Observando-os há pouco, sob os cabelos grisalhos, Jimeralto vê Maria apaixonada pelo irmão. Ela não se dava conta, percebe. Então ele se fala e penetra o que até então ele não soubera. Existe no coração das pessoas uma vontade irrefreável de amar. Ama-se um gato, ama-se um cachorro, um papagaio, uma flor que ninguém quer ou vê. Talvez esse amor que deriva e vaga por objetos e coisas que não respondem, ou respondem abaixo da fome de amar, talvez sejam sintomas do afeto que procura no mundo um indivíduo que lhe responda. Ou, quem sabe, o amor elástico, amplo e plástico onde tudo cabe. Em lugar de um pansexualismo, como o vê uma absurda redução, o amor às coisas é antes um pan-afeto. O carinho e o cuidado com que se toca uma mercadoria, um carro, um revólver, uma faca ou uma caneta, em lugar de um desvio, de um puro desvio daquele coração que se guarda para um amor maior, talvez seja o coração mudado para um afeto camaleão, que se veste da pele do lodo do esgoto ao verde da mata. Camaleão feio, mas camaleão. Iguana de luxo, iguana-afeto que, em vez de saltar os obstáculos à sua natureza, faz da adaptação ao obstáculo a sua natureza. Isso Jimeralto consegue compreender, isso na reflexão liberada como num sonho ele consegue. Enquanto caminhava na rua do subúrbio ele viu um iguana escuro, coberto de lama, surgido de um riacho poluído, e num pensamento que era uma associação lembrou o afeto mimese, o afeto em que se transformava o amor da sua mãe.

Mas ainda aqui, nessa descoberta, havia algo que ele rejeitava. Se o amor que se veste de muitas peles era verdade, ele ainda aqui, nessa generalização, estava longe de alcançar o grão específico da paixão de Maria por Maciel. Quando ela sorri, naquela hora de uma da tarde, ela se entrega a um homem como jamais pôde se entregar ao marido. Aliás, como jamais pôde se entregar a qualquer homem. Não que Maria não houvesse tentado, e tentar para ela era fazer o ato em lugar da intenção, ou seja, não que Maria não houvesse beijado, abraçado, ido para a cama com outros homens antes do marido. Quantos, pouco importava. O importante era que havia, houve em todos um descompasso, essa palavra leve, eufemística, pois em todos houvera uma funda frustração, uma diferença de abismo entre a fome voluptuosa e o que recebera. Os homens queriam sexo, apenas e somente sexo. Em se tratando de Maria, desejavam um sexo pornográfico, escabroso, porque ela não era a musa em vigor do ideal masculino. "Musa em vigor do ideal masculino", quanta suavidade enganosa em uma frase. Nessa altura, Jimeralto se dividia em dois, no filho que adorava a mãe determinada, com quem sua infância subira ao céu, e no homem que tinha o conhecimento da Maria para outros homens. Era um conflito entre o objetivo e o subjetivo, ele diria numa simplificação triste. Pois antes dessa distância entre o que está fora de nós, independente de nós, e o que está dentro, dependente do que somos, há e havia outros caminhos, desde o quanto o objetivo se torna subjetivo, ao quanto o subjetivo é objeto de introspecção e mergulho íntimo, objetivo. Diabo, ainda não era precisamente isso, e Jimeralto fugia, escapava ele próprio como um camaleão, a se entreter numa dispersão para evitar a crueldade que assaltou e matou a sua mãe.

De modo mais simples e direto ele deveria ver: Maria não conhecia o beijo. Maria não conhecia o beijo, Maria não conhecia o beijo, ele se atormentava, a rolar na cama de pensão onde dormia sob nome falso, como se o próprio de batismo já não fosse um. Ele via a parede do quarto e queria meter a cabeça nela, com força, para expulsar o "Maria não conhecia o beijo". Essa frase, sentença de condenação para aquela mulher a rir na cozinha, queria apenas dizer: Maria gorda, para os homens, era apenas boceta, uma boceta, a boceta precária de uma Maria precária. Isso era, significava, Maria não conhecia o beijo. Quem pegasse aquela Maria gorda, pegava-a por uma espécie de contrafação, delito cometido por machos, até como prova insofismável de virilidade. "Peguei a gorda", diriam uns. "Peguei a baleia", diriam outros. E Jimeralto olhava a parede de tabique da pensão e sabia que o seu mundo e humanidade não cabiam ali. Ele, nela, ela, nele, confundiam-se no mesmo sentimento de uma fundamental, essencial, pecaminosa injustiça: Maria não era boceta gorda de um animal. Pois assim quando reduzimos uma pessoa a uma coisa, e assim a reduzimos porque somos em essência uma coisa, quem a via como baleia, uma albacora (era sintomática a sua ligação a um ente do mar que não entrava na dieta daquela gente), quem a via assim era um animal. Então Jimeralto sorriria 55 anos depois para a sua Maria a sorrir, pois naquela perfuração, que lhe revelava uma ferida sem cura, havia uma superação mais alta, tão verdadeira quanto o ferimento: quem julgava Maria uma boceta não alcançava a sua graça. Se era fato que não a beijavam, aquele beijo longo em sua boca, aquele beijo de paixão que ele, filho, que ele, irmão, não podiam lhe dar — e naquele então nem suspeitavam do beijo sugado em sufoco voraz —, se esse pecado contra a sensibilidade os homens cometiam, também era fato, verdade, que os objetivos do gênero são tomás não pegassem a graça de Maria, porque era de caráter fluido, delicado e de finura humana. Mas como poderia alcançá-la, no seu íntimo mais além dos grandes lábios, a brutalidade? Como poderiam tocá-la na sua graça? Ver Maria sorrindo, liberta e em lágrimas, liberta e feliz, vê-la no cume do prazer, ainda que sem o beijo fundo, abrasante, de sufocar, era ver uma superação de Maria sobre a violência. Aquela a gargalhar não mais era a albacora, a gorda sem encantos. Era a Maria em sua graça.

O lagarto, o camaleão, o iguana faziam um novo afeto, uma nova pessoa para o amor. Então Jimeralto, ele próprio se assemelhando a um lagarto, mesmo nessa visão de olho de réptil, de ir a objetos onde podia tocar com a sua longa língua de iguana, ainda aqui Jimeralto não via, nem queria ver, e por todos os disfarces evitava – porque na memória, como no sonho, também ocorre a abstração, uma astúcia que abstrai mas não destrói, abstrai por integrar em outro corpo, com uma cauda oculta que não se desprega –, ainda aqui Jimeralto evitava a gravidez de Maria. Ela estava grávida naquele começo de tarde, enquanto se dava a sorrir para o irmão. Estava grávida ao se entregar ao irmão, em mais de um sentido. As razões do pulo, ou do não ver apesar dos seus olhos de réptil, do olhar que vai além do presente até o quadro, até a cena de 1958, se dava por motivo mais forte que o ventre da mãe, que não a deixava se encostar à mesa, que a punha quase suspensa, como se fosse apenas busto e rosto vermelho, inflamado de felicidade. Maria estava condenada naquele 1958. Ela não chegaria ao fim do 23 de dezembro daquele ano.

O FILHO RENEGADO DE DEUS — X

Filadelfo, à sua maneira, amava Maria.

Jimeralto, mesmo depois do tempo em que não era mais o Pedro da clandestinidade, mesmo depois dos anos de anistia política, quando conseguiu uma relativa estabilidade emocional, onde os balanços da vida se tornaram menos imperativos, mais serenos, vale dizer, enfim, mesmo no tempo em que as sucessivas mutações no corpo, nos cabelos, fazem atingir uma sabedoria que é sinônimo de complacência, onde às vezes ocorre até uma união entre pontos inconciliáveis, ainda assim Jimeralto via com muita dificuldade, com o coração estremecido pela desconfiança, que o seu pai amasse dona Maria. E no entanto assim era. Ou melhor, assim podia ser, e de tal maneira podia ser que, para melhor compreender o pai, deveria ser dito que Filadelfo amava Maria. E tão difícil era aceitar essa nova realidade, que Jimeralto virava o rosto para o outro lado, à procura de uma explicação, vá lá, à procura de uma anistia para o amor criminoso do pai.

"O sêmen é acidente", ele se dizia. "Eu não sou filho do sêmen", ele se falava. "Eu sou filho de Maria, como um filho sem pai, como um filho deserdado, expulso. Deserdado por ordem dele. Renegado em ser filho por minha convicção". Então, maior que a raiva, bem maior que a mágoa, suas entranhas se agitavam. O ventre era tomado por abalos, numa revolta em um ato independente da sua vontade, porque ele sabia, embora não o desejasse, que ele também era filho de Filadelfo. E filho até pela negação. Filho pelo que ele não queria, pelo que rejeitava no pai. Filho, enfim, por ser produto transformado da matéria que ele não queria. Era como se houvesse entre eles um pacto oculto, de homem para homem. Era como se fossem dois opostos que se necessitam, entre os quais um é negativo por oposição, ou seja, um é referência para o outro que o nega. Ele e o pai eram inimigos inseparáveis. Opostos, e nem tanto quanto o desejo de Jimeralto. Cada um havia estado em briga contra o mundo. O pai, como indivíduo, como se fosse possível se levantar sozinho contra a injustiça, ele, Jimeralto, como um coletivo, conforme pensava. Então, para determinar o pai, ele se via entre muitas linhas, em um emaranhado, um labirinto, e de tal modo que ele tomaria qualquer caminho, menos o mais difícil de aceitar, que era "Filadelfo amava Maria". Como? Aquilo era, sequer, afeição? Poderia ser um afeto, talvez, imitação miserável de afeto, pior, fingimento de afeto, melhor, convivência na opressão, carcereiro e prisioneira.

Cheiro de fezes ele sentia ao lembrar esse amor. Cheiro, visão de panos sujos, revoltos, espalhados, com manchas de sangue. Jamais houve qualquer mostra de carinho entre os dois. Não seria demais acreditar que fizessem sexo entre socos e berros. Sexo-penetração que dispensa adjetivos, porque tudo em Filadelfo era brutalidade. Onde espaço para um só afago? Mesmo um afago a objeto errado, vale dizer, aquele que errou num rosto humano quando se dirigia a um cão.

Onde? Numa das linhas do labirinto de Filadelfo, Jimeralto sabia que até nessa característica, em lugar de um comportamento animal, pois até os animais trocam entre si carinho, em lugar de uma falha do gene específico do pai, que se julgava um ser único, em lugar disso estava uma história geral da gente pernambucana, dos pobres de subúrbios, que viam na mostra de carinho uma prova de fraqueza, manifestação de fêmea, ou de caráter pouco macho nos homens. Carinho, em lugar de humanidade, era sintoma de afeminado, que até nas mulheres era feio. E com isso queriam dizer, coisa de fazer vergonha, desonrosa, de gente desqualificada por natureza ou formação. Tão feio e vexatório quanto não ter cueca, ser flagrado sem ela, nos homens. Era como se o coração, para ser um coração de guerra, bravo, heroico, houvesse o tempo todo de ser rijo, grosso e blindado, para que nele não entrasse o mal do afeto. Os movimentos largos da pessoa, que vão do riso, do choro, da alegria à raiva, havia. Mas como dizê-lo? Esses movimentos obedeciam a uma ordem reta, porque deviam ser riso, choro, ter alegria e ódio em um terceiro aprisionado, de coração murcho. Seria como um rir, ainda que expansivo, um riso de um inflexível na expressão, se assim podemos escrever, uma variação de voz fixa num coral, que jamais poderia atingir um agudo de soprano. Nem mesmo um falsete de caricatura.

Mas o que era geral, Filadelfo traduzia para uma conduta mais inflexível, que para ele não era essa qualidade, porque jamais vira ou foi algo como flexível. Ele era, a seu modo, duro, porque sabia ser filho e neto de um chicote com uma negra. Herdeiro de desconhecida escrava. No entanto, essa linha essencial do seu labirinto ainda não era o momento. Importava mais lembrar, agora, que mesmo no fenômeno geral do afeto transformado, do afeto-camaleão, que se mudava do sexo só carne para amor e outras cores, mesmo aí Filadelfo não se mostrava, porque o iguana do seu coração se camuflava em posse, em domínio, como uma permanente vingança. Jimeralto lembraria sempre a fixação de Filadelfo por prostitutas louras. Por mulheres brancas, tidas como, ou parecidas com brancas. Da atração irreprimível de Filadelfo por putas, às quais chegava, cortejava, submetia no papel de macho enquanto estivesse vigilante, putas jamais atraídas por seus belos olhos aboticados, ávidos de uma revanche. Assim, rever que por Maria ele não mostrava afeto, *não mostrava*, na hipótese de que ele de algum modo a amasse, sabe Deus como, era a visão mais próxima do real que a sua memória e razão podiam alcançar. E as evidências eram tantas! Nem precisavam da fama de rei das putas, em um claro indício de que as mulheres lhe chegavam pela compra. Pois esse desvio, ou golpe no amor-próprio, era um valor de homens machos, que Filadelfo apenas realçava ao se exibir femeeiro para os colegas do cais do porto. Nem era preciso que tal comportamento, sacramental, chegasse ao conhecimento de Maria. Não. Isso era o mesmo que lhe chegar aos ouvidos a notícia de que seu marido gostava de mulher. Sem responder ela reagiria, talvez, com um dar de ombros de significado "como não?". Mas já ali, sem que atingisse a clareza cristalina de um conceito, havia a compreensão de que o mais seria suportável, menos a traição a um sentimento. O que era igual a dizer, homem, fornique, trepe, foda quem desejar, mas não crie vínculos de nova morada, de se mudar para outra casa ou ter casa dupla, porque isso trai toda encenação de casamento.

As evidências de falha no afeto, sempre supondo que ele o tivesse depois da posse estabelecida de Maria, a mostra da falta de carinho entre eles se dava porque, mesmo na sua tradução praticada de amor, ele se ausentava de Maria. Vale dizer, não cuidava dela como pessoa, no geral, nem tampouco no sentido de pessoa particular de mulher. A gorda Maria era mulher do lar, e o diabo que aceitasse aquilo como um lar. Então para ela não havia novos vestidos, sapatos, cosméticos, essas coisas, cosméticos, que ela nem sabia que tinham esse nome. Isso eram luxos que ela chamava de pó e batom. Algo como o substantivo geral de verdura para todo tipo de hortaliça e raiz. Jimeralto sabia. Aquela mulher, a particular e honrada pessoa de Maria, havia sido depois difamada por Filadelfo como uma mulher suja. Suja. Ele assim falou dela a uma nova conquista, no procedimento geral, covarde, dos amantes que se despedem falando mal de quem já não amam. E com isso, apesar do sentidíssimo e sincero pranto no enterro posterior de Maria (antes da sua própria morte, pois assim eram as coisas, ao se olhar para trás um filme onde bandidos e artistas morrem, a depender do instante ou montagem das imagens), Filadelfo, ao se referir à sujeira de Maria, não falava dos panos sujos de sangue, do parto que não se completara da mulher. Não, nenhuma referência era feita à sujeira da morte de uma mulher saudável, radiante, pletórica, que se fora sem a luz que lhe chegasse na última hora. A semelhante sujeira Filadelfo não se referia, porque não era profeta do trágico, quando falou da mulher a outra meses antes. Nessa ocasião, ele era apenas um macho que sussurra doce mel aos ouvidos da nova mulher. E como toda infâmia ou invenção, a sua não era gratuita, fruto do puro imaginar.

Maria suja era a que não possuía perfumes, sabonetes, sabão necessário para lavar as roupas, vestidos novos e cera para o chão de sua grande, enorme e infinita casinha. Suja era a Maria de roupa velha, de calçados gastos, que andava descalça no beco e em casa. Essa Maria suja era prodigalizada pela falta, ou para ser mais preciso, pela falta do dinheiro de Filadelfo, que se transferia para a grande vida do porto em novas conquistas. É natural, como um homem não tem dois salários, há sempre de transferir a parte da mulher suja para a mulher limpa. "Sem remorso, sem mágoa", Jimeralto queria considerar, ao rever aquela sujeira de relação. Pois tudo não era tão natural? Assim não era há muito tempo entre os homens de sua infância e juventude?

Por que culpar de um crime geral, de tão comum, um indivíduo isolado? Então Jimeralto abria os olhos, quase à dimensão dos aboticados do pai, para desentranhar o natural do crime que ele sentira, havia visto, pegara. Naquele quadro geral não se mostravam a específica Maria nem o particular Filadelfo, bem o sabia. Assim como ver a multidão à distância não é o mesmo que estar dentro dela ou ser parte dela, e assim como à distância é impossível sentir o cheiro do suor da multidão, a sua raiva e pavor, assim ele ia, voltava à multidão que eram ele, o seu pai e a sua mãe.

Joaquim Nabuco ensinou que o traço todo da vida é um desenho do menino esquecido pelo homem. De Filadelfo deve ser dito que o traço todo do seu caráter era fazer medo. Para os meninos, o seu caráter era apavorar meninos. Para os meninos, avultavam a sua cara, os seus olhos ferozes, a sua voz de súbito alta, áspera, assustadora. De estatura baixa, mas forte, largo, ele crescia com uma autoridade implacável e rude. Quando ele fitava os meninos, queremos dizer, quando ele os ameaçava, a pretexto de melhor vê-los, exercia uma aguda capacidade de enxergá-los em suas fraquezas, aspirações censuráveis, que descobria, mas sem qualquer esforço de compreendê-los como humanos. Pelo contrário, via-lhes sempre uma face de safadeza, e safadeza era como se referia a tudo que insinuasse sexo, ainda que remoto, à distância ou por mera hipótese. Aquela feliz observação, mais de uma vez escrita, que determinadas pessoas não suportam nos outros os próprios defeitos, nele caía perfeita, nele descia como um manto de lâminas a furar os semelhantes. A maldade ele a possuía e por ela era possuído. Não tanto a maldade absoluta, no sentido da perversão clara, mas a maldade de levar a mal, sempre, que por sua vez desandava em brutalidade. O que ele fizera na infância, ou lhe fizeram, ou o que ele próprio faria a depender das circunstâncias, ele generalizava como uma ação típica da espécie humana. O que nele mesmo era insuportável, Filadelfo transformava em natureza real de outros, sobre os quais detivesse um maldoso domínio. (Que cheiro de enxofre Jimeralto sentia ao lembrar as maldades do pai.) Assim, uma criança deitada no chão significava um ardil safado de menino para ver os "fundos das calças de mulher", como ele dizia. E um menino, nesse momento, quando lhe descobria um possível ardil, não era digno de qualquer complacência, piedade ou esforço de compreensão. Nunca. O que vinha era a condenação de um deus vingativo, poderoso, primitivo. Que crimes terríveis ele via nos outros nele próprio existentes.

Jimeralto pensava, remoía, e doloroso lhe era revelar a si mesmo fatos, de onde partia para ideias que lhe ficaram do pai. Os fatos eram piores que os conceitos. Os fatos eram traumas, que mais revoltavam que doíam. Ainda não lhe era claro, mas ele se revolvia tríplice num sentimento a essa memória: matar o pai, compreendê-lo ou dele ter medo. Jimeralto ainda não ultrapassara o tabu simbólico do parricídio, tantos anos depois da morte do pai. "Ele era revoltante, repulsivo. Como alguém podia ser assim tão...", ia dizer canalha, mas um senso de justiça para a sua negação o fazia recuar. Ele não via no pai a covardia – além da comum, costumeira, de homens e mulheres –, no pai não havia a baixeza de trair alguém – além da que fizera com Maria –, ele não via no pai um torturador – além dos golpes de mão fechada e mangueira recebidos –, ele não via no pai o cálculo de se dar bem à custa de outros – além dos privilégios que recebia à mesa em sua casa. O quanto eram contraditórios e antagônicos os sentimentos em relação ao negado. Parecia-lhe sempre que os pecados – e percebia na palavra um sentido além do religioso –, parecia-lhe que os defeitos morais do pai eram os defeitos de toda a gente do mundo do beco, da cidade, do tempo. Mas ainda assim, ainda aqui, ao comparar o seu aos pais de amigos da mesma época e cidade, o lugar do pai longe estava do honroso. Era como se Filadelfo concentrasse os defeitos das pessoas em igual situação, da sua mesma história, para ser mais preciso. "Mas a escravidão é histórica, e nem por isso menos odiosa", Jimeralto se dizia, para não se dizer de modo claro que aquela genética e modo de ser ele pulava, ele, culto, socialista, homem reflexivo, superior. E não era bem assim, ele o sabia, dolorosamente isto ele sabia, que ninguém escapa imune ao próprio sangue e formação. Que ninguém habita a selva, que ninguém sobrevive entre as feras para delas fulgir anjo, cordeiro, imaculado. Ele próprio um dia levantara o braço pesado para o filho, logo ele, Jimeralto, que odiava e de si expulsava o Filadelfo bárbaro, o Filadelfo bruto que não via fronteiras para a raiva contra um filho. Logo ele. Naquele instante, não, mas depois, com a respiração arfante, quase sem ar pela emoção do que estivera na iminência de fazer, ele se lembrou do braço do pai em seu próprio braço, lembrou do selvagem pai em seu civilizado ser. O quanto era duro superar o que odiava. O quanto era difícil expurgar a escola dos afetos mais primitivos. "Mas eu não sou ele". E mesmo assim, sabia, pedaços do pai ainda estavam nele, muito além dos traços, do sêmen e da vontade.

Os fatos, sempre, eram muito mais graves que os conceitos. Piores que a sua dura argumentação e dolorosa racionalidade. Os substantivos precediam os adjetivos, os verbos desprezavam advérbios e complementos, as interjeições mais pré-históricas eram inscrições no vento. Os fatos, porque anteriores, eram compactos. Mas não frios, lápides entre matos destruídas, porque continuavam perfurantes. Talvez inabordáveis no limite da piedade humana. E aqui, ao continuar até mesmo rumo ao inabordável, no caminho para Filadelfo, havia uma nova encruzilhada. Em uma direção, partia-se para o fato em si, tabu inescapável, mas cru. Em outro, seguia-se rota de fuga, que discutia o reflexo sem o objeto. Nessa outra, havia teorização sobre a ponta do espinho enfiado. Ah, antes do ai, essa fuga não valia a pena viver. Que tentasse ir aos fatos se possível sem a sua crueldade, que antes não se falava, mas desta vez com verbos e substantivos. Aos fatos, para fracasso ou êxito, mas sem fugas.

A maldade do pai Jimeralto lembrava bem. Naquela outra casa depois do beco, quando o pai, para desespero do menino, vivia mais tempo no lar, pois que agora estava em uma nova casa e com mulher nova, a maldade de Filadelfo estava em todas as coisas. Em todas, por sinal, Jimeralto lembrava bem, se espalhava a perseguição ao fantasma do sexo, o sexo que como fantasma pervagava em todos os atos e objetos. O olho de Filadelfo perseguia, inquiria, conforme anunciado antes que o menino conhecesse o escrito: "Eu, o Senhor, esquadrinho a mente, eu provo o coração; e isso para dar a cada um segundo os seus caminhos e segundo o fruto das suas ações". Aquele olho, para maior onipresença, servia-se de olhos auxiliares, mecânicos, físicos, de espelhos e vidros. Assim era, assim foi.

Na altura dos 13 anos, o menino se apaixonara por Lucinha, uma linda menina, mestiça que em lugar do cruzamento comum de negro com branco, era resultado da mistura de negros e índios. Ela guardava no corpo pequeno a beleza das duas raças pisadas. E para maior coerência do cenário, havia na sala dessa nova casa um grande retrato de John Kennedy, ali erguido como um santo depois do assassinato em Dallas. Então uma tarde, estando sem mais ninguém naquele lugar além de Lucinha e o menino, ele enamorado a olhar as suaves linhas da menina-moça, eis que sentiu sobre si algo imperioso, em agressiva vigilância. Ele não recordava se foi algum gesto de Lucinha que o alertou. O certo, o frio que sentiu foi: ao voltar por acaso a vista para o quadro do senhor presidente, Jimeralto ali encontrou o reflexo do olho do pai, que de um quarto o vigiava. Há quanto tempo, há quantos dias e tardes o olho de Deus estivera ali na imagem de Kennedy? Ele não o sabia. Lembrava que baixou a cabeça, envergonhado por ser flagrado em pecado, nu, pelo ubíquo e vingativo olho do Senhor. Então Lucinha, ao se levantar da cadeira onde estava, deixou ali a marca, um minúsculo ponto da sua menstruação.

Lembrar esses fatos deixava Jimeralto paralisado. Marca do gênero punha-o divagante como uma pessoa que sai do dentista e vai à procura de um sorvete, à procura de sabores que lhe façam na língua um gosto distinto da anestesia. Mas havia que voltar aos fatos.

Naquela curta fase em que o pai se julgou um homem rico (e Jimeralto balançava o rosto entre a indignação e a ironia a tal lembrança), rico, pois estava em nova casa e nova mulher, Filadelfo pela vez primeira alugou os serviços de uma empregada doméstica. Fazia sentido, a casa era pelo menos 11 vezes maior que a do beco, aquela onde vivera Maria. Nessa nova residência, a mulher limpa exigiu o trabalho de uma empregada, que veio na pessoa de uma jovem sarará, de sangue quente e coxas colossais, se se permite um acento vulgar nesse gênero de lembrança. Ela dormia no mesmo quarto de Jimeralto, lá no quintal, em cama vizinha. Para nada falar da frustração eterna, que é uma espécie de prolongamento do inferno, para nada dizer da indignidade que foi não a ter amado quando ela o quis, Jimeralto lembrava a perseguição do pai em certa noite, em que fora ao quarto espioná-lo pelo buraco da fechadura. E... E fim? Chegado a esse ponto, de bruta exposição, Jimeralto notava que o puro relato dos puros fatos nada representava. E sobre ele, na pessoa de um terceiro comentário, deve ser agulhado um agudo violino que o realismo do gênero reportagem-denúncia, que se quer ausente de todo intelectualismo ou teoria, chamaria de "conversa mole". Ou seja: a recuperação do fato bruto, só ele, é de uma seleção rigorosa e arbitrária de tal modo, que omite, falsifica, furta e burla a própria objetividade que afirma buscar. Na exposição bárbara de fatos sozinhos o velho menino jamais poderia incluir o que lhe revolvia as entranhas ao lembrá-los, um mundo que o fazia pôr os dedos sobre os olhos fechados e murmurar "meu Deus, como eu gostaria de não ver, meu Deus, por que me persegues? Por que me dás igual o dom de ver e nenhuma força de mudar essa miséria? Eu não quero ver, por favor. Meu Deus!...", e assim murmurando, saber, ao mesmo tempo, que a súplica era expressão da impotência, era confissão da desgraça que percebia e, doía-lhe dizer, logo ele, ateu, materialista, que invocava Deus à procura de um milagre impossível, um remédio certeiro para os próprios olhos, que o perseguiam dentro de si, perfurando-o com a visão das coisas que não queria. Simultâneo, ele o sabia, à retomada do Jimeralto daquela infância, que ao abalo da perda da mãe se tornara pouco a pouco religioso, em um processo de martirização.

A natureza mártir para ele então, naqueles dias de prece mais longínqua, era a virtude, que consistia no esmagamento dos impulsos, uma vitória da repressão sobre o sentimento. Só muito mais tarde, na curva dos 60, foi que percebera: a virtude era um abandonar-se ao coração. A virtude era o que o fazemos por solidariedade, ou irresistível afeto a quem está fora de amor ou atenção. Mas aqui, neste passo em que está entre tabiques num quarto de pensão, o meu Deus é uma senha secreta para não se dizer, "onde buscar abrigo para o que vejo e não posso mudar? Por que então, se não tenho a força de transformar, não tenho igualmente a força de passar longe os olhos de toda essa miséria? Meu Deus, eu não quero ver". E no entanto via, porque a visão era a faculdade de conhecer, de possuir o sentimento antes mesmo dos olhos. Assim, ele voltava ao menino a quem os amigos chamavam no portão daquela casa, daquela nova e maldita casa, que a par do conforto lhe trouxera, em um mesmo passo, a perda do bem mais precioso, a vida da sua mãe. Ele vê e se vê pelo que sentia. Chamam-no ao portão e seu pai está em casa. É uma tarde de sábado.

Dia bom, dia ótimo, hora mágica de encontro de amigos para jogar bola, ou conversar, sair, jogar damas, ou nada fazer, que é uma forma de brincar sem se dar conta. No entanto, os amigos o chamam do portão e ele tem medo, porque o pai está em casa. Como gostaria que não o chamassem, apesar do tom cálido de suas vozes, apesar das promessas de bem-aventurança, porque ele poderia até andar em bicicleta emprestada, até mesmo passar uma bela tarde no jogo de barra a barra, o futebol onde era menos ruim, como gostaria que não viessem, apesar do desejo de ir até a frente do cinema para ver os cartazes dos filmes, como gostaria, e apesar de todas essas coisas boas, o menino Jimeralto tem medo.

O pai está em casa. E a sua presença quer dizer aos chamados lá fora, "que coisa safada esses meninos estão tramando? Que molecagens projetam, e de tal modo que falam aos gritos 'Jimeralto, vamos jogar bola? Jimeralto, vamos jogar damas? Jimeralto, vamos olhar a frente do cinema?'". E ao perceberem o vulto do Senhor, os meninos passam a chamá-lo como quem pede desculpa. Os seus chamados, quando notam o pai, mudam para uma voz respeitosa, frágil, que significa agora "seu Filadelfo, grande e onipotente, mil e um perdões, mas o Senhor poderia, num ato de magnanimidade, num gesto de extrema misericórdia, deixar talvez quem sabe o seu filho brincar alguns instantes?". Então ouvem uma voz forte, de autoridade, um trovão de ponte que interdita, em vez de ligar:

– O que vocês querem?

Ao que respondem:

– A gente queria falar com Jimeralto – começam, em tom de "se possível, se não for pedir muito, Senhor, perdoa, nós bem sabemos que estamos errados, mas será que poderíamos...?" – ... é coisa de estudo.

Então o Homem, o grande e maior de todos os homens, estronda:

— Jimeralto!!!

Ele, o filho, melhor dizendo, o ser anulado em corpo fracote e débil de um menino sem mãe, que já ouvira os chamados dos seus iguais e fizera de conta que não, atende rápido ao brado, responde na fórmula que aprendera à custa de pancadas:

— Senhor? Senhor?

Era, Jimeralto percebia na maturidade, "senhor" era a fórmula de escravos aprendida pelo pai, recebida por ele da sua avó, que o Pai repetia como um senhor negro, a exigir dos seus inferiores.

— Senhor?

— Fale com eles!

Eles, os meninos, estavam intimidados. Meninos pouco semelhantes a Jimeralto, porque podiam fugir, sumir na bicicleta, partir sem retorno e sem medo de receberem na volta socos, pois não tinham a sina de filhos do grande senhor cuja voz era uma promessa de brutalidade. Mas ainda assim os livres tinham medo, muito medo, assim como teriam medo de um feiticeiro, de um homem endemoninhado, possesso, que de repente podia se jogar contra eles. Então o menino Jimeralto vinha e mal podia ouvir, se é que alguma coisa ouvia dos amigos. Envergonhado nem os olhava no rosto. Ultrapassava o terraço, na dura passagem próxima ao Pai, de quem sentia até a respiração ofegante, de quem está a ponto de explodir, dinamite viva, pavio aceso, e no portão, de cabeça baixa, tentava ouvir os amigos, na esperança vã de que nem notassem os traços daquela opressão. Ele, o menino, estava em pecado sempre, por atos ou imaginação. Eles, os outros meninos, estavam em pecado também, pior, eram demônios que o tentavam com a riqueza de brincar na rua, tentavam-no sem saber que o castigo de Deus seria cruel na volta daquele crime. E por isso, a ouvi-los pouco, ansioso por voltar logo à condição de menino obediente aos mandamentos do Pai, ele, Jimeralto, como se tivesse até o direito de ser pelo nome por eles chamado, respondia baixinho:

— Eu não posso. Estou estudando. E diante desse código os amigos corriam rápido:

— Tá, tá. E fugiam.

O caráter mais claro do pai, para o menino, para todos os meninos, era fazer medo. Na verdade, era fazer medo a todas as pessoas que ele julgasse estarem abaixo de sua posição hierárquica, não importava a idade. "Filho meu só é homem quando eu morrer". Filadelfo não sabia, mas ele com uma torta genialidade subvertia Freud, ao sintetizar a própria brutalidade. (Jimeralto também não sabia, tamanha era a opressão, que desejava no sagrado íntimo a morte do pai, daquele pai. Para ser homem, enfim. O seu sentimento, diante da morte de Filadelfo, esteve depois próximo de um alívio, assim como suspiramos gratos depois de um dente enfermo arrancado. Nem lhe passou pela cabeça, na ocasião, sequer a perda de estabilidade material no mundo.) Esse caráter de fazer medo, para os outros meninos, era a cara feia, pois Filadelfo era um feio de ar grave, de cara amarrada e de traços, e no que era pior, na voz alta, áspera, de tom agressivo – na intimidação, enfim. Para o filho, o medo era mais concreto, se podemos dizê-lo assim. Bastava-lhe o olhar de Filadelfo. Naquilo não havia só ameaça – era sempre o anúncio de um espancamento. A porrada total, que exigia não só a dor, mas também a mais completa perversidade, pois o espancado não podia fugir, correr ou pôr os braços em defesa, que poderiam ser quebrados, pois a defesa num reflexo era mostra de rebeldia, de resistência contra o poder do Pai, Ele, o Senhor Absoluto. "Bato num filho como quem bate num homem", ele dizia, mas nisso havia imprecisão, porque homens reagem. Até os animais se defendem. Indivíduos acuados, mesmo em luta desigual, se desesperam e esmurram crocodilos, tigres ou tubarões. Homens lutam. Mas um filho de Filadelfo não. Escravos escravizados por escravocratas na escravidão, no terreno e domínio do chicote, não. Talvez com uma correção da frase em que ostentava o vigor dos seus braços contra um filho, pois ao dizer que lhes batia como quem bate num homem apenas exaltava-se da força que descarregava na cabeça de paralisados, talvez com um conserto ele considerasse, a quem lhe comentasse que filhos grandes, crescidos, não deviam mais ser surrados, ele repusesse o novo princípio: "Filho meu só é homem quando eu morrer". Para o espancamento, eles não cresceriam nunca. Para a humilhação, que Ele não via, porque o Pai não humilha, apenas executa o seu infinito poder, para a humilhação eles jamais seriam adultos. Homem, para o Pai, nunca. Sempre meninos, sempre sacos de pancadas, para os seus jabs e diretos.

É claro, Filadelfo atingira essa brutalidade depois de uma longa evolução. Ele, pelo lado materno, era neto de escravos, e pelo lado paterno, de portugueses espertos, comedores de boas negras que engravidavam sozinhas, vale dizer. Melhor, as negras, como a mãe de Filadelfo, até os primeiros meses de gravidez possuíam marido, mas à medida que o bucho lhes crescia perdiam-no, porque o dar à luz esclarecia uma união impura. Mas a ascendência negra, em mestiços do Brasil, não era um traço específico de Filadelfo. Tampouco o ser filho de portugueses migrantes, que à maneira deles reproduziam em terras brasileiras a esperteza de que haviam sido vítimas em Portugal. O específico em Filadelfo vinha de uma tradução louca desses traços gerais. Quando ele contava, em tom de contar vantagem, pois sempre fora para ele uma vantagem exibir os coices que sofrera na vida, porque assim gritava aos fracos de vontade, "olhem de onde eu vim e o que eu consegui, olhem o quanto pode um indivíduo sozinho, somente com a sua vontade, olhem", quando ele se jactava da miséria funda de onde viera, ele se explicava para a consciência da memória de Jimeralto 55 anos depois: "Fui criado sem pai. Ele, muito evangélico, botou uma barriga na minha mãe e puxou a mala. Minha mãe então teve que me criar somente ela e a caridade pública. Quando aprendi a contar, fui ser guia de cego. Nunca minha mãe me deixou botar os pés na escola. Ela dizia que era pra eu não aprender a fazer bilhete pra namorada. Mas por minha vontade aprendi a ler e escrever português e inglês, e falar francês e alemão. Estão entendendo?". E fitava a todos, aos fracos, aos que não tinham o privilégio da sua força de vontade. Os fracos, os outros, todos os outros que não fossem ele, possuíam apenas a faculdade de ouvir o colosso e de reconhecer a própria fraqueza, ante o império do magnífico Filadelfo. E não importava o nível de montagem da própria vida que ele contava, ou dizendo melhor, que ele *cantava*, ou as omissões que fazia para melhor se dignificar, isso não era importante, porque o modo de ser de Filadelfo era a expressão patente do que ele falava.

Mulato escuro, baixo, mãos pequenas e braços fortes, cabeça imponente de busto de praça, nele, naquela concreção de pouca altura do corpo, mais avultava a cabeça, que parecia falar autônoma, para todos os incrédulos: aqui neste crânio, aqui nesta vontade, aqui nesta inteligência está a minha força. Naquele tempo, o filho não sabia então, aterrado que vivia pelo peso da autoridade e olhos grados, olhos de Deus, o filho não sabia então, mas aquela cabeça avultaria como uma cruel metáfora nos dias em que o câncer comeu o corpo do pai. E só lhe restou a cabeça descomunal. O câncer lhe pareceu depois, pelo definhar lento de pessoas, como um trabalho de depuração, de supressão de vestes e pompas, para deixar somente os traços essenciais. Como uma curta novela que é síntese do universo de um romance. Ao essencial, ao osso, vale dizer. E o essencial em Filadelfo, na sua história, era aquela cabeça, que somente viria a ser percebida nos últimos dias do câncer. Então, no relato, Filadelfo era só vontade. Então, nos cortes da narrativa, ele ocultava só a crueldade. Que ele transferia para os olhos maldosos dirigidos ao filho. Não haveria, naquela macheza destruidora, uma vingança por ter sido brutalizado quando menino? Em que favores ele teria caído quando fora guia de cego? Não haveria naquela macheza o ter visto a mãe se transformar em puta – o que na época era o mesmo que mãe solteira –, puta negra de um português covarde? Quantos espancamentos, espancamentos específicos para negrinhos filhos de negras sozinhas, ele ganhara?

Filadelfo havia sido formado na Pedagogia da Dor. Na marca do aprendizado pelo sofrimento, que era a outra face do oprimido ao aprender o chicote do opressor, ou apenas o outro lado de um mesmo chicote, pois ele reproduzia tais lições nos seus inferiores. A eloquência de tal escola mais crescia quando ele contava como aprendera a falar inglês, na época da segunda guerra mundial. Garçom na beira do cais, viu, e aí sim como as verdadeiras putas, sentiu a necessidade de melhor receber os gringos de passagem pelo Recife. Então ele contava o quanto achou fácil aprender a nova língua:

– No cinema, com os olhos fechados, eu ouvi pela primeira vez o Eu em inglês: Ai. Então eu disse pra mim, como é fácil. Eu é Ai. Ai.

E daí ele não mais contava o quanto se baixara, a que ponto chegara para aprender a língua na prática suja, mas prática, do aprendizado no cais do porto. Ocultava, mas aqui já sem remorso. De guia de cego a alcoviteiro de trepadas, de guia a servidor de homens, vá, isso também era demais, corrija-se, de guia de cego a servidor macho de gringos de macheza frágil não deixava de ser uma promoção. A pedagogia, o aprendizado, o baixar-se e a porrada tudo era um só corpo: aquele que os negrinhos brutalizados deviam ter. E como e quanto ele aprendera a falar inglês! Diziam que ele falava como um legítimo gringo, que compreendia até as gírias, tiques e elipses de falas regionais dos Estados Unidos. E compreendia tanto que, ao ser escalado como guia – ele contava que fora escolhido como intérprete, tradutor – do casal Ted Kennedy em visita ao Recife, chegou a ouvir da esposa do grande e simpático norte-americano, quando entendeu com clareza a sua gíria nesta pergunta cifrada:

– É esse macaco que vai nos servir?

Então ele, no mesmo ato, se negou a ser o macaco, embora transformasse depois o insulto em alguma coisa específica daquela mulher específica daquele momento específico, pois o Kennedy era um bom camarada, ninguém podia negar.

Daí, num lance de gênio, ele contava cheio de buracos na narração, o que é de toda narração, concedamos a ele um benefício geral, num salto ele contava que passara a falar francês e alemão também. Mas a sua fluência mesmo era na imperial língua do Tio, do (Grande) Pai Sam. Fluía bem até no inglês mais técnico, jactava-se. Com a voz potente, berrava ordens, sem megafone, aos navios de bandeira estrelada que deixavam dólares para os macacos. Naquela fluência, daquela fluência o menino mal percebia a corrente da bárbara fala dos gringos, porque estava com os olhos voltados para o espetáculo do poder do pai, sob seu mando e controle, porque era inundado de ordens, deveres e quinquilharias, aquelas coisas de lata, de alumínio, as latinhas de carne, aqueles maços de cigarros Chesterfield que o pai trazia com ar guerreiro, esperto e muito sabido. Era um naufrágio que entontecia, que embriagava. Filadelfo trazia dólares, poucos, é verdade, mas o dólar não era então uma moeda, era o milagroso falo de Santo Antonio. O dólar era uma cédula para ser pregada na parede e reverenciada, sim, macacos suburbanos tinham um dólar do valor de um dólar, e todos iam dar graças àquela águia, pois em Deus nós confiamos.

(Isso Jimeralto queria arrancar de si como quem arranca um câncer, como quem extirpa da carne, da genética, o câncer que matara Filadelfo. Mas arrancar não era o mesmo que deslembrar ou esquecer, arrancar era pegar o tumor por baixo e com vigor fazer pular o carnegão. Lancetá-lo pela raiz. "Arre, tumor maldito de pus e sangue, arre, maldição de mercadores que fazem de gente mercadoria, arranco-te de mim". Essas coisas deixavam o filho comunista paralisado. Mas era uma paralisia cheia de convulsões íntimas, no que se assemelhava a uma outra face do esquizofrênico. Uma divisão interna que integrava, antes de separar. Uma separação de si pior que um rabo de lagartixa que se arranca. A lagartixa em Jimeralto continuava, revolvendo-se íntima, com o rabo integrado. E por isso ele pulava, ele também saltava, queria ser heroico, um dos cavaleiros do apocalipse, mas era apenas um homem. Um frágil filho do frágil Filadelfo.)

Então Jimeralto se voltava para aqueles anos felizes do beco, onde o pai era ausente. E de tal sorte era ausente, que em dois anos apenas uma vez o espancara. Aquela felicidade de ausência somente não era absoluta porque a casinha, a comida, os vestidos rabugentos de Maria haviam de ser mantidos pela autoridade, que aparecia uma vez à noite. Às vezes dormia, às vezes não, pois o trabalho no porto o chamava, como dizia. E nesse ponto a pessoa de Filadelfo se abria em, pelo menos, três caminhos. No primeiro, o chamamento para o trabalho noturno de Filadelfo queria apenas dizer "tem boceta no cais". Jimeralto punha a mão sobre os olhos, que mesmo fechados não o impediam de ver. E por mais que desejasse perder toda e qualquer acuidade, que para ele era lembrança, pois os seus olhos eram memória, pois a sua visão era um revolver, mais que volver, pois a sua vista se mudava de revolver em revólver, em arma além dos braços voltada contra, então ele, diante da impossibilidade de ficar cego para o que era inapagável, impossível de não ser visto, então ele de olhos bem fechados, apertados e comprimidos contra as órbitas, punha sua mão direta sobre eles e murmurava: "meu Deus, dá-me a paz".

Como seria confortável, confortável de vazio, dos buracos ocos nas órbitas, puro quase nada, como seria bom não ver. Então lhe vinha, ao ver aqueles santos de dólar, aqueles nichos de dólar, aquele mundo transplantado do paraíso porco do Norte, dos infernos, o mundo anterior que não batia, que contraposto era um comentário irônico, louco, ao feijão com farinha no beco, quando crianças imitavam dançar rock, então lhe vinha a expressão máxima daquele tempo e miséria, o câncer na espinha dorsal do pai ao fim, o câncer como síntese e solução, e daí lhe vinham tantas percepções e porcarias que não gostaria de ver, que ele, o rebelde ateu daquele mundo viral, daquele mundo entranhado em sua pele a lhe atravessar o couro e lhe fazer reagir às vezes como o pai abjeto objeto, quando num impulso recordava que mais de uma vez levantara o braço contra indivíduos mais fracos, ah, então Jimeralto ateu tão amassado e sem forças, na impossibilidade e impotência de extirpar o câncer do próprio ser, que era toda a memória que carregava indissociável de si, como o morto-vivo do bumba meu boi, como o filho vivo que era ele próprio, e com o morto vivo a se mover que era a sua memória, então lhe vinha, no esforço inútil de procura de paz, uma vontade de rezar.

"Pai...", dizia, e sabia não existir mais pai, "Pai, dá-me a paz. Mãe..." dizia e sabia não ter mais mãe, "Mãe, me põe no teu colo. Me alisa os cabelos, me fala, me diz algo que me alivie, me conta na tua voz que o menino é uma esperança. Mãe, me fala com aquela voz que falaste ao admirar o desenho feito em um papel de embrulhar pão, quando reconheceste como avião uma coisa tosca só asas, só nariz, e tu disseste 'o meu filho é um artista! Olhem o que ele fez', e tu me abrigaste ali como uma promessa de pintor, de desenhista, que a vida pôs de lado. Me dá aquela força que tive quando, diante de ti, reagi, briguei e venci o menino valente do beco, o endiabrado Dirico, que lutava com cabeçadas no ventre dos inimigos, e quando te fitei e vi os teus olhos sobre o meu corpo caído, olhos que ordenavam 'Jimeralto, seja um homem', sem intervir ou me salvar com as tuas mãos, mas me exigindo um destino, de tal modo que venci e surrei o valentão do beco, porque estava diante do teu chamamento. Maria, dá-me a paz. Se não posso deixar de ver, me ajude ao menos a encarar com serenidade o mal que não pode mais ser curado. Mal, eu te vejo. Mal, pego na tua mão e vou à tua caverna. O teu escuro eu ilumino". Então Jimeralto, com mais ponderação, pôs a mão em pala e pôde ver mais longe.

O FILHO RENEGADO DE DEUS — XI

O amor de Filadelfo por Maria tinha em si a mesma ambiguidade desta frase: "o amor de Filadelfo por Maria". Ai se refletia, em caráter duplo, o amor que Filadelfo dirigia até Maria, assim como também o amor de Filadelfo segundo o interpretava Maria. Peguemos antes pela segunda parte, pelo reflexo interpretado.

Maria desejava um afeto grande, maior e definitivo, como sempre o quer toda pessoa. Assim como toda a gente, em termos de coração, ela não queria o mais ou menos, o razoável, o possível, o morno, do gênero "é o que eu posso ter", ela queria o apaixonado, o se dar sem troco, sem condicionais e sem medida. No seu coração tão bravo e tão breve, em seu peito que se extinguiu precoce em razão de bravura e bondade, ao se dar absoluta como se o amor recebesse uma resposta automática e imediata à doação, ela queria apenas um homem, um amante, um lar e a felicidade. Tudo em um casamento. Mas assim como em Filadelfo, em Maria também se cruzam vários caminhos. Tomemos a estrada clara daquilo que Maria doava.

Aquela mulher do Agreste não só possuía um corpo de pobre, dela era também uma alma de pobre. Entenda-se: não era que ela fosse tomada e fosse ela própria uma alma pobre, de pobreza de humanidade. Dizê-la com alma de pobre significa que o seu modo de ser, a invadi-la toda, trazia a marca da generosidade dos pobres, daqueles que, tendo tão pouco, chegam a dar mais do que têm. E aqui, nesse dar mais do que se possui, entramos num reino onde não entram os miseráveis números naturais, ou qualquer matemática. Pois como haveriam de ser compreendidas pessoas que "comem puro", como eles próprios se referem ao alimento de feijão, farinha e mais nada, e dão a mais farta e completa refeição aos convidados? Pessoas que recebem com galinha à mesa, uma galinha criada à base de restos, lixo e escarro, galinha a que não têm direito de comer um só dia no ano, mas que ofertam com alegria a quem convidam, como entendê-las? Isso é típico dos pobres. Eles são aqueles que doam sangue, órgãos, quando todo bom burguês se furta ao sacrifício com desculpas. Os pobres dão porque não entendem como ou por que alguém tendo não dê nem se doe. Eles são aqueles que morrem aos milhões em todas as guerras, que são as vítimas de todos os fenômenos da natureza, afundados por águas e pedras que caem das encostas, e no entanto com a roupa do couro socorrem outras pessoas, apesar de terem perdido tudo, pessoas queridas e cama de dormir de uma só vez. Maria tinha essa alma.

Ela se revelava não só naquela caixa de perfume recebida como prêmio em um programa de auditório, quando igualou o peso da cantora gorda, e fez todas as vizinhas provarem do seu perfume. A sua alma dava sinais da natureza também quando comprava sapatos, os raros em raras ocasiões, e com eles voltava nos pés desde a loja. Às vizinhas que a censuravam, pois não entendiam como harmonizar sapatos novos e roupas velhas, Jimeralto não se cansava de voltar a essa lembrança, ela respondia:

— Eu não sei se vivo amanhã. Então eu já venho calçada.

Essa alma residia também no leite quente e gordo dos seios, que se prolongou além do tempo do bebê, que Maria dava, doava, tão farto e denso e agradável lhe vinha. Pois a generosidade fazia crescer e multiplicar o leite além do tempo físico. Seria como, se comparamos muito mal, como um milagre da multiplicação do vinho. Com a diferença do milagre do leite não vir do céu, mas do peito de uma mulher do povo que se multiplicava. Então o filho, lá no quarto de pensão, debaixo do mais fundo desamparo, ao lembrar a alma da mãe recebia na boca o gosto da infância. O calor e o cheiro e o gosto, quando recebia dela o leite gordo. E lhe via a cor, a densidade, o sabor levemente adocicado, leite gordo. Gordo como o colo de Maria. Gordo como o tamanho do seu desprendimento. E, ainda ali, quando se via perguntando, e, pior, sem a solidariedade, porque lutar naqueles anos de ditadura era também lutar sem demonstrações de fraternidade, diante do desconhecimento e alheamento de todos, do povo, pela pessoa que por eles lutava, como dizem, quando lhe vinha às vezes uma desesperança, ao ver os companheiros mortos sob funda infâmia, mesmo ali, naquela pensão de enlouquecer do Parque Treze de Maio, em que estava nu como um feto, em razão de um calor de forno, pois se escondia num quarto menos que uma água-furtada, sem sequer uma janela, um quarto apenas roubado de um sótão, que dividia com os grandes ratos, então nesse momento, ao lembrar a alma de Maria, aquela generosidade do seu peito gordo no seu leite gordo, ah, então lhe vinha um gosto quente e saboroso e da terra da boa esperança na boca. Era impressionante, e sem se dar conta ele descobria, que abalos e marcas vitais tinham um gosto, um conjunto de sentidos até a língua, que as lembranças não eram só uma coisa exterior de vista e formas, mas um fenômeno guardado como um raro diamante em um relicário, e por isso lhe vinha um estremecimento em todo o corpo suado, ali naquele calor do quarto roubado ao sótão. Era um estremecimento de convulsão, de febre, mas ele sabia, porque então começava a se ver, ainda que no quarto não possuísse um só espelho: o estremecimento era de choro reprimido, choro preso.

Então ele se levantava para pôr um disco de Ella Fitzgerald no toca-discos, como se Burt Bacharach, como se I'll never fall in love again fosse uma canção, uma obra maior que encobrisse o vazio e a ausência do leite de Maria. Mas o quanto era mínima a canção, o quanto era insuficiente para a largura do mundo flamejante dentro de si! E ali, como sempre, porque sempre nos recusamos a ser graves, porque é muito pesada a vida em seu enfrentamento, porque é muito aguda e perfurante a dor real, ele julgava que ao perceber a bela voz de Ella, que ao escutar o som harmônico de uma canção apenas razoável ganhasse um suficiente analgésico, ou no mínimo um revulsivo, um derivativo para ocupar a lembrança da falta mais primordial. É que ele não possuía, como seria necessário, as mãos de Deus que compreendem, as mãos que cruzam os dedos velhos sobre o escrito hieroglífico e o desvendam. E os dedos velhos eram a experiência e a reflexão madura sobre a experiência, que aos vinte anos lhe eram vendadas, proibidas e fechadas. Daí só o gosto leite materno naquelas solidões abrasadas, lá na pensão do Recife. Mas o que era impossível a Jimeralto, filho envergonhado de Filadelfo, filho grato de Maria, não é vedado à narração.

O amor que Maria buscava era distinto, diferente do amor que ela necessitava. Em vez de desejar astros do cinema, artistas do rádio, dos galãs à feição de Clark Gable, Cauby Peixoto, como era comum nos desejos das mocinhas dos anos 1950, ou se apaixonar por homens ideais que misturassem, na tradução das mulheres do beco, altura, cabelos, porte e rosto do cinema ao mestiço do Brasil, ou seja, indivíduos fortes, de braços potentes, pele morena e olhos verdes, ou, quem sabe, até mesmo olhos escuros, castanhos, mas com uma conversa melosa de sentimentos amorosos – e o que era o amor para as mulheres românticas de então exigiria um capítulo à parte, para melhor corporificação –, em lugar desse ideal nunca atingido em um só namorado, amante ou marido, Maria buscava um amor que, apesar de jamais admiti-lo em consciência, um amor que fosse à semelhança do irmão. Ao modo e aparência de Maciel, o gêmeo, um homossexual sem alarde. E com isso, no seu ideal, também se cruzam vários caminhos, ou, se quiserem, o seu ideal era um cristal de muitas faces. Numa delas, na mais evidente, o amor conforme Maciel era um homem que a respeitasse, à pessoa de Maria, pois que ela era uma pessoa, acima de tudo. Em sua melhor imagem, antes de se apresentar como mulher, ela se queria uma pessoa. O que para um homem, nesse vê-la como uma pessoa, seria um contato assexuado, indigno de um macho, para Maria era um plano de mais conforto e ambição, ver-se no espelho como gente humana, antes do sexo. Ela possuía suas razões, além das mais dignas e gerais.

Com Maciel, com o irmão, com o seu gêmeo de alma, ela falava e se fazia ouvir, ela ouvia e se permitia ouvir. Ou seja, havia entre eles, macho e fêmea, uma igualdade de planos e terreno. Ela o queria porque a ele falava. Ele a queria porque a ela, sua igual, ele falava, se ouvia, se respeitava. Ao diabo que era Maciel, baixinho, necessitado, pois a procurava por não ter onde comer, almoçar, num tempo em que a carga feroz contra homossexuais era mais perseguidora, dentro do inferno em que já estavam os homens pobres e pequenos, a esse pobre-diabo ela não via, porque punha no seu lugar um homem de ternura e bigodinho, de voz suave, que a ouvia e escutava. Que lhe importava se esse Maciel não seria nem era capaz de se levantar contra a selvageria do marido? Não havia problema, porque para isso ela própria tinha força e ânimo para responder. Mas ao não ver o pobre-diabo em Maciel não lhe ocorria propriamente uma cegueira, uma miopia mágica, de não ver nada do que todos viam. Ela não era cega nem louca. Apenas, apenas, aquelas características informadas por todos Maria punha sob outros valores. Ela respondia à infâmia de outros parentes contra o irmão:

— Ele é uma pessoa de coração, ele sente.

"Ele me ama", ela queria dizer. E o que mais desejava o seu peito que ser amada, ainda que num terreno íntimo, particular, privado, mesmo que fossem xifópagos separados? Que viessem os bárbaros, que viessem os tártaros, ela os atacaria por mais de um flanco. No entanto é claro, numa outra face do prisma, esse amor à semelhança do respeito fraterno era um amor de possibilidades. Ou, numa aproximação da face nua e limpa, era um amor vicário, que não se satisfazia no vicariato. E por isso pegava dele características que seriam uma graça dos céus, mas passava por elas e seguia mais longe. Pois além de uma pessoa, pessoa geral, Maria era uma pessoa específica, certa e determinada mulher. Ela queria ser desejada e tomada e vista e acariciada como Mulher. Sim, com maiúscula no calor do seu desejo e imaginação. E, coisa estranha, apesar de Maciel ser modelo para seu coração, ele não a poderia satisfazer por um *duplo impedimento*. No menor deles, que Maria na consciência se falava ser o maior, ele era o seu irmão. "Está doida? Coisa de doido. Nem pensar". E aqui, mesmo que não possamos esperar dela atos e percepções além do seu tempo e cultura, a narração pode e deve falar de Maria o que a sua pessoa não via. Ou não queria ou não podia ver.

Em sonhos, há muito, ela estava com o marido, à hora do almoço, e ele, o marido, de forma a mais carinhosa alisava-a com os pés sobre os pés dela, subia com eles em suas coxas, rodeava com o dedão o seu sexo, ao que ela respondia, entre o abandono ao pezinho do marido:

— O que é isso? Os vizinhos podem ver.

A isso o seu marido, de pele escura, bem escura, sorria com um bigodinho que ela adorava, que a deixava sem forças para reagir com força, com raiva. Ah, que raiva ela se sentia possuída por não reagir contra aquela obscenidade! Mas como reagir àquele antiFiladelfo? Pois apesar de todos os traços exteriores, cor, cabelo, voz, olhos, apesar de toda anatomia de Filadelfo, aquele homem com quem ela almoçava no sonho era terno, delicado, atencioso, pois até nos pés a ouvia como ela desejava. Havia ali, apesar de, sempre "apesar de", apesar da presença física de Filadelfo, havia ali o marido em sua negação. E, dividida, Maria olhava aquela cena como se estivesse em um plano mais alto, a pairar sobre os dois na mesa, entre a "safadeza" de sua pessoa, pois não retirava brusca aquele dedão pecaminoso — sim, aquilo era um pecado —, e o desejo de afeto que o dedão continha. Era um pé ternura. Era um pé, que sendo sexo, pois era duro e tentava penetrá-la, era também um carinho, porque a rodeava, enredava, sim, a enredava a ponto de a deixar em rede de pesca, e a enredava também porque lhe contava enredos, fuxicos, bisbilhotices, enquanto a alisava nos pelos íntimos, tão íntimos que existiam antes até de serem pelos. Aquele Filadelfo, se o encarava bem, ou se a encarava, era másculo e feminino, macho e fêmea, Filadelfo e Maria. Então o sonho ia se desenvolver, e Maria não deixava, ela não o queria, pois sabia aonde o sonho a levava, levaria, o sonho ia tornar o pé em ponte de ligação, que encolhia, que se desenvolvia pelo desaparecimento, como, coisa estranha, como um crescimento que some, algo de mecânica impossível, a não ser que o pé crescesse por sumir dentro dela. E o desenvolvimento de tal absurdo era Maria abraçada a Filadelfo, amalgamada e fundida nele como uma estátua de bronze em uma praça, enquanto Filadelfo lhe sussurrava, "sabe, Maria?", e tão confortável e conhecida há muito era a voz, que a Maria soava com um conteúdo de "sabe, mana? sabe, maninha?", um absurdo absoluto, pois ela acordava ao lado de um corpo estranho à sua intimidade.

Então ela não poderia saber, ou – muro imperioso – ela não devia saber, porque era porta vedada a seu desejo: a pessoa de Maciel como irmão era o *menor* impedimento. O incesto era uma vedação de costumes, de cultura do tempo, uma vedação ao pensamento dos dias. Então lhe vinha um breve pigarro, como a engolir algo áspero. Porque o desejo, naquelas aprisionadas circunstâncias, era livre como projeto. De um ponto de vista anatômico, eram macho e fêmea, ou, engulho ou salvação maior, eram macho e fêmea nascidos de mesmos ventre e hora. Que mais intimidade, pecaminosa, bendito pecado, haveria? De um ponto de vista, digamos, funcional, todas as condições estavam dadas para o sucesso da vicária felicidade. Eles, ela e ele, em estatura e gênese se completavam. Vistos de um modo cru, os seus corpos eram harmônicos na acidental variedade da natureza. Maria e Maciel Deus os criou. Ali não havia um obstáculo, digamos, objetivo, se de um modo grosseiro nos expressamos. Escrevemos o adjetivo "grosseiro" porque os impedimentos na ideia, na formação de uma pessoa, também são um impedimento objetivo, mesmo que não se apresente como um muro de pedra. Mas se separamos, sempre com um método brutal, corpo e alma, matéria e espírito, o incesto não era o limite do proibido: "pecado, Maria, pecado, Maciel". Mas com pecado, ainda que mortal, ainda que impulso animal sem freio, a penetração era possível. Poderia até ser penetrada pelo sonho, para melhor consumação da vitória sobre o impedimento. Não. Aqui o horror era passável, passável assim como o cirurgião se acostuma ao sangue, assim como o açougueiro se acostuma às vísceras do boi, do porco, assim como o carniceiro se acostuma ao corte sobre pessoas vivas. Esse não era o impossível.

O impedimento era o lado fêmeo de Maciel, que Maria notava e sob valores mais altos dele não tomava conhecimento. Mas uma coisa era o irmão lhe ser solidário, afetuoso, digno, amorável sob o bigodinho. (Infernal bigodinho que não a deixava em paz no sono nas noites solitárias.) Ah, bigodinho querido, outra coisa era aquele pé interno, íntimo, se transformar em pênis. Outra coisa maior era aquele pênis ficar inchado, crescido e lançado pelo desejo que tivesse o irmão fêmeo. Essa era a vedação objetiva, até mesmo pela visão grosseira. E aqui, mais uma vez, é preciso determinar a grosseria. O ponto crucial não era que Maciel fosse incapaz de ter ereção com mulher, qualquer mulher, até mesmo contra a irmã. "Sem problema", ele diria. "Eu também sou macho", podia completar, sem qualquer bazófia. Sim, isso nele era possível. Assim como são possíveis os desastres, os terremotos, os cânceres, as doenças incuráveis, a ereção nele por uma mulher era possível. Dir-se-ia até, como uma prova de macheza, e aqui de novo as palavras para serem compreendidas exigem um espaço humano para sua melhor definição, Maciel possuía ereção com mulheres. E tal macheza queria dizer: domínio de vontade, fazer-se algo contra a vontade, suportar a dor no limite da resistência. Essa, a macheza. Mas como, se a ereção em héteros não existia por vontade, como em um ser homo ela se dava por algo miraculoso, à semelhança da meditação zen?

Sim, largo e em voltas espirais é o engenho humano: Maciel conseguia ter ereção no processo de se fazer fêmea para a mulher que estivesse a seu lado. Como uma abstração realizável, assim como muitas vezes se ama uma mulher em lugar de outra, em um artifício de sonho posto no cotidiano. Em termos mais simples e duros, isso quer dizer que ao levar uma mulher para a cama, o senhor Maciel, num esforço de variação máxima, oferecia-lhe as costas. Assim posto, fazia as próprias nádegas roçarem o clitóris para melhor excitá-la, enquanto ansiava por uma carnosidade dura no ânus. Desejando o clitóris da desejada, balouçante ele se dava de costas à mulher, para visualizar no escuro o que procurava. E recebê-la, se por felicidade a mulher se envolvesse no jogo. Pois fazer assim, chegar a tal ponto de sacrifício, era sem dúvida, e sem qualquer ironia, uma prova de macheza, se pela palavra queremos expressar: ter a coragem de enfrentar uma grande adversidade.

Fora de um ponto de vista moral, ou melhor, uma vez que esta narração vai além do reproduzir a vida consciente de Maria: de outro ponto de vista moral, de uma moral mais larga e funda como um oceano, Maria queria ser amada, e se possível, de um modo ideal, apaixonadamente. E para essa justa esperança, o espelho Maciel não a satisfazia. E por quê? A coisa não se dava naquela possibilidade mínima, ou máxima, pouco lhe importava, de ereção. Ou de ser penetrada na vagina. Mas os grandes e pequenos lábios estavam em outro lugar, melhor, em todos os seus lugares. Ela queria, precisava, é certo, de carinho, de um homem carinhoso até o ponto da gentileza, aquela à margem de boas maneiras. Alguma coisa que fosse à semelhança de Maciel, de modos finos – e ao dizer "modos finos" de ser, pensava em Maciel, mas com um esforço de o apartar de laços de irmão –, e que fosse ao mesmo tempo de voz grave, máscula, másculo. Melhor, e aqui enorme é o esforço para não amesquinhá-la, para melhor acompanhar o sentimento de Maria: ela queria um homem sem macheza, um homem por atos e de ação, que não baixasse os olhos ao se ver humilhado, que não desse as costas ao inferno de uma irmã. Mas nesse lugar do seu querer já não estava Maciel. Sem mágoa, porque nesse passo, como todas as mulheres que na ausência de um homem, vale dizer, na falta de um ser que aja e vá à frente, assumem o seu lugar, como as mães sozinhas que fazem as vezes de marido, de um modo heroico e mais efetivo que o substituído, nesse ponto, sem mágoa, ela crescia para assumir o lugar do irmão, seu igual e sangue, quando humilhado. Nada demais, sem mágoa. Mas ali já não estava o que ela queria, como marido e amante, como aquele que ama conforme é amado. E o que ela queria, afinal?

Assim como Ismália, a virgem que no poema queria o céu e queria o mar, Maria buscava um homem fêmeo que fosse macho, mas um macho que fosse mais que pênis, um homem, um homem, enfim. Um cidadão que abrigasse a mulher que gargalhava até as lágrimas, de uma certa Maria que ao ficar raivosa dava mostras de raiva inchando as bochechas, a mulher Maria que era generosa a ponto de dividir o pouco, para ficar depois em estado de quebrar a cabeça para ter soluções criadoras de sobrevivência. Ela queria, desejava nada mais, nada menos que a ventura, aventura do toque dos dedos em seus cabelos, do carinho das pontas dos dedos, em lugar das mãos calosas que a apertavam antes, antes do gozo que não poderia ser dela. Então, com Maciel, ela estava com um revólver de brinquedo, uma pequena mauser de plástico, e queria com tal arma se defender no sentimento. No mundo, mas com tal arma estava sozinha. Ela era ameaçada por se fazer de armada, ou de amada, vale dizer, porque os pobres também possuem jogos verbais, porque o amor em seu sonho aparecia às vezes como uma falsa arma. Amada, armada em falso. Mas que ainda assim lhe fazia correr sério risco de ser morta, amada em falso, armada em falso.

Por que não há uma justiça para os corações? Pois assim como Maria era traída no sentimento, aquele que traía tinha também o seu merecido quinhão. Haveria nisso um reflexo fiel dos boleros intragáveis da época, em que alguém chorava por não ser amado por quem queria, enquanto era amado por quem não desejava? Ou seria, a canção medíocre, a vulgarização de algo mais grave que o simples quero-quem-não-me-quer-e-não-quero-quem-me-quer? Talvez haja nisso a verdade de algo mais preciso: o coração, mesmo quando busca amor, o faz em um caminho onde se mistura o egoísmo. Porque ele quer aquilo que o conforta, antes de mais nada. Ele, o coração, não quer para se dar, para se doar, antes. Essa doação se faz sobre um terreno de benefício próprio. A mulher quer os filhos porque esse querer a conforta. O homem quer a mulher porque nela vê beleza, e essa, física, espiritual ou espiritualizada, que lhe faz bem, ele precisa ter junto de si. Daí que se doa a esse afeto, porque nesse caso dar é receber, perder é ganhar, pela satisfação que possui quem se dá. Não há, entre amantes, o amor por filantropia. Então, como haver justiça para os corações? Em que lugar ou tempo existe a paz para a correspondência justa de amar porque se é amado, ou de ser amado porque se ama?

É certo que buscamos fora de nós o que temos dentro do coração. O afeto que buscamos, mesmo quando imaginado em carne e osso, em formas físicas idealizado, guarda sempre a esperança de ser conforme os desequilíbrios do nosso espírito. Isso quer dizer, Maria queria um homem valente, íntegro, e essa integridade significava para ela uma valentia de outra maneira, ou seja, a coragem que vai contra a corrente de opinião do meio, mas que fosse ao mesmo tempo um homem caseiro, brincalhão, festeiro e pai amorável para o filho, a ponto de possuir tetas grandes para abrigá-lo quando ela caísse exausta. Que gostasse de rádio, para dançar, para ouvir música na cama até dormir. E junto a essas qualidades pudesse orientá-la sobre o que fazer, quando fosse atormentada por estranhos presságios, para que ela fugisse dos naturais desenvolvimentos dos próprios vaticínios, que lhe vinham de repente, de surpresa. Que diante do "Maria, tu não demoras a morrer", a essa voz o seu homem brincalhão lhe dissesse:

— Não, Maria, tu vais viver comigo até o fim dos meus dias, longe, longe. Tu não partes sem mim, porque te quero muito, Maria.

A essa voz pretendida, ela inclinava a cabeça para o peito companheiro e responderia:

— Ah, então vou vencer esse destino. Vamos eu e tu.

A sua cabeleira de índia ondulava sorrindo no peito do homem buscado. Era um homem meio bruxo, já se vê. Um bruxo para a bruxa. Ela, por ver bem antes aonde os seus passos decididos a levavam. Ele, pelo poder de evitar esse desenlace, pois dele era o condão magnífico de dizer "Maria, tu és a mulher que desejo". Dele era o poder de evitar desgraça apenas com o feitiço do seu amor. Se as coisas não lhe vinham nessas palavras, era assim que seu espírito plástico, de dar forma e ser forma transformável, refletia e buscava. Porque ainda que esses homens tivessem as caras e ações do marido e do irmão, ora como um ser másculo delicado, ora como um ser educado e fino com vista máscula, ou com a voz de Francisco Carlos a cantar "Flor amorosa", e a flor era ela, a pretendida que buscava, esse homem, além desses altos atributos, era um rejeitado. E aqui temos que nos curvar, não como quem se curva para uma criança ou para alguém em posição inferior, para lhe falar mais próximo da altura, não, temos que nos curvar para uma saudação ao espírito dessa mulher que, sendo em toda sua curta vida uma rejeitada, não se pôs servil a quem a machucava, como é costume entre muitos humilhados. Dela não se podia dizer que tendo todas as condições para ser uma coitada, fosse uma ou se fizesse digna de pena. Aquela mulher, que se debatia para viver um plano ideal de felicidade, afastava de si qualquer movimento de piedade. Pelo contrário, o seu espírito se movia nas condições extremas com a alegria do instante, como criança que captura borboletas coloridas no campo, ou que tenta beijar e tocar as asas ininterruptas de um beija-flor. Esse pulo para o veloz, para a beleza que foge, já, agora, aqui luz do sol te pego com minhas mãos, aqui raio na chuva eu te aprisiono um instante, essa apreensão do fugaz, tinha a consciência antecipada da sua vida breve. Que à falta do gozo durável teria que ser pelo menos intensa. Raio de vida, eu viajo no teu brilho curto. Assim, nessa quase instantaneidade da luz, ela corria veloz e tão ágil, que nem parecia ter as formas da Maria gorda, do beco, da bruxa do lar. Nessa pessoa que se movia ela não estava no seu lugar. Rejeitada, queria o homem total, belo, valente e puro, mas que fosse ainda assim um rejeitado também, não por defeitos merecedores de desprezo, mas por qualidades que o comum da gente não via.

Os bem postos a favor da corrente, os privilegiados sociais, diriam que procurar o belo rejeitado era prova manifesta do desequilíbrio de Maria, de sua perturbação psiquiátrica. Ora, os bem postos, os sãos, acham na maior naturalidade que sejam desequilibrados os que não têm a sua sorte. Melhor, até, o fato de muitos, a maioria, não terem a sua sorte é condição única do prazer do privilégio. A esses, para esses saudáveis de posição, não falaria a bruxa do beco. Ela queria alguém distinto, diferente, rejeitado, mas sem qualquer sentimento por um coitado, por um digno de pena. Pois ela o queria alto, belo, corajoso, afrontador da miséria da vila com um alegre sorriso. Não importava o quanto doloroso fosse. O descompasso, o desequilíbrio nisso, não era nem o abismo entre o buscado e o conseguido. Não somente nisso, pois o coração plástico se muda em natureza de conformação. "Ah, se não temos o céu, temos pelo menos uma poça de lama onde se reflete o céu", sempre se pode falar. O desequilíbrio vinha antes da diferença entre o afeto que Maria desejava e o afeto de que ela precisava. Assim como toda a gente, que no limite da esperança procura um milagre de cura em santos e santuários, e vê nisso o ideal de solução, a vida ideal, o mundo ideal, quando o mais razoável seria a tentativa em outras aproximações de cura, ou de suportabilidade da dor, Maria buscava corações milagrosos, quando o mais sensato seria procurá-los em outros destinos. Mas ainda que a vejamos 54 anos depois, nada custa compreendê-la também com o coração. Pois o que é o razoável para quem está na esquina da desesperança?

O FILHO RENEGADO DE DEUS — XII

O amor de que Maria precisava, em linhas gerais, poderia ser compreendido como uma negação. Isso significa dizer: um antônimo, um oposto, uma negação total de Filadelfo, se tal fosse possível. Mas se ela estava com ele, como negá-lo na totalidade? Como ela poderia atravessar aquela massa escura, de cheiro de charque e vinagre, e dele dizer, não é comigo? Filadelfo estava plantado em seus sonhos como um acidente ou uma pedra irrecusável. Mais que as escolhas gratas, ele era, sob todas as negações de Maria, o homem que ela, se não nos aprofundamos, escolhera. Ainda assim recuemos, mas só um pouco. Por análise, se nos perdoam fazê-la em pessoas concretas, de carne e alma concretas, tentemos em breve instante abstrair do seu coração a presença do marido.

No essencial, Maria era uma jovem que aos 29 anos não merecia o tratamento de senhora dona de casa, apesar dos vestidos mal cuidados, desgraciosos, de cintura grossa, de mulher doméstica em um beco de casinhas. Pois sendo de sangue índio e da roça, a relembrar com saudade a carne de jacaré que se vendia em açougues da sua cidade, a contar e recontar histórias de mal-assombrado, de almas penadas e filhos ruins que viravam lobisomens, que acreditava em Deus, em Nossa Senhora, em brigas sanguinárias pela honra, brigas de matar ou morrer sem medo ou tremor, mas que se assustava só em falar da carreira que levou de uma sapa choca, que a fez pular um muro acima de dois metros de altura, a essa pessoa seria mais próprio um amor de cultura e costumes à sua semelhança, para que o afeto pudesse prosperar em uma comum sensibilidade. E essa vizinhança de modo de ser, a passar por ela como um carinho delicado, seria necessária pela instauração de um mundo de respeito à sua pessoa, a seu rosto terno, pois ausente dessa compreensão que a defendesse como quem defende a própria casa, o amor não teria guarda. Desse íntimo entendimento era possível que tudo o mais viesse por acréscimo: sexo, paixão, camaradagem, vestidos, sapatos, casa, um mínimo de dignidade. Mais que corpos belos, vigorosos, varonis, mais que rostos machos parecidos com os de Victor Mature, penetração e rijo mastro que a fodesse, Maria precisava de um companheiro receptivo e receptor da sua natureza.

Suave pluma que acaricia, assim como se diz de uma página antes de nela se inscrever uma vida, como a dizer "aqui o necessário amor será construído, a partir desta linha será feito um memorial do teu instante", a mão amiga e companheira que pegasse em sua mão e lhe dissesse, ainda que sem palavras, "o nosso caminho não é fácil, mulher, mas estarei muito feliz contigo, sob qualquer fogo ou dor", e assim, lado a lado, cúmplices e justos, mais justo que um pênis em sua morada, mais justo que uma vagina em seu morador, e maior que a extensão do caminho fizesse num sussurro, "psiu, amigos, silêncio, que Maria e seu amor estão passando". Nós, silenciosos, os acompanhamos com os olhos e a compreensão de que a felicidade é possível, como uma necessidade que faz do barro a forma do que manda o espírito. Prenda e presa Maria está passando. Olhem só como ela canta, Maria canta!, ninguém sabia, Maria sorri com as faces rubras, Maria faz graça dela própria e se finge com raiva, incha as bochechas e as abre num sorriso, Maria mostra os seios, na rua, e nisso existe apenas eu sou Maria a mãe, mulher e amante em uma só pessoa, sim, Maria se despe dos vestidos mais toscos e esmolambados para andar com a sua harmonia descalça, e nisso é apenas ela, ela e seu amor de que necessita. Maria alcança enfim o amor de que precisa.

Nessa vista do que ela poderia ser, estranho é que o seu companheiro não se materializa aos olhos. Ela é como uma felicidade sem o seu objeto, a mulher feliz com um companheiro que não se vê. E a causa não é difícil nem inexplicável. Mesmo na abstração, mesmo no sonho mais livre, as linhas da realidade exigem um vínculo, uma determinação que não é exata nem férrea nem opressora, mas é presente. As maiores possibilidades, mesmo as de maior fantasia, sempre partem de um terreno, de uma terra conhecida. Mesmo na visão do que o meu coração precisa, até quando a vemos feliz junto a seu companheiro encantado, o lugar desse homem está sem ninguém. Melhor, está sem nada, pois jamais recebeu hóspede, morador ou inquilino. Maria era gorda.

Havia antes na sociedade, ainda há, o conceito anterior à experiência de que as pessoas eram e são tais quais as formas exteriores. Assim, um homem de cara feia, forte, seria um homem perigoso, um criminoso potencial, como diria um Lombroso simplificado. Quem visse Maria, antes de mais nada via a mulher gorda. E numa posição anterior até à mulher, via a gorda. E essa vista apreendia uma pessoa risível, ridícula, incapaz, e, apesar disso, dotada de qualidades simpáticas, de apreciadora da boa mesa. No entanto, Maria mal possuía uma mesa, vale dizer, apenas possuía uma tábua sobre quatro pés, o lugar onde se punham calorias, farinha e gordura de banha de porco, nada de fino gosto e melhor elaboração. Simpática, sim, mas a sua simpatia era a de gostar e de amar pessoas, de abraçar gente como se com elas celebrasse os últimos dias de vida. Para um meio sexualizado pela brutalidade, essa não era uma qualidade feminina, queremos dizer, de fêmea, para uma concessão a esse gênero de sexualizar a mulher. Esse modo de simpatia não era percebido, não lhe viam o pertencimento a um todo erótico, amoroso, sensual. Ela era simpática porque todos os gordos são simpáticos, isto é, cômicos, engraçados. Gordos folgazões, comilões, fracos, coitadões, por comida farta. Gordos inofensivos, palhações. Com a diferença que, sendo mulher, contrariava a condição número 1 da mulher: ser boceta conforme as musas do cinema. Se não iguais, porque impossível, que guardassem pelo menos um corpo de miss.

Mas ela jamais seria Miss Maria. Era uma senhora que iria brilhar até a idade provecta de 30 anos. Cintura larga, busto largo, braços largos, pernas largas, pés largos. E com estatura baixa, o que a fazia ainda mais cheia. A uma senhora assim não estavam reservados encontros idílicos, amorosos, sensuais, sensuais!, não nos matem de rir, que comédia. O beco, o bairro, a cidade inteira poderia explodir numa gargalhada se soubesse o calor de carinho que Maria guardava. Que absurdo contraste, os risos iam explodir. Que cômico: o seu gordo coração não era gordo pelo volume de carnes, mas pela generosidade larga que sobrevivia até ao pouco afeto que recebia. É claro, já vimos, e nunca será demais voltar, é claro que uma fome de amor assim, um sentimento que abarcava e abraçava o universo com tal carinho, com beijos, como se fosse realizar um pan-amor, é claro que essa fértil semente, de tal força, germinasse até em solos ásperos de terras hostis. Que fizesse brotar plantinhas exóticas, sob condições da maior seca. Para ser mais claro, para não ficar no anúncio de passagem de conceitos da botânica, deve ser dito o particular do particular desse afeto: Maria tinha um amor de conformação. Entenda-se: não era amor de se resignar, humilde, escravo, de se conformar com a miséria do sentimento. Não. Era um amor de se adaptar àquilo e àquela forma possível de abrigo para uma alma. Um conformar-se precário, de embalagem e substância precárias. Maria tinha um amor de precarização. Isso era uma descoberta que só os pelos brancos de Jimeralto, depois de muito relutar, revelariam. (E quanto era duro chegar a essa verdade, que lhe vinha como substância de uma suíte de Bach, aquela, a de número 3, que um dia escutou em uma igreja de Salvador, e um estremecimento lhe veio sem saber a razão, porque ainda não chegara a hora de ver a destruição de uma mulher fundamental. "Por que esse cheiro de álcool agora? Maria foi incendiada?" ele se perguntava na descoberta dos anos maduros.)

Naquelas circunstâncias, no vazio entre o coração que ela queria, o calor de que precisava, ela, a pessoa ridicularizada no seu corpo, matéria fugaz que sua alma nem via, no oco entre o sonhado e a crueza do cotidiano, Maria recebeu o amor de Filadelfo. Pois o que ele lhe dava também se podia chamar por esse nome. Um amor particular, em tradução particular. Para o filho, era um esforço grande revolver os traços de um sentimento que tendia mais para o adjetivo "precário", e de tal modo, tão bárbara era essa precarização, que só a generosidade do coração da mãe poderia compreendê-lo no substantivo "amor". Pois o filho jamais vira um único beijo, um só abraço do pai na mãe. Nunca uma só palavra suave, se não no sentido do léxico, pelo menos no sentido do tom da voz. Nunca um presente, uma foto do casal, que casal!, que casal? É certo, naquela brutalidade de vida, onde o mais elementar faltava, seria esperar sentado na ilusão provas fotográficas de afeto. Naquele tempo, as fotos eram tão caras, que os pobres só as tiravam em ocasiões mais que especiais. Mas ainda assim, nessa carência do básico, o sentimento era sobrevivente. Se até os cães se lambiam, balançavam o rabo em sinal de festa... e ele não estava falando de cachorros, ao lembrar do pai e da mãe. Então ele se esforçava e via o que a mente revelava além da revolta contra aquela vida E desvendava, naquele arremedo de casa da Vila Alegria.

Como prova de carinho e afeto, como os namorados escreviam nos retratos dos anos 50 por trás de suas caras em 3x4, "como prova de carinho e afeto", Maria sempre ganhou certo espaço de liberdade para o seu corpo e vontade, ainda que essa liberdade pudesse se confundir com o espaço da desatenção, da ausência do marido. Mas em se tratando de Filadelfo, essa falta de atenção e de presença, esse desapreço era apreço, uma dádiva, porque ele era homem de radar e onipresença sobre quem dominava. Deus, quando concedia, se ausentava. Assim, dava até vontade de rir, ou de sorrir com amargura, Maria pôde ser livre para ir ao palco de um programa de auditório, e lá no rádio, para todo o Recife, mostrar que estava com o mesmo peso da cantora gorda. Quem era a cantora, Nerize Paiva? Aquela gorda que levantava a saia ao fim de uma música? Ou seriam duas cantoras diferentes, a gorda e a que levantava a saia, unificadas no fascínio da memória? Essas coisas tidas como pequenas, cômicas, tragicômicas, as pessoas esquecem. Lembrar-se dos grandes acontecimentos, gerais, que envolvem de modo mais óbvio toda a sociedade; lembrar-se das enchentes, dos cataclismos, das chamadas datas históricas, mas esquecer ou desejar esquecer as coisinhas miúdas que ferem toda a gente, que abalam sem que a terra trema, mas cavam e fazem surgir crateras no sentimento, ah, dessas insignificâncias ninguém se lembra. Mas como Jimeralto poderia esquecê-la? Aquele dia num vácuo em que dona Maria voltou tarde e o acordou para que visse a caixa de perfumes, como esquecê-lo? As mulheres da vizinhança entraram no que chamavam de sala, no quarto, pois tudo era uma coisa só, e com o perfume também se perfumaram, como se tudo fosse uma redundância, uma só coisa dita de outra maneira, mulheres, perfume e felicidade. E o desejo febril que dava nele por aqueles corpos abrasados, misturados ao cheiro e sabor do álcool do frasco, daquelas pessoas desejosas e infelizes, nada no mundo o faria disso esquecer.

É claro, esses movimentos na vida se davam na ausência de Filadelfo, porque o pai beliscaria os braços e as bundas das vizinhas, enquanto mandaria a mulher se comportar como a esposa da virtude. Como uma pessoa decente, que indecência, meu Deus, o corpo de Jimeralto lá no alto da pensão se revirava. Ali naquela estreita cama de solteiro, em um calor de sauna, lhe vinha a imagem da mãe gorda, só o rosto diante do espelho, a se perfumar livre, liberta e contente. Só rosto, agora podia saber, com essa base podia imaginá-la, porque era o mesmo rosto da foto ampliada, colorida com uma camisola de cor laranja, desbotada, o rosto, a foto, que se punha como uma defesa ao rosto real, em preto e branco, que parecia estar por trás dele, Jimeralto, o rosto real misturado a leite materno e vestido rústico, o rosto real que lhe dava arrepios em sonhos, como a lhe dizer:

— Não me traias, filho. Fala o que não pude falar. Não me traias.

E apesar da entonação doce, era uma ordem, um mandamento inescapável, era um pedido escrito com as linhas do destino. E o arrepio vinha depois e crescia. Então era uma ironia triste aquele amor do pai por sua mãe, um amor que se desenvolvia pela ausência. Um amor que se notava pelo espaço deixado, permitido à mulher para que fosse uma pessoa. Era de rir, assim como rimos do que nos custou no passado uma infâmia, assim como rimos depois, maneira de mostrar os dentes, do que já pareceu ser tão natural, tão simples, quanto moer escravos num esmagador de canas. Os costumes brutais moíam também afeto. E para bagaço de afeto se escolhiam apenas aqueles que tinham alma.

E vinha e passava lá longe a heresia da infância, quando pensou que sua cachorra morta, atropelada, possuísse alma. E do pecado mortal que cometera por rezar por sua cachorra morta. Mas isso era ninharia, um vintém perdido, muito longe. E depois lhe veio, entre esses vinténs, tostões adormecidos, a recordação de um choro escondido, trancado no banheiro, por ter sido acusado de fingir não ter visto um adulto alcoólatra, conhecido, marginalizado. Que lhe disse então:

— Você teve vergonha de mim, porque estava com os seus amigos.

Era verdade. Que remorso e vergonha lhe vinham por ter sido tão abjeto. Que remorso lhe dava agora por não ter persistido, expandido a reza pela cadela de olheiras negras. Essas ninharias que se escondem na gente e voltam.

Então Jimeralto podia fumar, era jovem ainda e tinha toda saúde para jogar fora, então ele podia fumar, e se estendia na cama entre fumaça e suor, a lembrar o amor do pai que se manifestava por ausência. Aquele era um amor que se realizava melhor pela morte. Pela supressão física. Que pedreira desarrumada era tudo aquilo. Eram pedras amontoadas diante de uma caverna escura, era rocha compacta, rija, que ao se martelar martelava de volta no punho. Estremeciam de volta os golpes no próprio corpo do pedreiro, como se martelassem a quem a martela.

— Não me traias.

Era duro trair aquela mulher, ainda que a traição se desse em nome da harmonia de um concerto sinfônico. Para que uma omissão sinônima do podre, ainda que um podre embelezado? Então bate, operário, bate, pedreiro, sentia Jimeralto.

— Não quero mulher minha de saia justa! Quando ela anda, as riscas das calças aparecem, dizendo de um lado para outro da bunda: "vem cá, meu corno, vem cá, meu corno".

O pai dizia essas coisas na mesa, com um garfo a meio caminho da boca, a levar o feijão machucado. Naquele gesto senhorial, de senhor absoluto sobre os destinos da mulher e filho, ele estava em seu domínio e realeza. Era o único da casa a comer de garfo, a usar a faca, porque os outros comiam de colher, quando diante de visitas. Na intimidade, mãe e filho comiam mesmo com as mãos nuas, pois o feijão com farinha era mistura densa, nem precisava de ferramentas além dos dedos e boca. Lá fora passava o menino que vendia pirulito, que era uma calda sólida em forma de cone comprido, embrulhado em papel barato e anunciado com um apito de madeira, num som que era açúcar, poesia e música em um sopro, "piuí". Mas à porta o menino nem ia para ver melhor e ouvir o que não podia. E naquela hora, nem pensar. O espetáculo era o pai à mesa, a comer melhor que os seus, os dele, sem dúvida. A comer melhor porque para ele era guardado o melhor pedaço, a carne assada que não era comum, o instante mais solene. Filadelfo erguia a voz, com os olhos graúdos e o semblante pesado. Era a voz de Deus. De um Deus vingativo e mais cruel que a vingança, porque castigava antes do crime. Punia pela talvez intenção de pecar.

— Mulher minha não usa saia justa!

Para quem ele falava naquela altura de trombeta nos céus? Ninguém lhe perguntara se devia ou não ser usada saia justa, uma roupa apertada nos quadris, nas pernas, de sua gorda Maria. Aquilo era um aviso, surgido como, Jimeralto nem lembrava. Talvez viesse do rádio, do repórter Esso, quem sabe, ao falar da nova moda que deixava o corpo da mulher mais sensual. Mas a sensualidade estava na beleza das saias largas, floridas, estampadas em flores, e a moda não percebia então, nem menos o percebera a tara cega dos animais da época. O que o pai queria dizer, que a saia justa era irresistível na bunda de outras mulheres? Que ele, afinal, não queria que seu desejo por outras recebesse o troco do desejo dos machos por Maria? O menino olhava para a sua mãe e não compreendia. Como aquela mulher podia usar algo que realçasse as riscas das calças na bunda? Para o menino, a mãe era uma índia que tomava banho nua com ele, a esfregar o corpo com o sabão de lavar roupa. Como aquela mulher nua, molhada e sorrindo feito menina, iria passear de roupa com os vincos "venha cá, meu corno, venha cá, meu corno"? O erotismo nela era avesso, contrário ao olho de perversão do pai. Maria era como uma mulher antes da invenção do pecado, acreditava Jimeralto. Se pecasse, transgrediria uma lei que veio depois. O pai era essa lei. A posterior lei praticada na arbitrária safadeza, que aprendera na oculta infância.

Jimeralto não lembrava, desses momentos, de ouvir a voz da mãe. Ou de suas palavras, mesmo que lhe chegassem sem voz. Talvez essa ausência viesse não de Maria se esconder, recolher-se à sombra, ao aparecer a voz dura de Deus. Não. Maria, sempre brava, não era de se esconder, ainda que em luta desigual. Atingida, "magoada", como dizia ao se referir a uma violência contra uma ferida, um tumor, quando perguntava ao filho "isso aqui magoa?", ao tocar leve em um caroço de catapora na infância. Se fosse magoada, a resposta era pronta, imediata. A falta de lembrança da voz de Maria, nessa punição prévia, talvez se desse pela pessoa dominante do pai, o protagonista, que ofuscava as coisas em volta. Muitos anos depois, vendo uma peça de teatro, ele pôde compreender a ilusão de que sua mãe não estivera presente quando Filadelfo se pronunciava. (Os verbos para Filadelfo não pediam complemento, Ele se pronunciava.) Um ator falava, outros falavam, mas os outros eram pontos, escadas, a depender do drama ou cena, irrelevantes. Havia isso em Ibsen, em Shakespeare, até nos gregos essa ilusão de personagem isolado, deixando os demais como coro ou paisagem. Assim como no balé. E para ser mais moderno, na fotografia, no cinema. O close, o foco em um ponto, desfocava ao redor. Mas o fenômeno se realizava melhor no teatro. Um personagem despontava, crescia, e de repente lá estava ele no monólogo, porque o diálogo era incapaz de o conter, tão desiguais eram os planos.

Melhor que no teatro, ele vira uma arte sem a compreender na infância. Agora, no espaço estreito com nome de cozinha, na mesa pura, onde à noite Filadelfo o Poder fala. Adverte e manda uma penalidade:

– Mulher minha não anda de saia justa!

Talvez a voz de Maria não se escutasse porque andar de saia justa não era para o seu gosto e desejo. Por ser mulher, que prodigaliza atração sexual às vezes sem se dar conta, ou por ser gorda, nem de longe entendia como as riscas das calças numa saia gerassem uma tara. Ela, que tão pouco possuía, de poucas ambições do acessório para o corpo, do delírio de um perfume ao pescoço, preenchia os seus luxos com o carinho natural que dava. Mas o mais provável é que essa feroz advertência do marido lhe fizesse bem. Ela nada falou porque estava a sorrir por dentro, logo ela, que tantas vezes gargalhava plena, vermelha, com os olhos em lágrimas, na fronteira de um prazer que parecia dor. A ela, é certo, caía como uma gota d'água no sentido do seu amor aquela antecipação de ciúme. Aquele aviso do que ela não poderia transgredir. Filadelfo a queria assim, no amor de compensação. Pouco se lhe dava, e não estava em condições objetivas de perceber ("as condições objetivas" do tormento do jargão que perseguia Jimeralto – aquelas condições exteriores, que os companheiros falavam, que tão pouco explicavam, mas sempre apareciam como uma explicação), Maria não notava naquele ciúme um conteúdo genérico e geral, para toda e qualquer mulher de Filadelfo. Nada específico da pessoa gorda e afetuosa, a mulher única naquele lugar determinado, da casinha, que aquele era um sentimento de Filadelfo para toda mulher que fosse sua, porque seu amor, naquela guarda, era não ser corno. Antes da mulher, do valor da mulher que lhe roubariam, importava não fazer papel de lesado.

Então o sentimento geral para todas as mulheres que ele possuísse, por desejo ou realidade, terminava por atingir a gorda, Maria, e não se entrava no mérito da propriedade, de se adequar a ela semelhante condenação, anterior ao crime. O importante era a propriedade, da posse, do terreno delimitado para si.

— Mulher minha não anda de saia justa!

Maria silenciou, talvez contente, talvez feliz por semelhante ciúme, talvez até mesmo por se sentir sufocada, pouco à vontade ao receber tal corte para o seu corpo. Maria jamais usou saia justa. Contente, porque a ordem de Deus satisfazia o que o coração dela, à margem da moda, não queria. Filadelfo, como o profeta que anunciou o castigo, podia continuar em paz a janta.

O filho renegado de Deus — XIII

Preto e azul, negro e vermelho, escuro e colorido, claro e obscuro. Aqui seria o lugar de uma continuação do amor por ausência de Filadelfo. Sem tom irônico, embora a ironia venha da situação, do quadro real, antes de ser uma forma engenhosa; sem sarcasmo, e com as mesmas ressalvas do que se diz do irônico: Maria era livre. Maria tinha a liberdade de receber às ocultas o irmão veado. O "frango", como eram insultados então os homossexuais, por uma associação desonrosa aos galos antes de terem o sexo maduro. Assim, Maria era livre para receber o irmão frango. Escondido e escondida. Essa é uma frase cuja escrita sempre encerra uma ironia, ainda que não desejemos rir dos encontros fraternos de Maria e Maciel.

Então será melhor ir até Filadelfo, aquele cujo amor se dava pela ausência. As palavras não caem no papel ao acaso ou por acaso. Notem que a referência a Filadelfo se faz por "aquele". Por que não dizê-lo "o homem", o homem cujo amor...? Existe algo semelhante a raiva antes de olhá-lo. Não haveria para ele, nestas linhas, também uma condenação prévia? Não estaríamos dando a ele o mesmo processo judicial que o supremo Pai, Deus e Marido arbitrava? Se a Filadelfo não se der a generosidade, o carinho terno, que ele tantas vezes negara, pelo menos lhe seja dado um paciente e honesto esforço de compreensão.

O amor precário que ele prodigalizava, para ele de volta corria como um bumerangue. A velha e sempre nova dialética do escravo, sem que ele se desse conta, estava em sua pele, organismo e vida. E olhem que ele era um homem dado a reflexões, no limite da própria educação e tempo. A sua escultura, a sua pessoa, salta do bronze e do esquemático. Não se contém em poucas palavras, em sintético esboço. Pois ali, queremos dizer, nele, estava e está uma das pessoas mais complexas da reconstrução de Jimeralto. Nele, em Filadelfo, em Filadelfo!, Jimeralto se exclamava como numa expulsão de si dos traços do pai – "daquele" homem –, em Filadelfo se entrançavam de modo insolúvel a matéria e o espírito. E nisso vai tanto o que o próprio Filadelfo entendia por tais entes, que julgava contrários, inimigos de convivência impossível, quanto o que dele queremos narrar. E vamos narrá-lo, sob todas as dificuldades.

Para Filadelfo, matéria era o corpo físico, um fenômeno desprezível, dizia, com o beiço arriado, "desprezível"; apesar de pela matéria ele conseguir comer, foder, vingar-se da própria condição, e de ela ser uma condução inescapável para que se dissesse eu sou Filadelfo, ele a julgava "desprezível". No mesmo passo ele compreendia o espírito como o imaterial, um ausente absoluto de matéria, do seu corpo, mas que ainda assim possuía a identidade de um Filadelfo, naquele organismo sujo, vergonhoso, a que ele tão sôfrego e urgente satisfazia. Para nós, no entanto, que à maneira de outro espírito o acompanhamos, para nós que sobre ele passamos como uma águia, um símbolo que ele não rejeitaria, para nós os fenômenos de corpo e espírito possuem outra dimensão e significado. Queremos dizer, as pessoas têm ações, destinos, motivos e cotidiano onde o comer, beber, foder e respirar também são determinações do espírito. Vale dizer, são ordens e organizações do não material primário, porque vêm da ordem do pensamento. Que age, reflete o estímulo da paixão, ou do que, de um modo geral, o faz mover por um sentimento. Para ser mais preciso, se Filadelfo viesse como fruto de um bem disposto teorema, seria dito que ele era, em toda aquela brutalidade, filho de uma negra desprezada. Esse o seu postulado. Ele era um filho sem pai, amigo ou companheiro mais velho com quem tivesse laços de sangue. Mais um filho da puta no beco, poderia ser dito. (As palavras não se desenham, elas caem aqui organizadas para o seu perfil.) Diferente do proprietário da vila, o pomposo Artur, que valorizava o nome e características herdadas do gringo ao passar por suas crias nas casinhas, pois que era inegável o orgulho de ser um Fisher pela estatura, ginga de gringo, ou de como ele imaginava ser o porte e andar de um gringo, um filho de bom sangue, dono daquela senzala, diferente do mulato Senhor Artur, Filadelfo não detinha boa relação nem lembrança do pai que amainasse a lembrança de ser um filho da puta. Muito pelo contrário.

Se pudesse, expurgaria de si o passado, que para ele havia sido pior e mais vexatório que o da ex-puta Lúcia, tão bela e graciosa, a quem nenhum homem podia associar os dias em que ela não tivera sequer o direito à folga da menstruação. Por Deus, os substantivos, os nomes referentes a Filadelfo têm que ser claros e brutais. Para ele, cu era cu, sem mais rodeios. Cu era uma palavra que com frequência usava, mesmo diante do falso recato das vizinhas, aqui e ali pudorosas: "não tem no cu o que periquito roa", dizia. Diferente dos modos que se queriam finos do proprietário Artur, conhecedor de um inglês de escola, de se portar e se comportar educado em uma boa mesa, Filadelfo conhecia bem, muito bem, o rude inglês do cais. Nessa condição, se contasse a sua vida com sinceridade, nele não acreditariam. Nos últimos anos, ele estava em seu ponto mais alto. Do passado, que ele não podia na totalidade eliminar, falava raros e raríssimos quadros:

– Uma vez, eu estava com muita sede, era meio-dia. Então eu pedi numa casa, em vez de comida, um copo d'água. Responderam que eu bebesse na torneira do jardim. Pois a água bateu dentro de mim feito um murro no estômago. Aí eu soube que beber com fome doía.

Ora, ainda aqui, nesse quadro rápido, a sua memória mostrava o mais aceitável. Filadelfo contava o cruel que ele pudesse falar. Na verdade, o discurso da sua vida não era uma peça de autoacusação, como o queria Jimeralto, ao lembrar o papel que fora imposto à mãe. O discurso da vida de Filadelfo era uma peça de infâmia. Tão sofrida quanto feita. Chegava a ser uma prova da educação que os bárbaros possuem, despercebida por vizinhos e conhecidos, que de nada falasse da sua história funda, a geradora de um caráter. Então ele se apresentava como um homem sem família – o que em parte era verdade, porque jamais tivera algo parecido com uma família, até mesmo se dela tirarmos qualquer sinal de fraternidade. Família nuclear, mero ajuntamento físico de pai, mãe e filho, até onde ele sabia, não a tivera. Mas Filadelfo, por se apresentar montado, na montagem de um homem sem família, queria ressaltar, e ressaltava numa forma em que deixava entrever rápidos lampejos, a pretexto de se insinuar como um homem só, a falta de um passado. Um desmemoriado da sua história, uma desmemória do rancor. Se ele fosse um homem de outra natureza, vale dizer, sem ironia, se ele não fosse Filadelfo, recordaria as feridas, o mal que sofrera, com um olhar que alcançasse a compreensão. Em lugar do ódio, do sentimento que eclipsava o objeto infame, em vez de apontar o dedo médio para a lembrança e dizer a ela "aqui, foda-se", ele alcançaria uma palhoça no mangue, onde viveu com a sua mãe. Mas o rancor era uma lava que descia morros e planícies. Era impossível falar da mãe sem falar de si e da ausência paterna mais que física, porque ele era o rebento indesejado de uma negra de útero por desgraça fértil. Então ele terminava por culpar a própria mãe, mulher rejeitada. Era uma lógica prisioneira em um corpo de escravo. A machucada negra Sebastiana era a causa de não haver segurado o macho branco, o pastor evangélico chegado de Portugal. Ela era a culpa do pecado, pois não podia ser virtuoso um homem procriar fora do casamento, que dirá de uma negra, filha de escravo. Se foder por luxúria era um pecado, o filho de Sebastiana acabava por ser cúmplice do passo lógico: foder com gente inferior só possuía uma saída – foder a "fudida". Foder fazendo-a de idiota.

E assim Filadelfo a via, como uma idiota, porque ele, indignado, continuava a linhagem máscula, uma ascendência paterna de foder coisas sagradas, térreas e subterrâneas, como a negra Sebastiana. É claro que ao vê-la como idiota ele repetia o comportamento geral dos filhos, para quem os pais sempre estão abaixo em conhecimento do mundo. E se em lugar de pais, desse plural varonil, o indivíduo não tivesse pai, tivesse apenas a mãe sentada no chão, de cabeça baixa, junto a um fogão de barro apagado? Então eram as trevas. Um profundo no espaço, o abismo da noite sem referências, sem raiz, sem força física ou de gravidade. O desconhecido, a condenação ao desconhecimento. O escuro que vem além da Terra, antes da Terra, fora da sua terra. Pensar na mãe, mesmo que não lhe dissesse o nome, como agora, quando ele, "rico", está em pé na salinha, vestido em calças jeans dos gringos, de camisa folgada dos gringos, de seda, que recebera de presente dos gringos da Moore-McCormack Lines, pensar na mãe e em seu passado vergonhoso, enquanto calça os sapatos usados dos gringos, velhos para os da terra da riqueza, da civilização material, pensar na mãe e não falar nela, mesmo agora em que se prepara

para sair na noite de sábado de carnaval, com aquela maravilhosa camisa de seda, estampada com palmeiras e bonequinhos negros em um fundo vermelho, pensar na mãe agora mesmo, enquanto está no centro da sala e no rádio se ouve Nat King Cole, "cachito, cachito, cachito mio, pedazo de cielo que Dios me dio", Nat cantando em seu espanhol de gringo, que gringo, porque não é louro nem tem olhos azuis, pensar na mãe, aquele objeto cabisbaixo, sentada no chão em resignada fome, pensar na mãe e não dizê-la, mesmo agora lhe dá um gosto de sangue na boca.

Pensar nela é um mergulho no negro sem referência do espaço. Ele se perfuma, vai para conversas com um doutor nesta noite, como diz. Havia no passado, e lá no escuro com que ele não fala vem, com este maldito gostinho de sangue:

— Filinho, me dá meu cachimbo.

E vem um gosto de sangue tão irreprimível, tão inesquecível na boca, que ele tem vontade de falar a esse escuro de antes e além da Terra:

— Mãe, por que não bota um lenço na cabeça?

Estúpido, nem lenço eles possuíam naquele mocambo no mangue. Então botasse uma touca de papel. Estúpido! Por que um chapéu de papel na cabeça de Sebastiana? Será porque ela estava com o cabelo mais pixaim que o dele, o mulato de camisa de seda refletido agora no espelho? Idiota, Sebastiana tinha piolhos, e tão idiota era que não se cuidava. Ponha um chapéu na cabeça, mãe. Mas ele, não, tem chapéu de gringo, agora mesmo põe um todo graça e feltro, ele fala inglês com fluência, então por que esse fundo escuro lhe vem? Por que esse gosto de sangue colado na língua, no céu da boca, nos dentes? É qualquer coisa dentro, anterior à boca, anterior a ele, este elegante no espelho, Filadelfo de camisa de seda e chapéu made in USA.

Sebastiana, que estava sentada, vai para uma mistura de panos, trapos, em um canto da parede. E lá deitada, puxa um resto de sarro do cachimbo de madeira crua, sem verniz. Ela não é velha, mas por ela os anos correram muito depressa. A negra boa, chupona, quente como forno em brasa, de pele visguenta, essa negra se foi rápido, sumiu, definhou na tuberculose.

— Filinho, me dá um caneco d'água.

Filadelfo era um menino, de olhos arregalados como agora, enquanto sem querer se aprofunda bipartido no escuro. Está no espelho e está sentado no chão, chegou da rua com dois tostões, que furtou como um mágico, sob as barbas do cego que ele guia. Comprou três pães. Um, comeu sozinho na rua, porque a fome era tanta que comeu escondido antes de chegar em casa, para não virar fraco igualzinho à mãe. Agora traz dois pães, um dele, outro de Sebastiana. Mas ela, como uma idiota, como lhe parece, apenas arranca um pedaço, abocanha um taco com os dentes frouxos no rosto de cadáver, e deixa o resto para o filho, porque ele precisa, porque ele é bom, porque ele trabalha, porque ele tem mais fome que ela. E se põe a fungar um resto de sarro, para completar a dieta. Esse escuro, essa história de infância, ele não quer ver. Era um jogo da velha em que o jogador sabe o fim da última jogada, sabe se perdeu vários lances antes, mesmo ali, o menino vê que não pode terminar bem aquela idiota. Ela se deita e fica puxando o cachimbo, o ar, que a intervalos irregulares para. Ela se põe a cantarolar uma canção, um canto que ele nunca mais ouviu em canto nenhum, umas palavras entoadas com pulsos de outra língua. São uns lamentos longos e pungentes. Ele no espelho não pode ver, mas como o jogador do fim do jogo sabe, a mãe deitada no chão fala com Deus, dialoga com Deus, enquanto ele come a fome, o pão e os pedaços da mãe.

Porque há sempre uma história de infância que não se conta, que ninguém conta, que é vergonhosa, envilecedora, que ainda assim se pratica, se o tempo voltasse estaria condenada à repetição.

E no entanto se diz, 40, 50 anos depois, "eu não tinha consciência da maldade, eu não sabia". Não via como agora, é evidente, não via como agora no colossal buraco escuro, em que tremendo vê estremecer uma negra precocemente envelhecida, não, isso era um horror, ele não via. Agora, como em todos, negros, brancos, amarelos, nos anos 20, nos anos 50, nos anos 2000, a consciência inocente do mal que se dava conta não se via como agora. No tempo ido, havia uma atração magnética, ou melhor, intuitiva, que se dirigia para o mal, para o abrigo: pegar de quem pouco tem, ou não ver o sofrimento que se passava debaixo do nariz, porque contrariava o gozo próprio. Pois quem seria masoquista a se dirigir para a dor? Que espírito perverso quer ou queria a própria perdição? Pois se alguém cai no abismo, devo eu, que não estou em seu corpo, cair também? Não, é claro. Se alguém pior que eu, em posição inferior à que me encontro, está com os mesmos direitos que eu, não é razoável que o de melhor posição reponha a justiça? Sim, é justo, e se não é justo, é natural. Fazer o contrário seria a afirmação de pouca ou nenhuma inteligência. E no entanto, que mal-estar lhe vinha de tamanha infâmia. Era como uma sobrevivência da idiotice da mãe a lhe perturbar a fenomenal inteligência. O sacrifício por alguém que se ama, isso não é inteligência. Então o amor era burro. E lhe vem um gosto de sangue. Agora, agora mesmo, quando está de camisa de seda e a negra Sebastiana cantarola deitada, como se cantasse um cântico final, uma despedida que se prolonga até o filho robusto, nesta noite de sábado.

— Deus é grande! ele fala em voz alta.

Maria pergunta:

— O quê?

— Deus é grande, ele repete, com os braços arrepiados, por lembrar o Filadelfo esquecido. Por lembrar o conjunto magro, os dedos esverdeados no corpo em inanição da negra Sebastiana, que se foi uma noite cantando, até a respiração ofegante, murmurando:

— Filinho, cheira aqui a tua mãe.

Isso vem e se esquece. Isso vem e se deve esquecer. Daí que a história é montada, com cortes precisos, com restos jogados no fundo escuro que é tormento. Para quê voltar ao pesadelo? Desse buraco no fim da espessa noite boa lição não vem. "Eu sou um espírito de luz. Eu quero ser um espírito de luz", ele se diz, e se põe a alisar o material bigode, másculo. É um bigode que se abre em duas asas sobre os lábios grossos, uma das suas marcas, do produto bonito em que se tornou, um bigode que ele alisa quando quer uma saída, um conforto. Deve haver uma história que não é rompimento, mesmo quando as mutilações, as mais fundas derrotas chegam na lembrança. Seria como um homem que perdesse tudo, braços, pessoas, pessoas a quem ama, e ainda assim, debaixo dessas perdas, procurasse um fim de semana de férias paradisíacas em magnífico hotel do litoral do Brasil. Vale dizer, é como se um homem procurasse se adaptar a uma nova ordem que em tudo lhe é contrária. Como uma continuação, uma ponte entre a vida que não houve e a vida de quem é de outra história. Com o trágico, nada cômico, de que essa nova vida é uma recuperação para a festa burguesa, para os prazeres da carne em um club vip, fechado.

Então, para pegar a nova ponte, o presente deste sábado de carnaval, assim, "Felinto, Pedro Salgado, Guilherme, Fenelon, cadê teus blocos famosos?", agora a tocar no rádio, é preciso romper, apagar com esse passado. Que peso nos dá uma ação vil que fizemos! Mas que peso nos dá, de um modo diferente, o mal que recebemos por haver cometido tal ação. Como julgar Filadelfo, condená-lo e puni-lo em uma só frase, se ele não possuía quando menino uma consciência? Como lhe apontar uma espada, se ele apenas comia um pão enquanto a mãe agonizava? Ele deveria — e uma voz cínica lhe corre por trás do pescoço gordo, onde há um sinal negro, protuberante –, ele deveria parar de comer o pão, chorar a morte da mãe, e depois retomar o pão às pressas, antes que os vizinhos chegassem?! Acaso haveria uma hora de chorar, de comer e foder? Então outra voz, desta vez à sua frente, como se lhe falasse e ao mesmo tempo saísse da sua testa, o lugar da inteligência de que tanto se orgulhava, então ocorreu uma coisa imaterial, lhe pareceu, a dizer que ainda assim aquele ato do negrinho de olho arregalado, que apenas via o próprio estômago, o envergonhava. E de tal maneira que Filadelfo o esquecia. E por isso se dava movimentos cômicos nos quadris, em uma dança mistura de rock e rumba, na noite do sábado. Mistura cômica de rumba, que era o samba para os gringos. Não haveria então um outro movimento, pergunta o personagem daquela voz que magoa a sua testa, não haveria uma nascente de consciência, uma semente de afeto, pelo menos, se consciência não houvesse, então não haveria um sentimento, não importa quão promíscuo, um sentimento que o ligasse à mãe agonizante? Ah, ah, e os beiços de Filadelfo dão um estalo, ah, ah, é sábado de carnaval, para que chorar?

Talvez houvesse outra noite de sábado como aquela. Melhor, como aquela mais nunca. Ele teria ainda mais sete noites de sábado de carnaval. Como um índio, se Filadelfo contasse como um índio e nisso tivesse o dom do presságio, ele saberia da vinda de apenas e últimas sete noites de sábado de carnaval. Mas nada parecidas com aquela, em que ruma para um baile de carnaval com uma galega, uma puta boa que ele estava regenerando. Aliás, puta, não, mulher bonita, ele a via como bonita, mulher muito desejada que agora estava no ponto do seu apetite. Mais sete noites ele ainda teria com ela, uma pessoa do presente para o novo Filadelfo, material, very material, que nesse esto de espelho se apresentava. Só ele. Ele só.

Ele era um homem só. Isso quer dizer: ainda que gostasse de companhia, de pessoas, de festa, de mulheres – sempre todas "melhores" que ele, brancas, meio brancas, ou caboclas de cabelos lisos, escorridos –, ainda assim ele se apresentava como um homem só. Isso queria dizer: um homem sem passado. Em todos os relatos que contava, em todas as referências, ele sempre era e seria um homem só. Sem pai, sem mãe, sem irmãos, sem tios, sem avós, sem primos, sem quaisquer laços de sangue, a não ser os que dele fossem gerados. Filadelfo era algo como o primeiro homem na face da Terra. Nos melhores momentos, concedia ser filho de Deus. Nos piores, ele era Ele, o criador onipotente. Entre os dois extremos caminhava, na determinação fatal de que outros homens existiram antes dele, mas ainda assim de todos era independente, único, cerrado e fechado. Dir-se-ia de um individualismo feroz. E como era só indivíduo, em um meio hostil às pessoas de sua classe e cor, ele crescia para os atos de um homem competitivo, que vivia a se medir com o mundo. Mas o quanto ele perdia nesses confrontos e medições... O que seria natural, numa sociedade injusta e diversa, perder, perder, aliás, nem perder, apenas aceitar as circunstâncias do real, para ele se tornava uma derrota pessoal. Uma situação em que, para não ficar inerte, como depois das 7 futuras luas de carnaval, ele se apegava às pequenas vitórias e lutas: o domínio da língua inglesa, em um ponto mais alto e de exibição de quinquilharias, objetos importados de navios mercantes, que ele recebia ou furtava: cadeiras de alumínio dobráveis, que se chamavam "cadeiras portáteis", roupas, sapatos, latas de leite, de carne, cigarros, uísque, e um certo cheiro de navio, nauseabundo, mistura de merda e maresia que para ele era perfume, o cheiro puro da civilização.

Nesse mar de mercadorias, de coisas que davam um novo rosto, uma nova pele, uma nova educação, que, ai dos enganados, faziam até uma nova pessoa, Filadelfo estava quase feliz, se a maldita sombra de algo mais poderoso, em maldita voz por vezes não lhe soprasse, como em uma perseguição, de vez em quando em outros dias:

— Homem, o que fazes do teu passado?

Hem? Ele respondia em voz alta, diante de um pedaço de espelho pendurado na porta do banheiro. Hem? Como era senhor absoluto entre os seus — "seus", pronome que pouco expressa o sentido da posse que ele guardava sobre as crias —, ele podia se dar ao luxo de falar sozinho e continuar respeitado. Dona Maria e o filho se afastavam, entre o espanto e o medo por mais uma esquisitice, que Filadelfo chamava de "manifestação do espírito de meu padrinho". Hem? Aquelas confidências estranhas, visões em sonho que de tempo em tempo lhe vinham, eram um norte em sua vida. Aquela aparição de sonho por vezes se materializava à luz do dia, e com mais frequência quando ele, distraído de si, olhava a face no espelho, e seu olhar duro como que o hipnotizava. Então ele via, como se houvesse mascado uma planta alucinógena, então ele via um senhor mulato, de ar pacífico, bondoso, bigodes bastos cobrindo os lábios, um senhor que o fitava de modo sereno e arrepiante.

— Filadelfo, o que tens feito da tua vida?

— Hem? Eu trabalho, eu trabalho suado, Filadelfo respondia, mas encontrava um olhar inteligente, verdadeiro desarme nos olhos do padrinho, que desmontava suas mentiras. E por isso corrigia: — O maior trabalho é andar, fazer um agrado ao cara da alfândega, aliviar com cigarro ou uísque. É... — e por achar aquilo ainda pouco, nada sério e bom aos olhos do espírito que lhe dera e dava a mão, partia para o lugar de vítima, de perseguido por querer sair da lama onde outros se revolviam: — Eu sou muito invejado. Tem muito olho grande em cima de mim.

Então Filadelfo parava a barba, ia até a cozinha e se esfregava com uma solução de álcool e ervas nos braços, que arrepiavam. Ele estremecia. Sem camisa, baixava a cabeça, logo ele, que se mantinha sempre tão erguido, e cabisbaixo ficava a murmurar, "hum, hum", com os olhos fechados, o lábio inferior caído, como um menino que ouve uma descompostura, não gosta, mas cala.

Jimeralto ficava maravilhado por aquele mundo entrevisto, um espaço escuro sem raízes e terra, e lhe vinha também um certo medo, porque o pai ali, de olhos fechados, se transformava em vidente e poderia descobrir os seus pecados, aquele de levantar Selma e trazê-la de volta roçando o pênis, delícia e inferno, ou mesmo descobrir o que faziam, ele e amigos, de um triângulo que representava a boceta de dona Geraldina, lá no oitão do beco. O menino não sabia, não podia adivinhar que o transe de Filadelfo era mais grave, mais sério que a libertação primeira na infância, do que diziam ser um pecado. De cabeça baixa Filadelfo recebia surras sem socos, diferentes das que ele prodigalizava ao filho. Recebia lições iluministas, caminhos que a sua materialidade vetava.

— O que tens feito da vida, menino?

E com isso o espírito do padrinho, o bondoso senhor Manoel de Carvalho, era mais duro do que Filadelfo queria, imaginava. Razão por que respondia às seis da manhã em voz alta, que Maria e o filho escutavam:

— Eles me perseguem muito... Hum, hum. Sim, meu padrinho. Sim, sim, senhor.

Jimeralto se espantava que o pai respondesse tão humilde a uma pessoa. Mas era possível, porque ele ouvia a voz grave do pai repetir "sim, senhor". Mais maravilhado havia de ficar, se visse o que o pai via: um senhor de estatura média, mais alto que Filadelfo, de ombros largos, olhos castanhos, cabelos crespos e brancos, de boca onde apenas se via um trecho dos lábios, cobertos que estavam por um espesso bigode. Manoel de Carvalho, o homem que falava a seu pai e ninguém via, era – havia sido – um escrivão de cartório cuja maior atividade, a de mais respeito e devoção, era ser dono de um centro espírita. Dono, modo de dizer. Ao Centro Caminho da Luz ele comparecia aos sábados e domingos na posição de presidente, seguido por outros fiéis ao pensamento de Allan Kardec. Certa vez, Filadelfo viu, e contava o que vira sem se dar conta de que o seu guia e padrinho reencarnava na sua história o Cristo do evangelho: uma noite, em Afogados, trouxeram à presença do Senhor Manoel um homem amarelo, sujo, amarrado, em meio a um alvoroço de populares.

– O que ele tem? perguntou Manoel.

– Mestre, este homem está louco. Quebrou tudo e queimou a casa onde ele mora.

– Soltem o rapaz. Podem desamarrá-lo.

– Mestre, cuidado, ele é muito forte. Precisou de mais de quatro homens, no sacrifício, pra amarrá-lo.

– Eu sei, Manoel respondeu, olhando a cabeça a sangrar do homem, olho roxo, rosto inchado. Lábios e nariz volumosos de pancada. Mais sereno então falou: – Podem soltá-lo.

– Mestre, ele vai quebrar tudo...

– Eu estou mandando, desamarrem o homem.

E Filadelfo viu, e todos viram que o mestre Manoel de Carvalho falou calmo, repousante, com os olhos fitos no louco, que passou a parecer apático, mergulhado em estado catatônico. Então os populares, apesar da imprudência, desamarraram a medo o louco, prontos para uma nova luta. E viram: o homem sem cordas ficou manso, descendo até o queixo a própria cabeça. O que fora aquilo? Como foi que a loucura, ou, pelo menos, uma agitação própria da loucura, se transformou em corpo sem força, em uma inércia que todos interpretaram como um ser em mansidão? Não sabia. E a partir desse momento Filadelfo passou a seguir, a pedir conselhos, a ser ajudado pelo mestre

Manoel de Carvalho, que o recomendou para o primeiro emprego de garçom. O mestre era prático, deu ao afilhado os primeiros livros de inglês. O mestre era espiritual, tocava à cabeça dele como um pai bom, ou como um educador de touros bravos, aos quais fazia movimentos de carinho. Quanta força, quanta retidão vinha de Manoel!

— Homem, o que tens feito da tua vida?

Filadelfo não ouvia o próprio nome com o qual era chamado, ouvia-o como "homem", substantivo a que dava o sentido particular de macho, mas um macho mais alto, como de resto os cristãos em maioria fazem da palavra Deus. E "ao que fizeste da tua vida" ele interpretava como um "descreve o teu dia a dia, dize o que fazes para sobreviver". Mas havia na pergunta do espírito uma recriminação moral, que se dirigia para um destino bem mais acima, como se fosse um concerto para clarinete de Mozart. Era incrível, ou melhor, era sintoma da maravilha humana que Filadelfo dialogasse com uma alma da sua condenação, criada pela história da sua consciência, e no entanto voltasse ao homem material, ele próprio sentado na cozinha, com um protuberante sinal escuro no pescoço. Voltava a seu lugar e vendo o espírito respondia em voz alta, ele, matéria pequena:

— Eu sou intérprete de inglês. Não esqueci a sua lição, quando o senhor me disse, na segunda guerra, aprende inglês que tua vida muda. Todo o mundo me respeita pelo meu inglês. Ganho o meu pão assim. Sou o melhor intérprete de inglês do Porto do Recife. É o que dizem.

Quanta humildade, Maria e Jimeralto se espantavam com aquela transformação, aquele transporte para um novo ser em Filadelfo. Não, é claro, pela frase "sou o melhor intérprete", mas pela transferência do atestado, "é o que dizem". Em condições normais, Filadelfo bateria no peito inflado, com um justo e inútil orgulho, clamando "eu sou o melhor intérprete de inglês do Recife". Sem pedir declaração de excelência a ninguém. Mas agora, frente a Manoel de Carvalho, ele descia degraus e limites da própria suficiência – que cheiro de mijo o filho sentia ao lembrar esta cena, porque se misturava ao Filadelfo agonizante 7 luas de carnaval adiante –, mas agora, não. "Dizem que sou", até a raia do porto. Naquela humildade, sem humilhação, Jimeralto nunca mais o veria, nem mesmo nos últimos dias, quando o pai se apagava com um câncer na cama. Naquela manhã com o padrinho ainda lhe faltavam sete noites, mas aquele Mister, humilde senhor Filadelfo, não seria visto nem nas noites em que ergueria o branco dos olhos, nos últimos minutos, a murmurar uma dor por entre a morfina, um Filadelfo de cabeça colossal em relação ao corpo sumido, que se negava a crer que estava desaparecendo. Mas agora, enquanto responde ao padrinho Manoel de Carvalho, não. Porque fala como em um confessionário, na forma que Jimeralto aprenderia adiante de se confessar a um padre, no momento em que se recebe a penitência pelas faltas confessadas, porque Filadelfo, sempre de voz áspera, tonitruante, fala baixo, responde baixo ao espírito que eles não veem nem escutam:

– É verdade, padrinho.

Jimeralto seria capaz de jurar que esse "padrinho" tinha o mesmo tom e afeto de "é verdade, pai". E agora, na altura deste relato, Jimeralto vê que Manoel de Carvalho era o pai do seu pai a retornar como um espírito amigo, conselheiro, guardião do seu rebento, como nunca houvera sido o português emprenhador da negra Sebastiana. Aquela que havia sido um meio de ligação do sêmen do pai para o sêmen do filho. Aquela que para o pai havia tido um momento esperto de se deixar fecundar, e que dera seguimento à fecundação, por ser ladina e maldita. Era revoltante, era indigno, era terrível que o pai de Jimeralto, mesmo nos instantes de maior revelação de humanidade, sempre guardasse um ar de bárbaro, de coisas bárbaras, de repugnantes excrementos de barbárie, que Jimeralto gostaria de expulsar da própria carne e gênese. "Não", ele se dizia, "eu não descendo desse homem. Eu o expulso de mim!". No entanto as coisas bárbaras, mesmo as mais imundas e vergonhosas, estavam misturadas às coisas mais puras, civilizadas, como se perguntassem, sempre: "Como queres separar a carne dos ossos? Como queres retirar a beleza aos olhos do que se organiza em sangue? A pureza é uma abstração".

Então ele, num esforço, tenta se ausentar, sair da pele do juiz que condena, como se fosse, ele mesmo, um ser duplo, à semelhança do pai a falar com Manoel de Carvalho, carne e espírito que projeta. Então ele se retira, e na medida do possível se faz obediente sem protesto à memória. E vê o onipotente Filadelfo sentado, murmurando:

— Sim, padrinho. Sim. Mas eu sou muito perseguido, padrinho. Eu sou muito invejado. É um absurdo, eles me invejam e porque me invejam querem me humilhar.

Como o pai está em conversa íntima, apenas menciona reflexos de acontecimentos guardados em segredo, mas tão óbvios para ele e Manoel de Carvalho, que nem precisam ser contados. As frases curtas da conversa querem apenas dizer: a humilhação pela cor da pele, a humilhação pelo que tem de inadequado entre dois polos, a inteligência em um corpo como o seu e o que a sociedade espera de um negro, metido a besta. Isso vinha de longe.

Antes daquela manhã de 1958, na altura do fim da segunda guerra, Filadelfo se tornara querido entre os marinheiros norte-americanos que desciam ao Ship Chandler Bar, no Porto do Recife. E na condição de amigo, ou de conhecido, ou de apenas um guia útil, conduziu certa vez um oficial da Marinha made in USA ao que de melhor havia no Recife. Filadelfo então não sabia, e até a sua última hora jamais soube, que a cidade era dividida em classes, que as pessoas de cor escura traziam na pele a marca de escravos, nem muito menos podia adivinhar que as belezas da cidade não eram belezas universais, desfrutáveis por todo e qualquer habitante. "O sol brilha para todos", ele dizia em inglês. E por nada saber, e por ver o mundo como imaginava que o mundo o via, aquela relação entre o homem universal e os objetos universais, Filadelfo levou o seu igual para o melhor restaurante da cidade, o mais famoso naqueles anos, o Restaurante Leite. Se houvesse sobrevivido àquele século, e por alguma estranha química do tempo ganhasse outra consciência, teria dito em 2013: "Ah, o Leite era branco até no nome". Mas ele era o guia, não? Vale dizer, ele, em vez de escudo, estava escudado pelo mariner, "um sujeito muito decente, fino, me deu vários presentes". No entanto, para quê Filadelfo ousou? Sentado à mesa muito à vontade, estava na sua cidade, não?, muito rico, pagaria em dólar, ok?, em vez de pedir o menu, perguntou ao garçom:

— O que vocês têm aqui pra comer?

Ao que lhe respondeu, empertigado, limpo e branco o superior vestido de criado de mesa:

— O cavalheiro aqui – disse, apontando para o gringo – eu atendo. Mas você, não.

— Por quê? É preciso estar de paletó? Eu estou igual a meu amigo aqui.

— De ordem da gerência, o restaurante só serve a pessoas educadas.

— Como assim? Como é que o senhor sabe que eu não sou educado? Eu falo inglês e francês muito bem.

— Você entenda... não é por mim. Nada contra a sua pessoa. Mas atender você, não.

Então Filadelfo começou a se exaltar, e a explicar ao oficial o que estava ocorrendo. E o garçom firme, alto e inamovível:

— Você, não.

— Que absurdo!

Então o criado, aquele que absorve o espírito da casa, foi ao ponto:

— Saia, por favor. O gerente diz que negro é fora no Leite.

— O quê?! Como é?

— Eu até deixei você entrar... saia. O seu amigo nós atendemos.

— Eu sou escuro, mas sou direito. Não sou qualquer um!

— Não vou perder o emprego por sua causa. Saia.

Ao que, no tumulto formado, vem o português, o dono do Leite.

— O que há por aqui?

— Senhor, eu estou explicando a esse... — e apontava para Filadelfo — a ele que não posso atendê-lo. Mas ele não quer entender.

— Não tem mais o que explicar, respondeu o calvo, grosso e rico dono. E pegou no braço de Filadelfo: — Você retire-se. A minha casa tem um nome. Saia! Fora, ou eu chamo a polícia.

E Filadelfo saiu, acompanhado pelo gringo, sem extrair da humilhação qualquer ideia mais geral. Aquilo havia sido uma coisa contra a sua pessoa, feita por um indivíduo burro apenas. Contaria ele depois, como uma compensação ao ego ferido, que ao saber do incidente um grupo de mariners, não esclarecia se só de negros, foi ao restaurante e quebrou mesas e cadeiras. E com essa continuação, à grande, que guardava características de filmes de chanchada da Atlântida, onde ao fim de perseguições e maldades o artista se salva em meio a uma colossal desordem, de briga generalizada, ele retirava de si, no relato, a mágoa de ser um deserdado, que voltara à condição de negrinho. E, talvez o mais importante, erguia-se do chão ao levantar um sonho de igualdade, riqueza e esbanjamento, que pensava ser típico de norte-americanos. Pouco se lhe dava que negros fossem pendurados em árvores no Sul dos Estados Unidos, ou melhor, lhe importava, mas com um dar de ombros, pois tal coisa vinha da parte atrasada dos

Estados Unidos. Os acontecimentos que atingiam a sua pessoa não cresciam para o conceito de um comportamento geral, que atingisse homens de sua classe. Eram sempre pessoais, dirigidos especificamente à sua pessoa de bigode másculo, nunca a um negro, esse universal, mas a Filadelfo somente, o homem que se erguera como em um conto de fadas, da posição de guia de cego a guia de gringo. Por isso ele murmurava, como em um mantra, em reflexo cifrado, de código:

— Eu sou muito invejado, padrinho.

A história de coices era arranjada, digerida, e o resultado maravilhoso era ele falar ao espírito de Manoel de Carvalho que os seus tropeços vinham da inveja. Daí que o feriam. Bom tradutor, orgulhoso e enfatuado dos próprios méritos, invejáveis, ele diria, não vinha a seu entendimento que os outros não percebiam a sua inteligência, o seu valor, não bem por uma inveja, pois jamais invejariam a inteligência de um negro, repugnados por uma inteligência com tal DNA, mas porque era em absoluto inadequado ser negro e culto ao mesmo tempo, ser negro e gênio, a menos que isso não passasse de um produto de circo. Ou de mais uma historinha da seção "Acredite se quiser", da revista Seleções. Em lugar de inveja, tomavam-no como uma ridícula ou odiosa exceção, pois ele não era humilde, "sim, senhor, meu senhor", como de gente de sua condição seria esperado. Era um negro — sua condição geral — muito orgulhoso, metido a ninguém sabia o quê. Essa era a sua identidade particular, para todos. Não viam nunca, e se o percebessem estourariam de gargalhar, que a maior ambição de Filadelfo era ser um secreta de Deus. Um indivíduo cujo trabalho era espionar para o Senhor, que o recompensava com bens e vitórias dignos de serem invejados. Daí que os terrenos, todos, o notavam apenas pelos resultados, conquistas, e nada sabiam que ele estava a serviço do Espírito dos Espíritos. Por isso ele falava agora a seu intercessor, o padrinho Manoel de Carvalho. Enquanto os cristãos comuns, convencionais, ele não diria vulgares, por não ter a etimologia da palavra, pois enquanto os comuns possuíam uma intercessora, ele possuía um, aquele protetor que um belo dia o descobrira no cartório, aonde fora se registrar como filho de Sebastiana. E dali fizeram amizade, e dali ele se fez único filho do bondoso Manoel de Carvalho, o pai de substituição, um Deus de substituição. A ele o orgulhoso, o petulante, o insuportável Filadelfo se dirige humílimo, cabisbaixo, servo, como um animalzinho frágil, como um cãozinho prestes a obedecer ao Pai Espiritual a um estalo dos dedos.

— Sim, padrinho, eu sou muito perseguido. Eles me invejam.

Eles eram todos, vizinhos, inimigos, conhecidos, com exceção de Maria e Jimeralto, que nessas horas estavam em silêncio ativo, temerosos e espantados, como se fossem testemunhas de um raio que fala, ou da sarça ardente dos evangelhos. Nessa hora de transe, em que ele fala à visão sem mudar a própria voz, apenas o tom, apenas o ar, em que só ele escuta o Senhor Manoel de Carvalho, ele nada se refere, embora possa prever, como algumas vezes ele já proclamou, agora ele nada fala da humilhação e do novo golpe que sofrerá 3 anos adiante, quando Edward Kennedy visitar o Recife. Pra quê prever o golpe que vem? As previsões deviam ser feitas para a realização de felicidade no futuro.

O FILHO RENEGADO DE DEUS — XIV

Se não era possível ver, podia ser pressentido. O pressentimento era um arrepio a correr a pele, o braço. Um sentir antes do que ele já assimilara e se fizera uma segunda natureza, aquilo de ver adiante, porque era a organização espiritual de uma história dos golpes sofridos. No íntimo, ele pressentira o futuro choque ali mesmo sentado, na cozinha da estreita morada da vila, mas não lhe cabia falar como oráculo das coisas que viriam. Naquele momento o discurso era outro, as palavras e o lugar não eram concordes. E o espírito de Manoel de Carvalho, que de tudo sabia, que lhe podia indicar, "Filadelfo, olha aonde vai dar o teu caminho", apenas o acompanhava em silêncio, como se lhe respondesse a cada mágoa contada:

— Filho, o que tens feito da tua vida?

O espírito assentia, dissentia, numa censura doce e inconformada, pois clara era a teimosia de Filadelfo no caminho que levava à sua desgraça:

— Responde, o que tens feito da tua vida?

Por isso o secreta de Deus pressentira, mas nada falou naquela manhã cedo, diante de Jimeralto e Maria: "Edward Kennedy, irmão do futuro presidente dos Estados Unidos, virá a Pernambuco, passará pelo Recife. Enviado pelo vindouro grande John, ele não chegará em missão oficial, para melhor dar frutos à Política da Boa Vizinhança. Então eu, conhecido e amigo de funcionários do consulado dos Estados Unidos, serei o indicado...".

E o rosto de Manoel de Carvalho se fez duro ao ouvir isso, se fez grave, como a lhe falar "olha em que vais te meter, filho, olha em que vai dar o teu orgulho de louco"...

E continua Filadelfo, em são pressentimento:

"Então eu irei até a sede do Consulado e vou me apresentar. Edward, como a maioria dos americanos, será mais alto que eu. Será um jovem ainda, mesmo daqui a três anos. E terá uma cara parecida com a do presidente, cara de artista de cinema. Levado pelo cônsul, eu vou dizer a ele:

— Bom-dia, Excelência.

Ele vai me olhar de cima a baixo, e com o rosto que era simpático com um sorriso, vai fechar a cara e responder de má vontade:

— Bom-dia.

Então eu vou me apresentar:

— Eu serei o seu guia e intérprete no Recife, excelência.

Então uma jovem a seu lado, com jeito de fina, educada, parecendo uma condessa, então essa senhora vai falar para Edward, em gíria do Sul dos Estados Unidos:

— Quem vai nos servir é este macaco?!"

Sim, então nessa frase o negro Filadelfo sentirá, em tamanha raiva, mágoa que o deixará ferido, então o negrinho vai sentir, mas nem a Manoel de Carvalho dirá, que serão crescidas diante de si florestas de macacos, um povo de grandes símios, um mato, uma cerrada população de árvores onde pulam chimpanzés como ele, como sua mãe, como sua avó escrava, um povo de caricatura a pular entre árvores, onde se confundem os colonizadores filhos de colonizadores, netos de colonizadores, todos de capacete e rifle em safáris. É natural que não diga ao padrinho Manoel de Carvalho, pois o espírito acima de tudo não o perdoaria, e Filadelfo não podia contar que apenas respondeu, quando deveria cuspir, escarrar no imaculado e gentil braço da suave dama, mas apenas disse:

— Senhora, eu não sou macaco.

— Oh, não, o senhor entendeu mal, ela não disse isso — meio a contragosto contemporizou o nobre representante dos Estados Unidos. Ao que ele, o macaco que falava, apenas disse:

— Senhor, eu falo inglês e entendo bem as suas gírias.

— Mas houve um engano.

Ao que ele, Filadelfo, se despediu com educação, melhor dizendo, com gestos de macaco domesticado.

Não, isso ele não dirá, isso não será profetizado, até porque ali como aqui, por autossuficiência ou ilusão, as mágoas sofridas, os golpes recalcados serão um gênero de má sorte, algo casual. A humilhação que lhe fizeram, com a grosseria de classe e cultura de burgueses norte-americanos, ele desculpou, pior, ele amenizará como um ato daquela mulher, daquela específica jovem, daquele específico momento, que deverá morrer naquele específico. Pior, ainda, Edward Kennedy sairá incólume do episódio, é claro, um rapaz gente bacana de um novo tempo, irmão do simpático e poderoso John, pois o bom Ted nada tinha a ver com aqueles maus modos da sua senhora. Talvez até houvesse depois discutido com ela, ido à beira de uma separação, de um divórcio, sabe Deus, por ela ter tratado um negro como sempre vira outros negros, como sempre as pessoas da sua classe e lugar viram os negros, aquela miserável moça específica. Tampouco possuíam culpa os guys gente humana do consulado, homens sérios, decentes, e muito menos culpa terá a gloriosa e estrelada bandeira. Não. Eles estavam mais para aplaudir o yarrarrarrá de Louis Armstrong, eles eram todos ternura como o veludo da voz de Nat King Cole, assim como as louras do cinema eram todas desfrutáveis, alcançáveis por todos os homens de todas as raças de todos os povos do mundo. Pois o aprendizado de uma língua também é uma aceitação ideológica.

Yarrarrarrá jamais sorriria o austero Manoel de Carvalho, que o escuta neste momento. Como aquele macaco não atingia o específico e verdadeiro Filadelfo, no que ele estava certo, então ele, o ex-macaco, flexível ligava aquele insulto, outro insulto, outros níveis de insulto a um aglomerado de coincidências malditas, que figuravam exceções no quadro geral da pátria de todas as oportunidades, aquela, os Eatados Unidos. A isso vomitaria Jimeralto 55 anos depois. Aquela pátria, e o filho do filho de Manoel de Carvalho se revolvia na cama, ferido por aquela mágoa não ter sido respondida com um escarro, os Estados Unidos eram aquela de onde o pai trazia uísque, carne enlatada, camisa com resíduo de sabão em pó, revista de mulher nua, cigarro, cadeira portátil, leite condensado, pasta de amendoim, salgados da doce pátria norte-americana. O filho, como um filho contra o pai, em uma nova tradução do conto de Machado de Assis, ao filho insultava mais a ilusão, que era o soerguimento à categoria de humanidades a soma de quinquilharias, vidrilhos, espelhinhos, latas, papel e excrementos que a gente do Norte jogava para os miseráveis do Sul do Equador. E lhe caíam agora, quando Filadelfo se confessava ao estimado pai Manoel de Carvalho:

— Eu sou muito perseguido, padrinho.

Maria, como toda mulher para quem o marido é todo universo, é o mundo todo, e o mundo era maior que o universo, como assegurava ao filho, o mundo era tudo, e todos visíveis e desconhecidos, assentia, a gorda e boa Maria concordava, pois perseguição era tudo que ela própria havia sofrido até então, desde a infância, quando os pedaços de alimentos eram tomados à força e com um sofrimento desproporcional ao conseguido. Maria estava de acordo, pois só podiam mesmo perseguir o seu marido. E passava da concordância à maior credulidade, aquela que por vezes se confunde com uma convicção, pois o marido falava ao Espírito:

— É muita inveja, meu padrinho.

Pois como não seria assim? Além da verdade primeira, para ela, que era um homem se confessar a seu padrinho, a seu protetor, que voltava em espírito para guiá-lo e protegê-lo, além, ou melhor, abaixo dessa verdade de revelação, há os dias — poucos, que lhe parecem então longos e muitos pela intensidade de suas horas — que ela tem vivido. Aquela comida que por vezes faltava, aquelas noites em que o marido não voltava, e ela, desesperada, morta de vergonha para não pedir a vizinhos, ficava a esperar algum anjo bom — e mais uma vez, aqui também, os acontecimentos mais essenciais eram espiritualizados, como se a satisfação do estômago dependesse de uma bênção, muitas bênçãos —, algumas vezes um anjo bom aparecia como portador do dinheiro do marido, que dava para comprar uma galinha para o almoço. A mãe não possuía geladeira, despensa ou provisão para um dia depois, pois ela era como diziam viver os índios brasileiros, do imediato para o imediato. Então, nas ausências do marido, às vezes aparecia um anjo do céu com duzentos cruzeiros, que só podiam ter sido enviados por Deus, pois Deus se encarnava no marido que lhe enviava o anjo — "direto do paraíso dos puteiros", sabia-o Jimeralto na maturidade.

Aquelas faltas do marido, aquelas perseguições somente podiam ser inveja. Isso ela bem via enquanto via também o Espírito, pela materialização do corpo que ela imaginava. Era uma materialização que apenas completava o corpo, porque um retrato de Manoel de Carvalho estava na salinha do estreito onde ela passava a sua curta temporada, embora achasse que ali morasse. Então para Maria se revelava um Manoel de Carvalho mulato, de altura grande que nem passava na porta, pois Maria dava à altura física uma dimensão moral, e por isso Manoel se acercava assim, olhava Filadelfo, estendia um olhar para ela, manso e repousante e abrigador aquele olhar, se pudesse ela diria, não fosse uma relação fiel ao marido, diria que um espírito assim ela podia amar. Se Manoel de Carvalho se encarnasse em homem e batesse à sua porta, ela bem podia virar a mesa e a vida por esse homem. Era provável que Filadelfo compreendesse, compreenderia, a não ser que se revoltasse contra o espírito que o protegia, e ele não seria louco para tanto. E por isso ela ouvia, sem escândalo e sem temor, sem o medo do filho, que só não corria daquilo porque estava junto a ela, "ao lado de sua saia, mãe", diria Jimeralto. Medo ela possuía de rãs gigantes, de jias chocas, que a faziam disparar a correr desde a infância, como uma profecia caricatural da própria e futura gravidez, e aqui, como sempre, os acontecimentos fundamentais ganhavam um foro transcendente, espiritual, mesmo quando se apresentavam em coisas ridículas ou cômicas, pois o risível se inscrevia adiante em fatos que expulsavam a gargalhada. Medo, agora, não. Ela bem entende o que o marido fala como se conversasse em palavras cifradas, num diálogo em que o Outro é entrevisto, em mistério escutado. Então ela escuta, embora os nomes, as pessoas mencionadas lhe sejam estranhos:

— O seu Augusto quer ver a minha queda, padrinho. O senhor sabe quem é. Ele fala mal de mim na Mooremack. Ele trabalha num escritório bacana, fala inglês, mas não fala com o sotaque dos americanos feito eu. Tem inveja, muita inveja... Hum, hum. A minha mãe me disse, foi.

Era curioso, e Maria e Jimeralto não notavam, que mesmo naquele transporte de confissão de um homem para a sua representação melhor, mesmo no plano dignificado que reduzia os pecados a miudezas, a insignificantes cacarecos, como se fossem os móveis cacarecos daquela casinha, era interessante que mesmo nessa confissão do homem para o espírito que o guiava, mesmo ali Filadelfo se furtava a revelar nomes de mulheres com quem então andava. Seria como um homem meio nu, com restos de pudor na sala de cirurgia, a ocultar uma parte de si em uma operação do baixo-ventre. Melhor, seria, não, era uma esperteza, uma astúcia do espírito íntimo de Filadelfo, que atuava naquele transe à semelhança dos transportes da alma em um sonho. Mas em lugar da abstração, do disfarce, dos véus e embuços do sonho, que até em devaneio se montam, ali naquele lugar Dora não se pronunciava, uma omissão deliberada. No limbo entre consciência e inconsciência, se a mulher se encarnasse em outra, a outra era o silêncio de Filadelfo ao não enunciá-la. Mas o Espírito, é certo, bem a conhecia. Jimeralto que espantado olhava o pai, notava-lhe uma insinuação de sorriso na face grave, e mais ele notava mais se perturbava, porque aquele tracinho nos cantos dos lábios não condizia com a transcendência do Espírito.

Até as almas seriam carnais? Haveria em toda aquela espiritualidade um ranço, uma musculatura de carne, daquela carne que diziam ser pecado, impureza? Em terreiros, em centros espíritas, em templos evangélicos e católicos, Jimeralto aprenderia depois que a espiritualidade religiosa, ainda que a mais fundamentalista, seria sempre uma projeção alterada do mundo da carne, das carnes da terra, com suas mulheres, prazeres, conforto, riquezas com outro sinal, com o suave nome de Paraíso. Ele havia visto. Mas agora não. Ele nem vê a supressão nem desconfia dela, apesar da mudança da expressão no rosto do pai, como um corte de edição de um filme. Esse pulo no transe do pai ele saberá, ou começará a ter conhecimento daqui a um ano, quando aparecer uma das pretendidas do Paraíso. Como por acaso, como se de nada soubesse, ela chegará. Mas agora, não. Maria está grávida, em seu segundo mês, Jimeralto vive a sua última infância, Filadelfo representa o pai, que fala a seu protetor Manoel de Carvalho.

– Padrinho, como posso vencer a inveja?

É claro, pai, mãe, filho e Espírito sabem que a inveja é a dos outros, dos invejosos que eles próprios não são. E assim como disso sabem, imaginam saber o que o Espírito responde, pelos murmúrios do Filadelfo sentado.

– Hum, hum... certo, padrinho.

Faz-se depois um silêncio onde o pai desce a cabeça, a ponto de encostar o queixo no peito. Jimeralto o vê parecido com um sacerdote no altar, quando na igreja reverencia o corpo de Cristo na hóstia consagrada. Até um princípio de tonsura na cabeleira crespa do pai ele vê. Então, ao fim dessa imobilidade tensa, pois tudo na imaginação era movimento, o corpo sem camisa do pai estremece, convulsiona semelhante ao de Julita, a moça que tem epilepsia no beco. E como se houvesse voltado de um passeio de sonâmbulo, abre os olhos, desperta, e se põe logo e já no seu natural autoritário:

– Qual é o espanto? Viram alma?

– Não, Maria responde, a gente viu você com seu padrinho.

– É verdade? Não contem isso pra ninguém, estão me ouvindo? Ninguém! O padrinho é sagrado

E se levantou e foi lavar o rosto para sair do sonho real. Para o menino ficaram as costas do pai, que ainda não eram gordas como seriam quatro anos depois da morte de Maria, nem magras, ausentes, pele e ossos, como seriam sete anos adiante daquele dia. "Interessante", pensava o filho na pensão 13 de maio, "as mortes na infância nunca se davam pela noite. Ou vinham de madrugada ou pela manhã". Para Filadelfo, assim como para todo homem no vigor de suas forças, a vida seria eterna, e ainda depois, da terra para o infinito do além-túmulo. Desta vida para outra o prolongamento se dava sem trauma, por uma pontezinha dourada. Filadelfo apenas havia de vencer os invejosos, contra quem conjurava o próprio talento e os poderes de Manoel de Carvalho. A união dessas forças eram bases de apoio robustas para ele. Mas bases frágeis, que a narração da vida corrói. Antes o houvessem corrigido, para lhe dar uma segunda oportunidade. Em vez de corrigi-lo, porque a vida não é uma mostra organizada, didática, piedosa, a vida o mostraria no engano até a hora derradeira. Pensar nisso dava a Jimeralto a compreensão para aquele pai, ao lembrá-lo na dor insidiosa do fim. Dava-lhe uma correção tardia, porque não o podia mais salvar nem lhe fazer uma inversão que subvertesse não só o tempo, mas a posição de pai e filho também. Se pudesse então, com as leituras e experiência de 55 anos depois, diria: "Pai (filho), este caminho que trilhas vai cair em lugar mais fundo que o abismo – vais descer e descer mais fundo. Este caminho é um engano, um erro, uma ilusão mesquinha. Ele é indigno de ti, supondo que sejas um homem. Pai...".

Nesse ponto ele parava, porque o pensamento, a memória, não realizava o que esta narração pode ver. Em lugar de uma condenação moral, de uma profunda vergonha que dava ao filho comunista o pai reacionário, homem de direita, negro elogiador do modo de vida capitalista, em lugar daquele ilusório self-made-man, ah, para ser justo, o quanto o filho deveria ser amargo, pois aquele destino específico do pai era uma condenação, que iluminava a sentença de mais de um homem. E a narração dizia, iluminava: Filadelfo era vítima do próprio talento. A sua via-crúcis fora construída pelo inegável gênio de que era possuído. Mas como? Mas como assim, se isso vai de encontro, é uma oposição a tudo quanto nos ensinam sobre o valor da educação e do trabalho? Se as ideias gerais, abstratas em conceito irrefutável, faltam a esta narração, não deve faltar o entendimento do que aumentou a desgraça de Filadelfo. Para um, digamos, simples mestiço, neto de escravos, que fora guia de cego na infância, possível abusado por adultos, para esse gênero de ser, teria alcançado uma vitória ao atingir o ponto em que o vemos em 1958.

Muita água, muita concessão, muita vileza, daquela que possui toda sobrevivência, que se faz à custa da própria honra, Filadelfo havia passado. De servidor para todas as horas de mariners durante a guerra, de agenciador de putas a criado de quarto, vale dizer, serviçal de camarote, de limpador de escarro em lixeira a pequeno ladrão, de testemunha de homicídios a explorador da própria mãe, essas coisas fundas que sem voz embargada não se falam, o Filadelfo que agora sai dos conselhos e purificações do padrinho Manoel de Carvalho já havia passado. Se retiramos da palavra toda carga irônica, ele era um *vitorioso*. Se conseguimos expurgar a destruição que implica a palavra, o seu corpo era uma *vitória*. Vitória pelo esforço, sorte e circunstâncias, seria bom termo, se fosse verdadeiro. A essa vitória o espírito do padrinho, se lesse estas linhas, sorriria fino, contido: "hum, hum...". Para chegar a este ponto, a esta casinha, de onde ele sabe estar pronto para voos mais altos, houve um acúmulo de informações, de safadezas, que também fazem uma educação, apesar de não escrita nos livros didáticos da escola formal. Ninguém jamais lerá: "Homem, trai o teu pai, a tua mãe, teus amigos, teus melhores sentimentos. Homem, trai a tua pátria. Trai, trai, e teu será o mundo". Isso não se diz, pelo contrário, isso se escreve como uma tentação do Diabo a Jesus Cristo no alto do monte, mas como uma promessa enganosa que a sabedoria divina vence. Ou seja, onde se lê por metáfora cristã há um fundo virtuoso, mais enganoso que o mundo de riqueza descortinado por Satanás.

Mas ora, não ora, de rezar. Ainda que pouca, aquela casinha às seis horas da manhã era lugar e condição de vitória. Se mascarada, como nos relatos dignificantes, seria prova do quanto a instrução – o aprendizado prático do inglês – pode erguer um homem. No entanto, é da natureza do conhecimento não se conter em limites provisórios. É da sua irreprimível pulsão o querer mais, o ir adiante, inesgotável e incessante. Assim é, sempre insatisfeito, ou conhecimento não será. Estava, portanto, escrito. Mas com algumas advertências, que o gênio de Filadelfo jamais adivinharia, pois ele não era o gênio de Deus em sua infinita onividência: o sistema que premia o saber é o mesmo sistema a impor limites que estão na sua própria natureza de morte e violência. O prêmio é pela exclusão. Se não antes, depois. E sempre nos limites de cor, história e classe, pensava Jimeralto, ao receber na reflexão um cheiro de Filadelfo, do suor de Filadelfo, de carne de gente que se mistura à processada em latinhas da Wilson.

Mas como, se os limites estavam diluídos? O que é um sistema, uma máquina de etiquetas classificadoras? Miseráveis aqui, pobres ali, proletários neste lugar, burgueses adiante? Não, a coisa – a separação de gente – não se dava nem como no poema de João Cabral, que fala de gavetas funerárias, de ruas diferentes de pobres e ricos no cemitério de Santo Amaro. Restos de mercadorias caras e baratas, não é isso. Um homem podia então, como pode ainda hoje, ascender, mudar de posição, sair da miséria e se tornar, até, um burguês. Ainda que exceção, tal vitória, sob o riso de Manoel de Carvalho, hum, hum, hum..., é possível. Os limites de Filadelfo não se davam nem pela cor que, desejasse ou não, o acompanhava aonde fosse, pois a cor era uma roupa que o vestia por cima da sua camisa de seda. "Aquele negro metido a lorde", diziam-no. O gênero negrinho chic, se era um limite à vista, não foi bem a causa da sua desgraça. Pois há negrinho chic, negrinho metido a lord, negrinho até presidente de Academia de Letras. Mesmo que não se integre como um indivíduo normal em um grupo seleto, pois é acintosa a presença de uma ovelha negra em um rebanho de ovelhinhas brancas, terminam por lhe conceder a honra, cercado de olhares atravessados. "Sim, é um negro, mas...", e a conjunção adversativa o salva da vala comum. Aquela aceitação eivada de constrangimento, sob invocação disciplinadora, "eu não tenho preconceito, ele pode ser uma boa pessoa", ou a frase do virtuoso nonsense "coisa mais natural, um negro dono de um mercedes", sim, do cômico ao odioso fingimento, tais manifestações não foram o daqui não passarás, volta a teu lugar, negro safado.

A desgraça, a expulsão de Filadelfo direto para o inferno, foi destino do gênio e gênero do seu talento. Onde outros, de sua cor e classe, chegaram a um patamar elevado e se recolheram modestos e humildes – com esperteza, é certo, porque um homem tem consciência do próprio valor –, onde indivíduos de passado de exclusão pediam desculpas nos gestos, na fala, no tom, uma vez que estavam em uma posição tida como inadequada, Filadelfo, não: abria as portas, escancarava a entrada, sentava-se no trono e parecia dizer, em atos e feições, apontando pretendentes que reclamavam trono semelhante:

– Os inadequados são eles. Este cetro, esta casa e este poder são meus, sob o mais estrito critério de merecimento.

Uma loucura, palavra que os privilegiados de fortuna e sangue batizavam de "uma descabida provocação". Aquele negro, como ousava? Em guerra, a ilusão de Filadelfo se dava ao acreditar que por força da sua inteligência, do seu trabalho, da sua *vontade*, o mundo se abria para ele. O sol nasceu para todos, dizia, repetia-se, não bem para expressar que o sol iluminava mendigos e reis igualmente, mas para dizer que os raios do sol podiam ser arrancados por quem os conquistasse.

E os conquistadores eram negros, brancos, amarelos, pardos, índios, netos de escravos, todos que tivessem suficiente força de vontade. Pois a maravilha da vontade faria o mundo ser justo. "Hum, hum, hum...". Como podia um homem tão machucado ser tão estúpido? Ou será, para entendimento mais exato, que existe um limite para a aceitação da dor, da merda de vida em nossa própria imagem? Naquela altura do beco, em que conversava com Manoel de Carvalho às seis da manhã, ele já era o homem que melhor falava inglês no Recife. Falar, comer, orientar navios sem megafone no cais, em lugar de um prático naval, mais beber, gargalhar, todas essas mostras e exibições de inglês ninguém fazia tão bem quanto ele no Recife.

Como um pistoleiro do Oeste dos Estados Unidos, como um herói dos filmes de faroeste, ele não cansava de se medir, de provocar, de corrigir e fazer perguntas aos mais nobres e privilegiados falantes da língua. Se cruzasse o seu caminho um acadêmico, um advogado, um médico, um doutor, enfim, lá estava Filadelfo a se mostrar, a se exibir, impiedoso para os portadores de diplomas de toda e qualquer natureza:

— Não, esta frase não se fala. Ninguém fala assim, Você aprende isso nos livros. A fala na América é outra. No Texas, em Chicago, em New York...

Era cômico, vexatório — para ele uma vitória — ver os cidadãos médicos se tornarem pálidos, brancos sem cor, diante da lição que os desarmava, e lhes dizia além da fala: "Olha, este negro aqui sabe muito mais que você. E pega lá este golpe de nocaute". Eles, os privilegiados de nascimento e fortuna, iam à lona. Caíam com um olho de raiva, incrédulos: "O que vejo? Como pode? É um trapaceiro". E beijavam o chão do ringue. Mas uma conta passavam a carregar para um acerto futuro com Filadelfo.

Com os populares, com os conhecedores de inglês como ele da beira do cais, o trato era outro. Eles apanhavam de Filadelfo por força mesmo do gênero do aprendizado deles da língua. Enquanto os consertadores de sacos de carga furados, enquanto os estivadores, os arrumadores de fardos de açúcar empunhavam um inglês imediato, do "estou com fome", "dê-me isto" ou "tu queres sexo? eu sei onde tem sexo", e assim falavam e se dirigiam a trabalhadores gringos de mesma condição que eles, Filadelfo, por ambição servil, aprendera a falar com os de condição mais alta, os oficiais na segunda guerra, e depois com os comandantes de navios mercantes. Ou seja, sem desconhecer o baixo inglês, conhecia os modos e frases da gente mais educada. A isso ele se impôs uma escola de língua, um aprendizado que somente 50 anos adiante Jimeralto pôde entender o acerto. Filadelfo ia ao cinema para acostumar os ouvidos. Lá chegando, encostava a cabeça no espaldar e fechava os olhos. Apesar de no começo desse método muita fala haver sido incompreensível, ele captava os volteios, o ritmo, a entonação, o acento, com uma mente plástica e ágil. Assim posto, ficava com o cérebro que era ele todo, de olhos fechados e em absoluta atenção, aprendendo e pagando caro pelas imagens do filme perdido sem se importar com as legendas na tela que poderiam dispersá-lo.

Os processos mnemônicos também eram empregados. Mesmo sem saber o nome desse caminho de aprendizagem, nem como isso se dava, a sua intuição o guiava para uma ciência antes da ciência. Pois dizia e contava para os encantados com a sua facilidade para línguas:

— A primeira palavra que aprendi em inglês foi "I". Eu me disse: "engraçado, quando a gente tem dor, grita: ai!. Eu em inglês é ai Engraçado. Ai, eu!".

A sua história voltava para a nova língua. Era um aprendizado que envolvia todo o ser. Às dificuldades naturais, de sua condição, ele respondia com as conquistas multiplicadas por sua vontade e inteligência. Aprender o inglês não era então uma coisa à parte, de horas arquivadas do dia, era e se tornou em determinado ponto de sua vida, uma, mais que uma, a razão de viver. "No inglês ele é um maníaco, um tarado", diziam dele os inimigos. No que, descontado o desprezo, tinham razão. Movido pela vontade de comer – atenção, abstratos, atenção, formais, atenção, só espíritos, a fome é uma pedagogia primária que move para os mais finos conhecimentos –, ele passou a misturar a língua ao leite, pão, feijão, arroz, ovos, roast beef e concluiu: "a língua é boa". Passou a amar aquela matéria, desejá-la, querê-la, com todos seus lixos, excrementos, sangue e virtudes. De cambulhada assimilou a bandeira norte-americana, pois o inglês era a pátria do império sobre as listras vermelhas e estrelas do pano; passou a gostar dos rostos gringos dos States, aos quais assimilava sem deixar de lhes perceber a diferença; passou a ser fascinado pelo modo de vida da gente dos Estados Unidos, a quem copiava com toda sorte de bugigangas que pudesse trazer dos navios; e por força da ideologia desse mundo, ganhou um novo e repugnante anticomunismo, que era a mais caricatural propaganda da guerra fria.

Eram coisas assim que chegavam a Jimeralto como uma herança que ele havia de expurgar, arrancar do couro, da pele, da língua, do cheiro de latas e mercadorias que vinha desse passado. Era preciso vencer aquele perfume para o estômago que era o repulsivo cheiro de carne enlatada. Daí que o filho montava rápido na memória o outro Filadelfo que descobria em sua nova língua o gosto pela música negra dos Estados Unidos, aquela que também era ideologia, mas de outra forma, impura e de cambulhada também, de Nat King Cole, The Platters, Louis Armstrong. Aquelas canções, se não eram a pátria do socialismo, a terra prometida da fraternidade, eram de um reino onde cabiam todos os humanos, sem data na sua data, de raça mas sem raça, americana mas sem americano, vale dizer, a música que nascida naquela podre sociedade e tempo não era só daquela sociedade e tempo. Pois o que, recordava, podia superar a voz de Nat King Cole em Blue Gardenia ou Stardust? Ali ninguém precisava falar inglês, ali eram todas as línguas, todas as pátrias, todas as cores, do arregalado olho negro ao apertado amarelo.

Quando na radiola Filadelfo punha o The Platters (havia um outro cheiro, cheiro bom, naquelas capas de discos que pareciam um anúncio de gozo para a alma), e ao som de The Great Pretender ficava a beber sozinho em viagem íntima, indo além do beco nas ondas do The Great Pretender, ele não era o Pai, a Autoridade, o repressor Filadelfo, o cruel espancador, ele era um homem. E de tal modo, Jimeralto descobriria depois, tamanho era o antagonismo, a contradição, "a existência dos contrários", como o perseguido pela ditadura repetia, que os tempos se misturavam, e as pessoas. Naquele Filadelfo de Nat não estava o Filadelfo e o beco de 1958, porque ali, até então, só possuíam de eletrodoméstico um rádio. Então, como um menino desobediente ele era trazido de volta à realidade, que ainda assim era incredible: o pai era o homem que melhor falava inglês no Recife. E de tal maneira conseguia ser inacreditável essa realidade, jamais aceita por todos amigos, conhecidos e inimigos de então, que com mais facilidade aceitariam que Filadelfo tivese um pai de nome Manoel de Carvalho, com quem falava pela manhã antes de ser o Filadelfo carnal. O Espírito, ou para eles, a alma, era mais factual, crível, que o milagre do esforço de um homem, que apenas revelava a maravilha do suor quando em um projeto se empenha todo o ser. Doía-lhes no crânio, no alto do cocuruto, a luz entrevista por trás da pessoa. Essa luminosidade seria compreendida bem se o vissem a falar sozinho e comentar depois que falara com seu protetor. Isso era possível. Mas não o fruto de um trabalho de muitos anos, de todas as horas, um trabalho que para Filadelfo jamais fora trabalho, era um transporte para o universo da tela do cinema, quando ele fechava os olhos, quando os reabria no passadiço, no camarote da Mooremack, e que ele passava de espectador a personagem. Ali, ele, esperto, adulador, se curvava numa saudação que saía dos gestos, pois no inglês, na adulação, no servilismo, ele também punha o ser ladino, um outro ser, mas com todo empenho e representação de verossimilhança.

— Ordene, meu senhor, em que posso servi-lo? A cidade do Recife existe para o seu prazer. O que deseja? Manga-rosa, abacaxi amarelo e doce feito mel, ou mulher capaz de satisfazer as suas fantasias? Ordene, meu senhor.

Mas tudo isso em inglês mui digno, para poucos, que era uma forma de se humilhar em segredo. Ficava para os inimigos — os invejosos, como ele se queixava ao padrinho — a imagem do homem curvo no cumprimento ao comandante. "Capacho!", diziam-no. Ainda assim o imitavam, quando o viam de volta com latas e pacotes de cigarros dentro de uma bolsa, que os guardas corrompidos nem abriam. Imitavam-no sem a mesma arte, daí que conseguiam pouco. "Bajulador safado, piniqueiro", murmuravam-lhe às costas.

Do mau e do bom, do bem e do mal a sua competência linguística era feita. Em lugar da ilusão que crê no aperfeiçoamento espiritual somente pelos livros, como se a educação se desse por partenogênese, dos livros para os livros, da escola para a escola, de citações para citações, uma autorreprodução do ensino formal, ele punha em seu aprendizado toda a ganga bruta de que é feita a sobrevivência. "Com toda a vontade", ele poderia dedicar numa foto que espelhasse tal esforço. E nisso vinha uma dor fina em Jimeralto, uma vergonha misturada a raiva, por ter nas veias um sangue, um lodo de tamanha magnitude. Pois era fatal, inegável, o filho se diz de passagem, enquanto rola na cama lá no alto da Pensão 13 de Maio, ele se diz sem ver, enquanto tenta a leitura de John Reed com o mesmo fervor com que lia as vidas dos santos na infância, era claro que essa passagem do garçom para o intérprete de inglês se dava pela traição dos valores de seu povo e nação. Que valores eram esses, o filho não se perguntava, porque óbvios. Para Jimeralto os significados de honra, de brasilidade, de herança negra e dignidade se encontravam organizados, compactados em um só pensamento: a revolta dos oprimidos contra os opressores. Ou para ser mais claro e preciso, os sensos de retidão e moral estavam prontos no homem comunista. E as pessoas cresciam ou diminuíam pela aproximação ou distância desse modelo.

Mas ele não via, e na situação em que se encontrava, de endurecimento do coração para a guerra, não lhe era possível ver que os valores de coragem, dignidade, e até mesmo os de memória de humilhações, não estavam organizados em consciência sistemática no cotidiano do pai em 1958. Eram valores necessários, de tão dura necessidade quanto a morte, mas estavam dispersos, e, pior, no decorrer dos dias eram negados pela prática dos trabalhadores do cais. Até mesmo a fração comunista dos estivadores, sindicalizada, era impura. As trombetas do glorioso exército vermelho não eram ouvidas pelo conjunto do cais. A supremacia do império norte-americano era dominante. O punho erguido, a mão fechada, somente viria muitos anos depois, nos anos do Black Power.

Então, Filadelfo era um homem formado, forjado pelo próprio esforço, como acreditava, sozinho e contra todos. A não ser a presença de Manoel de Carvalho, único homem que o ajudara em vida, e que o acompanharia até o fim com iluminações e conselhos, ele era um homem cercado de invejosos. Invejavam o que possuía, suas calças Lee, sua camisa de seda, seus óculos Ray-Ban, litros de uísque, pacotes de cigarros Marlboro e Chesterfield. Os outros não sabiam nem imaginavam que ele morava num beco, numa casinha apertada, ao lado de uma senhora mulher gorda. Invejavam-no mais ainda pela promessa do que viria a ter, e nisso o adivinhavam pelo andar com um ombro de lado, pelo cheiro de sabão gringo na camisa gringa sobre o couro, invejavam-no pelo que viria, a continuar naquele passo: casa grande para morrer, automóvel Studebaker ou Buick, amante e mulher loura. Pois se invejamos aquilo que deveria ser nosso, e que outro por injustiça ou sorte carrega, Filadelfo era invejado pelos colegas de "beira de cais", como dizia. E como toda inveja, que se sente e se fortalece no ócio à espera dos frutos, os colegas de cais não viam o processo, pior, até, não queriam atravessar o processo, queriam apenas o resultado, que vinha a ser o dinheiro agarrado por Filadelfo, queriam todos muitos dólares, pelo que imaginavam ser a grana recebida por ele, e Filadelfo, insano, arrotava, e tão bom dinheiro era que ele andava de jeans made in usa, ray-ban e camisa folgada com cheiro de roupa de Chicago.

E por isso os invejosos tentavam também o inglês, queriam falar inglês, ser espertos in english, e com tal sede iam ao pote que, antes de se porem a serviço, queriam o serviço dos gringos. Claro, esse não era o melhor caminho da sabedoria. Em vez da boa vontade para os mestres americanos, que precisavam ser atendidos, e por isso se faziam entender por diferentes torneios de frase, que eram ao mesmo tempo uma gradação, um circunlóquio, um volteio rico de sugestões de fala; para os gestos, olhares e flexões dos estrangeiros que precisavam de bons escravos, de negros ladinos, como na colônia os portugueses os chamavam, para esses acenos de aproximação entre antípodas os concorrentes de Filadelfo engrenavam um processo imediato de pedidos, súplicas, rogos, em cima dos substantivos e verbos mais primários. Não tinham paciência na necessidade. Resultava que o vocabulário dos "inimigos" de Filadelfo era complementos de frases que começavam por "me dê", "me dê", sem sequer um please. Give-me porque estou fucked, ou estou very hungry. Esperteza de fodido com cara de fodido. Recebiam com esses grunhidos quinquilharia miúda, enquanto Filadelfo voltava de óculos escuros e jeans. Os invejosos no cais, portanto, aumentavam.

    Fora dali, o problema passava a ser outro. Acostumado aos falsos elogios, olhares cobiçosos dos colegas no navio atracado, Filadelfo, tão natural, tão à vontade, mudava o modo de operar para os burgueses que encontrava. As curvaturas e cumprimentos aos gringos se tornavam prumo erguido no peito, a conversar em inglês com os recifenses mais cultos. Para quê? Provocador, com um senso agudo das deficiências dos adversários – "adversários", as pessoas que tiveram as oportunidades que lhe foram negadas –, com uma lanceta incidia em seus pontos mais dolorosos. "Ai" não gritavam. A vontade que tinham era de emudecer. Os livros formais, a pronúncia formal, as frases de convenção formais, as saudações polidas, as palavras de boas escolas com as flexões de número e pessoa no devido lugar, caíam por terra inúteis e abatidas. Em inglês, os burgueses do Recife conversavam como nos livros. Aqui e ali, para maior distinção, enunciavam breves discursos com um acento britânico, que no máximo conferiam pelas transmissões de rádio da BBC. Filadelfo não gargalhava dessa finura de ladies de livro didático. Mas como um novo bárbaro os golpeava a socos, pontapés, cuspes de expressões, variações frasais, numa torrente que mais lhes parecia as sílabas ininteligíveis de um bebop. "My God", queriam levantar os olhos para os céus. Ao que Filadelfo soltava um jab:

— Se você preferir, podemos conversar em francês. Mas não gosto muito do francês por causa da pronúncia afeminada.

    E com os lábios grossos, na boca desdentada, afetava "ouis" para maior demonstração da perda de macheza, que no seu entender constituía o modo de falar francês. Na verdade, a falsa perda de macheza terminava por atingir os burgueses falantes da língua, que já não estavam bem no inglês. Se não falava à Shakespeare, com um ar de Alec Guiness, o negro atarracado, cachorro, fedorento, cu-de-escrava, os reduzia a burgueses de Molière. Se em seu natural – e aqui valeria todo um capítulo sobre a natureza de mestiços burgueses e mestiços pobres do Brasil, os primeiros a se considerarem brancos, os segundos tratados como habitantes da senzala –, se em seu natural o mantinham afastado em razão da cor e da falta de referências educadas, apesar dos óculos e das calças da América, pois macacos nos filmes também as usavam, que dirá agora, quando fala em um terreno de ilustração privilegiada, próprio de gente chic, e, insolência das insolências, corrige maltratando-os? Se aquilo não era um macaco, devia ser um boneco, a quem os burgueses olhavam assustados à procura de um dono:

– Cadê o ventríloquo? Cadê o cara que fala por trás desse boneco Benedito?

Pois Filadelfo possuía várias características do boneco de feira que os artistas mambembes levam para as praças: olhos graúdos, muito vivos, beiços grossos, pele escura, e, principalmente, um espírito zombeteiro, que atazanava as pessoas que tinham classe. Um ente daqueles não podia ser senhor das próprias linhas escuras, e no entanto lhes dizia:

– O senhor fala frase de lição de livro. Nada a ver com o inglês.

Que petulância! Os burgueses ficavam a ponto de explodir um escarro na cara do boneco Benedito. O diabo é que a coisa, macaco ou boneco, era real, movia-se, elevava a voz, dava-se entonações de homem inteligente, falava com picardia e presença de espírito. Ou seja, com manifestações absurdas em inferiores. O que era aquilo? Melhor era vê-lo de costas, com a bunda larga vestida no jeans importado, "de contrabando", sem os óculos made in USA, "de contrabando", sem a cara com o beicinho importado, que não era nem podia ser humano.

Era outra coisa, de um reino entre animal e humano, ora mais animal, ora menos humano, mas algo enfim que não dava para ser tratado como um semelhante a eles, aspirantes a burgueses de fina classe. Tinham-lhe raiva. Não que Filadelfo chegasse aos dignos senhores com postura e gestos agressivos, que ele era louco, mas não tanto. A simples presença de Filadelfo, frente a frente, em planos iguais, é que era uma agressão. Ele possuía na pele uma bactéria de contaminar gente bem. Em vez de se fazer igual pela própria elevação, baixava o indivíduo que se queria branco, puro, até ele. Se fossem semelhantes, isso significaria, na cabeça dos educados, que todos eram negros, igualmente negros. Na concepção de suas cabeças, o equivalente a um socialismo de miséria, de infâmia, que a presença do negro trazia. O equivalente a um nobre de engenho de açúcar, sentado no chão, a babar o mesmo cachimbo que a escrava ao lado.

Esse absurdo Filadelfo conseguia quando, apesar de mais baixo em estatura, falava de queixo erguido em inglês para os médicos e advogados do Recife. Que insulto. Ele nem precisava lançar perdigotos para os doutores, como às vezes os seus lábios úmidos, em ato vil, arremessavam na boca dos oponentes. Até parecia de propósito, perdigotos lhes chegarem como um cuspe de negro em boca de branco. Havia uma absoluta agressividade na sua presença. O que antes constituía um absurdo, aquilo, a existência de alguém naquelas formas a se expressar como gente, um absurdo engraçado, como engraçados são os seres inferiores quando imitam homens, como os cachorrinhos de fraldas ou os chimpanzés em smoking, pois o absurdo vira cômico pela semelhança descabida, depois se tornou constrangimento e raiva, porque o impossível acontecimento se alterava para se tornar um igual aos bons burgueses. Um mal-estar idêntico ao de uma convidada ser recebida à porta por uma empregada doméstica com os mesmos relógio de pulso e sapatos que ela. Que coisa desagradável, os finos recifenses tinham comichão, coceira alérgica na pele, ao ouvirem daquele inferior esta intimidade:

— Como está a sua família? A sua saúde, como vai?

Que atrevimento. Pois o mundo não era nem podia ser igual para todos. Os negros e pequenos em geral tinham que saber, tinham que ficar em seus lugares. O luxo, a educação, a decência, não nasceram para todos. Ou melhor, a excelência da educação mostrava qualidade por ser acessível para poucos. Imagine-se o escândalo se houvesse caviar para todas as bocas desdentadas do planeta. O comum da gente, a grossa maioria, os outros, não teriam língua para a percepção do excelente. Imagine-se o nonsense de um símio de terno se pôr a discutir elegância. Do nonsense os educados entravam no pesadelo do macaco a lhes apontar o dedo sujo, enquanto dizia: "a tua camisa e as tuas calças não servem, a tua roupa está errada", Se o leitor imagina tais construções ilógicas, poderá entender como se sentiam os bons burgueses diante daquele homenzinho chulo, sem classe e sem instrução formal, um vira-lata a lhes ensinar fórmulas e expressões da língua do cinema. Shit! Shut up! Os rostos brancos, que apenas eram pálidos, se transfiguravam.

Isto sempre voltaria a Jimeralto, sempre, mal recidivo na lembrança. Um insuportável voltar, sempre.

Quando Filadelfo se apresentou para o lugar de intérprete de Edward Kennedy no Recife, bem se pode adivinhar o espanto. "O que é isso?". O que era aquilo? Uma atração de circo, um empregado para carregar as malas, um recebedor à porta do WC, um músico de pandeiro ou o quê? Para Zé Carioca ele ainda faltava muito, que dirá para intérprete, tradutor do pensamento de um representante dos Estados Unidos. No máximo, Filadelfo seria figurante, um cenário móvel de Louis Armstrong fantasiado de havaiano. No mínimo, o quê? Shit!

Para Filadelfo, e aí estava a sua perdição, nada mais natural. Ele era o homem que melhor falava inglês no Recife. Essa estava e foi uma posição reconhecida pelos gringos dos navios mercantes, pois mais de um galego lhe perguntara se havia nascido nos Estados Unidos. Isso era um galardão, uma honra atestada até pelos gringos do consulado há muito, desde quando Filadelfo lhes arranjara mulheres bonitas e dóceis para todo tipo de sexo e abuso. Por que não? Mr. Fila, com seu feeling, sabia que o estudo e aprendizado de uma língua passava por todos os estágios de bajulação, serviço indecoroso, perda de amor-próprio, da cama à mesa e ao sonho. Ele era o homem do método total do inglês no Recife. Why not? Da gíria à safadeza, desta aos artigos do Reader's Digest, daí à Playboy, desta a Nat King Cole, deste aos filmes sem imagens, somente som, daí aos puteiros, bares e serviços prestados com dedicação absoluta, pelo lixo mais vário dos gringos ele havia passado. Por que não? Ele era a pessoa mais indicada para atendê-los, a todos e em tudo.

Assim, ele se apresentava em sua melhor camisa, aquela de seda vermelha com desenhos negros de dançarinos e negrinhos tocando tambor, mais o jeans bem engomado, relógio made in usa, óculos Ray-Ban aviator, e um perfume cujo álcool era de matar. Nada contra o perfume em si, mas contra o exagero escabroso, pois Filadelfo se mergulhou nele, no pescoço, no rosto, na cabeça, nos braços, no peito, nas mãos, nas axilas, na intenção de afastar de si qualquer mau cheiro, que os brancos diziam ter a raça. Mas num excesso tal que causava náusea. A isso Jimeralto pensava depois que emanava do pai uma estética de abuso, de excesso, de carregar pesado no luxo, no que o pai entendia por luxo, carregar além do limite da exaustão humana, aquela cujo desenlace era o vômito. O pai era assim, da falta, do nada ter, de uma memória de carência até o exagero mais irracional. Ele agia à semelhança de um menino que havia passado a infância sem uvas, mas na maturidade comia todas até a casca, em todo parreiral. E assim bonito, excessivo e perfumado se apresentou do modo mais cortês que sua educação podia imaginar:

— Senhor, estou à sua disposição para guiá-lo. Vou traduzir tudo o que o senhor ouvir e falar no Recife. Todo o meu tempo é seu.

E assim como viu certa vez Grande Otelo fazer no palco, assim como viu Barreto Júnior uma vez no teatro de revista, curvou-se, sem atentar que os atores, os artistas, se curvavam para agradecer, enquanto ele se curvava para servir. Ele não viu, porque estava curvado agradecendo os aplausos que não vinham, ele não viu o lábio do Kennedy subir à direita, entre o riso e o sarcasmo. As sobrancelhas do representante da águia estavam contraídas, como se à espera de melhor momento para gargalhar. Mas o grande americano era político, era jovem, mas político, e pelo menos em público não ousava o seu natural, como no dia em que, muitos anos mais tarde, correu, fugiu, deixou de socorrer uma amante que se afogava, para não afundar em escândalo. Ted, o bravo Ted, contraiu as sobrancelhas, levantou o lábio e entrecerrou os olhos, como se estivesse ofuscado pelo brilho do negro naquela fantasia de seda, ray-ban e perfume. A sala ampla do consulado recendia a Filadelfo. Então a lady se fez ouvir, em voz raivosa, à beira da histeria:

— Este macaco vai nos servir?

O FILHO RENEGADO DE DEUS — XV

Filadelfo ainda não se levantara de todo no cumprimento, pois aprendera, olhando Grande Otelo, que o ator se demora um pouco ao agradecer. Mas seus ouvidos treinados por anos do inglês áspero no cais bem ouviram "este macaco...". No entanto aquilo era tão absurdo, para ele, o melhor intérprete de inglês no Recife, era tão desconexa a frase para a sua curvatura, ou ele ouvira ou pensara ter ouvido, que o cérebro não entendia tão chulo understanding. Então ele, ainda com o sorriso aberto nos lábios, e nem se dava conta de que a enorme alegria em ser intérprete falava muito mal de si com aquela boca, de apenas dois dentes em presas de vampiro, então ele a sorrir, mas com um impulso de suicida dirigiu os olhos, aqueles aboticados olhos do boneco negro Benedito, dirigiu-os com toda inocente insolência para a grande dama do grande Kennedy. E viu: a outrora linda lady estava com as faces, com a expressão do rosto congestionada. A senhora de porcelana mal o enxergava, melhor, divisava-o pelos cantos da vista, como se ele fosse impossível de ser visto de frente, ou melhor e de modo mais preciso: ela não o encarava por nojo, por repulsa àquela espécie indigna de servir ao governo dos Estados Unidos.

Então a frase se encaixou e se fez harmônica, como a própria harmonia de um concerto, com um tema desenvolvido por virtuose: ele era o macaco. A esposa e Ted eram flauta e harpa, ela a falar por ele, ele a absorver o agudo da sua fala, absorvê-la sem surpresa, pois era da natureza da peça melódica ela a abrir caminho para ele que, democrata, não podia levar a sua democracia tão longe. O regido, que pensava ser o regente, era o expulso que, até mesmo naquele instante, entendeu de modo claro, visual, auditivo e em todos os sentidos do palco e das artes, que o macaco era ele. E tão inesperado e luminoso vinha esse rasgo poético, que não sabia como agir, ele, vestido tão fino em camisa de seda e ray-ban, com a graça projetada desde o beco, onde e quando prometera à mulher gorda que hoje seria o seu dia D, e a mesma coisa dissera à sua amante galega, aquela semelhante a estrela de cinema, que hoje era o dia do Filadelfo servidor escolhido entre todos os servos encantados pelos Estados Unidos no Recife. Aquilo era uma traição ao script. Aquilo era uma traição à música e ao espetáculo. Aquele macaco pulava no palco à semelhança de um deus ex machina para reduzir a shit o seu personagem. E por isso, mui digno, ou como ele golpeado de morte julgava ser a posição mais própria, um modo indignado e respeitoso, como se a dignidade respeitasse hierarquia do indivíduo que insulta, respondeu:

— Senhora, eu não sou macaco.

Sim, e mais dissera, como o disse, em outro movimento, com um suspiro de mágoa:

— Senhora, eu não serei mais o seu intérprete.

E completaria, como o fez, ainda mais digno:

— I'm sorry.

I'm sorry, meu Deus!, refletiria Jimeralto adulto, envergonhado e com ódio de tal atitude, sentindo-se mal até a raiz dos cabelos, rubro, rubro escuro naquele sótão da 13 de maio, sorry era um pouco mais que demais. A vergonha não vinha bem da abjeção feita ao pai, pois quase nunca alguém escolhe do que sofrerá. Ainda que o pai, no dizer de um bom racista, houvesse escolhido aquilo, e ao refletir sobre esses argumentos da sociedade real ele sentia o cheiro de suor do corpo misturado a charque do pai, ainda que para a mentalidade racista aquilo nem fora uma humilhação, mas apenas um ato, um comentário de protesto contra uma gaffe ou goof do consulado, quando escolhera um negro, vale dizer, o mesmo que um desqualificado, para servir ao governo dos Estados Unidos... Nada contra os negros, diria o democrata Kennedy, somos a favor da igualdade dos direitos civis, mas, entendam, temos que conservar a dignidade dos nossos cargos. "Um negro para nós!", diria, mais serena, a senhora Kennedy. Compreensível, até justificável, considerava Jimeralto em um aço distendido, máximo de dialética. Um aço duro que por esforço agudo, autoperfurante, ele tornava elástico. Mas e mais terrível, deprimente, era a resistência na lembrança do comportamento do pai diante daquela humilhação. A memória vinha num suplício infindo, pois a infâmia voltava, com mais e menos aproximação, mas sempre a repetir a essência, imortal, recidiva:

— Sorry, senhora, sorry, excelência.

"Sorry, benfeitores, um macaco não lhes deve servir, um macaco não se apresenta ao governo dos Estados Unidos, sorry, eu macaco me retiro. Mil e um perdões, por favor, o macaco que sou pede o seu perdão". E símio sem rabo, a se retirar do salão para humanos de outra classe, a se retirar curvo a ponto de sair de quatro, até ficar de cócoras, a descer pelas escadas aos saltos e cambalhotas, com o rastro deixado pelos fundos da calça Lee. "Meu Deus, eu quero ser um homem", o filho de Filadelfo se dizia. Não era Deus a palavra que ele desejava, mas não tinha outra para expressar o desamparo. Ele não possuía, naquelas horas, o dom de ver e merecer o padrinho Manoel de Carvalho. E por isso usava sem perceber a fórmula jaculatória "meu Deus", que o seu materialismo militante não queria. Pouco lhe importava agora o factual, que o pai contava, com voz grossa, de macho, que pedia desculpa por não mais servir ao casal para lhes mostrar educação e... dignidade! (Ó palavra profanada.) Nem se lhe dava que o digno, sempre digno senhor Edward Kennedy, respondera ao pai que teria havido um engano, que a sua digna, sempre digna esposa, não teria dito aquilo, que o pai entendera mal, pois tão educado e simpático era o democrata, tão respeitoso dos direitos dos negros, tão boa pessoa e gentleman. "Aquele pulha, aquele filho da puta covarde", Jimeralto resmungava entrecortado.

A gentileza e fina educação do Kennedy Filadelfo sempre engrandecia. Ah, se Jimeralto pudesse arrancar de si a própria pele, ah, se pudesse destruir aquela carga genética, mas pouco atento nesse impulso, sem a compreensão de que a vileza não se transmite no sangue, ele desejava matar em si o pai, porque a raiva não é um raciocínio. Então continuava Filadelfo, sempre muito honrado, porque ele, como toda a gente, enobrecia o relato das próprias ações, então Filadelfo teria dito ao simpático senhor democrata:

— Eu falo e entendo muito bem a sua língua.

— Oh, não, não foi isso, teria respondido o poderoso gentleman.

E o homem que melhor falava inglês no Recife omitia o que se passou depois, entre a fala de Edward e a sua saída, talvez porque, refletia Jimeralto, teve que aninhar, socar o animal na fantasia da calça Lee, e descer digno a escada digna do digno consulado. Onde o saco viril daquele homem, daquele Filadelfo que nas discussões adiante, depois de Maria, levantava a perna e falava alto "eu sou macho e nada me pega"? Ser chamado de macaco era mais honroso que não ter culhões? Ou, talvez pior, seria preferível a desonra do insulto ao jeito afeminado do tio? O certo é que há sempre – e Jimeralto, mesmo na maturidade posterior, em sua segunda vida de acréscimo, de sobrevivência à ditadura, mesmo nesse tempo não entendia –, o certo é que há sempre um limite na infâmia onde palavras, discursos, não resolvem. Aliás, a uma funda infâmia, como a uma perda querida, nada resolve. Mas isso ainda não era o limite. Há um nível baixo, um degrau infra, em que a resposta é uma multiplicação do mal sofrido. Em que se mata o ofensor, mas não se mata a ofensa. OK. Ainda assim, quando o filho dizia "meu Deus, eu quero ser um homem", queria uma perda compensatória. A saber: que o macaco, o chimpanzé mordesse a face da senhora Kennedy – isso em selvagem seria natural; e que à hipocrisia do liberal, do democrata Edward Kennedy, Filadelfo lhe houvesse cuspido na cara – um jato de cuspe por entre suas presas de vampiro do Recife –, ou então lhe houvesse virado o cu e peidado uma bomba à postura de falso cavalheiro. Certo, seria morto, espancado até a morte pela ultraje à política de boa vizinhança dos Estados Unidos. Mas ali cresceria um homem, que teria transmitido um sangue, gritava em Jimeralto o sentimento a explodir no peito, lá na cama de capim da pensão, então ele seria um homem, homem pai, homem filho.

Morto, certo. "Morre-se ou morre-se, de uma forma ou de outra", o clandestino socialista se dizia. Ou então, consertava a história, a partir dali, depois do educado I'm sorry por ter sido chamado de macaco, Filadelfo poderia ter limpado com um lenço o escarro racista e se tornado um militante contra o imperialismo. Cortado o animal, despontaria, aí sim de modo magnífico, da lixeira do consulado sairia para lutar por um Brasil livre, comunista. Sim, por que não? O diabo é que a realidade não avançava conforme o desejo. Ou pior, bem pior, a realidade avançava à sua maneira, imune a um programa de alevantamento moral de pessoas. O pai real era aquele pai, que descera como um macaco, um chimpanzé, com a sua cara de símio para lamentar a incompreensão, os maus modos de certa mulher, que não merecia estar ao lado de um democrata como Edward Kennedy. Dali Filadelfo saiu como símio, mas com os louros, com a prova de que era tão bom, que fora escolhido, maltratado, para ser intérprete do grande homem, e que só não o servira porque afinal era muito excelente, ele, Filadelfo, que não poderia servir a uma cabeça de vento como a senhora Kennedy. "As suas mãos ásperas de macaco, de homem que se fez a si mesmo de macaco, sinto em minhas mãos", repugnava-se o filho. O sistema, a bandeira estrelada, o cheiro de bacon com ovos no breakfast resistiam incólumes, irresistíveis como a terra onde o sol nascera para todos. Menos para os grandes símios, dizia-se Jimeralto.

Esse episódio o padrinho Manoel de Carvalho nem comentou. Esse pai por agradecimento, pai no afeto, não era de comentar humilhações da vida de Filadelfo, mas apenas de o aconselhar, de pôr um refrigério em suas feridas, apesar de na hora mais aguda e crucial, quando Filadelfo ao fim de sete carnavais depois expirara, ele tenha se ausentado. Não por covardia, porque até os espíritos de padrinhos também falecem. Mas agora, a esta hora da manhã, três anos antes da melhor prova do melhor intérprete de inglês do Recife, Manoel de Carvalho é um senhor do tempo, que vê adiante, vê talvez Filadelfo deitado, sem forças, a conversar em inglês sobre prostitutas camaradas que perguntaram por sua saúde, porque as putas são humanas, companheiras, até elas saem dos esquemas rígidos de Jimeralto treze anos depois, ali, quando estiver na pensão, na clandestinidade. Jimeralto agora, a esta hora da manhã de 1958, é um menino de olhos arregalados que procura o espírito, junto a sua mãe que era então uma garantia de eternidade, pois reunia em seus andrajos corpo, alma e espírito, que procura agora com olhos de índia onde está o senhor Manoel de Carvalho.

O padrinho está no que ele escuta, o padrinho é o que recomenda, o espírito de Manoel de Carvalho age pela desgraça que procura evitar. O padrinho não precisa de um corpo às seis da manhã. Todos ali sabem como ele é, como deverá ser, ou como foi, pelas formas do retrato na sala. Todos o veem na poderosa relação hierárquica sobre a cabeça de Filadelfo, que desce o queixo para o peito a ouvi-lo, enquanto murmura:

— Hum, hum, o senhor está certo. Perdoe, meu padrinho. Hum, hum, eu vou mudar.

E dali, quando Filadelfo minutos depois se levantar naquele dia, transformado, a sua presença continuará, pelo menos na primeira hora. Em silêncio o pai faz a barba, toma banho, fala com outra voz à mulher, que é uma forma de beijá-la, que é um beijo vicário do beijo que nunca Jimeralto viu do pai na mãe. E Maria também, sábia, nada comenta naquele instante, põe o café na mesa e em vez de olhar para o marido, olha para o filho, que baixa a vista até o café quase preto, aguado, fraco para fazer render o pó. (Na maturidade, beber café escuro, negro, negríssimo, havia de ser uma conquista.) Pelo menos na primeira hora, quando restos do espírito persistem, todos estão mudados. No menino dá uma vontade sem tamanho de perguntar "pai...". Se tivesse um pai de ouvir, assim como Filadelfo tem o padrinho, ele perguntaria:

— Pai, por que a gente não vê seu Manoel de Carvalho? Pai, ele toca no senhor?

Mas há entre eles, pai e filho, uma parede espessa, um limite que não se ultrapassa, uma vedação mais férrea que a separação entre mortos e vivos. Por isso o menino bebe calado o café com o pedaço de pão. O menino deve ser um modelo – ó cheiro de peixe podre da infância, sentiria na lembrança –, um modelo de obediência, aquele modelo onde não há pessoas ou sinal de vida, apenas um saco de pancada para o boxe.

E ali, daquele instante de maio de 1958, para Jimeralto surgia um rigoroso hiato, um vazio de coisas definidas até o começo de dezembro. Pois daquela última aparição de Manoel de Carvalho, Maria então com dois meses de gravidez, parecia haver um hiato. Como dizê-lo? Havia um trecho, uma lacuna de acontecimentos extraordinários, e nesse caso, dizê-la uma lacuna repleta de acontecimentos é ser mais que impreciso. É um erro estúpido. Será mais próprio dizer que a modorra aparente dos dias recebeu uma *fina, comovente, funda e fundamental* transformação. Tantos adjetivos querem dizer: todo aquele mundo estava cheio da humanidade que precedeu a morte de Maria. Pudesse, Jimeralto faria a sua vida voltar de dezembro de 1958 para trás, incansável e inesgotavelmente até o fim dos seus dias. "Reza, filho, que voltas". Melhor dizendo, de 1958 para antes, num estranho viver para a frente. Como se o tempo, como se Deus o maduro homem fosse, e como Deus poder tivesse, como se o tempo em vez de correr linear, do passado para o presente e daqui para o futuro, como se naqueles dias de antes houvesse buracos profundos, entradas em instantes que não corriam para o minuto seguinte, ou melhor, que o minuto seguinte fosse um 1958 a1, 1958 a2, 1958 a3, até o infinito, pelo menos um infinito até o fim da sua vida. Seria como se o instante aparente parado, aquele instante que não ia além de 1958, fosse uma flor a se mudar em outras flores, num desfalecer renovar íntimo, pétalas sob pétalas cada vez mais internas. Seria como um mundo micro jamais notado a se mover debaixo do mundo macro, que lá para outros corresse, mas não para ele, que estava a se internar no subterrâneo. Pois o exterior àquele período, de maio até dezembro de 58, tudo que aconteceu lhe parecia de pouca ou nenhuma significação. Melhor, de absoluta nenhuma significação.

"Meu Deus do céu", ele se dizia pondo os dedos sobre os olhos apertados, "meu Deus do céu, como sou pequeno". Com isso ele queria dizer que nos anos seguintes não havia estado à altura de 1958. E mais grave, isso lhe queimava por dentro, numa revolução de revolta: ele não fora homem suficiente para compreender o espírito, alma de Maria, nem o espírito, alma e presença de pessoas sem instrução, mas que traziam em si o fogo do que é humano. Ou que havia sido incapaz de compreender, entender a ternura, a delicadeza, em meio a toda brutalidade de selvagens. "Meu Deus, como sou pequeno". Uma página é pouco para mim, ele se disse. E a página era a vida em branco que não estava escrita.

O FILHO RENEGADO DE DEUS — XVI

Na maturidade, Jimeralto se notava um ser de acréscimo, um apêndice, um ser outro, ridículo e menor que a promessa daqueles dias de 1958.

Até no gosto essencial do sexo. Envergonhado até a raiz dos cabelos, ele nunca se disse, porque, embora ateu, guardava uma fundada noção de pecado, mas ele começou a ser louco por mulher a partir do sexo da mãe. Do cheiro embriagante da boceta da sua mãe. Essa verdade tão funda, que ninguém seria capaz de arrancar dele, nem a descargas elétricas, nem por desarmamento do seu íntimo por hipnose, tal verdade vinha de uma condição tão primária, que um cínico a expressaria como um cheiro imperativo da primeira idade. Isso queria dizer, de modo mais prosaico: por volta dos seis anos, quando tomavam banho juntos, ele e sua mãe, por razão de altura ele ficava com a cabeça junto ao sexo de Maria. E já nesse tempo, ele não queria nem podia lembrar, mas já ali esse cheiro próximo lhe causava ereção. O que dizer então desse amor que nascera de modo tão primário? Jimeralto estremecia, profundamente abalado. Refletir sobre isso o deixava como um menino excepcional, sem entender o que pensava, a balançar a cabeça de um lado para outro, a se dizer "não, isso não". Trêmulo. Era demais, era de arrasar tal sentimento fundador de um caráter. Não se inventou ainda um microscópio eletrônico para o amor. Se houvesse um supermicroscópio eletrônico para o sentimento, seriam percebidos pontos muito ocultos, guardados com misturas e disfarces ao que se apresenta. Pois assim como as famílias têm salas de visitas onde se mostra o apresentável, assim também os sentimentos mais nobres, os mais visíveis, têm um sentido e origem pouco dignificantes. Mas por que a verdade é indigna? Por que o que dá sentido radicado à vida permanece sob vedação, nas trevas, envergonhado e oculto?

Será isso? Ou seria também, de outro modo, reflexo daquela fase madura da sua vida, em que nada mais se perde, a não ser a felicidade que, de uma forma ou de outra, já não mais é possível? Ou será que o estremecimento vinha de algo tão elementar, tão nuclear, que o assombrava como aparição de alma, de coisa do outro mundo, de tão preciosa, legítima e legitimadora? Pois do outro mundo não podia ser aquela senhora da primeira infância, que o abraçava no cemitério 53 anos depois da morte de Maria, e lhe falava "você não mudou, eu fui amiga da sua mãe"? Então Jimeralto, mais trêmulo, mais abalado sabia que o seu tormento e revelação a ninguém podia falar, porque ele, antes de tudo, seria tomado como um criminoso do amor. Ele se via como esse criminoso, mas esse era um crime a que fora arrastado, irrefreável, porque ali estava uma substância, núcleo, célula viva como um chamado, ao qual ele não recuaria, para não se tornar indigno de ser filho daquela mulher sem nada, cuja única propriedade era o nome Maria. Que venham, aquela era a sua trincheira. Então lhe vinha, sob o perfume do sexo da própria mãe, que crescia e crescera com ele, além do cheiro do sabão rude, além dos dias dela, poucos dias na terra, então lhe chegava a visão daquela terrinha estreita do estreito beco, da estreitinha casa, "meu Deus, quase do tamanho do seu gordo corpo". Dizia meu Deus e não podia rezar, não tanto por não crer em Deus, como dizia, mas por não poder rezar como na infância. Ele não se dava conta que recordar aquela mulher no curto intervalo da sua vida era uma forma de rezar, assim como um homem se dá no recolhimento do seu íntimo, como num exame de consciência em uma capela deserta.

Silêncio, um terceiro se acerca da cabeça que está mergulhada entre as mãos. Silêncio, ele está menino, nu, aos 7 anos. "Prova de amor maior não há", parece ouvir à distância. Prova de arroz branco, água e sal somente, chuva na terra quente, e um cheiro de mar, de peixe vivo, daquele oceano das coxas de Maria naqueles anos.

Lavavam a casinha e ele, nu, fazia do chão um tobogã, que na infância as pessoas chamavam de escorrego. O menino deslizava por um escorrego horizontal, no chão lavado. Isso foi antes ou depois? Os fatos, os acontecimentos que remetiam àquele beco, quando marcantes, estavam todos sob a presença de Maria, sob o corpo de Maria no caixão. (Com toda a agonia que passara da madrugada à noite anterior, ainda assim o rosto de Maria era sereno, pacífico, acolhedor ali no caixão. Ela estava na sua casa, naquilo que ela chamava a sua casa.) Os fatos luminosos vêm da sua presença viva, a se mover, mesmo quando parada observava. E sempre era dia, ou levavam ao dia, ao sol, naquele 1958. Então lavavam a casa, e o menino, nu, se entregava à lavação, ele mesmo lavando-se, lambuzando-se numa festa, aos gritos e risos. Jimeralto lembrava, a alegria, a felicidade então era ruidosa. Aquilo, naquele estreito, era uma praia, uma piscina, uma banheira, um piso de cimento com água enfim, mas com o dom de fazer um menino contente, liberto, naqueles limites de paredes. Ele ia até a porta e se lançava para o chão, resvalando de barriga. Que brinquedo simples e bom. Mas ali, naquela esbórnia, eis que uma vizinha trouxe a menina Selma. A menina havia se mudado para outra rua, mais conforme o desejo da bela mãe, para um lugar melhor. E o menino, livre no coração dessa maneira, livre pela ausência, como mais tarde aprenderia, que a liberdade lhe vinha para compensar uma ausência, o menino estava nu, a pular e a se jogar no chão, a se levar pela água derramada do balde feito uma onda. Então Selma apareceu à porta, a sorrir, a sorrir contrafeita, censora, assim pareceu ao menino. Recordar a cena deixava Jimeralto com a respiração opressa. Que súbita vergonha teve ao se deparar com o rosto de Selma, com o seu perfume à porta, com a Selma tão bem vestida, com a namorada querida – e os vizinhos sabiam, comentavam, e o menino não sabia que seu escondido amor era público. Ela estava ali em pé a sorrir, ele nu. E correu para o quarto.

Aquela aparição de Selma não era uma aparição de Deus no paraíso a expulsar a nudez em pecado, porque o paraíso era a pessoa de Selma, e Jimeralto estava na graça de uma felicidade provisória. Na verdade, ela veio como uma aparição para lhe dizer que ele não poderia ser para ela – ele nu, ela vestida, ele naquele lugar, ela em casa de outra rua –, que o projeto de amor entre eles era um estágio da infância, somente num curto espaço de inocência, naquele que não assimilara ainda as diferenças sociais. Um quase amor em um território quase livre, das exigências adultas do mundo dos homens. Mas isso ainda não estava gravado, guardado como digerida experiência. O conhecimento do soco se deu muito depois do soco. Um golpe é somente a dor no instante em que é recebido. Porque então o ato de ele nu a se esconder de Selma, na recordação do último ano de Maria, se inscrevia no beijo de Selma à noite, na hora do Ângelus. E por que na "hora do Ângelus", que soava no rádio às seis horas da noite? Não seria isso já, a associação desse beijo à hora em que se rendia graças à chamada mãe dos homens, uma relação inescapável de que o seu tempo de maior ventura, de felicidade, fora na gravidez de Maria? Esses foram os momentos em que ele estivera sob um abrigo, ainda que na rua, fora de casa. Por que a mais aberta alegria de estar vivo se dá nos anos em que não temos a capacidade de refletir? Por que a felicidade pepita de ouro vem nos anos em que somos nada mais que bons selvagens? Ele não passava de um péssimo aluno, lia mal, escrevia pior, mas era tomado por uma felicidade permanente, radiante, avassaladora, e mais adjetivos que houvesse para falar da sua idiotia.

Na escolinha perto do beco, chamava um colega magro de "esqueleto elétrico", o que era tão cômico quanto um filme de O Gordo e o Magro. Ele próprio era um esqueleto elétrico, incansável, sem se pôr um minuto quieto na escolinha, feliz por estar entre felizes, iguais a ele em condição e irreverência. Falava alto, sorria alto, e pouco se lhe dava que seu lanche, todos os dias, fosse pão com banana, porque era muito bom comer pão com banana num meio em que todos os meninos comiam pão com banana. Os livros, os objetos escritos continham para ele coisas sem nenhum significado, porque fora das cartilhas, das revistas, dos jornais, o mundo possuía muito mais significado, como aquela gorda próxima, agora mais gorda com uma barriga crescendo, e a alegria tomava vulto, pois quanto mais crescia a barriga da mãe, mais o pai se ausentava do beco. O que era motivo maior de felicidade, porque para as crianças a determinação material é só uma chatice exterior, coisa menor que os minutos de liberdade. Se a casinha desabasse sob uma tromba d'água, que bom, Maria o levava para um lugar novinho em folha. Se no almoço faltasse feijão, ah, Maria era capaz de inventar um prato de farinha, um requinte gastronômico. Aqueles mimos, aquele presente elástico repleto de alegria, aquele curto espaço de 9 meses onde se escondia a dor, aquelas invenções de carinho, de doce fala, de cafuné, mais pareciam uma premonição de mãe, que sabia estar nos últimos dias. Ela com ele estava uma índia. Ele com ela estava um curumim, uma criança índia anterior à civilização, com os pés descalços, com o sexo desnudo e a inteligência plástica sem caracteres, apenas alimentada a imagens, sentimentos, que marcavam, mas para os quais não possuía qualquer explicação. Passava um ônibus na avenida, ele não sabia de que lugar vinha, identificava-o pela cor, e as cores eram encarnado, azul e branco. Ler para quê, se o bom era estar como um primitivo no reino do carinho?

Pareceria a Jimeralto depois que Maria o abrigava, o fortalecia para os anos de coices e pontapés que se anunciavam pelas costas. Como isso foi possível? Ele precisaria nascer de novo para entender como pudera viver sem livros, sem óculos, sem lutas, sem a camaradagem dos povos, mas apenas como um menino abrigado em um beco sem leitura. Como um intelectual pudera ser tão feliz no analfabetismo? Nesse ponto, só a lembrança da presença de Maria lhe dava um esboço, um começo de compreensão. Com ela, e daí lhe vinha talvez uma ilusão do tempo e terra do paraíso que passou, com ela até a noção de pecado se projetou para depois da sua vida, porque até mesmo o terror da morte, do inferno da Igreja, se tornava estranho, pois em Maria estava uma mulher que criava e amava o filho como uma índia antes dos jesuítas. Anterior ao pecado, ele recordava. De um ponto de vista sexual, ele jamais tornaria a ser tão livre. Com Maria se inaugurou nele a visão do sexo sem remorso, sem culpa, que depois lutaria batalha feroz, perdida, com a chegada da formação católica, depois da sua morte.

Em 1958, naquele beco, no enfeitiçado e breve espaço que se tornaria largo no sentimento, havia além de Esmeralda a gostosa senhora de nome dona Geraldina. Era intrigante como, na cabeça dos meninos, se dava a distinção entre as duas mulheres desejadas. Em Esmeralda residia a mulher dos adultos, e de tal modo eles lhe fechavam o cerco, que ela não se mostrava para os meninos. Isso quer dizer, aqueles decotes, aquela cintura de violão no vestido justo, aquele perfume de zarabatana, a pele morena suada, que então Jimeralto não sabia possuir um visgo de jaca, de colar e se prender ao corpo, aquelas formas exteriores os meninos percebiam como um objeto distante. Mulher desejável, é certo, mas o seu corpo não descia para eles, untuoso húmus, pois os mais velhos, sedentos, bebiam-no antes. Ou será que a pessoa de Nininho, o filho de Esmeralda, encorpava um obstáculo à ambição, porque ele, de tão parecido com a mãe, atrapalhava o desejo? Com Nininho tão perto, talvez, a convivência com Esmeralda quebrara a distância para o corpo. Ou então, mais provável, Nininho maltratasse a beleza da mãe pela semelhança, pela cópia caricatural dos defeitos. Como um fenômeno idêntico ao de irmãs feias que embaraçam o belo da mulher que se julgava única. O certo é que Esmeralda, dona Esmeralda passava ao largo do beco, sempre rumo às compras, sem permitir intimidades às vizinhas, e menos ainda aos filhos delas.

– Quem sabe dela é Valfrido, cochichavam.

Com Geraldina era diferente. Dona Geraldina era mulher casada, bem casada, pelo menos na opinião das vizinhas amigas. A ela se desejava de outra maneira. Dona Geraldina era íntima pela proximidade, mas com uma estranheza que embriagava os sentidos. Jimeralto e todos os meninos sempre a lembrariam pelas pernas, pernas deslocadas do seu rosto, pernas que nem precisavam compor um corpo, mas que se recordavam melhor ao fechar os olhos, para então vê-las na altura das cabeças dos meninos. Dona Geraldina estava sempre sentada, como uma aparição reincidente, no mesmo lugar em frente à casinha, sentada em cima de um improvisado assento de tijolos, baixo, quase ao rés do chão, com os joelhos meio erguidos, onde se anunciam coxas com a consistência de batatas-inglesas, cozidas. Ela, sentada em posição melhor que agachada, com os joelhos mal juntos por impossibilidade física ou faceirice, deixava entrever a continuação das pernas sob a saia justa até uma vedação branca, que valeria o sexo sonhado. Ali, dona Geraldina, a Geraldina assim tornada tão íntima, era a rainha dos meninos. Jimeralto, assim como os outros, então se punha a brincar de inocente, com a inocência que os adultos arbitram para a infância, ou seja, a inocência que é negação da inteligência e sensibilidade, uma coisa tão virgem da experiência viva, que somente pode existir em absolutos estúpidos. Assim inocentes, em sua inocência, os meninos se acercavam das pernas de dona Geraldina, e dos seus pés, com um palito de fósforo apagado, riscavam no chão da terra uma linha irregular, curva. Simulavam dessa maneira um desenho de estrada de carro, uma brincadeira de carro, ao qual imitavam com os lábios, buúú...

Mas sempre a trajetória partia do ponto onde estavam os pés de Geraldina. Somente a reflexão posterior esclareceria que ela notava o que os meninos viam, a sua calcinha ao fim das vigorosas coxas, porque ela melhor as entreabria enquanto conversava, ela própria inocente para os inocentes, num jogo perfeito de inocência. Maria, com quem Geraldina conversava, também via a inocência do filho, porque mais inocente se punha a conversar inocentemente, numa graça magnífica de simulação. Todos inocentes, ela, Geraldina e os meninos. Mas elas talvez, muito talvez, não soubessem aonde levava o risco no chão dos meninos, com as estradinhas finas de ônibus e caminhão, buúúu: eles vinham arrastando os seus veículos imaginários e faziam com o risco uma volta até o oitão, um espaço de terra oculto por paredes laterais, entre a vila e um prédio que se construía. Ali terminavam a estradinha e desenhavam uma boceta peluda, radiante, com raios de sol em tracinhos: agarrado à linha na terra desenhavam um triângulo isósceles com um furinho ao centro, a reproduzir uma vulva invertida, para baixo. E com que fúria se atracavam ao desenho no chão, esfregando-se na terra com as suas bimbas, em cima da representação da boceta de dona Geraldina, a rainha. A soberana única e primeira dos meninos do beco.

Tal lembrança da rainha dos meninos lhe deixava lágrimas, pois aquilo era uma revelação feliz anterior à felicidade. Porque ele nem detinha, com amplitude e riqueza, todo o quadro da vulva de dona Geraldina, mas ainda assim lhe vinha no peito um sentimento bom, agradável, de acalmar a alma, sem aparente explicação. Do fetiche do desenho voltava às pernas dela, num percurso contrário aos carrinhos. Das pernas, um palpável fetiche onde ele jamais pusera as mãos — que aula de interdição! ah, se ele houvesse sido, além de um menino índio, um menino louco, doido, doidinho, dos quais tudo se aceita, pois aos meninos retardados, retardados até antes da infância, era dada a liberdade de uma infância ampliada. Ali, daquelas pernas pálidas, que ficavam de cor rosa, pois agora Jimeralto sabia, dona Geraldina desconfiava dos meninos inocentes, porque todos repetiam o mesmo trajeto de suas pernas até o oitão do beco, e ele não recordava se algum, mais exaltado, houvesse ido além dos murmúrios com um mais alto "ai, dona Geraldina". Ela devia saber aonde levavam aqueles caminhos-riscos tão puros. Senhora dos seus encantos para todos os meninos do beco, ela entreabria um pouco os joelhos ao se aproximar dela um dos meninos, e Jimeralto descobria, quase num salto, que a palidez das pernas se mudava para tons enrubescidos, com um sentido de pudor deslocado. Envergonhada ao mesmo tempo que se abastecia de sangue vivo, contente.

Por que ela fora escolhida a rainha? Destino sem exceção não havia, mas Geraldina continuava uma tradição que vinha de muito e perdura: os corpos femininos para os homens, e até para os que ainda não são, se destacam do geral menos por qualidades naturais que por artes. As belas pernas que se abriam para uma vulva nunca vista, ainda que guardassem a capacidade de mudança de cor, não eram as únicas em beleza na vila de casinhas. Além delas havia as de dona Esmeralda, as de dona Lúcia, mãe de Selma. Aquelas ancas largas, parideiras, de Geraldina também havia em Esmeralda, e nesta ainda com mais fartura. Aquelas pernas tão longas ("isso, longas porque demoravam a chegar ao sexo", pensava-se), altas e elegantes, com mais razão existiam em dona Lúcia. O tesouro que se buscava em dona Geraldina com mais clamor estava em Esmeralda, até pelo assédio visto de todos os homens. Então por que dona Geraldina era a rainha? A primeira razão, vista antes, é que ela era a mulher mais próxima, a mulher que não se negava à quase torturante proximidade dos meninos. Ali posta, no assento baixo de tijolos cimentados, ela se dava e se escondia, furta-cor, brincadeira de esconde-esconde. Mas isso, a toca, a pequena caverna onde morava a deusa da alegria, também poderia ser buscada pelas frestas das telhas da casa vizinha do oitão, e os meninos o faziam, na esperança de ver uma das moças da casa ao lado no banho. Coisa semelhante poderia ser tocaiada nos encontros de Valfrido com Esmeralda, quando se davam em público a jogos, com ele a lhe tocar a mão e ela a evitá-lo com modos de quem leva um choque elétrico. (Mas os meninos não eram tão espertos ou pacientes para esperar a flor, o amolecimento do sapoti, pois na maldição da inexperiência comiam manga verde em lugar da madura como se excelência fosse.) Isso podia ser percebido na beleza austera de dona Lúcia, fina, educada e branca. (Mas dona Lúcia, ex-prostituta que buscava a regeneração, conhecia todos os engenhos e engenharias burros de estradas e caminhos de carros de meninos, e deles guardaria uma enjoada e enjoosa distância.)

Então dona Geraldina era para todos inocentes a vencedora, a rainha dos coitos imaginários dos meninos, uma rainha cuja maior realeza vinha da força com que roçavam suas bimbinhas no triângulo no chão. A sua arte, mais que a beleza das pernas e da largueza dos quartos, mais que o seu corpo violão, de boazuda para grandes e pequenos, a sua arte era mostrar-se acessível e democrata, com um senso de democracia que alcançava a infância. Que grande coração, mais que a boceta imaginada por meninos, que coração devia ter essa mulher. E que arte e artes, ao não se dar à infância ao mesmo tempo que lhes prometia a natureza. E aqui a lembrança de Jimeralto trilhava, no aprofundamento da busca dos últimos dias da mãe, um caminho da imaginação. Seria justo, verdadeiro, ainda que sexo parecido a precoce para os adultos, vale dizer, que procuram na infância assexualizada, na infância de bonequinhas e carrinhos, que os meninos tão bem arremedavam quando queriam o sexo de dona Geraldina, buúúu... mas seria justo ter daquela vulva desenhada, boceta invertida, com os vértices dos lados iguais para baixo, como se as pernas estivessem contra a lei de gravidade, como se a mulher vivesse em posição de plantar bananeira, seria justo ver naquele roçar de bimbinhas no chão a primeira manifestação da natureza?

E de onde viera aquela representação tosca da vulva, onde os pelos se transformavam em raios fúlgidos de estrela, onde a vagina da anatomia era um furo, que os meninos não entendiam por quê, a razão daquele buraquinho no meio da estrela sem pontas, porque pensavam que a boceta fosse um triângulo, e no máximo da intuição, os que já a haviam visto, como ele, no corpo da mãe, no máximo pensavam que a penetração se fizesse fora da vagina, um ser mágico que se abria com um abre-te-sésamo ao se tocar nos pelos, fora do canal, que a vulva se abria e engoliria todo o membro por encanto? De onde retiravam essa superstição? Ela não fora transmitida por genética, de gerações de crianças de 7 anos para crianças de 7 anos. Ela deveria vir de outra lição, de outra aprendizagem, aquela que se faz por imitação, ou seja: aquela boceta desenhada era um símbolo da ignorância do sexo em gerações de homens, de gerações de brutamontes brutos que brutalizavam suas mulheres, ao mesmo tempo que infelizes, tornados miseráveis no amor, como o gigante Cecílio, o hércules corneado da mãe de Nininho. Aquela boceta triângulo deve ter sido copiada de menino mais velho, que por sua vez a copiou de adulto, que por sua vez se achava esperto e erótico em desenhá-la assim nas paredes dos banheiros e dos muros. O instinto que fazia os meninos esfregarem a bimbinha num triângulo também vinha numa tradição de ignorância.

Na outra ponta, numa fonte provedora, dona Geraldina se deixava entrever. Mais sábia e generosa, ela via a inocência, punha-lhe dúvida, mas retornava à oferta que igual se fazia de inocente. Os meninos, que imitavam homens, reduziam Geraldina a uma boceta, e esta a um triângulo. Um véu espesso de ignorância cobria ambos os lados, por gerações. Era como o fetiche, a inocência onde o seu contrário, a sensualidade, que confundiam com maldade e perversão, onde o macho sem o que seria o seu oposto, a fêmea, onde o homem e sua absurda negação, a mulher, se tornassem personagens de ilusão, em conflito com o real, uma ilusão que desejava substituir o real, quando não o substituía. Um caminho do sexo que se transformava em safadeza, como o chamavam. E daí, se o próprio amor se tornava sexo, e se o sexo e tudo nele era uma safadeza, não havia mais fronteiras, pois tudo na relação entre homens e mulheres virava uma encarnação perversa, de perversão, de perversidade, de safadeza.

Poderiam opostos, homem e mulher, sobreviver ainda assim em carne de pessoas? Talvez o amor sobrevivesse com a condição de um disfarce, de um desvio sentimental, que a gente possuía sem que se desse conta. Um amor sem nome. Havia o amor a cachorros, mas isso ainda não era amor. Havia o amor a um irmão, mas isso não era amor. Havia o amor à mãe, mas isso não era amor. Havia o amor à mulher, mas o seu nome era ciúme. No entanto, o que havia nas radionovelas e no cinema, isso sim era o amor. Como poderia toda a gente sobreviver como pessoas num mundo assim? Jimeralto buscava e agora sabia que no próprio afeto e paixão de menino pelo rosto de Selma havia uma forma idealizada, para não dizer alienação, dos rostos femininos de 1958. Pois também se projetavam nas revistas, nas telas de cinema, os rostinhos graciosos do que seria ou deveria ser a beleza na infância. Agora lembrava, também se compunham fetiches para meninos e meninas. Agora via o que não queria desentranhar: no rosto de Selma havia uma franja. Uma, para ele então, maravilhosa franja na testa. Isso constituía uma contrafação, uma imitação sem taxas de alfândega das caras de meninas de Hollywood. Que purgante, que mau gosto sentia na boca ao associar o rosto de Selma à tela do cinema. Então o amor também aí não era puro, nele resistiam indícios de coisa suja, ele se dizia, não genuínas, não de raiz do beco. Então o beco não era um desenho em X, um esboço de perspectiva de vila de casinhas, que ao X se incluíam tracinhos em ambos os lados, e depois chapeuzinhos à semelhança de telhados. Então o beco não era um espaço ideal, uma vilinha suspensa a meio caminho do céu, para onde ele pudesse erguer a vista e olhar. Então o beco e suas casinhas não eram uma abstração do mundo de todos os homens. As coisas que se passavam fora do beco, fora do bairro, longe do Recife, se refletiam com força no beco, assim como na franjinha linda do rostinho lindo de Selma.

Ah, maldita reflexão. Se assim era para Selma, como seria para ele? Sim, que ideal de Hollywood em 1958 estava em seu próprio rosto? "Supondo que eu tivesse um rosto!", ele se exclamava. Supondo então ele se via, mas não se via. Ele poderia no máximo se adivinhar, pois aos pobres não era dado o dom do retrato. Fotografia era luxo, que não se inscrevia nas necessidades de feijão e arroz. Querer um retrato, ver-se em retrato, observar uma alma no retrato, que pretensão inescapável do absurdo. Mas na adivinhação, pelo que de si ele sabia, qual seria o seu rosto? "Supondo que tivesse um". Nada de Hollywood, evidente, ele se levantava. Nada, e com isso queria dizer, nada bonito ou gracioso. Mas isso ainda era um furtivo desvio, porque ele recordava: devia usar cabelo repartido, "penteado repartido", como se dizia, pois só mais tarde passou a pentear os cabelos para trás, que era o penteado de homem, da frente para trás, que repartido era feminino. Com os cabelos molhados, para que ficassem menos rebeldes, ou mais finos, como os chamavam, no rosto deveria ter uns olhos graúdos, que não eram bem uma herança do pai. Os seus vinham do susto, medo ou espanto. Olhos grandes que a tudo ignoravam e de tudo queriam saber:

— Selma, tu tem boceta? Selma, como é a tua? Tu é minha namorada? Selma, isso é beijo?

Assim deviam ser os seus olhos grandes. E que mais, e que encanto, o que mais particular possuía que o fizesse amado pela menina mais bonita do bairro? Nada. Nada vezes nada devia ser o seu nome, ele se dizia com um sorriso na maturidade. Então ele não devia ser amado, por ausência absoluta de razões. E aquele beijo que Selma lhe dera? Sim, e aquele beijo à hora do Ângelus? Aquilo no peito vinha sendo mais real que os próprios olhos de espanto. Como explicar? Aquele beijo seria uma expressão de piedade antes que de carinho? Bem recordava que o menino estava no crepúsculo a ruminar uma solidão, diante do ilógico do mundo. Mas por que piedade? Que coração precoce de Selma e que clamor haveria em ele estar sozinho à hora do Ângelus? Seria, para melhor explicar a piedade, um beijo depois da morte de Maria? Mas as referências para ele estavam tão definidas, definitivas, o beijo de Selma e a morte de Maria, que ele as definia à distância pelo grau de nebulosidade. E não só, também pelas circunstâncias de paisagem, dos passos e outros fatos que cercavam o beijo, como se lhe dissessem: aqui, 1957, ali, 1958, aqui, maio, ali, dezembro, sem números e sem nomes, mas com pessoas e sentimentos. O beijo havia sido antes da morte, e essa explicação lhe escapara, numa luz fugaz de cinema.

Então aqui, ele descobria, se o beco não se levantava às nuvens, tampouco era a imagem da réstia do projetor de filmes. O beco não estava na tela, porque ele próprio não estava lá, porque Maria não estava lá, nem mesmo Selma com o perfume de dona Lúcia, ainda que de franjinha, tampouco Selma estava lá. Se as pessoas eram um produto de determinações, ele se dizia, como se as visse em um produto de mosaicos, numa composição, montagem de azulejos, se as pessoas eram isso, Hollywood não explicava tudo, e mais grave, ou mais feliz: Hollywood explicava quase nada daquele mundo do beco, que para ele eram os últimos dias de Maria. Aquele cinema, somente nele, nada explicava. Pois as divas e os filmes só lhe importavam, somente lhe serviam para que ele se perguntasse: que pessoas eram, existiam, quando eu assistia a esses fantasmas do projetor? De que modo essa beleza, que chamavam então de a beleza, fazia da nossa uma feiura? Mas não seria em Janet Leigh, Ava Gardner, Audrey Hepburn, Virginia Mayo, Lana Turner, Joan Fontaine, Joan Collins, que ele encontraria a revelação. A réstia era a da memória, ou para melhor e exata precisão: a réstia era a do sentimento guardado, que rejuvenescia, de modo estranho rejuvenescia, naquela tarde no cemitério do último ano que passou.

Que pulsar, que pulso estranho e sinuoso era o sentimento a correr como um mercúrio ou como uma cobra escorregadia e ágil dentro da gente. Ava Gardner, Janet Leigh serviam de expressão, mui miserável expressão, de um mundo impossível de se conter em 24 imagens por segundo. Seria algo insinuado, apenas de leve insinuado quando Humphrey Bogart deixava de ser feio, assim como no próprio Corcunda de Notre Dame ao pular da sua feiura, em razão do valor que passava por seus corpos. Mas isso não estava escrito em qualquer jornal, livro ou revista em 1958. As pessoas se enfeitiçavam e pensavam agir como cópias do modelo na tela, quando queriam apenas ser algo melhor que a carne rústica. Que não eram, essa carne, mesmo quando agiam mais abjetas e cruéis, porque a sujeira não era o beco, a nojeira estava ali como em todos os cantos, mas que Jimeralto explicava como o beco é limpo e parece sujo, porque suja é a exploração capitalista. Havia uma vitória do real, apesar dos exploradores e explorados. Mas os explorados não tinham culpa. Ele se dizia, na pensão em 1970, que a realidade tinha erros. Os militantes mais velhos falavam, os mais novos repetiam, numa transmissão semelhante à pornografia da boceta em triângulo, que a realidade tinha erros. Não, não o expressavam assim e dessa maneira. Falavam: "os erros cometidos pelos camaradas em...", e com isso, com esse máximo de dialética – pois admitiam que erravam –, queriam sempre dizer que se o movimento humano houvesse agido conforme a linha justa, o Brasil seria socialista. E não viam que tentavam corrigir o real, que os próprios erros vinham do real, que assaltar os céus era do real, que o antecipar a revolução também vinha do real, uma insurgência irreprimível, ainda que reprimida em um mar de sangue.

"Os erros cometidos, camarada...", isso falavam os mais dialéticos, porque os menos faziam pior, tratavam de cobrir com palavras, corrigir com frases o movimento que desprezavam, ao mesmo tempo que pelo movimento eram desprezados. "Camarada, isso não é científico...", corrigiam nos pontos de encontro, nas reuniões, quando surgiam desabafos menos ortodoxos. Todos se referiam a política e sua imediata vizinhança, pois o que fosse ausente de política estava aquém ou não era digno de atenção, a não ser, claro, que tivesse repercussões urgentes na política. De passagem, esse pouco caso ao distante do imediato vinha a ser uma alienação de outra maneira, e não o notavam. Assim também Jimeralto não via, em 1970, mesmo quando a fórceps descobrira a beleza no beco, e se dizia, para a feiura, que feia era a exploração capitalista. Ainda ali ele não o sentia. Melhor, ele o sentia, mas sem poder falar, por impossível percepção ou por estar preso às palavras de ordem do momento, pois não via que o feio também era expressão de explorados e exploradores. Que os oprimidos não eram uma substância plástica, comprimida em um torno de oficina. Ainda não lhe era possível ver que entre escravocratas e escravos havia uma vizinhança, uma região comum de indignidade, quando o escravo resignava-se com a escravidão. Oprimidos, sim, vistos como coisas, sim, mas com a indignidade da resignação, o que levaria à naturalização do chicote, nessa indignidade tão natural, ontem como hoje e onde for aceito.

"Os oprimidos não têm culpa", falava, "é uma canalhice incriminar as vítimas". Mas então ele não via a existência de vítimas desta maneira: há discriminados, há explorados que só reagem para reclamar do que sofrem, e num abjeto prazer se desculpam para a falta de persistência na luta. "Você sabe", dizem, "é muito difícil passar fome, ninguém sabe o que é não ter escola, ninguém sabe o que é ser negro", sim, e porque ninguém sabe, compreenda que sou este agora, humilde, ofendido e nada mais. Então lhe passava um véu de formação cristã sobre os olhos, porque os trabalhadores miseráveis faziam um cristo sem a consciência louca do martírio que levava ao Pai. Daí que não tivessem "culpa". Impossível lhe era ver, sob a penumbra da igreja, da nova igreja, da rebelde que saía da velha, mas carregava em suas asas de borboleta as formas da crisálida, que discriminados também discriminam quando se referem a outros discriminados. Havia um ridículo trágico em negros que falavam de negros com a carga que os brancos dão à palavra negro. Como se dissessem, "os negros são os outros". E quão era humano o fenômeno, apesar da sua miséria, este "os outros" a se reproduzir entre explorados e grupos de toda a sociedade. Os judeus e os outros judeus. Os imigrantes e os outros imigrantes. O povo e outros povos. Os do beco e os outros do beco. Todos defecavam na cloaca universal, mas cada um se julgava dono de um cu particularíssimo.

A sua vanguarda, que ele não sabia, da qual somente viria a ter uma sombra de nuvem a lhe passar no rosto lá na maturidade no cemitério, assim lhe pareceu, pois viu a sombra de uma nuvem na tarde a passar também pelo rosto de Lídia, a senhora de cabeça toda branca que o abraçava, quando ele próprio estava nos cabelos com um grisalho avançado, vírgula, ou melhor, dois pontos, marcos fundos no papel da sua vida: o sentimento de Maria em falta no seu coração era a falta de Maria a que ele se acostumara, um costume, uma segunda natureza que lhe veio depois do falecimento da mãe, como se fossem duas vidas em junção, sem transporte ou meio, antes e depois de Maria. E aquele sentimento, que voltava aos poucos e avassalador como uma paixão remota despertada, um fogo, uma fogueira de amor que incendeia todo o corpo, todo o ser da gente, iluminou a sua vanguarda, pôs-lhe um peso justo na compreensão dos viventes do beco. Eram pessoas aprisionadas no estreito espaço das suas casinhas, sob toneladas de história de opressão, mas eram pessoas resistentes, pessoas destinadas a serem mais que coisas, ainda assim. Então Jimeralto ali, naquele instante, não percebeu, mas ali estava a sua flauta mágica que tanto procurara, o seu boneco negro Benedito, o mamulengo de Ginu sem folclore e sem afetação. Tudo era gente. Se aquele beco era o cu do mundo, era porque o próprio mundo era um cu. Então ele não chorou no cemitério, ele sorriu, que era uma forma de se encantar sem lágrima com a revelação, e dona Lídia lhe acariciou o rosto e cravou, como as pessoas do povo cravam, porque delas é o substantivo:

– Criança. Você é a mesma criança.

E com isso, com essa criança, quis dizer alguma coisa mais que a forma e expressão dos olhos – olhos que são a identidade fora das digitais –, que ali estava o menino com os olhos daquele que não soubera responder quanto eram dois mais dois. E três mais três, e quatro mais quatro, dona Lídia teve vontade de perguntar, 53 anos depois. "Eu não sei, me dê um norte, uma orientação". E o norte, a orientação, já lhe houvera sido presenteado no próprio encontro, encanto e abraço. Havia que voltar ao mundo dos últimos dias de Maria.

O filho renegado de Deus — XVII

Era um retorno complexo e difícil. Maravilhoso, ainda assim. Na ambição, ele queria retornar tudo, voltar absoluto àqueles dias, não só vestir a pele, mas ser o próprio menino pouco depois de saber quanto eram dois mais dois. Voltar apagando todos os dias depois de 1958. Seria como um passageiro retornar do Recife a Istambul, destruindo nessa volta todas as estações do Recife a Istambul. E assim achar Istambul como se não existisse o Recife. Era um sonho que espelhava um desejo impossível de realização: se o retorno se faz com a memória, como descer no ponto querido sem ela? Quem volta a Istambul, vai com todas as pessoas que partem do Recife. Pois como se retorna da vida à morte sem a consciência da vida? Volver não era bem um filme que voltava a uma ação com o torcer de um botão do tempo. Porque a vida não era um filme já gravado. Mesmo o que já houvesse passado não era reproduzível tal qual se dera. Melhor, a reprodução honesta, fiel, real, era a guarda do sentimento. No sentimento do que havia sido. Com uma diferença essencial para o filme, mesmo para o filme dirigido e projetado com arte: o filme, por maior riqueza de sentidos, era plano, unidimensional, montado pelo arbítrio do diretor, com ilusões de volume e pessoas. No filme havia um roteiro, ainda que se misturasse a improviso. Mas ali, antes do beco, no beco e depois, não havia roteiro nem rota nem norte. Toda a gente passava e era engolida adiante em uma voragem, uma súbita voragem, um tufão que à distância parecia um desastre caído de repente, mas que de perto, dentro daqueles dias, não. Algumas pessoas até sentiam no seu desenrolar e fim um destino inexplicável. Destino injusto, ele o sabia, injusto antes como agora, pela sentença e forma em que se deu.

Então se esse voltar não dava para ele ser de novo o menino do qual conservava os olhos, conservava-os como semelhantes ao que foram, se não era possível ser igual ao que havia sido antes, para sentir de novo com todo frescor os últimos e maravilhosos instantes de Maria, então não havia por que se abandonar aos abalos íntimos, soluços em silêncio, que eram memória de uma perda definitiva. Ele voltaria como um homem que volta, fala, vê e redescobre o menino soterrado. O menino soterrado! Por Deus, agora ele sabia, isso estava tão oculto, que suas defesas acharam por bem esquecer. O menino soterrado.

Era um dia de sol, era manhã, não lembrava a que lugar havia ido, uma rua fora da Vila Alegria. Mas devia ser próxima, distância de 20 ou 30 minutos a pé. Ali ele viu uma pequena multidão, um vozerio, e foi procurar saber o motivo. E viu que uma casa de paredes de barro havia desabado, e lá no meio, misturado com paredes da casa, estava um menino entre barro, telhas e ripas secas. O socorro dos vizinhos havia chegado tarde. Era um rosto sujo, magro, descorado, debaixo das camadas de matéria amarela. Ele, o menino exterior àquilo, Jimeralto, ficou a se sentir mal, com um impulso de vômito ao ver aquele menino que devia ter o seu mesmo tamanho e idade, ali debaixo de telhas e madeira podre. Não sabia se o menino tentara correr, não sabia se o menino estava dormindo ou brincava esquecido de si, quando na casa, como falavam, houve um estalo e um estrondo. Mas sabia que ali estava um menino como ele, igual a ele, com a cara suja de barro. Isso o perseguiu o dia todo, aquela cabeça com uma mecha endurecida na testa, os olhos fechados e a boca aberta, arrebentada. Não, aquele menino não era ele. Jimeralto estava fora, de calção e camisa, descalço, Jimeralto não era aquele igual a ele sob pedaços de parede e taipa. E se disse:

— Eu não sou o menino soterrado. Eu não sou esse menino morto, abafado, sem ar, sem poder sair debaixo das paredes.

Ele não era nem podia ser o menino sufocado. E por isso, de tão desagradável, ele o esquecera. Deixara-o enterrado a ponto de se tornar uma coisa jamais vista. No entanto há pouco, quando voltara a se redescobrir, voltou ao menino soterrado. Dizem que ao fim das cinzas do vulcão, que soterrou Pompeia, havia cenas e corpos, como se fossem um tempo congelado, que resistiram à destruição total. Isso parecia com aquele menino esquecido, e aqui as palavras da sua busca, mais uma vez, denotavam o que ele de sã consciência não queria: o menino soterrado era o mesmo que o menino esquecido. Isso, por mais que o maduro Jimeralto não quisesse, era o seu próprio ser. Voltar era desenterrar o menino soterrado, voltar era redescobrir o menino esquecido. Aquele menino abafado voltava à fala, era imperioso reabrir os seus olhos, tocá-lo para o levantar, e em pé dizer-lhe que se diga, falar-lhe para que ele se fale, ainda que fale com o português da estação Recife de 2012, mas com o sentido redescoberto de 1958.

Na sua Istambul de 58, aquele menino era ele, um outro que se desenterra. De olhos fechados agora ele se vê, com uma nitidez que dói, com luz de encandear. Primeiro seria uma cena, se fosse artificial para o menino que ele vê, diria ser uma cena. Mas não, o palco não tem fim, é uma extensão de tudo, do céu largo com nuvens que ele nunca mais viu semelhante, por volta das quatro da tarde. Ele, menino já grande, com oito anos, está no colo de Maria, do lado de fora do beco, na ponta que dá para a Avenida Beberibe, onde passam bondes e ônibus. Se estão fora, e ele está no colo, Maria deve ter trazido uma cadeira, assim lhe diz a racionalidade. Ela deve estar com vizinhas, às quatro da tarde. A parte de razão lhe diz que sair da casinha, estar fora da casinha era um imperativo, assim como os presos saem para tomar banho de sol, assim como os miseráveis até hoje saem dos seus calorentos casebres e passam o dia na rua. Ali já era assim. Mas o mais inexplicável é não lembrar de Maria o pôr no colo dentro da casinha. (E "casinha", agora lembra, tem mais um involuntário significado: casinha era como os meninos chamavam o banheiro na escola.) Por que Maria se dava a esse amor maternal lá fora? Então lhe vinha um termômetro que era indicador do motivo da mãe não o receber no colo dentro de casa: nesse afago, o pênis de Jimeralto se enrijicia, para seu tormento. O menino não queria que fosse assim, mas nele estava um impulso incontrolável, autônomo, e por isso ele juntava as pernas no colo, ele se fechava para mais reprimir o pênis que se levantava ao toque da mãe. Maria, por conhecer a natureza do filho, evitava tê-lo junto ao corpo entre quatro paredes, ele pensa. Mas ela própria era impulsiva, ou mais precisamente, ela própria era índia em seu afeto, porque sabedora dessa natureza não se limitava em seu amor. Pois ela deixava o menino no colo, ainda que em público.

 É surpreendente, mais que surpreendente, melhor, é complexo e maravilhoso que a compreensão desse carinho lhe tenha chegado durante a longa estrada. Porque havia um tempo que se alargava em dezenas, em mais de 50 anos, e havia um tempo que era longo em razão de mudanças tão fundamentais, sim, ele não ousaria então dizer, um tempo cheio de abalos tão revolucionários, que a primeira vez em que lhe veio um entendimento desse afeto, ele estava seis anos depois do último dia da mãe. Pois com a idade de 14 anos lia com a voz trêmula um texto de autor francês, de quem esquecera o nome, mas as palavras não, que falavam e ele, abalado, lia "pose tes mains fraîches sur mes tempes. Là, oui, quel repos!". Aos 14, em uma estranha inversão – e talvez ao antever anos futuros, quando a recordaria – era ele quem punha os dedos sobre as têmporas da mãe, quando ela não mais lhe podia responder. Mas tão grande era a intimidade, quando ela recebia os dedos, as mãos dele, não respondia com palavras ou ações, mas para o filho ela reagia, por sabê-lo sempre seu, sob todo e qualquer modo de ser, animado ou inanimado. Seria como um carinho que falasse a todo instante no rosto de Maria:

"Eu te faço porque me fazes, eu te faço mesmo que não me faças, eu te faço porque me faz bem eu te fazer. Fazer em ti é me fazer também, e se não me fizer bem, que me importa?. Importa é que te faça, porque é da minha natureza eu te fazer. Obedeço-te, Maria".

O carinho que lhe fizera no caixão, e os vizinhos diziam, condoídos, ao ver o seu toque de dedos na mãe rija, "coitado, tadinho", diziam em uma forma absoluta de idiotas, porque ali não cabia piedade, porque dali voltava para o colo de Maria. Era uma estação para a qual ele sempre haveria de voltar. Agora, aos 20 anos na pensão, ao saber que a qualquer instante pode sumir sob torturas da repressão, agora aos 20 lá em cima no cubículo, em disputa com os ratos do sótão, em um calor infernal que lhe faz tirar toda a roupa, pingando, untuoso em todo o corpo, suor, suado, agora mesmo a presença de Maria volta, porque sente uma falta funda de suas mãos, dos seus dedos gordos, do seu calor refrescante. Apenas 12 anos os separam. O pensamento mais burro, que nada expressa escreve, "apenas 12 anos". Apenas séculos, deveria dizer. Aquele amor estava nos seus oito anos, no século que passou. Aqueles 12 de diferença foram um hiato, um vácuo para o que gostaria de ter vivido, mas eram plenos de tantos acontecimentos, de mudanças tão radicais, que não cabiam no espaço óbvio, a correr aritmético, de 1958 a 1970. Um século em 12 anos apenas.

Onde estava o gosto, o cheiro do jenipapo, aquela bênção acre, aquele fruto cuja pele rachava feito barro em casa velha, do qual Maria compunha um vinho de pobres, o vinho índio, o vinho-de-jenipapo? Então naquele último ano Maria cantava para comemorar o seu aniversário, cantava e dançava ao som do rádio, no qual mudava de estação à procura da próxima música, para que os vizinhos bebessem com ela o vinho-de-jenipapo, que ela, mulher generosa, não queria sobra.

— Não gostou? Não está gostando? Tome de vez que você gosta. No segundo copo melhora, dizia, sorrindo, com a sua fórmula de conquista para o vinho de índio pobre.

Ela possuía, como ele nunca mais veria na vida, em que tinha agora, neste momento em que a recorda, 2 vezes a idade de Maria quando partiu — "e nada fiz! e nada fiz! duas vezes Maria e nada fiz!" —, ela possuía o senso do prazer do presente. "Sabe lá o que é isso, desgraçado?", ele se pergunta em frente ao mar de Olinda aos 60 anos, em frente à larga paisagem do mar, que é uma assepsia dos cadáveres deixados no cemitério. "Sabe o que é isso, animal?", e o seu ventre recebe um abalo, como se tomasse um soco no estômago. Pior, porque o soco dói e para, mas aquele choque repentino, ele sabe, abala e se desenvolve matando-o. Sim, abala-o no ventre para não romper num pranto alto, mais alto que o de Filadelfo, quando vira o pai no enterro tão arrependido do canalha que fora, tão arrependido de modo público, o que era uma continuação do indigno de outra maneira, pois o melhor arrependimento e mais justo deveria ser um haraquiri, e não aquela demonstração de amor tardio, que por vir tarde pouco tem de amor. Ele sabe por que se abala no íntimo, e o ventre canalha quer se mostrar em público, ao receber o golpe: o sentido do prazer presente Maria demonstrava ao agir, e não vale nem dizer que ela o fazia sem consciência. (Sempre os civilizados, aqueles que se julgam em um patamar onde não os alcança a ignorância, sempre os civilizados creem que os pobres, quando sentem dor, dela não têm consciência.) Quando ela voltava da sapataria, nas raras, especiais ocasiões em que comprava um par de sapatos, vinha com os novos calçados, num contraste com a roupa velha, doméstica, e brilhando nos pés respondia às vizinhas escandalizadas:

– Eu não sei se morro hoje. Aí já venho calçada.

Ela estava então com 30 anos e sabia da sua morte naquele 1958. Mais que saber, ela estava possuída pela certeza. Mas ali, naquele momento na pensão, 12 anos depois, um século depois de Maria, e mesmo adiante, em outro século, era doloroso lembrar a certeza da morte em Maria. Assim no bar, no segundo século em frente ao oceano Atlântico, que brilha ao sol tão indiferente ao drama da gente, onde semelhante a Cruz e Sousa ele sente um frio sepulcral de desamparo, apesar do calor, pois coisa esquisita é o desamparo humano, que não reflete imediato a paisagem, com tanta alegria e luzes lá fora e tão sombrio cá dentro, descobre o que nem imaginava. Assim no bar, de frente para as ondas que se anunciam e vêm e voltam brutas na insensibilidade, ele olha para Maria tão distante, além da África, e se vê e se nota como um homem de três séculos de idade. De 1958 a 1970, um século. De 1970 a 1980, outro século. De 1980 a 2011, mais um longo século. Os marcos no tempo, as referências vinham de revoluções no sentimento, vale dizer, os anos se mediam pela intensidade com que se viveram e por suas transformações. Transformações? Sim, mas tão bruscas e diferentes quanto uma borboleta que pulou da larva. Sem a passagem pela crisálida, lhe parecia.

Naquela face primeira, no rosto anterior ao primeiro século, nos primeiros meses de 1958 Maria falava às vizinhas que não escaparia daquela gravidez. Como, de onde lhe vinha tamanha certeza? Por que uma angústia tomava Maria nos últimos meses? As vizinhas lhe diziam "para de leseira, mulher, tira isso da cabeça". O menino ouvia e não se dava conta do que o vulcão anunciava. Como um menino de Pompeia ele não desconfiava que aquelas horas eram as últimas da mãe, que dali ficariam gravadas como objetos esculpidos por cinzas, e no entanto voltariam a se mover pelo sentimento maravilhoso da memória. Liberto cruzava as mãos sobre o ventre, e as sentia cruzadas no peito em uma posição hierática, de ressurreição. Hierático, parecia absurdo, como a mão do coração de Jesus na sala da casinha, como um estranho coração de Jesus que com os dedos abençoava, para ver ao fundo de uma bola de cristal, que era a bola do tempo: "Maria", ele Jimeralto lhe falava, "eu não te abandonei, mesmo quando fiz silêncio na tua ausência". De ressurreição porque cruzar as mãos sobre o peito era o modo dos mortos, que os vivos punham como o término do destino. "Não, tu ressurges, Maria". E não a chamava de mãe para não sucumbir na intimidade mais íntima, para assim conseguir um distanciamento, para não se afogar num desespero sem remédio. Para não ser um homem a se debater entre paredes num cubículo fechado ele não a chamava de mãe. Chamava-a Maria, e com esse nome dava melhor corpo e forma ao que inspirava e refulgia na pessoa da mulher, fêmea, pobre, brava e violentada.

"Mas não agora, Maria, não, por favor, ainda não", ele se pede como se a ela pedisse, "não, ainda não, agora quero voltar àquele colo, àquele carinho que estava antes do primeiro século". E porque o sentimento é assim, não só se revolta contra o inexorável, não só se rebela contra o mundo-parede objetivo, mas por vezes tem a felicidade, a sorte de pela recordação e desejo realizar o impossível, que é matar a morte, ele se punha no colo de Maria. Antes de três séculos ele se deixava ficar onde fora posto por Maria. E ali ganhava afagos nos cabelos, sorvia o cheiro da cana que era descascada em volta, ouvia conversas com as vizinhas, passava pela vontade de agarrar dona Geraldina – para fazer o quê? Ora, para ficar se enfiando na sua boceta que era da forma com que estava desenhada lá no oitão do beco, e, incomodado pelo carinho de Maria, ainda que o confortasse, ainda que esse carinho fosse um perene abrigo, um escudo máximo, ele se incomodava, porque ao carinho se acompanhava uma ereção, e as vizinhas viam, disfarçavam, dona Geraldina via, e mulher acostumada àqueles reflexos que para ela constituíam uma corte – "eu sou Geraldina, eu sou a gostosa, sou mais que Esmeralda, eu sou a bocetuda dos meninos da Vila Alegria" –, dona Geraldina via e a sorrir se punha a falar de Valfrido, o negro rico, embarcadiço, e reclamava da falta de vergonha de Esmeralda:

– Aquilo vai terminar em desgraça.

E se dava de ombros à manifestação mais próxima, que a mãe índia notava e procurava desviar a atenção, mudar aquele torpor de concentração do filho, "quer cana?", oferecia. Já então, nem tanto por complacência de mãe que tudo vê e tudo perdoa, mas pela consciência do que via, ela dava às coisas uma perspectiva, um olhar de que tudo passa, de que o pecado estava em outro lugar e valor. Já então, Maria tinha a consciência do depois do Vesúvio sobre Pompeia, ela não se preocupava em juntar ouro, fazer brilhar móveis ou com a ereção do pênis do filho em seu colo. "É meu Jimeralto, e não poderei mais estar com ele". Pois há sempre uma sabedoria que vai ao essencial, quando temos o entendimento da morte próxima. O saber quanto tudo se desfaz, quando todas quinquilharias, bobagens, ódio, roupas e bens caem por terra. Que ouro, se estátuas na cidade submersa viraremos pedra, sem rosto, sem traços identificadores? Que riqueza, se parecermos esboço forjado por acaso e natureza dos elementos? Essa consciência, que muitos possuem ao fim de um grande trauma, essa rara sabedoria em separar o que importa na vida e o que é só dispersão de humanidade, Maria conquistara naquele 1958. Via e desprezava o de pouca importância. O desimportante ela alcançou separar. Não vinha ao caso se o filho, contra todas as convenções e normas, ficasse com o sexo ereto em seu colo – ela iria morrer logo, logo –, vamos à essência. "Toquem uma valsa!", poderia ter gritado. Se possuía do amor carnal, de mulher por homem, só e tão só a brutalidade e o enjoo do marido, se esse era o amor que lhe haviam dado por graça da sorte, ela recebia com aberta consciência o amor do filho, do irmão, sim, o amor daquele frango, daquele veado que todos pensavam ser o seu irmão, mas que ela sabia ser a sua outra metade, que não lhe servia para sexo, assim como o do filho, mas os guardava no lado do coração que crescia para regenerar o pedaço desprezado. Aquele era seu filho, e ao ver a "falta" que o menino querido cometia, firme e suave descia a mão para o peito da cria como a lhe dizer:

– Guarda-me no teu coração, filho. O mais é acidente.

E Jimeralto sabia, sem palavras, porque a comunicação entre seus espíritos se dava sem verbo, mas pela vizinhança dos corpos, do calor do gordo corpo, pelo olhar da mulher que tudo abrangia, que mudava a maldade em manifestação boa, que transformava, fazia enfim Jimeralto ser homem. O homem que jamais iria faltar à senhora de 30. A ela nunca. A ele bastava olhá-la e se sentia fortificado como se bebesse daquelas doses milagrosas que via nos filmes do cinema. De fraco virava uma fortaleza, uma explosão de energias nem sequer sonhadas. Assim como naquele dia com Dirico.

Dirico era o menino mais valente no beco. Talvez também o maior brigão nas redondezas. Ele era menino de família grande. E família vai aqui num sentido não só de aglomerado de pessoas desunidas por laços de sangue, mas também num sentido forçado, porque de miseráveis não se dizia possuírem família, deles se dizia terem outra coisa. Além da família num sentido especial, Dirico era um dos filhos do sapateiro cotó, conhecido por essa mutilação, "o Cotó". Dos filhos do Cotó ele era o de gênio mais violento. ("Na infância se dizia, 'tem gênio', para identificar pessoas de temperamento difícil, irritável, explosivo", lembra.) De pequena estatura, o que para os meninos maiores era um convite para lhe dar uma lição, e uma vergonha, na volta, pela lição recebida, ele não impressionava por músculos ou por força nos braços. Esperto, disso tirava partido. Rápido, ágil no ataque, em lugar de se mover com prudência, a estudar o adversário como os boxeadores antes dos golpes, ele partia logo para derrubar o que estivesse pela frente. Como? Do natural pequeno, descia ainda mais a cabeça no primeiro movimento, e como um touro investia com cabeçadas, e com tal surpresa e acerto, que os grandes e médios meninos eram derrubados, ou, se cambaleassem em pé, desnorteavam de dor. Ele vencia sempre. Assim era e assim foi com Jimeralto. Mais de uma vez Dirico lhe havia aplicado uma surra. Não de ser espezinhado na humilhação, que, naquele tamanho, a natural perversidade em Dirico ainda não se desenvolvera plena, como veria mais tarde nos valentes do bairro, que chutavam a cara do inimigo caído. Não. À maneira dos gatos que matam o rato e o deixam de lado, Dirico vencia, ganhava os elogios e partia para diferente ocupação. Mas se a humilhar não chegava, o abuso vinha de outra maneira. Como todo vencedor que se torna íntimo, Dirico já não respeitava Jimeralto. Ordenava-lhe:

— Me dá um taco desse pão!, e apontava para o pedaço que Jimeralto comia. E à recusa ameaçava:

— Quer briga?

E não faltavam os bons companheiros das demais casinhas, a incentivar o espetáculo:

— Olha, ele quer dar não, ó... quer dar não. Tu aguenta isso, Dirico?

Assim era. E de tal sorte chegava o desrespeito, que certa ocasião, na presença de Maria, Dirico partiu no costume de antes para Jimeralto, tão senhor do escravo se julgava.

— Me dá um taco!

O taco dessa vez era de uma banana que Jimeralto comia. Ele fez que não ouvira. E Dirico cresceu, ainda mais ameaçador:

— Me dá um taco!

Jimeralto olhou para Maria. Ela, sentada no assento improvisado de tijolos, que imitava um banquinho, em silêncio o observava. E por isso Jimeralto devolveu para o menino mais valente do beco:

— Você é besta? Vá pra merda.

Dirico não acreditou no que ouvira:

— O quê?! Quer briga?

Os outros meninos se acercaram. Maria, calada, observava. Ela só possuía olhos para o filho. Não interveio, não interviria, pensava Jimeralto no outro século, 12 anos adiante: ela queria ver se ele reagiria como homem, ela queria ver se ele confirmava uma sina triste para ela, amar pessoas que não agiam como homens, porque entre eles não encontrava sorte. "Quer briga?" Jimeralto ouvira. E diferente de outras vezes, em que para não apanhar mais uma vez respondia "Toma!", com falsa raiva, para se mostrar digno quando era servil, desta vez respondeu:

— Que é que há?

Ah, para quê? Hum, pra quê? Sem dizer lá vai, Dirico arremessou contra ele o golpe mortal. Sem gesto de aviso, como um raio, meteu-lhe uma cabeçada no ponto sensível do fígado, que em uma briga, ao sofrer um golpe, funciona como testículos na pancada. A dor de Jimeralto veio funda. Sem conseguir respirar, sem fôlego, faltou-lhe a voz. E como ele não saiu da arena para chorar escondido, como sempre fizera, Dirico o castigou mais violento: meteu-lhe outra cabeçada e o derrubou. E com o inimigo derrubado jogou-se contra o corpo estendido. Sentou-se em cima para melhor machucá-lo. Dessa vez, Dirico não era mais o gato que despreza o rato imobilizado, dessa vez Dirico queria ferir o rato para o animal nunca mais esquecer. Então, naquela agonia, naquele suplício, Jimeralto buscou Maria. E viu que ela estava em pé, entre a vergonha e a censura, lhe pareceu, mas não, Maria estava indecisa entre socorrer o seu homem e o grito "vamos, levante-se, vamos, reaja". Jimeralto não soube depois se agiu por vergonha, pela mais profunda vergonha, a de se mostrar um filho de Maria abatido na frente de Maria, ou se agiu abrigado, fortalecido pelo olhar que dizia "Não tenha medo, derrote esse medo, eu estou a seu lado. Vamos". Então ele viu: maior que a dor, a deixá-lo sem fala, era o medo da dor. Que era aviltante, mais doloroso que a dor, esse medo. Então fosse por vergonha, fosse por se achar fortalecido, ele abriu mais os olhos e viu a cabeça de Dirico, a descer o catarro das ventas sobre ele, e assim com os olhos abertos, em lugar de antes quando os tinha fechados para não ver a sua abjeção, viu tudo em roda, o céu girando, mas perto estava Maria, e por isso quis erguer o braço, impossível, porque Dirico o mantinha preso. Então, num recurso de luta que em canto nenhum aprendera, por trás da fera trouxe as pernas, enganchou-as no pescoço de Dirico e o empurrou de volta, derrubando-o no chão. Ah, agora era a sua vez. Partiu para cima de Dirico e lhe deu murros, muitos muros, pagamento do velho e atrasado, até que Maria, com carinhosas, doces e falsas reprimendas o levasse para a casinha.

— Está feito galo de briga? Venha tomar um banho morno.

Dirico, com a cara inchada, a partir dali nunca mais lhe tomou pedaço de pão. A sua arma mortal havia caído sob o olhar de Maria.

Era essa fortaleza que lhe faltava, naquele instante na Pensão 13 de Maio. Ela não estava mais com ele, ele não possuía mais aquele abrigo ou vergonha, a não ser a própria diante do medo, que lhe voltava entre os ratos do sótão.

Refugiava-se na música. Em um toca-discos portátil, como o chamavam, que pegou emprestado, para ouvir Ella Fitzgerald. Não era o melhor da cantora, mas a ouvia como um escritor angustiado escreveria poemas na cera, a estilete, ou como ele, quando criança, interpretava a seu modo canções que não entendia. Quando Ella cantava Open your window, ele, sem janelas naquele inferno de calor, a interpretava em um sentido muito metafórico, no que não estava de todo errado. Ou melhor, sorria com um abalo no ventre. Depois ficava em silêncio rígido, à espera de I'll never fall in love again, e não sabia, não compreendia que eram versos bobos, cantados, anunciando que Ella nunca mais ficaria apaixonada novamente. Ali, a fumar, o que não lhe parecia então, a fumaça, um ótimo elemento de composição para o inferno, naquele abafado, no suor que lhe corria do corpo nu, tudo era entorpecente e entorpecimento. A fumaça, o cigarro, a música eram derivativos, levavam o medo para outro lugar. Não curava o medo, que era o medo da insuportável dor que viria, a dor do limite que virava morte, como era comum a todos companheiros presos e caídos sob a repressão. Mas suspendia o medo por instantes, ou deixava-o como fundo de cenário, ao lado, onde se atropelavam os ruidosos ratos. E depois, mais dois séculos depois, ele agora sabia que a própria ditadura era uma continuação de uma dor de muito antes, daquele primeiro século em que perdera Maria. Combater a nova dor era também um derivativo. Entre as muitas tarefas, entre vestir a roupa de pessoa normal, alienado no emprego, para melhor ser o auxiliar de companheiros clandestinos, aquele mundo de tarefas e preocupações, o não saber, a nenhuma certeza de estar vivo no outro dia, acabava por ser uma alienação, "o que é isso, uma alienação?", Jimeralto recuava com horror por chamar de alienação a prática da luta contra a ditadura, então repunha, com mais cuidado: com tantos terrores, como poderia pensar em Maria?

E no entanto, ele nela pensava, pensava como no sonho em que substituímos pessoas por outros rostos, desde que guardem delas qualidades. Ali, naquele inferno de cubículo, ao amar Ella Fitzgerald em canções tão tolas, ao amar aquela voz quente, aquela negra gorda, largas carnes de possibilidades para o carinho, ele estava no processo de substituição de Maria. Suado, nu, estava o menino que agora se abrigava na voz de Ella, quando a grande negra cantava sílabas em lugar de palavras, à semelhança de canções de acalanto. Tão primário, tão básico, mas tão grande quanto o medo da tortura que poderia sofrer era a procura da mulher vicária que lhe dissesse, como naquele momento em que estava preso, jogado ao chão por Dirico:

— Não tenha medo, pule esse medo. Eu estou ao seu lado. Vamos.

Mais uma vez, por algo que para ele naquelas horas encarnava um ato involuntário sem explicação, ele se levantava de pênis ereto — "que absurdo! que absurdo! o que tem a ver a música com essa excitação?" — e girava sobre o piso de madeira como uma fera irracional, presa, como um leão de pau duro na jaula. Por quê? Parecia uma excitação sem objeto, um absurdo, uma excitação sem nada, do nada, e para complicar, uma erotização naquelas circunstâncias! Então ele cria que a ereção vinha do seu corpo nu, de algum vigor repentino porque há muito estava sem namorada, sem mulher, e, para melhor absurdo, procurava um objeto exterior para a excitação íntima, que já o encontrara, para justificar, uma justificação posterior ao desejo. Que absurdo. Então ele ia ao esquecimento de si mesmo, fumando os cigarros com força como outros puxariam o fumo de maconha, e desejava, sem se dizer, muito chorar. Dilacerar-se. era o termo.

Rasgar-se nu para sair da agitação que não entendia. Ah, se a consciência fosse camarada, ah se a consciência fosse um entendimento mãe que abarcasse e desse a bênção aos anos sem experiência. Ah se o cérebro maduro pudesse voltar para socorrer um desesperado, se a mente que compreende pudesse estar antes, como um sussurro, como o sopro de uma alma companheira, antecipada, precoce por força da solidariedade. Então Jimeralto nu seria posto no colo da sua mãe, e aquela ereção estúpida, de arma de haraquiri, seria reposta para algo mais suave, na tentativa de fazer uma distinção carnal do afeto, um bálsamo, da excitação natural que refletia esse carinho. Como um açúcar que não fosse doce, ou como um mal que não fosse açúcar. Então ali ele voltaria com a compreensão do que o vexara, do que o envergonhava no primeiro século, o sentir gozo no que todos chamavam de carinho de mãe, presente de mãe, puramente sem carne, puramente espírito, como todos pensavam, mas Maria, mãe, porque boa índia, boa vidente, já havia adquirido a sabedoria dos que veem a morte próxima, e com tal força que para ela era inescapável realizar a predição, e por isso ela o percebia, mas não o censurava, apenas lhe punha um derivativo, uma tentativa de derivativo:

— Filho, você quer comer?

Ele, embaraçado, respondia que não com o queixo, e por isso ela lhe dava um derivativo último:

— Vá brincar. Mas fique onde eu possa vê-lo.

Ele deslizava do colo feito um escorrego, tobogã, e de lá de cima, ele estava certo, Maria o acompanhava a sorrir, mulher índia, mulher guerreira, mulher sábia da própria morte, que ele conheceu depois na reflexão. Quando ouvia Ella Fitzgerald, não poderia adivinhar, pois nele não estava ainda a consciência madura que compreendesse à distância, mas quando ouvia Ella e sentia a mãe, ali já estava corporificado um palimpsesto. Por baixo do manuscrito de Ella, havia outra presença. Ainda que não visse Maria, os dedos mais sensíveis tinham a visão dela. Pentimento, ele não possuía então essa palavra, nem tampouco palimpsesto, mas o fenômeno já se manifestava. Se o mundo fosse um quadro, há muito, desde aquele acontecimento do rádio na meninice, há muito Maria era a imagem que estava sob as camadas de inúmeros esboços e indecisões de pinturas. Se o mundo fosse um quadro, por trás da imagem havia uma pessoa, real de doer. Se o mundo fosse um texto, ela nele se inscrevia com letras de encanto. Então o homem não precisaria raspar o pergaminho velho nem a tela. Qual o móvel, qual motivo haveria a orientar a raspagem? As razões do obstáculo ao desvendamento vinham de Jimeralto, de ele próprio ser um palimpsesto. Mas nem por isso o íntimo deixava de falar o incompreensível, enquanto ouvia Fitzgerald e fumava, nu naquele quarto de ratos, palavras que só os anos maduros expressariam:

"Maria, perdoa por agora eu não te chamar de mãe. Assim não te chamo neste momento porque não quero me curvar à degeneração do sentimento, ainda que eu saiba ser filho do sentimento. Por enquanto és Maria, mais mulher, santa que todo casto e pervertido cristão ama. Perdoa-me, por ora. Assim te chamar Maria é um tributo a todas as mulheres como tu, mulheres que deveriam ser abraçadas todas, em lugar de destruídas, como as marias, mariazinhas sem nada, a não ser o sexo e o nome comum. Já vês, com o mesmo discernimento fino dos teus últimos dias, em que vias e mergulhavas num silêncio sozinha, porque não querias magoar a quem amavas, já vês a contradição e o paradoxo do que tenho em ti e como eu te guardo em mim. Pois como posso te remeter àquela que para todo cristão está no céu e ao mesmo tempo te repor na terra, no destino costumeiro de todas as desgraçadas? Não haveria nisso um descaminho, um desvirtuamento, por querer dar a graça divina a teus vestidos podres e sujos de doméstica? Ou seria, de modo mais próprio, a subversão da subversão, porque traz de volta à terra o que fora deslocado para o céu? Aqui não nego na terra a majestade das tuas vestes que fediam, como depois o disseram. Prefiro este caminho, o de ver o céu, a humanidade magnífica no que tens de despojada, nua, no teu doce leite de índia. Sim, Maria, agora sei e repito e te repito e me reforço em todas as minhas carnes, que sou filho do teu doce leite de índia. Digo isso e assim e desta maneira paro, porque preciso respirar, inspirar, preciso de ar como naquele instante em que me salvaste do soco de Dirico no fígado. E tão primário, elementar e fundamental é o leite que bebi em teus seios, e dele venho bebendo pelo resto da vida, o que talvez não adivinhavas, porque eu próprio até então não sabia desse elementar elemento. Pois sou filho do teu leite, quase diria, sou filho do teu enorme afeto, como outros são filhos do leite de Marias brancas, negras, amarelas, ruivas, pardas, marias. Das Marias desgraçadas, de modo mais preciso. Da precisa Maria Desgraçada que um dia foste.

Marco a estilete: quanto eu gostaria de sangrar o mundo que te sangrou. Tu não possuías então consciência aparente da tua tragédia. Quem te visse a sorrir, a gargalhar, a chorar de tanto rir, em um gozo de choro e sorriso em um só movimento, em uma encarnação dos limites da dor e do prazer no rosto, não poderia crer que à noite, solitária, nas angustiosas noites sem sono, tu agarravas o teu filho e choravas calada, sem sorrir. Lembro como uma névoa, que passa como uma distantíssima nuvem daquele século de 1958, quando te perguntei: 'Mãe, o que foi?'. Nada, respondeste. E voltei: 'Está com saudade do meu pai?'. Então me falaste naquela cama larga, tão grande para mim menino, a cama de que me recordaria meses depois da notícia, para nunca mais dormir nela, então me respondeste com um muxoxo, com aquela torcida nos lábios e um som que rompia à semelhança de ventríloquo, porque o som vinha de dentro de ti e parecia sair da boca torcida. 'Que me importa?', ou 'Dele quero distância' quiseste dizer, quando na verdade fazias um desdém de vingança, um vodu nos lábios. Então paraste de chorar, para não me afligir – tu me poupavas do teu trágico, como se fosse possível. Mas continuaste por dentro, notei, porque me puseste ao abrigo quente do teu corpo com 'durma, durma', e no teu ventre inchado eu ouvia só agitação. E tão grave era a hora que eu via o menino irmão. (Por que menino eu o julgava, não sei, pois se houvesse ultrassonografia na época, não seria para nós, que já possuíamos os ultrassentidos.) Então eu via o menino a se mexer no teu ventre, tão pertinho de mim, e não te perguntava quando ele ia nascer, nem muito menos se era verdade o que dele falavam os vizinhos, quando gracejavam com aquela crueldade de adultos, que o nenenzinho ia tomar meu lugar. 'Vai ficar no canto', diziam-me. Como te perguntar, se tão abandonada a ti mesma estavas? Só estavas nas tuas últimas horas, tão só a desejar ser companhia do filho num paradoxo do sentimento, do desejo e da brutal realidade, de querer o que em si mesmo era a negação do querer.

O menino que viria então se agitava. (Maldição de miséria, mãe, agora te digo mãe – maldição de miséria, mãe, maldição porque mata as vozes que só querem realizar a sua natureza, falar, falar. Agora entendo, mãe, o quanto odeio a miséria, no mesmo passo em que amo os miseráveis. Eu, que sou filho do teu leite, eu que sou filho de Filadelfo, sei agora que também sou filho da miséria, e assim em terror quero extirpá-la de mim, com força, vigor, violência: Maldita miséria, o teu nome é crime.) Naquela hora sei que havia movimentos no teu ventre, e depois vinha uma breve quietação, que parecia opressa, porque respondia com pequenas pontadas laterais, à semelhança de pequenos braços em convulsão. (Por Deus, eu não queria ter esta memória. Por Deus.) Eu de nada sabia, apenas arregalava os olhos no escuro, como se visse ou previsse fantasmas na escuridão, e por isso eu mais me acercava de ti, e por isso mais te compreendia a angustiosa agitação. Ali, à semelhança do irmão que viria se viesse, junto a ele e com os seus semelhantes olhos que no escuro não entendiam o medo, com só os sinais do medo, eu percebi, mãe, o teu soluço engolido, o tremor do teu peito no irreprimível arfar, abafado, dos teus seios. E, sem entender as razões do medo, porque em ti eu estava abrigado, eu descia a minha cabeça para te abraçar próximo a teu útero, para nele realizar um novo paradoxo, o que seria abrigo era razão da minha mais completa desventura: por ali viria, como todos pensavam, e tu, não, por saberes que por ali já não passava mais a tua maternidade, numa vedação traiçoeira, infame, que dizia 'mãe?!', pois na verdade em teu útero estava a vedação digna dos miseráveis.

Naquelas noites em que pensavas que eu dormia, enquanto eu te acompanhava na insônia, tu, senhora do anúncio que mordias com os lábios trêmulos, apenas por reflexo da tua silenciosa angústia eu me avizinhava do abismo. Ali, próximo ao precipício, o espaço fundo era antecedido pela colcha estendida na cama, agora noto, a mesma colcha da notícia dias depois. Enquanto tu avançavas para a colcha sobre o nada, tapete que não era mágico, só ilusão sobre um fundo sem volta, onde o teu último sinal, o estrépito do teu grito – ou não terias gritado um último grito, mãe? –, tu, ainda ali, me concedias uma colcha antes, rósea, bordada, para as visitas, aquela colcha da notícia que deveria ser feliz. (Até os pobres têm luxo, mãe, venho notando adulto. Os pobres não se comprazem na miséria.) E nem precisavas me deixar tanto, Maria, quando de ti o único e maior bem, que a ninguém se dá, a vida, já me havias legado. Para que colcha de luxo sob mim se em ti o fundamental se ia? Ó mãe, não há poema nem verso nem clássico que te resuma. Não há poema, poesia ou arte que cante o teu ser. Se eras a vida plena, pletórica, como te apreender em linhas ou imagens? Pela impossibilidade de te pegar na tua natureza, melhor te apanhar naquela foto desenhada, que se dizia ampliada, retrato rústico na sala, que primeiro ficou ali, depois transferiram para outro canto, até sumir das vistas, para esconder um trauma ou caluniar para outros a tua insignificância. Sorrio triste a pensar nos lugares para onde te jogaram, sorrio um sorriso que jamais seria o teu, porque ias de um extremo a outro sem passagem, ou eras desespero ou alegria de pular feito menina. Mas sorrio triste agora, direi melhor, sorrio amargo ao usar, como se fosse referente a ti, a palavra "insignificância".

Sei que dormi mais adiante, e desde então me desacostumei de dormir como naquela noite, para não me acordar depois com um sentimento de culpa. Dormir bem, dormir solto nunca mais, mãe, e eu sei que não me culpas de te haver deixado sozinha na vigília, semelhante a uma condenada na véspera da execução. Sei e compreendo a tua absoluta generosidade em aceitar que teu filho dormisse enquanto contavas as horas, os minutos que faltavam antes das contrações finais em teu peito e útero. Complacente e maior era o teu coração. Um coração gordo que a tudo compreendia, abarcava. Pois deves ter compreendido que antes de ser o teu filho eu era uma criança. E as crianças, mãe, querem a felicidade, a alegria. Dormir a teu lado, estando a tua pessoa insone e sozinha, só se explicaria pelo egoísmo, pela alienação crua da infância. Eu queria que o mundo continuasse um lugar de brincar, eu via o mundo como o universo em que as flores e a luz da manhã se abriam sempre, sem perceber que ao lado estava a mais infeliz das mulheres do beco. Não sei, eu estava abrigado junto a ti, e as lágrimas quentes que desciam em mim eram um conforto, o conforto de Maria, e por isso eu dormi, largo, profundo, até a manhã líquida e branca do primeiro sol. E não dei a devida importância quando, durante o dia, pelo murinho lá atrás conversavas com uma vizinha, que te falava:

— Dona Maria, tire isso da cabeça. É impressão sua. Tudo vai dar certo, mulher.

Existe sempre uma tola esperança quando se diz 'tudo vai dar certo'. E tu vias, pior, sabias que nada ia dar certo, pois ainda que fosses tão orgulhosa, tão digna da tua coragem, eu te vi chorar em público, e bem ouvi, escondido, que contavas:

— Eu venho tendo um sonho que se repete. Eu sei que não escapo deste menino.

O enredo do sonho que contavas, eu perdi, a memória esqueceu, porque o mais importante era o conteúdo e seu desfecho, que anunciavas como um destino:

— Sei que vou morrer, dona Zizinha. De hoje eu não escapo.

Mulher, você só tem 30 anos, a vizinha te falava, isto é, te consolava, porque os sonhos ali sempre possuíam o dom da previsão, os sonhos eram uma pitonisa mais que anúncio, porque determinavam o destino, e por isso repetias entre soluços 'de hoje não escapo'. Mas como, perguntava a vizinha, como hoje?

— A senhora está já com as dores?

— Não, mas vou sentir. Eu sei.

E para não dar espetáculo de circo para a tua dor mais íntima, para negar a alguns o gozo de ver uma gorda Maria com cara de palhaço borrada, e tão bela eras, Maria, como te achavas palhaço?, lembro que vieste para a cozinha, e eu fingi que estava brincando, a puxar um carrinho imaginário. Então eu saí a puxar meu carrinho, zuuum, dessa vez não rumo ao oitão onde se desenhava o sexo de dona Geraldina, pois naquela hora não estava nem residia qualquer bem-aventurança, eu me afastei para em outro ponto te observar. Pois dizias coisas tão séria, que desconfiei de algo muito grave. Acho que notaste minha espionagem, de cócoras a te perguntar, 'mãe, é sério?', porque me descobriste e vi o rosto mais belo de mulher em toda a minha vida. Com o rosto ainda molhado, os olhos vermelhos, tu me sorriste — ah, Maria, como a coragem é bela — e disseste:

— Você vai ganhar um irmãozinho.

Como pudeste mentir naquele sofrimento? Então te vi a sorrir, que não era de alegria, era de encorajamento, como se me falasses, 'ah, essas bobagens de morte', ou então, 'todos morrem, filho, que importa?', tu sorriste com todo o rosto, bochechas e cabeleira índia, mulher corajosa, e com tal doação, que perguntei:

— Quando meu irmãozinho chega, mãe?

E tu respondeste de pronto, ainda que com um soluço a atravessar o teu sorriso:

— Chega hoje.

Eu não gostaria, eu não quero lembrar, acho que não é verdade, é tão estúpido que não é verdade, mas lá no fim de meus escuros está um ser igual a mim que correu para te abraçar a barriga, onde se agitava o meu irmãozinho. Nem te olhei, tão feliz eu estava de volta ao feliz mundo onde só existiam promessas, que me falavas: que eu ia ser desenhista, que ia ser pintor, ou motorista e piloto de avião, que ia noivar com a menina mais bonita do beco. E no teu movimento de ternura eu me dizia que também ia ser amante de dona Geraldina, ali, enquanto me prometias danças futuras na festa do batizado, eu sentia, junto às pernas do menino próximas a meu peito, que, enfim, tu serias eterna.

— Vá brincar, vá.

Eu podia então brincar, estava feliz — eu queria porque queria não importava a realidade, estava feliz —, eu estava livre da pressentida agonia. Ali me devolveste a felicidade, brevíssima. Feliz cidade, feliz idade me punhas naquela hora. Feliz idade me deixava também".

O FILHO RENEGADO DE DEUS — XVIII

A partir dali vinha em Jimeralto uma lacuna, melhor, um vão que separava Maria do desenvolvimento daquelas horas, que para ele não se desenvolviam, antes ganhavam um acidente brusco, como se fosse uma vida que não se ligava à anterior, algo como falam os exricos que da noite para o dia perdem o patrimônio, "eu tinha tudo e fiquei sem nada". Mas não, talvez fosse algo mais grave que a perda de todos os bens dos burgueses, que para eles é tudo. Pois em Jimeralto houve dois séculos que se estranhavam. No primeiro, até as últimas horas ele se via menino, era clara a percepção da sua infância, como se tivesse um conjunto vivo de fotos, de negativos, que ele poderia revelar passo a passo, com os minutos, dias e noites documentados. No outro século, não mais se via. Ele perdera a percepção da própria imagem. Ele se imaginava a partir de certo ponto – mas que ponto, lugar e hora? uma nuvem de indeterminação –, ele se imaginava uma consciência a se formar pelos ouvidos. Era como se os sentidos houvessem se reduzido à audição, pois dele se foram o tato, o paladar, o cheiro

– onde as tanajuras fritas? –, os olhos para si mesmo – quebraram-se todos os espelhos? Havia um sentido mais duro que reunia tudo. No anterior, havia ficado a alegria. Tomar banho de chuva, beber leite materno, fazer tibum no corpo de Selma, aspirar o perfume da menina alva, Maria nua no banho, fora-se a alegria. Com toda irresponsabilidade, com todo descompromisso, inflexão dos demais nomes da alegria. Não lhe adiantava estremecer nas carnes, dali em diante perdera a infância, restava um menino sem imagem de si próprio. Daí o vão imenso, sem ponte sobre o abismo. Num século ele apenas avistava o anterior, lá do outro lado, em outro país. Parecia até que a seus acenos o primitivo Jimeralto não respondia, pois como poderia responder a ninguém? Ou então, como poderia responder o menino a um futuro que não queria? Se até ao abismo, a ver o abismo, ele se recusava? Havia que passar por ele, mas como? Não havia tapete mágico para transportá-lo, nem ponte maravilhosa para o outro século.

À semelhança da rudeza de um cálculo iterativo, em que se aproxima o mais possível de uma solução ideal, que em Jimeralto era uma solução maldita, ou como, ainda no terreno das semelhanças grosseiras, numa aproximação de cálculo do limite, havia lugares cada vez mais próximos do abismo, vizinhos de um buraco sem fundo, que não eram a pobreza do conceito matemático, com suas restrições incabíveis na vida. Pois se toda representação do conhecimento é simulacro, e dele o menos pobre é o conhecimento artístico, pode então ser dito que por um solo e corte de violino Jimeralto era atravessado, de uma partitura que ele não sabia, de uma composição que lhe era estranha, mas da qual guardava uma revelação: ele se sentia naquela angustiosa hora como um feto. Pois como um feto ele ficara com a cabeça descomunal, de olhos esbugalhados, grandes, como os fetos parecem quando se aproximam do nascer, e, com mais precisão:

ele se sentira qual feto jogado a um lugar sem casa, sem chão, sozinho a se virar num mato escuro. O que era aquilo? Como foi que num segundo havia uma pessoa, uma criança cheia de projetos, e no outro ele regredia à condição primeira, mas um primeiro a que nada se seguia depois?

Devia haver uma preparação para a morte. Não só para a própria, mas para a da pessoa íntima que se arranca da gente, que deixa ao fim um fantasma. Os anos de maturidade indicariam a ele que existem sobrevivências desonrosas, às quais só a canalhice e o cinismo se acostumam. Há outras sobrevivências que não se pedem, que não se queriam, onde a participação do sobrevivente é nenhuma, como na partida de uma pessoa fundamental, que deixa na adaptação de quem fica uma desonra não percebida por todos. Mas ali, a um menino de 8 anos, seria exigir demasiado. Então o Jimeralto maduro oscilava entre dois extremos, sem mediação, à semelhança de Maria. Ao pensar sobre aquele dia de dezembro, ele oscilava entre o senso rígido de militar rude e o amor mole, amolecedor, por Maria, que ganhava um coração elástico. Em um extremo, absurdo, ele deveria ter seguido a mãe em 1958, ficar morto com ela; em outro, igualmente absurdo, ele deveria continuar a mãe em uma nova vida para ela, em uma dilatação ideal, Maria prolongada em coragem e ternura. A realidade punia esses extremos do coração. Porque a realidade seguia com uma crueldade, um desprezo infinito aos movimentos do seu afeto.

Ele estava na cama da mãe, onde ficara a dormir desde a madrugada, quando ela saiu de casa. Esse era um plano de corte na memória. Ele não queria lembrar, e por isso não lembraria os momentos que antecederam a saída de Maria para a maternidade. Havia cantos e pessoas na salinha, no quartinho, que estavam escondidos em um desvão impossível, do que lhe ficara da noite anterior. No quartinho entravam e saíam mulheres, isso ele mal lembrava. Mal lembrava ainda o choro, o pedido da sua mãe, que, apesar de altiva, determinada, naquela hora suplicava entre gemidos:

— Eu quero morrer com o meu filho.

Isso ele não queria nem podia lembrar. Talvez porque mesmo sem ver no quarto aquele adorado rosto a pedir, a face atravessava a parede, e pôde ver com os olhos da imaginação a face bela da mãe toda úmida, a balançar o maravilhoso e gordo rosto a falar:

— Não, eu não quero ir para a maternidade. Eu sei que vou morrer. Eu quero morrer aqui com o meu filho.

Isso ele ouviu, com o começo da percepção a que ficaria reduzido, ver, sentir, falar com os ouvidos. E por assim vê-la, ah, maldição de palavras que nada expressam, via com timidez, que é o outro nome de impotência, via a sua mãe suada, muito suada, alagada em suor no forno daquele quartinho, a chorar em angústia, na sua melhor camisola, pregada ao ventre inchado. Cercada de mulheres, de vizinhas, que mais pareciam urubus, com a solidariedade dos abutres que esperam a agonia, ela não parava de repetir:

— Eu quero morrer com o meu filho.

As respostas a esse pedido eram um misto de fala bondosa e de arbitrariedade, daquele abuso covarde que os saudáveis têm para com os agonizantes:

— Maria, você vai.

Falavam, mas tudo, é certo, mascarado em um tom meigo, de blandícia, beatífico como as beatas de igreja costumam falar, quando se referem às virtudes e coisas santas:

— Na maternidade, você fica boazinha.

Ao que a mãe, crendo-se apenas com aquelas aves de agouro a rondá-la, respondia sem consolo, de modo mais franco:

- Eu sei que vou morrer. Eu quero ficar com meu filho.

Isso ele ouviu, escutou e viu, mas lhe chegava feito uma língua arcaica, uma fala de escravos na cidade soterrada de Pompeia. Porque ouvia, escutava e duro era alcançar o entendimento. Lembra, lembraria as palavras que se repetem em um mantra, de invocação ou anúncio da desgraça que a razão confortável não podia compreender: "eu quero morrer com o meu filho, eu quero morrer com o meu filho", aos soluços, do outro lado da parede. Até que chegou o pai, o homem. Com que ironia de sentido ele recordaria o termo, o homem. Diria melhor, com o significado dos anos de luta contra a ditadura, no medo, doze anos adiante: "chegou a repressão, chegou a polícia, aí vem o homem". Pois quando chegou o homem, aquele que é temido poder de destruição, todas as vizinhas se calaram, inclusive os abutres, que faziam o papel de carpideiras antes do corpo virar defunto. E quando o homem chegou, entrou no quartinho abrupto, sem pedir licença, pois estava na sua casa, naquilo que chamava a sua casa. Ele entrou, no próprio desejo, vestido na pessoa do Anjo Salvador, mas para todos entrou com o império de Lúcifer, de um Lúcifer que jamais tem dúvida sobre os infelizes que tem sob domínio: são seus, estão seus, ele usa, abusa e pune. Aos olhos aterrorizados do menino parecia que ali chegava a definição do destino. E com os seus olhos de ouvido viu:

— Ela vai para a maternidade. Agora.

Maria aumentou mais o seu pranto. Se antes estava em desvantagem, nesta hora, que não podia se levantar e partir para cima, ainda mais oprimida se encontrava. E já sem forças, ainda assim murmurava:

— Eu quero morrer com meu filho.

Filadelfo não a ouviu nem a considerou. Do que reclamava a mulher? Jimeralto era só um menino, mas nem por isso conviveria bem com a lembrança de que não fosse mais que um menino subjugado ante forças maiores, naquele momento. De não obedecer àquele raio de segundo único em que poderia afrontar o despotismo do pai:

— Que autoridade você tem de matar a minha mãe? Venha para mim.

Mas Jimeralto era só um menino. De que adiantava lamentar o herói que não fora, o herói impossível que poderia resolver a dor de Maria? Os seus grãos de valor, assemelhados a grãos de ouro, se revelaram grãos de areia. Então veio o instante de que não se lembrava, o instante que nunca desejou se lembrar, que tão oculto e marcado não lembrava, uma coisa que houve mas não aconteceu, *porque não podia nunca acontecer*: Maria passou pela sala, onde ele agora se encontrava, levada em uma cadeira e muitos braços. Então ele não pôde ver, não pôde ouvir, porque ao passar por ele Maria não mais gemeu, calou-se, quis-lhe sorrir. Mas tão agoniada ia que apenas lhe jogou um último olhar, um olhar em que a esclerótica dos olhos veio menor que a pupila. Era um olhar de Maria porque estava em seu rosto, mas ali já não estava Maria. Passou outra. Passou outra mulher, à procura do filho. E grande e feroz foi a dor do menino. Dor da impotência que cresceu e ganhou significado com o tempo. Naquela exata hora em que Maria perdeu a sua porta, a sua ruazinha, naquele beco, não. Ali houve um mal-estar que não se explicava, que se batia contra as histórias de um irmãozinho. O real era aquilo, aquela agonia, aquele abate? O sonho da mãe aparecia cristalino no olhar, quando ela esteve perto de ultrapassar a porta. Quando, com precisão, quando?

Houve depois um processo de fina montagem na recordação, pois ele deixara a noite anterior para amanhecer deitado na cama de Maria. Como ele atravessou aquele fim de século, da saída da mãe até a manhã do outro dia? A noite funda deve ter passado sob anestésico, ou em embriaguez precoce de menino. Como ele pudera dormir em meio a tamanha agitação na casinha e na vizinhança? "Seja o que

Deus quiser", ouvira. "Louvado seja Nosso Senhor Jesus Cristo", lá no fundo da noite, em um ponto escondido nas sombras, alguém dissera. Então ele entrou num saco, o saco se abriu e ele estava na cama de Maria. A cama era larga, bem larga para seu corpo magro, a colcha cor-de-rosa, bordada, de um tecido diferente do pano grosso, de saco de farinha de trigo, que o cobria na outra célula, que chamavam de quarto. Aquela colcha é que se mostrava às visitas. Deve ter sido comprada a prestação, para que os visitantes pudessem comentar "como vive bem Maria". E por isso, ao acordar, ele a alisava, ele passava a mão sobre a colcha como se passasse a mão pelo rosto da mãe, na estranha transferência que as coisas têm de guardar a pessoa que as usara antes. A colcha da mãe, o rosto, a sua bochecha lisa, agradável nos dedos. A colcha possuía até a sua cabeleira, nas franjas que desciam ou se mostravam na cabeceira.

Lembrava e não sabia como fora possível que a janela do quarto estivesse aberta. E ali, em lugar daquela noite de ontem se abria um céu azul com nuvens pronunciadas, com uma luz e alegria que faziam um despudor. Um céu de escândalo de alegria, um céu que deixava em quem o visse uma realização de felicidade. Então ele vira, não sabia se por aquele homem familiar, de imagem de repouso, não sabia se por aquele vulto havia sido acordado, ou se ele aparecera depois, para melhor compor no quadro da janela a pintura do céu, aquele paraíso prometido a todos os padecentes do mundo. Então ele viu o rosto que lembrava Maria na pessoa do tio Maciel, uma cabeça de Maria sem a sua cabeleira e ternura, o irmão gêmeo e confidente da mãe, tão longe nos últimos dias e tão perto agora, a compor como um anjo bom o quadro do céu na janela. Ele, Maciel, o fitava, ele, Maciel, o observava sem rir e nem sorrir, diferente do que seria de esperar naquela hora, naquela manhã. Mas que importava? O menino, à semelhança de todos adultos que aguardam a chegada do trem, aquele trem que leva a Istambul, de Água Fria para a Turquia, o menino, à semelhança de todos adultos que esperam essa maravilha do conhecimento, não queria notar o grave na face do condutor ou o estado do vagão. O trem chegou! Tio Maciel está na janela. E para a altura do rosto semelhante a Maria, Jimeralto pergunta:

— Meu irmãozinho nasceu?

Jimeralto não soube depois se a crueldade é uma coisa buscada pela vítima, ou se a crueldade está em primeiro lugar na vítima, que atrai o desencanto, a dor sem remédio, ao alimentar em si uma louca e infundada esperança. Quando ouviu "meu irmãozinho nasceu", no mesmo tom com que Jimeralto perguntava à mãe, "a senhora comprou o boneco Benedito", o preto danado de beiço grosso que falava a cantar e jogar léria, ao ouvir aquilo o rosto de Maciel não se moveu.

— Ele chegou?

E diante do silêncio do tio, o menino Jimeralto perguntou mais claro:

— O meu irmãozinho já nasceu?

O rosto de Maciel pálido, por falta natural de cor ou de fuga de cor naquele instante, deu a resposta:

— A sua mãe morreu.

— O quê?

— A sua mãe morreu.

Como era dura aquela gente de Maria! Até os mais delicados, até os de natureza mais feminina eram bárbaros. Tio Maciel, com aquele rostinho de educação santa, ousava responder à nebulosa esperança do menino, falar àquela nuvem líquida, aquosa, que se formava agora a deixar o céu azul embaçado, o ex-céu azul no vidro embaçado do trem para Istambul:

— A sua mãe morreu.

— Mentira! O senhor está mentindo!

O rosto de Maciel não se moveu nem saiu do lugar em que empanava a janela do trem para Istambul. Ali naquela janela o rosto de anjo evitava o azul do céu, o luminoso dia visto até mesmo no beco. E por isso os olhos do menino, porque não viam mais o azul, queriam pelo menos enxugar aquela tempestade líquida que vinha, insidiosa, no raso da vista:

— O senhor está mentindo.

— É verdade, sua mãe morreu.

Ali no instante daquele século a infância de Jimeralto partiu. Ali naquele instante, em um minuto do tamanho de um século, a infância acabou. A realidade era a mentira para o coração. Os bens nobres, o valor da essência, o leite dos peitos, o carinho, os dedos de mágico ourives em um toque nos cabelos, a palavra na voz mais quente, a compreensão infinita para a natureza do menino, sumiram. Viravam o rosto do anjo expulso na janela:

— A sua mãe morreu, Jimeralto.

Por que não disse "a minha irmã faleceu"? Ou, já que falava para um menino que tendia para a crença da resolução maravilhosa, por que não disse, "vê aquele céu, Jimeralto, vê? Maria foi para aquela nuvem".

— Onde, tio? Perguntaria.

— Ali, para aquele azul, Maria virou azul.

Sim, poderia dizer "ela me mandou lhe dar um abraço". E aos abalos e convulsões do corpo do menino, diria "Maria me disse: Maciel, dê um abraço no meu filho. Diga a ele que sou eu no abraço". Eu sou Maria neste abraço, tão simples, tão simples seria a solidariedade, mas tão distante. O indivíduo Maciel era grosso, grosseiro, brutal. Tratava as coisas de modo direto, animal. "Morreu, está morta. Enterrem-na. Este é nosso ato de caridade. Vai-se deixá-la para os urubus?". A rudeza da sua cara na janela, ao dar a notícia em um bom-dia dos pistoleiros, "tua mãe morreu" para o menino que acordava, a desproporção entre o afago da colcha para visitas, uma colcha que era a continuação do corpo de Maria, ali presente algumas horas antes, o absurdo de um dia tão bonito e aquela cara na janela, face de Maria no anjo da morte, era um retrato do mundo cru do beco. Daí o gosto de sangue, do sal de Maria que voltava à boca de Jimeralto, quando lembrava o momento do magnífico maldito Maciel ao dar a notícia. Impossível então – se é que nos séculos seguintes tenha havido uma radical transformação –, não era possível um cuidado para a pessoa do menino. A infância devia ser algo próximo à inteligência e reflexos dos cachorros, dos gatos, supondo, claro, que nos animais e infância houvesse inteligência. Daí o aos chutes com que eram tratados. Não havia, em Maciel ao dar a notícia, algo parecido a uma judiciosa escolha, "quem comunicará a morte ao menino?". Não, os outros, o pai, o homem macho senhor absoluto, cuidava do enterro, do caixão, das coisas práticas com que se deveria fechar a vida de Maria, para demonstrar que ela ganhou um final digno.

Jimeralto sorria, como um louco chegava quase a gargalhar de sarcasmo, ao pensar no fim digno da mãe que se expressava em um caixão digno para visitas. Que enterro, quanta dignidade, diriam os amigos, os convidados para a última ceia de Maria. Ou, de modo mais próprio, seria a homenagem derradeira à santa, à santidade vinda pelo martírio? Ou, ainda mais preciso e sério, seria o pai a se exibir para o mundo todo atenções na perda-irreparável-da-mulher? Era tudo muito violento, uma violência abençoada por Deus, que sábio e grande abarcava todas as coisas, até mesmo um anjo investido na pessoa de um irmão gêmeo a dizer a um cachorro, "tua mãe morreu". Para eles, o choro era como um mijo. Mija-se, chora-se, isso é vontade que dá e passa. Tudo se torna plano em um chão passado por trator, piso, cascalhos, esperança, coração, sentimentos, tudo é plano. Não seria ali, ainda ali, ainda que nas circunstâncias de um amor sensível, não seria ali o lugar para a supressão da brutalidade. Daí que o tio lhe comunicou às 6 horas da manhã "a sua mãe morreu", porque se não fosse ele, seria outro, e lhe coube portanto aquela notícia, a ser comunicada de passagem. Dali ele se arrancaria para avisos, com iguais modos, que não possuía outros, aos demais irmãos daquela coisa fatal, da natureza animal, Maria morreu. Era dizer ligeiro à janela e sair, deixando o cachorro do menino estendido na cama sem mais ver o céu.

Na verdade, a pensar de modo frio no outro século, aquilo era deferência, uma consideração. Para que comunicar a morte da mãe a um menino? O corpo morto é comunicação. O corpo na sala, por si só, comunicava eloquente aviso. O corpo de Maria avisava transformações. Jimeralto lembraria sempre, em sua memória de lapsos, o rosto pálido do tio como se falasse do lado de fora da janela de um carro em dia de chuva. Mas a imagem era só de uma cara entre pingos de chuva que corriam pelo vidro, e num paradoxo o tio estava abrigado e ele não, pois ainda que chovesse muito lá fora do carro, o desabrigo, a solidão e o desamparo eram do menino, pois com isso evitava a coisa ruim de ver entre lágrimas o rosto do tio, enquanto a própria voz falava "o senhor está mentindo", antes de cair no abismo. Dali o tio sumia, e ainda que a janela continuasse aberta, se apartava o azul luminoso, da vida em festa, para deixar um azul de cal de cenário miserável, que de resto desconfiava seriam os vindouros dias. Dali, num grande lapso, e os paradoxos aumentavam, porque era um grande, enorme lapso entre a notícia e a outra, a outra pior notícia em forma de concreção. O paradoxo é que havia um buraco de coisas passadas, um corte de fita de filme antigo, mas era uma tela negra, sem legenda, uma cena com outra sem vínculo, sem ligação, como um filme a que se assiste um dia para depois de muitos dias assistir à sua continuação. A lacuna significava para ele, em primeiro lugar, que a separação entre a notícia comunicada pelo tio e a outra coisa se passava em um século, sem ponte, corte brusco de revolução de um tempo para outro distante. Em segundo lugar, que vivera, modo de dizer, vivera entre o tio na janela e a outra coisa, mas o fosso escuro da memória engolira, não tanto para evitar a sua dor, para esquecer o dolorido, mas, pelo contrário, para a recordação de que nada entre os dois momentos possuía significado.

O que significava dizer, o que importa é a tua dor. O que marca é ela. Esquece, porque já estão esquecidos com quem falaste, o que comeste, o que choraste, o que viste entre o tio e aquele outro precipício. Entre eles caíra a ponte. Porque foste de um abismo a outro, como se fosse possível saltar de um para, antes de respirar de alívio, ficar à beira do seguinte. A visão oscilava entre o assombro e uma estranha, perfurante delicadeza. No assombro era um mar levantado, um oceano nas alturas, que durante muitos séculos lhe voltava em pesadelo. Isso ele via e procurava não ver, pelo anúncio de luta desigual entre ele e os elementos insensíveis, brutos, de existência mineral, que nada entendiam das aflições de um menino pequeno diante do mar. No segundo ponto, extremo do intervalo do pêndulo, havia mais realidade, porque nada alegórico. A estocada fria e aguda da delicadeza. Lâmina de punhal ou de navalha que passava num átimo, que ou penetrava ou rasgava fina, cujo ardor e estrago não se notavam no próprio instante, no ato, porque a dor máxima viria quando nada mais pudesse ser feito, feito estrondo de trovão depois do choque do raio. Isso queria dizer o corpo de Maria no caixão entre flores na salinha. O cheiro, a catinga de flores, porque se misturava a algum sangue coagulado, o choro, o pranto, as pessoas, aquilo tudo era muito pornográfico. O espetáculo era a pornografia. Aquela exibição era o mar revolto, levantado, tsunami bíblico, que lá tem o seu fascínio, mas é de uma grandiosidade pornográfica. Pornografia não só no que atrai, pela exibição do tabu, do proibido, de transgressão. Mas pornografia em essência, pelo que abstrai da pessoa, das gentes, para deixar no lugar de uma face humana, de uma história, a redução de um animal chulo. Aquilo tudo era muito, extraordinária e despudoradamente pornográfico. O menino não entendia conceitos, o menino sequer tomara consciência de que estava no centro da tormenta, mas se evadia, ou procurava fugir daquela pornografia em cima do corpo da sua mãe.

Jimeralto não sabia, nunca soube onde ele próprio estivera, mas piscava o olho, estava fora do beco, piscava de novo, estava diante da sua mãe. Uma escolha entre dois suplícios. Sempre as coisas duas, ou isso ou aquilo, sem transporte físico ou material. Em um ponto, estava frente a vizinhos que em vez da interrogação do drama de Maria, interrogavam-no pelo olhar, querendo dele a demonstração escabrosa da funda tragédia. "Ele está chorando? Ele chorou? Chorou? Coitadinho" Ah, piedosos. Em outro ponto, estava frente ao corpo da mãe, do inescapável corpo de Maria. Se ele fosse um criminoso ideal, que houvesse cometido um assassinato por extremo dever, e por isso se achasse arrependido, com menos temor ele olhava o corpo de Maria. Porque ela não era ainda para ele um cadáver. Maria ainda nem alcançara o estado intermediário, de larva, entre o ser e o não ser. Isso viria muitos séculos depois. E mesmo então, como agora, neste século, ela não estava no não ser. Ela não existia assim, "Maria, mãe?", para a resposta "Diga, filho", ela não estava assim, porque todos os fatos gritavam ao filho "Maria morreu!", mas ela estava ainda como um ser em potência do que teria sido ou seria hoje. Sim, um absurdo – e o que o coração da gente mais almeja que não venha a ser um absurdo, que não seja uma luta encarniçada da felicidade contra o real porco? –, seria absurdo que ela continuasse tal qual a mulher da infância. Velha estaria velha, docemente velha, fanada, docemente necessitada de braços, pernas e carinho, pois então seria uma velha índia, com histórias inesquecíveis, cheias de símbolos das antiquíssimas eras. Mas seria também, na verdade se diga, uma senhora de compensação, uma pessoa precária, uma outra com o seu nome, como uma reprodução e desenvolvimento falsos do ser. É claro, o coração, o sentimento, "meu amor não é dialético, meu amor é ideal", ele se dizia sozinho com os olhos arregalados, é claro que ele queria a sua Maria igual, a lhe sorrir "como eu poderia morrer? como eu ia te deixar? estão loucos".

    O menino a olhava e mesmo ali não a via morta, apesar de todas as evidências. O que é a evidência para um coração necessitado? – Nada. Que evidência pode existir além do terror para um coração de menino? O terror deixa os sentidos perturbados, e por natureza não admite a realidade mais chã, tua mãe está morta, menino. Então, como num processo agudo de febre, ele perdia o significado primário das palavras. "Morta? O que é isso?". Morta era galinha, que a sua mãe segurava pelo pescoço para o corte, com o sangue aparado em um prato. A galinha se debatia, com as asas presas, até que fosse esmorecendo em meio a estremeções. Nada era mais diferente de uma galinha morta que o corpo de Maria. Ela não estava com qualquer marca no pescoço. Ela não possuía sangue coagulado, não, recuava com horror, não, tão pálida, Maria não tinha sangue, se é que sangue alguma vez se associara à sua pessoa. Era destituído de significação o que os vizinhos piedosos lhe endereçavam, "a sua mãe está no céu, meu filho". O céu era aquele azul de cal borrado da manhã distante, quando o tio, anjo bom, lhe anunciara a nova, "a tua mãe morreu". E tão incrédulo o menino ficara, que perguntou bobo, sem nexo, ao mensageiro na janela que dava para o beco:

    — E o meu irmãozinho?

Que pergunta, tão idiota que o anjo desapareceu. Sumiu, assim como aquela voz do sonho do pai, antes do primeiro século. Maria não estava no céu, naquele céu mostrado na lição número 1 de realidade, espaço físico, parado, insensível à dor do menino. "A sua mãe está no céu, meu filho". Filho, isso também não se aplicava a ele, porque a partir dali começaria e já estava como um não filho, uma negação do passado. Algumas palavras e conceitos sumiam ali, diante do caixão. Não existia bem um vácuo, um fundo sem nada perfeito, porque entre maus cheiros, gelatinas de pessoas e gestos pegajosos havia uma regressão, uma volta às coisas primeiras de bebê, pelo sentido de estímulos inexplicáveis, mas sem o calor da descoberta do nascido, de uma foto em que era uma criancinha gorda a sorrir para a câmera, em pose de filho amado e feliz. Havia uma regressão ao primitivo sem o plástico e alegria do bebê, um retorno que apagava a experiência sem reduzi-la a zero, pois vagavam em sua mente conceitos, como num purgatório vagam as almas penadas: "O que é morte? O que é filho? O que é quê?...". Daí que perguntava, depois de olhar o rosto de Maria entre as flores nauseabundas, depois de ver a face de paz, que alguma encenação de mau gosto, como de resto era aquilo tudo então, diria "ela encontrou a paz depois do sofrimento, descansou", mas descansar tambem era dar à luz, mostrar para o mundo um rebento, enquanto a mãe, à sua revelia, mostrava um ríctus, e os mistificadores diziam que ela estava a sorrir, que sorria em paz, diziam-na. E por nada encontrar de resposta naquele semblante de falsa paz, contorção final da agonia, ele perguntava:

– E o meu irmãozinho?

A isso as boas vizinhas respondiam "está no céu". Mas o que era o céu? Então ele voltava, para prova de maior inocência, ou de súbita alienação mental:

– Que céu? Em que céu?

E as boas vizinhas, umas balançavam a cabeça, negaceadoras, a se dizerem "que pergunta! O céu de Deus, o céu de Jesus, o céu das almas boas", enquanto outras, mais pacientes, respondiam:

– A sua mamãe levou o bebezinho com ela.

!!!!!!!!!!!!! O que isso significava? Ó crueldade do eufemismo! Porque um resto de lógica, ou de um senso mais plano vagava naquele purgatório de indefinições, de morta que não era galinha, de sangue que não coagulava em um prato, de filho sem origem, sem referência, o que era sempre pior que os bem-aventurados filhos de uma puta. Jimeralto olhava, olhava e não percebia o bebezinho que subira para algum lugar com Maria. Ele estava ali no caixão, em onipresença no céu e no caixão, ou na forma de anjinho prometido? E o caixão do irmãozinho, cadê? Então as vizinhas, as pessoas se olhavam com o significado "o quanto ele é estúpido", até que uma louca, uma menina mais velha, vale dizer, uma humana ainda não corrompida, lhe respondeu:

– O teu irmão está na barriga da tua mãe.

Ah, o céu. Se ele fosse um secreta de Deus, ele lhe diria:

– Ó Senhor, tu não passas de um grandessíssimo filho da puta.

Mas ele não era um secreta de Deus, como gostaria. Lá na pensão, na maturidade que volta do cemitério, muito gostaria. Pois se fosse um secreta de Deus, ele O derrubaria do Seu trono por ter autorizado um desenlace precoce de Maria, e não só, por ter permitido esse crime nefando, por haver fechado os olhos àquele mundo bárbaro do beco, de nada ter visto dos assassinatos de pessoas, até mesmo das que se arrastavam à semelhança de vivas. Mas para que ele O derrubaria, para deixar vago o trono do Poderoso? Ele não queria ser o Poderoso, que sempre era o discriminador, o regente de privilégios, "estes vão para o paraíso, estes ficam no inferno", não. Ele queria ser um Deus vicário, um Deus suburbano, para soprar amor naquelas feridas ácidas da infância. Mas o ácido era o ácido, o ácido era furioso e insubmergível, o ácido resistia até aos sopros de amor, porque o ácido era o princípio ativo, sem o qual não havia veneno, remédio ou solução. Então que fosse, como um frustrado Deus vicário, um recuperador daquelas consciências, que se sufocavam e sufocavam. Então ele procurava acompanhar o que seria uma recuperação, quando na verdade constituía uma penetração em si, até os anos cabelos grisalhos. De modo claro, se era possível a claridade em sombras: ali, na hora do enterro, ele não acreditava na morte de Maria. O inconformismo contra aquele assalto de realidade, que gerou uma descrença no que os olhos viam, nos anos maduros retornou, porque grande era a inconformação, mais agora que antes. Se naquela hora fora a sua rebeldia, revolta que rebentava inconsciente contra aquela jogada desonesta de Deus, agora se tratava, passados os anos de vedação à doutrina, em que a realidade objetiva era a exclusão mecânica do mundo interior, como se a própria mente, sentimentos, não fossem faces também da realidade, agora se tratava de uma revolta contra a sacralização da injustiça, que o Deus bíblico abençoava e explicava.

Uma revolta contra a resignação, que ele mais eloquente se dizia, resignar-se é suicídio, resignar-se à infâmia é ser infame, não há qualquer virtude na humildade, que é sempre a aceitação da desigualdade entre os homens. Então Jimeralto, assim posto, se levantava com todo o seu sentimento, agora que possuía os cabelos brancos e de sua mãe não restavam nem os ossos, se é que alguma vez foram identificáveis, pois os pobres como as vítimas de qualquer opressão nunca têm sepultura. Têm apenas um buraco de aluguel rápido. "Isso é uma injustiça", ele se dizia com amor possuído, possuído pelo filho tardio de Maria, quase a berrar mais alto, "o que fizeram contigo foi injusto!". Mas quem o entenderia? Quem comungava com ele a dor, uma vez que todos os filhos do beco, todos os filhos dos becos, esses filhos de todas as Marias não o compreendiam. Que era essa coisa mais bela e louca uma revolta depois dos 60 anos.

O filho renegado de Deus — XIX

O sentimento na recuperação do assassinato da mãe parecia mais loucura, monólogo sem palco, sem plateia, sem teatro, sem mais nada. Jimeralto mordia o lábio, tinha vontade de engolir a própria língua, porque ela não lhe servia para expressar mais que um gemido, gutural, e gemidos não comunicam nem fazem um idioma. Gemidos são uh, ham, am, e nisso vai uma sintaxe incompreensível. Então ele, na impossibilidade de se fazer entender, ao se notar assim impossível de receber uma solidariedade, falava de si para si, à semelhança daquelas noites em que perdia o sono e só o retomava ao entrar na obsessão de particulares símbolos: de olhos abertos se punha a sonhar, e tal era o fascínio e arrasto magnético dos devaneios, que adormecia. Por duas horas talvez, mas em duas horas ele voltava aos braços da gorda, como um amante voltaria. Sonhar desse modo antecipava o sonho, algo de fato irresistível no escuro. E voltava àquele mundo incômodo de carências, para ali procurar um foco de bem-aventurança.

Ele estava diante do corpo de Maria naquilo que chamavam de sala. E tanto ali quanto agora, tanto na infeliz luz daquele dia, daquela hora, a que ele mesmo quando não voltava por detida reflexão carregava, ali como nesta madrugada, em que de olhos escuros olha o escuro, ele está diante dela e não crê naquilo cujo nome é o corpo de Maria, que fere a sua vista. Ali como agora: Maria não está morta. Essa é uma ideia que resiste a toda e qualquer lógica, até mesmo aos fatos, aos acontecimentos vividos e testemunhados. Maria não está morta. Para o sentimento, para a percepção essencial, que diabo são os fatos? O concreto vira falso concreto, o palpável vira engano, e de tal modo que a evidência de ver como São Tomé vira uma burla. O concreto é o que resiste na consciência, ainda que não se possa mais pegá-lo. Isso, contra toda a tradição racionalista, era um tabu, um obelisco erguido contra si, a que Jimeralto não podia olhar nos anos de clandestinidade. Pois não encaramos aquilo que contraria a proclamação de nossos ideais públicos. Sobre o que se opõe ao que falamos corremos de ver com olhar detido. Mas o coração rumoreja, e rebelde em silêncio continua a busca daquela que os olhos não veem mais, daquela que insistem em lhe falar que não está viva. O coração continua, e faz seu caminho onde só veem pedras, urtigas, raízes murchas. Jimeralto não sabia, não podia nem queria saber, porque grande era a dor sufocada, que no mais íntimo ele continuava a procurar uma forma e conformação para Maria. Disso não tomava consciência, porque além de se confessar uma fraqueza era também um ser de intimidade vergonhosa, que amaria sempre mulheres com alguma coisa de Maria. Ou da sua feminilidade, ou da sua bravura, ou dos gestos do mais calado carinho. De uma generosidade até o sacrifício. Marias assim se faziam dignas do mais louco amor.

Mas ele não sabia, ninguém devia saber. Isso era desnudo de absoluto segredo, isso estava naquele capítulo e jarro precioso, onde se guarda, e se defende com todas as armas, um caráter próprio, a esquisitice de uma personalidade. No entanto, ainda aí, apesar dos embuços, estava um traço detectável em consultas no divã ou prospecção psicanalítica. O que ele não sabia, nem desconfiava da existência, é que ele sonhava com a vida de Maria mesma, ela própria, sem fantasia ou corpo disfarçado em outras, vale dizer, se o pudor destas linhas for jogado ao fogo, ele sonhava com a sua volta, sim, ela própria, a sua pessoa concreta, real, se assim se pode expressar. "Mas como o real, se ela não mais existia?", perguntava-se em seus diálogos ocultos de si, do mundo consciente. "Ora, ora...", respondia-se ainda mais entranhado, com uma pergunta de desejo absoluto, "os mortos não voltam?". Nesse diálogo de vozes ocultas, nessas vozes que passavam à revelia da sua mente apresentável, nessas falas que fluíam lá no quintalzinho da casinha do bequinho estreito e escondido no fundo de si, ele se falava e sabia ser possível uma dilatação da vida de Maria depois da morte, ou seja, o absurdo de que a sua consciência, sala de visita, desprezava, "ah, os mortos", com um estalo nos lábios que significava "os vivos depois da morte, que bobagem".

Então nós que o narramos, que o vemos, temos vontade de sorrir para a sua grande certeza, aquela da consciência apresentável, "ah, os mortos...". Pois ele desprezava o absurdo como os amantes apaixonados dizem desprezar a sua paixão. "Ah, aquela mulher, isso é passado". E, ao perceberem que não são vigiados, voltam com uma sôfrega pergunta, "você tem visto essa mulher?", para a continuação ainda mais objetiva e neutra, "onde ela mora agora? em que rua?", e mais, "está sozinha? é bonita ainda?". Ah, os mortos. Coisa mais óbvia e redundante: quem não sabe que os mortos estão mortos? E o coração, no mesmo passo em que fala alto essas obviedades, fala-se com uma revolta ainda mais funda e secreta, "não, eu a quero com todas as minhas forças, em que lugar mora e vive essa mulher que pensam ser passado?". E por isso Jimeralto, ateu, materialista, em plena maturidade, ainda a queria em uma vida nova, como se morta estivesse viva, como se aquela Maria no caixão fosse um engano, ou, de modo mais decisivo e corajoso para o seu coração de materialista, "Maria continuava em uma segunda vida". Se é uma lei universal que os mortos estão mortos, essa lei não se aplica a ela, porque se algum dia foi morta, hoje está viva.

Então o seu peito de conformar, querendo traduzir o absurdo à razão, dava a Maria uma nova vida, mas com os sinais do tempo, a saber, ela em sua segunda estaria um pouco curva, mais baixinha, e de cabelos brancos. Um tantinho mais magra também, porque na velhice – uma velhice exterior, já se vê, por acréscimos de artifícios –, porque Maria envelhecida fazia dieta para controlar a glicose no sangue, e por isso estaria um pouco mais magra. E coisas assim, creia-se, não são uma fantasia, divagação ou desnorteio poético. A poesia se dá dentro de cada um liberto, quando nos abandonamos àquilo que nos faz pessoas.

Pois assim se deu, de repente, quando Jimeralto aos 60 anos lia algo referente a Hemingway, em um ônibus sentado a um canto e janela, esquecido de si, do mundo, somente atenção exterior ao que lia. Na altura do Cemitério dos Ingleses, passou ao seu lado uma senhora baixinha, gorda, de cabeça branca, com o rosto de Maria, com a respiração ofegante de Maria, com o andar e a beleza de Maria. Foi impressionante como ela se fez ver, sem lhe bater no ombro, sem lhe falar, pois apenas o chamou com a sua passagem e presença. Sem aquele perfume que ganhara em um concurso de gordas no rádio, sem o cheiro nauseante das flores no caixão, ela era uma senhora viva, silenciosa e viva, que lhe anunciava "olha-me, vê-me, eu te digo: a nossa ligação continua. Eu te salvo e te redimo". Era ela, a voz possuía o calor e timbre do afeto identificador. Pois há um lugar fora das delegacias policiais da realidade onde o amor identifica pessoas sem precisar de fotos, impressões digitais e outras evidências inúteis.

O amor é determinante da singularidade de uma pessoa como um todo, ao mesmo tempo que a decompõe em traços resistentes aos abalos dos anos ou disfarces. É a temperatura da voz que chega em um telefonema, não importa quanto tempo haja corrido, é até o anunciar de voz que não se emite em frases, palavras que ninguém escuta, a não ser o amado, o conhecedor, cuja percepção desvenda a fala em um olhar.

Assim Maria passou por Jimeralto na altura do Cemitério dos Ingleses. Ele não soube o que fazer então. Vontade lhe deu de saltar da cadeira e tocar, tocar aquela senhora (mas ela seria desfeita como bolha de sabão?), e mais vontade lhe deu de pular sobre ela, tocar-lhe a nuca, beijá-la no cangote, mas ela reagiria "quem é você?".

— Eu sou o teu filho, Maria. Nota como fiquei metido a besta. Leio, anoto e discuto autores reconhecidos no mundo. Nota como estou vestido, bem vestido, diferente de quando era nu, aos 7 anos para economizar roupa. Nota como estou gordo, e não só por genética, Maria. Eu agora como e bebo o que nunca comeste ou bebeste. E ainda assim eu sei, eu sou teu filho, Maria. Eu sou aquele que contigo comeu tanajura.

Essas coisas que dão vontade, por timidez ou medo, e nesse caso foi mais medo que timidez, porque para a mãe ele jamais seria tímido, na hora ele teve um medo menor, de gente pequena, indigna do menino: na hora teve medo de cair no mais vergonhoso ridículo. Que coisa feia seria se, contra todas as evidências, dona Maria se voltasse e o olhasse, ainda que com uma denúncia no olhar:

— Eu não sou Maria. Eu não me chamo Maria.

E ele puxaria o sinal do ônibus para descer, rápido e esmagado. Mas ainda aqui ele a olharia pela penúltima vez, nunca pela última, para gritar à mãe:

— Por que você me engana?

Na hora foi esse medo de escândalo, de ridículo que o paralisou. Mas o medo mais grave lhe veio depois, ao refletir. E se ele houvesse dado um pulo para a ilusão? Isso queria dizer, um pulo para o nada, um pulo para agarrar a bolha de sabão. Ou tocar na imagem do espelho, onde em lugar de um corpo de carne só se encontra um reflexo. Mas aí a desilusão era bem diferente do que ilude a matéria bolha de sabão, a matéria espelho e imagem. Seria uma desilusão de identidade. Tocar em Maria e vê-la desfazer-se no ar, não, o seu amor o impediria. Ela não seria morta duas vezes, uma naquele caixão, outra no seu reaparecimento. Então ele viu, ao levantar os olhos daquela boba e descartável página, viu a passagem de Maria ao seu lado, que não lhe tocou com as mãos nem lhe falou com a boca, mas que o levou a vê-la dizendo-lhe:

— Não procures, filho, o mundo em representações inúteis, não procures a vida no que é mais vaidade, ouro de latão, que vida. Não te percas. Eu sou o teu caminho há muito. Mas foges, insistes em não me ver. Tu queres uma sonata, eu sou ela. Tu queres um desenho, uma pintura, isso já te dei. Tu queres a revelação impossível do carinho, e basta que me sigas. Volta a tua vista para o meu vestido sujo.

E foi tão rápido em instantes físicos, contáveis, estreitados e comprimidos em segundos, foi tão rápido. Mas que duração! É ela, ele se disse, é ela, é Maria, dona Maria, e não soube ao certo se se abandonava à sua presença, se se dizia, "para com isso, é impossível, Maria morreu", mas como? Ela era palpável, visível, estava passando ao seu lado às 13 horas de uma quinta-feira, é ela, ele se disse. E ficou em estado de êxtase, esquecido de que era um empedernido ateu, um rígido materialista, abalado que estava no ônibus por um movimento do coração. É ela. Então os transportes dos cristãos, dos loucos, dos místicos de todas as religiões é real, é real, e ele não sabia, porque dava a todos a categoria de ilusões de alienados. Mas isso na hora ele não pensou, descobriu depois sem a ninguém falar, guardou em si aquela língua de pentecostes, porque era mais abrasante que suas proclamadas crenças. Maria passava ao lado mui digna, velhinha, pobre mas em belo vestido, talvez porque, depois de tantos anos, muito houvesse melhorado. Elegante, com uma elegância natural, sem alarde. Olhando-a bem – e o coração olha melhor à distância –, olhando-a bem, os anos haviam tirado dela o ar selvagem, ou o aspecto livre de mulher índia, quem sabe ela houvesse ficado uma índia civilizada. Ou melhor, na aparência exterior domesticada. Maria ali, tão rápido, talvez fosse uma concessão do afeto. Talvez com lógica amorosa, naquele amor que é cego para a miséria material, talvez o sentimento corrigisse o passado.

Arrepiava-o, porque a sua Maria passava, bem vestida ao lado, arrancando-o das páginas do livro, já um tanto alquebrada, mas vestida em roupa e penteada como o filho a queria, na altura em que ele estava aos 60 anos. Então ele estava com o dobro da última idade de Maria na infância, que ela atualizava para depois do ano 2000. E Maria estava "uma senhora muito bem conservada", para assim cantar a alegria íntima. Nela não havia a devastação da pobreza e dos séculos. A julgar pela fria aritmética, ela devia estar com 83 anos, mas com a maravilhosa percepção do sentimento ela passava como uma senhora de pouco mais de 40. Mas era a Maria de 1958. É claro, com os acréscimos grisalhos nos cabelos, porque mesmo que fosse um sonho com os olhos abertos, guardava uma astuciosa lógica. Com a vantagem de, se ela fosse um sonho, não se pôr num enredo, em um relato de visões. Não se precisava inventar para cobrir os buracos que o coração fazia. Ela passou individualizada, ela, só ela, em todo o ônibus, em toda a paisagem. Sim, é certo, ele a queria perfumada, docemente perfumada com o perfume de 1958, mas aí, ele o sabia, se ela assim estivesse, não insinuaria um chamamento, porque de um salto ele a pegaria com todas as suas forças, enquanto gritasse:

— Maria, mãe, tu nunca mais me escapas!

A que loucura seria levado por um afeto desavergonhado. Então, para a sua sorte, para a sua aparência de sanidade, Maria não passou perfumada, a não ser o perfume natural de suas carnes, que ele guardara e aguardava havia muito. Mas aí ocorreu o mais maravilhoso. Enquanto ele estava indeciso em se levantar e se dirigir a Maria com arrebentação ou educado, e lhe falar de modo respeitoso e precavido, antes da fúria:

— Como está a senhora?

Enquanto o seu peito explodia. Enquanto o coração se agitava em becos, casinhas, colo e leite quente bebido dos seios dela:

— Tudo bem com a senhora? Mãe, por que me enganas? Por que não dizes logo "sou Maria"?

Enquanto ele era um filho só arrebatamento, como um místico de fé poderosa recebe a sua revelação, no paradoxo irreprimível que era a sua vida naquele instante, então antes que explodisse no coletivo a uma hora da tarde, "mãe, há quanto tempo", então só um pouquinho antes que o tomassem por louco, que pegassem o insano, então se deu o maravilhoso como uma concreção da fábula. Sem olhar para trás, Maria desceu em frente ao Cemitério dos Ingleses. Por que ela desceu ali, naquele exato ponto, quando havia tantos lugares para ir, esconder-se, furtar-se, revelar-se, em novos caminhos do amor impossível e impulsivo?

Pensamos nós, à revelia de Jimeralto, que Maria desceu em frente ao cemitério como uma concessão do afeto à lógica e à memória, em uma estranha mistura e entranhado. Pois os fenômenos da gente, contra toda a separação violenta e arbitrária das chamadas ciências duras, clamam que o coração da gente nunca é puro. Para nós, é mistura de tudo, do grande ao pequeno. E nesse caso, as maiores coisas na descida de Maria em frente ao portão do cemitério eram a memória e a razão. Mas uma razão que cedia mais espaço à memória. Ali, enquanto a gentil e suave senhora descia, em pleno sol de uma da tarde, estavam histórias noturnas em que apaixonados, os de súbito apaixonados das histórias, que de repente se enfeitiçam por mulheres belas, que num piscar de olhos somem em frente ao cemitério. Histórias em que os pobres iludidos desmaiam ante a bruta descoberta, pois nessas histórias de 1958 a paixão é uma alma do outro mundo. Se aquilo era memória da infância, nela se entranhava a factual e comum lógica de recuperar a pessoa da mãe próximo ao cemitério. À semelhança de uma cartilha em quadrinhos. No primeiro, Maria estava morta. No segundo, num salto inexplicável, de séculos, gerações e golpes, estava viva. No terceiro, desaparecia em frente ao cemitério, porque, conclusão, estava morta. Ou seria, em vez desse vulgar didático, uma iluminação da presença da mãe, recuperada na vizinhanças dos mortos, porque, afinal, a sua ressurreição não poderia eludir a morte? Por esse caminho havia sido uma sensatez, ainda que em um processo de cobertor curto, por deixar lacunas. Pois como explicar os tons envelhecidos de Maria, quando mais simples, mais fiel, mais verdadeiro, enfim, teria sido a recuperação da sua última imagem? Daquela de antes, durante e depois do caixão, perpetuada na lembrança por um retrato na sala? Por que Maria passara ao lado "bem vestida", bem vestida para a Maria original, sobre quem não havia roupa que lhe cobrisse a miséria, ou que a pusesse elegante, no corpo rebelde de índia gorda?

E porque a mais concatenada racionalização e a mais ordenada lógica fossem insuficientes para aquela visão, os pelos dos braços de Jimeralto arrepiaram. Porque era impossível aquela presença no ônibus, ao mesmo tempo em que era inegável a sua passagem junto a ele, com o mesmo cheiro da carne de Maria. "Eu sou carne e à carne volto", ele quis se dizer. Mas nada disse, porque estava confuso, perturbado, em estado de encantamento. Então, ali no ônibus, o que havia sido no primeiro século um choque profundo, agora vinha num encantamento maravilhoso. Se antes o corpo de Maria no caixão negava a realidade, pois a realidade era o carinho dela para o menino, agora na sua aparição ela negava a morte. De uma forma ou de outra, do caixão no beco à sua volta no ônibus, Maria negava a realidade. Em séculos diferentes. Por Deus, não havia ali um fio que atravessava a história? Jimeralto, nem se deu conta, largou o livro e uniu as mãos, ato físico, junção tátil de sentir a si próprio, lhe pareceu. Mas assim com as mãos postas ele queria rezar. Uma reza de júbilo, de hosana a Deus que lhe concedera a graça de menino pobre. Graça tardia, de um Pai vingativo que tira e põe de volta o que nunca devia ter sido tirado. Graça cruel, pois se fosse misericórdia, nem precisava ser todo misericordioso, bastava ser humano apenas, e teria compreendido que a crianças do beco não se arrancam mães gordas. "Hosana, Senhor! Tu me concedes a ilusão do que me pertencia antes", ele se disse ao voltar maduro àquela visão. O que fizera para merecer semelhante vingança? Ele não queria, mas Deus lhe parecia ser uma perseguição nas fundas desgraças. E ali no ônibus, enquanto rezava sem saber que rezava, enquanto dizia balbucios do tempo da idade das pedras, um terceiro se levantou dele e ergueu um dedo para cima. E gritou para as nuvens no céu azul, o mesmo céu azul em que fizera sombra o arcanjo Maciel, na janela do quartinho do beco, ao lhe anunciar a morte de Maria. E gritou, o seu terceiro Jimeralto:

– Deus, isto é pessoal! O que Te fiz para ser assim desmerecido?

O terceiro apontava o alto, enquanto de mãos unidas Jimeralto rendia graças à visão. Até que se deu conta, e considerou, de modo racional, que não era demais que os homens dessem graças pelo conforto da mãe de volta. Então, comovido, tão comovido quanto perturbado, se pôs a tossir, engasgado com um pigarro denunciador. Não, ali de olhos secos, não chorava. Não ali. Chorou depois, no terceiro século, três séculos adiante ao refletir sobre aquele menino, numa reflexão objetiva de uma situação objetiva de um problema objetivo. Então ele chorou ao descobrir uma semente de desespero e desesperança ali, ao longe. Aquele menino e seu grão de desamparo vinham crescendo no adulto. Ora lhe tomava conta, e ele via a mãe passar, fugidia a seu lado, qual deusa recusada, a encantá-lo. Ora ele refletia sobre o século anterior aos séculos, de modo objetivo e científico, e por assim meditar, desabava. Pois grande era a empatia entre o velho e o menino. E com um esforço violentador, sobre-humano, via o menino que via.

O menino olhava o caixão sem entender qualquer coisa, nem mesmo a primária e específica morte. Era claro, por mais que lhe dissessem "tua mãe morreu", era claro que Maria não estava morta. E se ela deitada entre flores mostrava uma pirraça sem razão, ainda mais sem nexo, explicação ou motivo se comportavam as pessoas. Em vez de olharem aquele rosto lindo, cortado pela agonia, olhavam para ele. O que desejavam? "Coitado, nem parece", ele ouvia. E lhe tocavam o ombro, e lhe falavam "sua mãe foi pro céu", mas de um modo tão falso, que até o menino aos oito anos percebia. Queriam apenas lhe falar "estás fodido, menino. Tu nem imaginas quanto", mas repetiam naquelas vozes melífluas, com que os carnais querem parecer etéreos, espirituais, e conseguem apenas traduzir falsidade, o que, em lugar de consolar irrita pelo cinismo que não se mostra franco: "sua mãe foi pro céu, meu filho". Meu filho, céu...

Maria então, com tantos vizinhos e curiosos, pois todos queriam ver a mulher grávida, o que deveria ser motivo de solidariedade e pensamentos menos fúteis, virou atração de circo. O equivalente a "hoje tem espetáculo" corria do beco para a avenida. De tão pequena, abarrotada de público e fedor de flores e velas, a salinha oprimia. O menino procurava sair, ficava perto da porta na ruazinha do beco. Outros olhos o perscrutavam. Por cima do muro do quintal de uma casa grande, de um dos ricos dali, e o rico era um tenente do exército, meninos, mulheres, o investigavam. E vinham com interrogações. Outros tentavam um consolo, à semelhança de cavalos que falassem, carregados da piedade cristã que tem o conteúdo "ainda bem que não foi comigo". Ou como expressariam os moradores do beco, "antes ela do que eu". Mas, ainda assim, todos iam do corpo de Maria até ele, uma extensão da mulher que não queria morrer longe do filho. Então Jimeralto sorria. Sim, estava à beira do riso, vale dizer, porque nunca se sentira tão importante, tão cuidado, tão, digamos, amado por todos. Então ele, em vez de chorar, sorria. Sorria com os olhos de índio herdados da mãe, por se ver tão requisitado, olhado de longe, de perto, sorria por não saber ter virado personagem de drama de circo, ao qual não faltava nem o palhaço do gênero de farsa. Pois assim não é a vida? Ele não sabia ali, sequer em muitas lições depois lhe contaram, ou lera, isto não estava em qualquer livro ou manual de ação: a vida é toda misturada, na vida tudo era mistura, os personagens não estavam delineados como nos dramas didáticos ou de virtuosos sentimentos: bons para um lado, ruins para um outro. Ou como nos filmes das matinês dos domingos, em que as pessoas na tela estavam divididas em artista e bandido.

Os piedosos voyeurs não entendiam. Um deles chegou a enunciar a censura de modo explícito:

— Sua mãe morreu, você não chora?!

Ao que o menino respondeu, tomado banho, vestido em sua melhor roupa:

– Não. Eu vou andar de carro!

Porque as coisas eram assim, a carência material não abandonava a gente nem nos momentos dolorosos. A essa resposta as vizinhas se entreolharam, escandalizadas. Então o menino ali percebeu que havia dito algo fora do circo sem lona do beco. Refletir sobre isso punha Jimeralto com as mãos juntas, numa mistura de reza a ver com olhos de profunda paciência toda aquela miséria. Tudo ali havia de ser manifesto claro, de forma exterior irrefutável. Ah, meu Deus, "de forma exterior irrefutável", essas palavras não dizem o escândalo mais simples. Que venha o socorro dos termos, palavras e expressões próprias coladas à cena. A coisa toda, o enterro, a morte de Maria, era brutal e obscena. Isso quer dizer, brutal no que possuía de violência bárbara, ainda que se empregassem fórmulas da fraternidade cristã; obscena em razão da sua imoralidade, daquela imoralidade que é escárnio ou escarro para a destruição da pessoa. Mas ainda aqui adjetivos e substantivos são fria lápide. Ou um enunciado de palíndromo oco, de frente para trás, de trás para a frente a dizer coisa nenhuma. O concreto é o narrado, nunca o declarado. E por isso é preciso que se narre, agora.

As lágrimas que não flutuavam nos olhos de Jimeralto, se atentassem bem, faltavam-lhe porque sobravam nos olhos do pai. Filadelfo chorava por ele. Mas nada de choro tímido, calado, só lágrimas. Um espetáculo a tomar o palco, o pranto do pai era longo, alto, urrado. Filadelfo possuía o dom e o tom de barítono, que ali se mostrava em um canto e canções de tenebrosa música. Nada mais másculo, de um viril berrante, que o pranto daquele homem. As exibições de macheza que faria depois com outra mulher, quando nas brigas e discussões pegaria no saco escrotal para o balançar, como se possuísse oito ou oitenta e oito testículos, ali no enterro ele os transferia para os urros e para a voz. E com excesso de ator virtuose, que não se continha no script, que ultrapassava os limites do papel, com uma pletora e acúmulo de sangue à beira da congestão. E assim e por isso ele derramava de si a fartura de talento, a falar para o caixão:

— Maria! Maria! Por que você foi tão teimosa? Maria! Fale, minha mulher. Fale!

E por um contágio viral desse pranto, as pessoas em torno redobravam o choro, em um perfeito coro de carpideiras. Então o barítono, operístico, corria destacado para o centro:

— Maria!

Ele gritava um longo urro de dor. As vizinhas se imobilizavam, em franco arrepio, pareciam cair em transe, vale dizer, um transe com traços de êxtase de quem vê um espírito ou a revelação de Deus.

Maria!

O pai não tinha pejo. Mas de um modo ou de outro, ele estava no seu palco, com a sua assistência. Ninguém ali desconfiava do que fosse pejo. Nem tanto da palavra em si, mas dos reais e vividos significados: vergonha, pudor, pudicícia. Pudor, eles o possuíam em obediência a outras normas de convivência. Por exemplo, defecar em público. Por exemplo, sair do banheiro com a braguilha aberta. Mas em relação ao essencial, ao que no mundo é fundamento, pois se o tiram não há mais mundo, não. Por exemplo, ali diante do caixão de Maria. Enquanto Filadelfo urrava, em lugar de um recuo, de uma contrariedade para com a descabida exibição de afeto, os vizinhos avançavam, cercavam-no, deixando-o no centro da arena, onde as telhas vãs substituíam a lona do circo.

— Maria! Eu fiz tudo. Fiz o impossível pra você dar à luz sem risco. Tudo!

Só à distância Filadelfo se mostrava um viúvo — ou quase viúvo, porque o cadáver ainda não estava frio —, como um viúvo que falava a duas pessoas, assim como os atores individualizam alguém na multidão: uma eram os vizinhos no enterro; outra, era Maria, quase falecida, pois que não era ela própria, mas uma encarnação da consciência culpada. Falava com uma verossimilhança que era, em si, um magnífico espetáculo, que valeria a pena ser visto, não fosse o preço da cena tão alto. Ele falava sem olhar as pessoas, com o rosto posto entre as mãos, o que era um dom só alcançado por atores experientes, que falam à câmera sem olhá-la. As lágrimas molhavam as suas mãos quentes, aquelas mãos que para o menino se levantavam para o soco, para a porrada, "bato num filho como quem bate num inimigo". Mas agora não. A dor era dele, que chorava para todos, que se maldizia com cuidado, sem heresia, sem atingir a pessoa de Deus, que, afinal, todos diziam ser o autor daquele destino. "Foi Deus, Deus quis assim, Deus sabe o que faz". E com isso, com esse mantra e fórmula mágica, Deus surgia no enterro como um providencial deus ex machina, pois retirara, arrancara Maria como uma solução precipitada da trama. Assim por Ele e com Ele se resolvia também uma brutalidade, mais uma e penúltima: Maria carregava o filho no ventre imenso. ("Eu tenho um acerto pessoal com Deus", a consciência de Jimeralto gritará.) Ela carregava um feto maduro, e aqui se dispensa a ironia, porque o seu feto amadurecia para a obliteração, para uma parede que se fechava, e, assim como a mãe, o feto sufocara entre convulsões e agonia.

"Eu não gosto da mulher que não gosta de ser mãe", Jimeralto diria 50 anos depois, num espaço de três séculos. Diria sem entender, diria para ser censurado por uma ideia tão atrasada, tão redutora do papel da mulher, falavam-lhe os camaradas, porque a maternidade vinha a ser uma opção, nunca uma natureza. "Não, eu não gosto da mulher que não gosta de ser mãe", e para apoiar a mágoa íntima levantava argumentos filosóficos, de uma biologia filosófica, quando deveria, se pudesse, falar o seu desgosto em uma forma nada teórica: "A minha mãe morreu com o filho no ventre. Eu não gosto da mulher que não gosta de ser mãe". E por nada falar de razões tão graves, agora lhe vinha à distância o mesmo cheiro de mar, o mesmo cheiro de sal, que sabia ser o anúncio das lágrimas que não chorara naquele distante século. É que o espetáculo daquelas léguas de tempo havia sido muito precoce. A representação inteira lhe escapava, tanto pela violência do drama quanto pelos acidentes e cortinas que o desviavam do cerne da impostura. Ficava-lhe a crença numa variante da impostura, estranha, porque o teatro era único, inesperado, sem outro espetáculo com aquele script. Se não o desvendava, pelo menos os olhos o guardavam com o frescor da criança que apreende os adultos, primeiro pela imitação, depois pela busca de um significado. Ele não poderia perguntar "pai, o que é isso?", porque a pergunta pressupõe alguma intimidade, que ele não possuía com a fonte de sobrevivência e máxima autoridade. Tampouco perguntar aos amigos do beco, que fugiram, sumiram, sem que ele se desse conta, porque grande era a agitação na plateia. Não viria ali, ainda, a iluminação de que nas grandes desgraças os amigos se furtam, talvez por medo de contágio, mas sempre sob a desculpa de que "não poderia vê-lo nesse estado"?

Então ele, se não estivesse em ambiente exterior e íntimo de absoluta perturbação, e se soubesse como agir e pular fora daquele dia, então ele poderia chorar numa imitação do senhor barítono, à beira do caixão. Chorar à maneira das crianças que aprendem pela imitação, quando reproduzem aquilo que as impressiona. Então ele poderia também urrar, derramar um pranto pletórico, volumoso, assustador, como tudo que vinha do pai, o grande senhor Filadelfo. Mas em vez de dor, de empatia por sua dor, ele apenas atrairia risos, pelo ridículo e pretensão de imitar tão ótimo ator. Como uma farsa ao repetir um fato histórico. Ou melhor, quem sabe, como o mais ridículo de uma farsa, ao ser reproduzida. Lembrar aquilo trazia um cheiro de cigarro, fumaça e velas. De cera derretida na salinha em que muitos fumavam, um conforto para o público que assistia à função dramática. Mas era estranho que ao recordar a salinha em sombras, e ali sempre fora mal iluminada, e agora ainda mais sombria pelo acúmulo de pessoas, era estranho que apagasse a pouca luz para receber o mau cheiro dos cigarros, a repugnância de cravos e dálias, flores a que passou odiar pelo resto da vida. Esses odores do enterro, ainda que desagradáveis, reconhecia, eram desvios do pai grande ator no grande espetáculo. Por que assim se desviava? Era claro, por um lado, para evitar a maior dor, em um derivativo, o deslocamento de uma região crucial para outra menos dolorida. Por outro, essencial, em razão do medo, por desconfiar de que no homem, de cujo sêmen descendia – e esse fato era o vínculo com o pai, filho do sêmen –, por desconfiar de que em Filadelfo havia muitos Filadelfos de outros enterros. Se ele cresse, se ajoelharia em jaculatória:

– Deus meu, Deus meu, eu não quero ser jamais esse hipócrita.

O medo era que Filadelfo não fosse tão original assim, e este era o maior pavor e medo: que houvesse universalidade em sua farsa. Mas o medo do escuro, da salinha em sombras só cheiros acres, o medo do escuro não criava monstros maiores? Agora ele haveria de saber se maior era o monstro oculto ou a sua cara.

O filho renegado de Deus — XX

Filadelfo, posto na sua estatura de homem baixo, atarracado, com traços dos ascendentes negros angolanos, estava ali no ponto culminante da carreira. O rosto de bochechas ainda não derreadas, pois estava no vigor dos 37 anos, Filadelfo com seu bigode de cheiro de café e de cigarro gringo, de hálito de charque e linguiça com ovos, iguaria a que só ele na casa tinha direito, Filadelfo queria ser e era, por força do seu trabalho solo, um homem espiritualizado. Aqueles diálogos de antes com seu mestre, o padrinho Manoel de Carvalho, retornavam. Se antes ele falava, respondia, a uma pessoa de corpo ausente, desta vez monologava com uma não pessoa presente. Assim falando, "para ela", ele falava para todos num teatro real.

— Maria! Eu sempre fui o seu arrimo. Não me falte agora, eu imploro. Eu nunca lhe faltei. (Pausa e urro.) Tanto que eu fiz para você não morrer. Tanto. Você podia estar viva, Maria. Você é teimosa. Eu não tive culpa, eu não tenho culpa. Eu não sou culpado da sua passagem. (Pranto alto.) Quando me avisaram no trabalho, vim correndo. O meu guia espiritual me avisou: "corra, que Maria está perto do fim". O fim a mulher faz também, Maria. Você não devia ter este fim. (Chora alto e com os olhos vermelhos corre a plateia.) Eu não tive culpa, Maria. Tanto que eu lhe pedi. Tanto que eu lhe disse. Deus no céu sabe que fiz o que pude. Eu não tenho culpa. (Urra.) Nem o seu filho pôde ser salvo, minha mulher. Como você foi teimosa. O filho que não nasceu você carrega. (Pranto desatado, mais alto.)

Ainda que fumassem, apesar do conforto do espetáculo grátis e grandioso, ou por isso mesmo, o público chorava. Mais por Filadelfo que por Maria. Mais pela arte da dor que pela dor mesma. Ali, como antes em vida, Maria era personagem secundária, sparring. Ou aquilo que os comediantes chamam de escada para a piada do astro. Na verdade, para o ator magnífico, nem havia necessidade do corpo de Maria. Menos que entrar muda e sair calada, menos que figurante em cena, ela era apenas o caixão. A circunstância cênica para o monólogo. Grandes atores em performance solo às vezes prescindem até do cenário. Só a voz, as inflexões da voz, as palavras de cor se tornam de coração, de coração para corações. Com domínio do público e da cena, o corpo de Filadelfo tremia, dava estremeções, embora não visse o padrinho Manoel de Carvalho. Aqui ele não era o afilhado e filho do velho Manoel. Aqui ele incorporava o marido que não queria ser viúvo. Que maravilhoso farsante, Jimeralto amargava a sorrir na margem da lembrança. Que maravilha de farsa ainda não escrita. Daí lhe veio, sem meditação ou escopo a ser alcançado, a desconfiança para as lágrimas que brilham entre belas palavras. Farsantes? Assim ele desmontaria, dois séculos adiante, um advogado de sindicato rural que declamava aos prantos a sua dedicação, fidelidade aos trabalhadores no campo. Enquanto os companheiros, na mesa do restaurante, sentiram-se contagiados pelo voto de afeto revolucionário do bacharel, Jimeralto se furtou, até com vergonha de não chorar também ao ouvir o relato da morte de um camponês. Uma semana mais tarde, os camaradas receberam do sindicato rural um recado: o advogado era um vendido aos patrões. Talvez, quem sabe, o canalha houvesse chorado na mesa os pequenos honorários advocatícios da traição. Mas ali, na primeira vez, ainda não. Ali, no enterro da mãe, Jimeralto nada sabia de palcos, teatros e simulacros. O ato do pai era um alumbramento, uma ponte para o transcendental, um tapete mágico sobre a amargura. Meu Deus, o tapete possuía furos, ele não via, o tapete, em vez de voar, acima das cidades encantadas, descia para o abismo. Ele apenas estranhava aquela originalidade sequer imaginada, pois descobria no pai um homem, um afeto em pessoa, à medida que o senhor de suas vidas urrava "Maria, Maria".

A dignidade dos barítonos em cena Filadelfo não possuía. O porte altivo, o sorriso, as inflexões e torneios, que parecem vir sem esforço, passavam longe dele. No entanto, dos cantores barítonos ele possuía a voz máscula, bem pronunciada, com percebida articulação, a ponto de se ouvir à distância, como ele usava no cais do porto, ao orientar pilotos gringos, cobrindo a ausência de práticos que não dominavam bem o inglês. No porto, Filadelfo rejeitava o megafone, e lá entre as ondas o navio o seguia em obediência à voz que atravessava o mar, acima do rumor. Com a consciência do poder desse timbre, Filadelfo aqui o erguia em uma canção ainda sem registro, partitura ou cifra:

— Eu não sou culpado, Maria. Tanto que eu queria mais um filho, minha mulher. Tanto, mas a sua teimosia... (Com ênfase e clímax, abre os braços e olha para o alto) Deus é testemunha!

O nome de Deus, a sua invocação naquela portentosa voz, naquele cenário de flores, caixão e velas, tinha o dom e o milagre da conversão. Se anunciasse um evangelho, Filadelfo arrebanharia para a nova igreja a assistência inteira. Mas isso ainda não é expressar o quadro, pois nele se põem o timbre e cenário apenas. O grande Filadelfo era um barítono a todo pulso e pulsão. Se os cantores de ópera interpretavam libretos no limite que se comprazia da excelência da voz, Filadelfo era um ator de essência dramática que ambicionava o canto lírico. Se não possuía a contenção, a elegância, o cantar disciplinado, isso vinha da sua explosão no drama, em pranto alto, e da qualidade do gênero que abraçou. As suas mãos pequenas, que pouco se mostravam, porque nele mais avultavam o áspero e o medo que infundia ao redor, dessa vez passeavam nas falas e em pontos de intervalo, quando desatava em profundo choro. Jimeralto perguntaria depois, como um advogado de Maria que concedesse ao pai o benefício da dúvida: aquilo era representação ou sentimento? Ou então de modo mais claro: se naquilo houvesse uma simulação, naquilo havia sentimento? Eram perguntas que, antes do estado da dúvida, eram um amenizante da pena. Pois Filadelfo já estava condenado, a prova do seu crime não admitia recurso. Nele, agora para o sentimento do filho que crescera com o tempo, mais crescia o corpo de Maria que a retórica espetacular. Se Filadelfo houvesse sobrevivido até o terceiro século, se ele houvesse atingido os anos de condenação pelo filho, talvez recebesse uma pena de conformação, de pura piedade filial: "não esqueço o mal que fizeste, velho, mas te perdoo com um esquecimento imperfeito. És culpado, mas tão frágil te encontras, que seria covarde te fazer pagar com a mesma violência".

Por isso Jimeralto se perguntava no último século: aquele pranto aos berros seria verdadeiro ou simulado? E mesmo aí, nas duas hipóteses, ainda assim Filadelfo estava condenado. Na simulação, porque óbvio era o seu crime duplo: matou e fingia chorar, o cínico. Mas se fosse verdade o sentimento, Jimeralto se levantava: eu não quero a tua verdade. Porque o corpo, o corpo, ele se dizia, porque jamais usava para a mãe a palavra "cadáver", eu não quero a tua verdade, Jimeralto falava, porque o corpo de Maria já me deu a luz. E no entanto, nós que o narramos, se para ele temos entendimento, devemos ir além da sua indignação.

Filadelfo ali representava, mas nunca como uma invenção, como um ato que dramatizasse apenas a hipocrisia, conforme o pensamento de Jimeralto. Ele não via que Filadelfo clamava para o público um drama real, verdadeiro, ainda que não na forma expressa, porque a forma não era automática, imediata, compreendida pelos traços apresentados. A forma daquele drama era dirigida pelo ator e barítono. Apesar de real, a sua dor ele dirigia, compunha novo quadro, no momento em que a mostrava, exibia. E se pensamos com uma impossível imparcialidade, nessa função dramática ele não era canalha. Quantos de nós já não representamos para outros um sentimento legítimo de raiva, fúria ou aflição? O próprio ato de gritar, de se mostrar o desespero, não é em si uma demonstração de algo íntimo, que comportaria uma só palavra, a saber, o ato da própria morte? Se se quer viver a desgraça sem testemunha, que se desapareça do mundo, fechando-se ao convívio de modo físico e absoluto. Nessa isenção impossível, sobre a qual, confessamos, não se escreve contente, queremos dizer, sem engulhos, até o grito "ai!" é uma representação para a dor, que o homem possui desde quando fala. Mas se saímos dessa posição de esforço máximo de imparcialidade, arbitrária, tão genérica quanto cínica, poderemos ganhar o específico do específico daqueles urros no enterro de Maria: Filadelfo possuía remorso. Ao falar entre soluços, desviava a dor para outro lugar. O seu remorso se revelava em um ato falho, como uma purgação irreprimível, não só quando clamava "Maria, eu não tive culpa", no que se transportava para o medo da vingança de Maria ou do Altíssimo. O remorso seria revelado também no cuidado do túmulo da falecida – um cuidado que na lembrança do filho acendia um profundo mal-estar, para não dizer ódio, "ódio ao farsante" – e na ampliação de um retrato 3x4 de Maria, em que ele pôs moldura.

E tão verdadeira era a expressão daquele remorso, disfarçado em clamor por não ter mais a esposa, tão sério era, que em nenhum momento se atreveu a usar a palavra amor.

Filadelfo suprimiu a palavra amor. Nem tanto por vergonha, acanhamento, pois no enterro Filadelfo era, estava para o escândalo, mais escandaloso ou avesso a conveniências, ali, naquela hora que em outras. Ainda que amor fosse palavra fêmea, pelo que lhe parecia, e por ser fêmea, como ele acreditava, fosse afetada de afeminação, porque homens não amavam, porque homens eram feitos para a brutalização, ele, como pessoa inteligente que era, teria achado semelhanças para nomear o sentimento, assim como bem sabia derivar para ponto diverso a sua dor. Poderia então chamá-la por "minha querida", vocativo tão próximo para a cena falada no caixão; poderia trazer essa gradação para um reino mais baixo de amada, dizer "eu gosto, gostava muito de você", ou dignificá-la para o tratamento católico de "minha santa esposa", ou o modo mais próprio, à sua maneira de possuidor, "minha Maria". Tantas fórmulas e formas de expressão de sentimento, que o seu gênio teria descoberto ali mesmo, no calor da verve e do improviso, que ele tão bem realizava. Mas não, em nenhum momento Filadelfo usou a palavra amor nem algo que se lhe assemelhasse para a pessoa de Maria. Se ele fosse apenas ator, como Jimeralto o acreditava, seria fácil empregar imposturas frasais ao corpo da mulher sob flores. Mas nada houve que o ligasse à mulher por amor. Evitou a palavra de modo sistemático, até inconsciente, posta que estava em repelente natural. Ele parecia ver a última vitória da bravura da mulher no rosto, onde se esboçava um sorriso incriminador:

— Tudo, menos essa falsidade. Respeita-me!

Pois o corpo de Maria com vida anímica lhe falava, estabelecia com ele um diálogo que não era mudo, apesar de inaudível ao público do espetáculo. Nesse diálogo vinham os dias em que ele não estivera em casa porque estaria trabalhando. E Filadelfo bem sabia ser mentira, pois a morta insinuava o que não queria lembrar. No breve e torturante discurso de Maria ao remorso de Filadelfo, aquele rosto suave para o filho se contraía duro:

— O teu choro engana os bestas. As tuas lágrimas, por mais que chores, não lavam o teu sujo.

— Eu não tive culpa, Maria. Eu não sou culpado, você não quis ir para a maternidade, Filadelfo gritava.

— Por que mentes? Eu já estava sacrificada. O que eu fizesse era inútil. Morria na maternidade ou em casa.

— Maria, eu sempre quis o seu bem.

— Mentira! Tu querias o teu bem. Por que me arrancaste de casa? Eu queria ter a minha última hora com o meu filho. Por quê? Porque a tua vontade era a única e exclusiva. Eu não tive direito nem à minha última.

— Tanto que eu lhe disse, cuide-se, Maria, cuide-se...

— Não, a tua fala comigo era de que gostavas de mulher carnuda. Depois viravas a cara para o outro lado.

— ... Deus é testemunha.

E ao ouvir esse "Deus é testemunha", no rosto de Maria se desenhava o sinal de um sorriso. Vendo esse traço nos lábios, Filadelfo espalmava as mãos em vertical sobre os olhos, apertando as pálpebras. Bom seria que a sua consciência não pensasse. Havia, claro, dois gêneros de Deus. Um para Filadelfo, outro para Maria. Para ele, Deus era másculo, viril absoluto e compreensivo para com os homens machos, pois sabia que para eles o sexo era uma ordem, uma razão para encarnar o pênis em todo o ser. Para ele, o que não fosse do sexo, ou não fosse o próprio, ao sexo estaria relacionado. E sexo era a satisfação do macho. Daí que o Deus do pai compreendia, quando não, quem sabe, até estimulasse os crimes contra a pessoa em razão do sexo, e nessa última razão o crime não existia. Nesse caso, crime tinha outro nome, circunstâncias, acasos, resistências burras da mulher, pois a honra existia para os honrados. Na consciência de Filadelfo, no entanto, a brutalidade do falecimento de Maria era inscrita em distinta versão. E era a essa que os dedos curtos, calosos, queriam perfurar, talvez como um Édipo tardio: "eu não queria que você morresse assim, Maria. Nós bem podíamos viver juntos, você com o seu feminino, eu com a minha liberdade".

Doía-lhe um poderoso, porque algo sempre restava resistente a suas justificações. Era o Deus de Maria. Esse Deus homem ideal para ela, másculo pelo que Nele era abrigo e completude, fêmea pelo que Nele era companheirismo de entendimento da sua dor, esse Deus camarada melhor que o irmão Maciel, porque Ele era valente para fazer a Sua justiça, esse Deus de Maria harmonizava raiva e complacência. Pois Ele bem notava que os homens minúsculos, os homens parciais, os homens pelo meio, amputados, tinham a miséria de apoucado amor para as mulheres gordas.

O amor nos limites dos homens aleijados vinha do bárbaro cruzamento de feras, ou de garanhão e égua. Talvez no muito pior, em amor de pulga macho e pulga fêmea, de pessoas que se reduziam ao tamanho de organismos mais simples, aos pulos sem rumo e sem significação, como se a consciência humana lhes fosse terra estranha. Para esses homens o amor era a reprodução, ou menos ainda, um cruzamento de genitais até a dor. No entanto ela, brava mulher, não queria, ali com os olhos que pareciam para sempre fechados, ela não queria uma inversão, um semelhante privilégio: sair dali para deixar em seu lugar Filadelfo no caixão, depois da agonia com um filho no ventre. O seu Deus não acobertaria um ato tão covarde. Dos dois, se houvesse de ser um, que fosse ela. Dos dois, para que o seu Deus se fizesse valer, que fosse nenhum. Ninguém deveria ser destinado àquela infâmia. Aliás, infâmia era o ponto comum visto pelos olhos de Filadelfo, que ele fechava com os dedos quase a ponto de perfurá-los, e os olhos de Maria, ali fechados tudo vendo, qual mártir Senhora, que alcançava os que perderam o remédio, a circum-navegar em seu balão de desgraça. Balão para seu feto, que de convulso à morte ela carregava. Que sabedoria torta havia na dor. Jimeralto nunca prestara atenção, ainda que o perseguisse aqui e ali a terra inseparável, como um leitmotiv de Bach em uma fuga: os relatos de pessoas que morrem e veem tudo em torno de si, numa supraconsciência. Ele não acreditava, mas jamais deixou de considerar os depoimentos de pessoas que diziam ter passado pelo estado de profundo coma e ouvido, escutado e visto pessoas e coisas em volta. Depois compreendeu melhor esse fenômeno ao lembrar Maria no caixão.

Ele agora a compreendia e se compreendia. Lembrar a mãe naquele instante, lembrar-se dela abstraindo-se ele próprio menino, era saber que ela tudo via, com os olhos cobertos em uma percepção de periscópio, se mal comparava. Ou com a visão mais complexa, visão que é todos os sentidos, em um significado maior que a dos cegos, porque pessoas no estado de Maria perfuram a treva com o sentido da consciência, que atravessa pálpebras fechadas e fura gentes. As pessoas compactas se desmontavam e delas vinham revelações jamais vistas em "vida", quer dizer, vida de quando os olhos de Maria estavam em movimento físico. Que sabedoria torta vinha do seu caixão. O marido lhe falava para que outros o ouvissem, mas ela, ao ouvir tais insultos, ainda ali não estava enlouquecendo. Ela recebia um arremedo de afeto, mau arremedo, mas não por insuficiência dramática do barítono. Mau em relação ao amor que um dia o filho veria mais adiante, e a consciência da mãe no caixão desejava e pressentia existir em algum lugar ou tempo. Muitos anos em outro século, o filho veria o sentimento de uma companheira para o companheiro falecido, um poeta. Sentada e em silêncio, ela estava recolhida a um canto como se pedra fosse. Quanta dignidade naquela reverência muda. A viúva, ali, parecia envergonhar-se das horas expostas da sua dor. Gostaria, se pudesse, de mandar todos embora, que fossem cuidar de atividades mais urgentes. Ela, não, estava com o seu perene. Como não podia, ela mesma, escrever poemas sobre aquela relação a se ir, ela se fechava, para não falar palavras precárias. Dizer o quê? "Meu poeta está morto...". Enquanto aqui Filadelfo, sem dar importância à dor de Maria, encenava o seu drama em voz alta e grave, másculo, de miserável libreto:

— Maria, que o poder infinito de Deus tenha misericórdia!

— De que Deus falas? A que misericórdia te referes? À que recebi do nascimento até hoje? perguntava a voz calada no caixão.

Ainda aqui, na reclamação vinda tarde da sua consciência, Maria não se dava conta de que o seu hoje era um movimento para o nada e o infinito, e dali para um futuro elástico, vivo na glória da imaginação.

— Na eternidade nos veremos, Maria.

Como não sorrir amarga diante disso? Filadelfo dizia, ela bem o interpretava, "eternidade para ti, mulher, mas o presente com seu gozo para mim. Porque o presente é que eu estou vivo, entendes? Enquanto tua é a eternidade". Vazia, ele não completava. Eternidade para o distinto público ali, entre os cheiros de cera queimada, significava letras frias no túmulo. Para Filadelfo, era a porta aberta para o seu futuro, sem o peso do dever para com a gorda. Mas não naquela imediata hora, para não escandalizar, porque o seu escândalo era o da representação da dor. Na sabedoria torta que a morte insinuava, como não sorrir com amargura a tamanho egoísmo e mesquinhez?

A morte igual à eternidade imóvel para ela, o presente igual à eternidade de gozos para o marido. A perspectiva para ele, como um porvir que trouxesse em si mesmo a vingança de Maria, se ela o desejasse, mas não, a vingança vinha da própria miséria da aspiração miserável de Filadelfo: ganhar mais dinheiro com os gringos, comprar uma big casa, enchê-la de móveis novos, uísques em profusão, depois um magnífico studebaker, e para enfeixar o futuro, uma esbelta e loura mulher. O sorriso de Maria no caixão bem captava a eternidade do mundo. Que coisa triste, que miséria, Filadelfo. Jimeralto ainda não alcançava ali o sentido da eternidade previsto pela mãe. A sabedoria dela no limite era arguta e fina, porque penetrava os fenômenos em sua essência, como se tivesse uma visão sem engano do futuro. Disso não lhe vinha qualquer privilégio, porque essa palavra e condição sempre lhe foram inimigas. A percepção nos olhos fechados de Maria vinha do quanto ela se despojava, melhor, do quanto de tudo lhe era arrancado de modo bruto, e assim posta em condição de nudez e descarte, compreender o valor oco do projeto de Filadelfo, que pensava possuir coisas quando por elas era possuído, e zombado. Dali onde ela estava os cheiros de ovos futuros não lembravam omeletes, mas apenas uma pergunta:

— Por que tamanha cobiça, Filadelfo? Nesse gênero de eternidade serás destruído.

O engano, o logro e frustração do pai atingiriam a compreensão do filho com o esforço da memória e da reflexão. E somente muitos anos depois daquele século que correra ligeiro, muito ligeiro, quais minutos a partir da morte da mãe. Mas aí já não era mais uma previsão, que se refletia no sorriso triste e olhos fechados de Maria. Era uma penosa descoberta. Ele que estivera presente àquele momento crucial e vira então só o exterior, ao meditar sobre o ocorrido sentia uma música, um som harmônico, uma composição que lhe chegava como eco. Melhor, não era bem eco, porque ouvia simultâneos novos acordes. Entre as névoas, para as brumas daquela manhã, lhe chegavam cânticos em reprodução igual, algo como sons vindos de uma caixa distante e outra mais perto. Iguais música e movimento no mesmo instante, digamos. O Jimeralto que via, melhor, o Jimeralto naquele enterro, um menino sem face de menino, mas com visão de 1958, e o menino crescido de cabelos brancos que voltava ao encontro da mãe eram um duplo simultâneo. Não vinha a ser como num sonho em que um homem vê, e na ação vista é o próprio a se ver, tamanha é a empatia, a identidade entre narrador-sonhador e narrado-sonhado. Não. Era um homem dividido, numa esquizofrenia original: preservava as suas identidades diversas, mas lhe chegavam unas, que eram dois. Daí a canção que se assemelhava a eco, mas não era eco a rigor, porque as canções vinham unidas, soadas sem intervalo, numa união esquisita de tempos. Em resumo, memória e ato, menino dos sessenta e menino dos oito unidos por Maria. Daí esse duplo lhe permitir ver-se antes e agora diante da mãe, em canção de aparente eco. Ali, enquanto o pai discursava a sua barítona dor:

— Maria! Eu não tenho culpa. Maria! o quanto você foi teimosa. Maria! nos vemos na eternidade.

E essa fala era à sua maneira música, vinda de longe e que se ouve agora, enquanto a mãe ali deitada responde ao pai em pranto:

— Acaba logo com essa mentira, não maltrates mais o meu sofrimento.

E isso ainda é uma cruel música, de outro modo, a ferir mais dura que a hipocrisia soada, porque a expressão da mãe vinha aguda como punhal de mulher apunhalada a quem não socorremos, mas ainda é música, apesar da ferida que se reabre. Pois enquanto pai e mãe assim dialogam, antes e agora a um só tempo, em canção semelhante a eco sem intervalo, Jimeralto sente em si uma voz se levantar e deste modo se fazer ouvir, até mesmo acima do barítono violento e arbitrário, do homem pavor de filhos e meninos:

— Não falo por ti agora, pai.

— O senhor!, está me desconhecendo? Fale "senhor" ou eu lhe quebro todos os dentes.

— Não falo agora para o senhor, ó grande Senhor, poderosíssimo contra os fracos. Cala-te. Falo para esta mulher deitada. Ouves-me, Maria? Escutas-me? Não te chamo de mãe, porque não se deve chamar assim aquela que é, pois sua vida e encarnação falam e se falam melhor que o conceito. Maria, falo de ti, a ti e sobre ti neste instante. Espero que não respondas, que não me estendas as tuas mãos, estas, sim, poderosíssimas, pelo dom que têm de cura e transformação. Se assim te estenderes para mim, este discurso vira conceito vivo, e agora são palavras, que desconfio inúteis, mas que sob tua invocação podem o absurdo de levantar os mortos. Uma de nossas maiores intimidades não veio de quando estive em teu ventre, como o teu filho que carregas na tua barriga quente, tão amorosa. Tampouco foi naqueles banhos de índia que tomávamos juntos, e eu de minha altura olhava o teu sexo, abismado, e tu, sábia indígena, combatias o abismo com vigoroso sabão. Pois nem sabonete tínhamos, tu sabes e lembro bem. Mas o perfume vinha de ti e da tua alegria. Ali, contra toda a escola do mundo, tu me ensinaste que a mulher não é estranha ao homem, que ambos são partes e unos, que no corpo nu da mulher, ainda que fremente de amor, não reside o pecado. Nela reside só a mais pura alegria para quem ama. Nem falo tampouco do carinho que as tuas mãos prodigalizavam, ou de quando os teus dedos passavam sobre os meus cabelos, que hoje secos da tua úmida fertilidade perderam a cor negra. Nem mesmo daqueles bolos de feijão e farinha, que são um momento de ternura das mães pobres. Nem do cheiro da tanajura que fritavas cantando para nos servir. Nem sequer dos banhos de liberdade na chuva, que vias e fingias não ver, na ciência que as mães possuem de ver e não ver, cúmplices para a felicidade dos filhos. Nem tampouco, ah, quantas coisas pequenininhas, que ninguém percebia, e tua generosidade fecundava, ao elogiar um tosco desenho de avião do teu filho, a exibi-lo como se obra de Da Vinci fosse para todos os vizinhos. Ah, o cheiro do teu pescoço com o perfume barato, que me davas para cheirar, não é humana a dor que dá essa recordação. Nem, enfim, do leite quente dos teus seios que um menino de cinco anos pedia no trem, para censura dos passageiros, mas não tua, que teu amor não conhecia vergonha nem vergonhas. Falo da tua intimidade, como da minha, do que nos uniu para sempre em outro ponto.

Agora, o fato narrado, Maria, quebra a natureza das orações nesta oração. Mas é necessário. E assim te lembro para assim te dizer: a intimidade que vinha de ti se expressava até nas ações fora do contato com o teu corpo. E talvez mais nessas expansões para o mundo, Maria. Quero dizer, do mundo todo que era a tua casa, que julgavas tua, naquele espaço exíguo. E aqui me dirijo à tua pessoa, mas sem querer falo de outras também. Pois o que seria específico do teu ser? Os teus olhos em lágrimas de tanto rir, quando ouvias histórias de meninos pobres que se fingiam de ricos? E lá num jantar de gente educada chupavam a sopa com estrondo? Ah, assim sorrias porque assim também tomavas a sopa, como os teus pais tomavam a sopa, como o teu filho toma a sopa, pois que é filho de Maria. Então, qual teu outro específico? As bochechas inchadas em sinal de raiva, quando punhas os cotovelos na pia e meditavas furiosa, porque mais uma vez o teu querido marido andava de novo amor? Em outras mulheres já notei igual reflexo de espírito nas bochechas, Maria. Então, o que mais específico? A tua alegria com a consciência do efêmero, do instante que se vai, ou para ser mais preciso, a consciência da tua curta vida, a celebrar como rainha o teu último aniversário, a beber e sorver e sorrir até as lágrimas o teu vinho de jenipapo? Ah, Maria, a gente nunca faz o que tem vontade, nem reina com o poder da imaginação, pois se assim fosse eu dançaria contigo velhinha e dançaria contigo aos 30 anos, eu com a tua mesma idade, a gargalhar contigo ao som do vinho de jenipapo, nós dois aos 30 e simultâneos, enquanto eu te falaria, "sente, Maria, este instante é eterno". Mas como a nossa imaginação é obrigada a andar nas prisões do tempo e do espaço, eu te falo no limite do possível, três séculos depois diante do teu corpo:

Seria específico de ti o teu amor pelo irmão homossexual? Que dupla desconforme desconformidade a tua, ao desejar o incesto com um homem que não te queria para o sexo. No entanto, Maria, os censores nem veem que o desnatural vinha antes: a mulher em plenitude que não era amada. Percebes agora a extensão do teu infortúnio? É claro, os teus olhos fechados nesta hora me falam que já percebias, mas a teu modo continuavas a viver, na tua bravura sem queixa. Pois contigo me veio a lição, aquela que não se encontra escrita nos livros, mas se acha codificada na vida dos dignos: os que lutam não se queixam. Vão em frente, como se felizes estivessem, vão em frente, apesar de, apesar de, apesar da infâmia sofrida. Se não têm mãos, lutam com os pés. Se não têm pernas, braços, lutam como cuspe. E não se dizem nunca "coitado que sou, pobre de mim", porque à queixa pertencem os vigaristas. Então, o que seria mais o teu específico? A tua obesidade, a tua pouca estatura, a tua miséria, a tua dor de mulher não amada pelo companheiro, ou a tua agonia de morrer com o filho no ventre? Sim, penso que nisso. Ainda que haja outras

Marias em igual condição, não consigo ser filho de todas, como muito gostaria. Sou filho de ti, e com isso digo: filho de ti porque de tua vida me veio a experiência.

Sobre ti, sobre o teu corpo, era preciso fazer uma composição musical. Mas me falta, por um lado, o talento para tornar concreto, de uma concreção harmônica, esse desejo. Por outro, descubro que uma composição lírica, ainda que impressionasse pela melodia, motivo e execução, ainda assim haveria de ser bem pequena para o teu drama. Podia até ser bela, mas de uma beleza de outra mulher, de outro drama. De uma beleza à parte, que não te veste, porque assim é a tua organização de história e pessoa em um só corpo. A composição não te alcança. De ti falaria melhor um romance, de honestidade rigorosa, jacobina, mas um romance que ultrapassasse os limites de gênero e de livro. Porque seria mais que um romance, uma intervenção na natureza. Um romance que tivesse o condão de transformar a natureza, e não só uma transformação para um novo quadro e cena e mundo social. Um romance que fosse mágico, feiticeiro, cheio de bruxaria, com os poderes que os crentes imaginam que tem a cabala, porque a sua intervenção seria além do real do tempo, espaço e lugar: ele reorganizaria a tua vida, para de ti retirar o sofrimento. A saber, Maria: fazer com que teu marido te deixasse para viver com a esbelta loura, e, a partir daí, tu tirarias a sorte grande em uma fenomenal loteria, e, estando tu rica, ele voltasse à tua porta, de uma casa grande cheia de cintilações, e, ajoelhado, choroso, te pedisse compreensão para a sua volta. E então, Maria, recém-vestida com roupas que não eram trapos, mais elegante que ao ser vista por mim naquele ônibus, então, Maria, tu perfumada com ervas e essências da Amazônia, tu dirias a ele:

— Não posso mais te aceitar, Filadelfo. A minha moral não permite. Estou casada com o meu irmão.

Ao que o pai, em último recurso, responderia:

— E o nosso filho, Maria? Como ele poderá viver com essa aberração?

E tu dirias:

— O nosso filho, Filadelfo, é meu amante.

Ah, Maria, ah, Maria, aí valeria a pena escrever esse romance. Se um deus ex machina te pôs um súbito fim, o livro mataria esse deus com outro: a tua volta, melhor, voltava o tempo, para te dar uma súbita e vingativa riqueza. Ah, Maria, então tu passarias a ter as virtudes que só os ricos têm. Aí não serias mais gorda, ainda que comesses mais, porque o teu peso seria medido por tua generosidade; aí não serias mais suja, ainda que continuasses a andar descalça em casa e comesses com as mãos nuas no prato, porque terias originalidades de rainha; aí não serias mais fedorenta, como teu marido te chamou à nova mulher, ainda que saísses da cozinha com o cheiro acre de vinagre. Estarias perfumada, como sempre o teu filho te sentiu. Pois não existe um cheiro no afeto que independe do objetivo cheiro? Não existe um cheiro no carinho que inaugura um novo olfato? Se assim é, o que dizer dos cheiros que se ganham em razão do dinheiro? Os aduladores chegam a crer na própria adulação, assim como se transforma o amador na coisa amada. E a tua beleza, que em ti era a tua natureza, a tua face magnífica que era um dom de cruzamentos seculares de raças e tribos, a tua beleza seria a que se jogasse por acréscimo a teu corpo: joias, roupas, sapatos, cosméticos, bolsas, denguices que nunca tiveste. Falo a teu corpo, Maria, e sei que falo a todas como tu. Sabes que por tua causa amei a outras mães, como se minhas fossem? A generosidade do coração parte de quem nada tem. Quanto mais via velhinhas cuidadas e cuidadosas mais me enternecia, tomava conta de mim uma ternura que, se a tua coragem eu tivesse, correria a juntar flores do campo para elas. "Isto é para a senhora, Maria". Por isso virava o rosto, nesse negar que é uma afirmação, a sentir a tua presença, a farejar a tua falta, a fingir ser um homem duro. Ao inferno a dureza que cala o sentimento!

Mulher, mãe e violentada, o meu sentimento, para o meu sentimento, para o mundo absurdo que se pôs em teu lugar, sempre me pareceu que um deus te arrancou abrupto. Lá no antigo teatro, assim se resolviam as tramas difíceis. Mas não seria a tua morte, o teu assassinato, um crime natural naquelas circunstâncias? Se a tua genética, a julgar pelos teus irmãos, apontavam uma vida longa, as coincidências fatais, a convergência de azares, não. O conjunto de Filadelfo mais história e organização social conduzia a tua sobrevivência para um milagre, que este discurso quer ser. Vontade que tenho de pôr um ponto final agora, Maria, vontade me dá, me vem de eu próprio sumir. Porque soube e vi há pouco as razões da tua agonia horas antes do teu corpo, que recebeu adiante os urros de Filadelfo. O teu feto eram fetos, Maria. O teu eram os teus, que se foram e sufocaram em ti. Faleceste com gêmeos, mãe".

Então Jimeralto se pôs a meditar à procura de um fim honroso para a mãe, a quem evitava chamar assim, para um distanciamento impossível da sua dor, dele e de Maria. Olhava para o alto, mas o alto não estava acima. Olhava para os lados, mas os lados eram sem significação. Olhava para si, para dentro de si, e nele o afeto e o desejo de revanche se revolviam. Dava-lhe vontade de ser pedreiro, para com muitos golpes de martelo bater a pedra, bater-lhe até que se quebrassem juntos martelo e pedra, para que se dissesse "não trabalho mais, não importa se ganhei meu dia", porque de uma forma ou de outra ele havia perdido. Era preciso ter uma revanche. Se uma nova vida para Maria era impossível, era preciso uma revanche contra o beco, uma revanche contra Filadelfo, uma revanche contra aquele mundo que tornara possível o assassinato de Maria. Então as suas mãos de revolucionário eram pequenas, os seus dedos eram de inaptos, pois mais fácil era matar os vivos que matar os mortos.

Então o seu afeto era uma impossibilidade, falava-lhe um canalha raciocínio, porque o seu afeto se nutria de uma ressurreição. Para não dizer que estava diante de um impasse, e ser misericordioso ao nomeá-lo impasse, porque na verdade se metera em uma empresa que antes de começar já estava condenada ao fracasso, ele sorria, e não gargalhava sozinho para que outros não o tomassem definitivo por louco. Então ele sorria, se não feliz, mas ainda assim contente, porque a vitória da sua loucura não era o que mais contava. Ele, à sua maneira, repetia aqueles comunas de Paris, porque ele se lançara para assaltar o céu da sua mãe. Estivera, quis estar com absoluta solidariedade na sua agonia, e se essa busca não era a felicidade, o objetivo não podia ser infeliz. Por que se envergonhar da sua visita ao corpo de Maria, por que se envergonhar da sua insubmissão ao fato de que os mortos não falam? Pois ele era e seria até o fim dos seus dias um homem insatisfeito com os limites da natureza. Pois que ela, a objetiva natureza, lhe dera Maria e aquele pai. A graça e aquele que desprezara a graça. Por isso ele não queria nunca terminar aquele discurso diante do caixão, do corpo de Maria, que a sua memória visitava. Não queria encerrar o discurso porque, agora mesmo, sentia o cheiro de um perfume antigo entre roupas de um quarto sem luz. Pois não queria encerrar, no fundamental, no fundamental, Jimeralto!, porque havia sempre de separar o fundamental do secundário com um estilete agudo, que descarnava a essência do seu recalcitrar no fim: porque o fim do discurso também fechava a mágica, o fim era o fim da ressurreição de Maria.

Então ele não findou. Então ele saiu do cemitério sabendo que os tempos agora se uniam, de 2013 a 1958. Filho que era daquela Maria agoniada, nunca havia sido filho de Deus, apenas o seu renegado. Os tempos agora se ligavam como uma rebeldia. E para os rebeldes jamais existirá um fim.

Impresso no Brasil pelo
Sistema Cameron da Divisão Gráfica da
DISTRIBUIDORA RECORD DE SERVIÇOS DE IMPRENSA S.A.
Rua Argentina 171 – Rio de Janeiro, RJ – 20921-380 – Tel.: 2585-2000